欧美经典
荒诞小说精选

**AN ANTHOLOGY OF
EUROPEAN AND AMERICAN
CLASSICAL ABSURD STORIES**

［奥地利］弗朗兹·卡夫卡
［法］阿尔贝·加缪 等著
刘文荣 选编

文匯出版社

图书在版编目(CIP)数据

欧美经典荒诞小说精选 / 刘文荣选编. —上海:
文汇出版社,2013.1
ISBN 978 - 7 - 5496 - 0718 - 1

Ⅰ.①欧… Ⅱ.①刘… Ⅲ.①小说集-欧洲②小说集
-美洲 Ⅳ.①I14

中国版本图书馆 CIP 数据核字(2012)第 244682 号

欧美经典荒诞小说精选

选　　编 / 刘文荣

策　　划 / 陈今夫
责任编辑 / 陈今夫
封面装帧 / 张　懿

出版发行 / 文汇出版社
　　　　　上海市威海路 755 号
　　　　　(邮政编码 200041)
经　　销 / 全国新华书店
排　　版 / 南京展望文化发展有限公司
印刷装订 / 江苏省启东市人民印刷有限公司
版　　次 / 2013 年 1 月第 1 版
印　　次 / 2013 年 1 月第 1 次印刷
开　　本 / 890×1240　1/32
字　　数 / 270 千
印　　张 / 11.25
印　　数 / 1 - 3000

ISBN 978 - 7 - 5496 - 0718 - 1
定　　价 / 33.00 元

前　言

一

　　所谓"荒诞小说"，是一种特殊的讽喻小说，即用极度夸张、乃至怪异的手法嘲讽世道人心、圣灵神明。这种小说，虽说在欧美古已有之，但由于在20世纪特别盛行，而且成就卓著、夺人耳目，似乎自成一类，所以，人们通常把它从讽喻小说中分离出来，称为"荒诞小说"。

　　顾名思义，荒诞小说的特点就是荒诞①。不过，这里的荒诞有两个意思：可能是指小说采用的表现手法，也可能是指小说所要表现的主题。也就是说，这里有两个概念：荒诞手法和荒诞主题（何为"荒诞主题"，下文将会解释）。采用荒诞手法的小说不一定表现荒诞主题，表现荒诞主题的小说不一定采用荒诞手法，但只要二者居一，就可称为"荒诞小说"。至于地地道道的荒诞小说，那就是：既采用荒诞手法，又表现荒诞主题。

　　和荒诞手法相对的手法，最常见的是现实手法，也称"写实手

---

　　① 何为"荒诞"？《现代汉语词典》的解释是"极不真实；极不近情理"。不过，这里的"荒诞"一词是英语"absurdity"一词的翻译。查 *Oxford Advanced Learner's Dictionary*（《牛津高级词典》）对"absurdity"的解释，是"unreasonableness；senselessness"（不可理解；无意义），和汉语"荒诞"一词只是意思相近，并不完全吻合。

法"；和荒诞主题相对的主题，最常见的是现实主题，即：直接具有现实意义的主题。如果这么说无大错的话，那么可以说，从19世纪初到20世纪末，欧美荒诞小说共有三种不同类型，即：荒诞手法＋现实主题、现实手法＋荒诞主题、荒诞手法＋荒诞主题。这三类荒诞小说可以说是先后产生的：最初是"荒诞手法＋现实主题"，其后是"现实手法＋荒诞主题"，最后是"荒诞手法＋荒诞主题"。当然，说"先后产生"是大体上的，因为文学现象从来不会整齐划一，总会有交叉和重叠。

二

大体说来，19世纪传统荒诞小说①，以及20世纪上半叶的现代派②荒诞小说，都属第一类，即"荒诞手法＋现实主题"的荒诞小说。就这类作品而言，荒诞只是作为一种手法，也就是说，小说的情节或人物是荒诞的，而小说所要表现的主题，则和其他讽喻小说没有什么两样，也是对世道人心的讽喻——不是道德讽喻，就是社会讽喻——具有明显的现实针对性。

实际上，19世纪的欧美小说家极少使用荒诞手法，原因很简单：当时盛行现实主义，或者说，写实主义——既然要"写实"，当然也就不能"荒诞"了。不过，至少有两位19世纪小说家，即爱伦·坡和果戈理，是经常使用荒诞手法的。这两位小说家可说是19世纪欧美小说界的另类：在绝大多数小说家都用逼真描摹的手法"反映现实"的潮流中，他们却常常用怪异离奇的手法（即荒诞

---

① 在教科书里，它们有的被归入浪漫主义，有的被归入现实主义。
② 现代派，欧美现代主义文学流派的总称，其中主要流派有象征派、表现派、未来派、意识流派和超现实主义派等。

手法）"影射现实"。 反过来说，他们就是欧美荒诞小说的先驱。

爱伦·坡的小说大多被称为"惊悚小说"（或"恐怖小说"）。 这是从效果上说的。 若从手法上说，就是荒诞小说，其惊悚效果是通过荒诞离奇的情节获得的，如：死尸（往往是年轻女人的死尸）从灵床上坐起来（《丽姬娅》），或者从棺材里爬出来（《厄榭府邸的倒塌》）——只是，有不少读者似乎真的相信（或者，愿意相信）这种事，所以这样的情节在他们看来似乎并不怎么荒诞。 不过，本书所选《黑猫》，谁看了都只能说是一篇荒诞小说，因为在这篇小说中，爱伦·坡让行为荒诞的主人公自述荒诞经历，其意图不是令人惊悚，而是要表达这样一个古老而现实的道德主题：可恶之人，必有恶报。

果戈理的小说大多是讽喻小说。 作为讽喻作家，果戈理善于讲述滑稽可笑的故事、塑造滑稽可笑的人物，其特点是夸张而不失真实，就如漫画家画漫画——这和其他讽喻作家没什么不同。 有所不同的是，果戈理的小说不仅是夸张的，常常还是怪异的，时而会突然出现超常情节，譬如，其名作《外套》的结尾，就是一例。 实际上，果戈理小说中的怪异手法，就是我们所说的荒诞手法：不合情理，却发人深省。 不过，果戈理集中使用这一手法的作品，无疑是本书所选的《鼻子》。 在这篇小说中，果戈理从头到尾使用这一手法，讲述了一个既荒诞不经又富有深意的故事：主人公丢失了鼻子，后来几经波折，才将其找回。 故事固然荒诞，主题仍是果戈理式的现实主题：可怜之人，必有可笑之处。

20世纪上半叶，现代派文学成为欧美文学主流，而现代派文学的一个重要组成部分，就是荒诞小说。 现代派尽管形形色色，但有一个共同点，就是反传统，而在20世纪初，所谓"传统"，就是指19世纪的现实主义传统。 换句话说，现代派的共同特点就是反现实主义（也反浪漫主义，主要在诗歌领域）。不过，现代派的反现实主义（准确地说应该是"非现实主义"），只是抛弃现实主义的"写法"，并没有、也不可能抛弃文学的基本"宗旨"，即文学固有的功能，其中就包括对世道人心的讽喻。这就是说，现代派荒诞小说仍是一种讽喻小说，一种以荒诞手法为主、非现实主义的讽喻小说。

毫无疑问，在现代派荒诞小说中，最经典的是卡夫卡的作品，而在卡夫卡的作品中，最为经典的就是中篇小说《变形记》和短篇小说《饥饿艺术家》。这是两篇典型的卡夫卡式的荒诞小说，采用的是典型的卡夫卡式的荒诞手法——佯谬①，也就是"似非而是"的手法，乍看荒唐可笑，细想意蕴深刻。

《变形记》讲述了这样一个显然荒诞的故事：主人公一天早上醒来，发现自己变成了一只大甲虫，于是他不能去上班，只能待在家里，家里人起先待他很好，但很快就厌烦了，因为他们觉得他妨碍了他们的生活，最后，这只甲虫在痛苦中死去，家里的生活也恢复了正常。但是，其象征性主题却具有深刻的现实含义——至少，小说使人联想到现代人所面临的两个重大问题：一是"异化"问题，即：由于现代社会的标准化、规范化倾向，致使现代个人生活变得机械而丧失个性；二是"孤独"问题，即：由于现代社会人人有追求个人幸福的权利，致使家庭中的亲情也难以持久；也就是说，人人必须承受与生俱来的孤独。

同样，《饥饿艺术家》也讲述了一个荒诞故事：饥饿艺术家在笼子里表演"饥饿艺术"（就是长时间不吃不喝）；起初，人们对

---

① "佯谬"（按字面解释，"佯"即"假装"，"谬"即"荒谬"），是英语"paradox"一词的翻译，本是物理学术语，意思是："看上去是一个错误，实际上不是。"

他的表演非常欣赏，但后来，他们渐渐看腻了他的表演，谁也不来看了，他只好孤寂地死在笼子里。同样，这个故事也具有深刻的现实含义——而且，既是象征的，又是嘲讽的。不过，只要指明一点，其余就不难理解了：这里的"饥饿艺术家"，是喻指严肃文学家，而卡夫卡自己也从事严肃文学写作，所以这篇小说既是自嘲的，又是自怜的；也就是说，小说在嘲讽当代严肃文学太个人化的同时，也嘲讽了当代读者的粗鄙不堪——他们不喜欢"饥饿艺术"而宁愿欣赏动物表演。这里的动物表演，暗喻各种各样的大众文艺。

当然，除了卡夫卡的作品，用荒诞手法创作的现代派讽喻小说还有许多，本书所选两篇，即迪伦马特的《隧道》和莫拉维亚的《梦游症患者》，就是其中的名篇。

《隧道》写一列高速运行的火车发了疯，擅自驶入了一条不知通往何处的隧道，司机和列车员吓得纷纷跳车，而车上的乘客却浑然不知……这样的荒诞情节有何含义？从象征的角度看，发了疯的火车是当今世界的象征，所以，这篇不到一万字的小说有一个宏大的警世主题：这个世界已经失控，未来如何，只有天知道。

《梦游症患者》写一个女律师因怀疑丈夫出轨而想借梦游杀死丈夫；但是，当她自以为自己在梦游中开枪打死了丈夫时，她却发现那不过是她做的一个梦——她是在梦中梦见自己在梦游；于是，她晕了，仿佛觉得自己仍然在做梦——梦见自己梦醒了……小说的情节是荒诞的，以此来表现主人公的狂想，而小说的主题就蕴涵在主人公的狂想中：病态的嫉妒，使人变得既疯狂，又可笑。

三

第二类"现实手法＋荒诞主题"的荒诞小说，主要是指20世纪中叶的存在主义小说。存在主义小说是存在主义文学的一部分（此外还有存在主义戏剧），而存在主义文学①源自存在主义哲学，特别是法国存在主义哲学——前者的"文学主题"，往往来自后者的"哲学命题"。

那么，法国存在主义哲学有哪些重要命题呢？最重要的有三个，即："存在先于本质"、"世界是荒诞的"和"人人有选择的自由"，简述如下：

（1）"存在先于本质"，意思是：人的肉体（存在）比灵魂（本质）更重要，因为肉体一死，什么都没有了——这一命题显然是反基督教的，因为基督教的观点是灵魂比肉体更重要②，"本质先于存在"。（2）"世界是荒诞的"，意思是：世界的存在（包括人的存在）没有终极目的（没有人真正知道世界为什么要存在，人为什么要存在），所以，从根本上说，世界是无意义的（无目的，即无意义）；然而，人又只能思考有意义的事物，所以，世界的存在从根本上说是"荒诞的"，不可思议的。（3）"人人有选择的自由"，意思是：生存从整体上说是无意义的，我们常说的"生活意义"只是生存的局部意义③，而且是通过个人选择而获得的；实际上，生活就是一连串选择（你这么做而不那么做，你这么说而不那么说，等等），即使不选择，也是一种选择（即选择了"不选

---

① 存在主义文学被认为是第一个后现代主义文学流派。所谓"后现代主义"，就是"现代主义之后"的意思，也称为"后现代派"，意即"现代派之后"（的流派）。除存在主义文学之外，重要的后现代派还有荒诞派戏剧、新小说派和黑色幽默派等。

② 基督教的这一观点建立在"灵魂不死"的基础上，但在 20 世纪，越来越多的人不但不相信"灵魂不死"，甚至都不相信上帝的存在，反而相信"上帝死了"。既然连上帝也不免一死，那么还有什么比"死"更有权威？没有了！换句话说，过去的欧美人大多相信上帝是最高主宰，现在的欧美人则大多相信，死亡才是真正不可逾越、甚至无法躲避的最高主宰。

③ "生存的局部意义"，意思是：你现在做某事，只是对将来某时或某事有意义，而且有一个必要前提，就是到那时你必须活着——否则，任何事情对死人来说都是无意义的。

择"）；总之，一个人的"生活意义"是通过这个人的选择而"被赋予的"，不是本来就有的——既然每个人的"生活意义"都由自身的选择所决定，也就意味着每个人生来就有选择的权利，或者说，自由选择①的权利。

在上述三个命题中，被存在主义小说表现得最多的是第二个命题——"世界是荒诞的"。也就是说，大多数存在主义小说以表现"生存的荒诞性"为宗旨，或者说，因具有"荒诞主题"而可称为"荒诞小说"。这类小说在写法上并不荒诞，通常采用的是类似19世纪现实主义小说的写实手法，无论人物还是情节，基本上都模拟现实生活，也就是"按生活的本来面目描写生活"，只是——由于这些作品实质上是讽喻小说——某种程度的夸张，还是显而易见的。不过，即便是正统的现实主义讽喻小说，也允许一定程度的夸张。

在这类"现实手法＋荒诞主题"的荒诞小说中，毫无疑问，最经典的是加缪和萨特的作品。加缪也许是最有名的存在主义小说家，萨特则肯定是最重要的存在主义哲学家。本书所选中篇小说《局外人》和短篇小说《墙》，前者是加缪的成名作，后者是萨特的短篇代表作。

《局外人》旨在塑造主人公"我"的局外人形象，小说中的故事情节都为此而设，即情节是服务于人物的，而小说的主题，就蕴涵在人物的性格之中——这是典型的现实主义写法。然而，这却是

---

① "自由选择"的意思是：除了出生不由你选择（当你意识到自己的存在时，你已经在那里了——正因为如此，你的存在从整体上说是"荒诞的"，即：不知其意义何在；因为你不知道，也不可能知道，你为何要来到这个世界），其他一切都可以任意选择，随你怎么想、怎么说、怎么做，都可以；但不管怎样，后果自负。此外，由于人人都有自由选择的权利，他人的选择往往会妨碍你的选择，所以，从这一命题衍生出了另一命题——"他人是地狱"，意思是：你的痛苦并非来自上帝的惩罚（因为"上帝死了"），而是来自他人的竞争——当然，反之亦然。

一篇荒诞小说。其荒诞性在于：小说所要表现的是一个荒诞主题。这一主题与其说蕴涵在主人公讲述的故事中，不如说蕴涵在主人公讲述的故事时的"态度"中；也就是说，主人公"怎么讲"比"讲什么"更重要——因为，从他的"态度"中，读者可以看出他的存在主义世界观和人生观，即：世界是荒诞的，人生是无望的。

同样，《墙》也采用现实主义叙述手法，也是主人公自述其经历。不同的是，《局外人》主人公被捕后显然被处决了（他的自述是他临刑前的"遗书"），而在这篇小说中，主人公"我"被捕后，眼看马上就要被枪决，结果却莫名其妙地活了下来。小说用绝大部分篇幅渲染人对死亡的恐惧，但到结尾时，悲剧突然变为喜剧，悲壮的死亡突然变得滑稽可笑，主人公的生死观也随之突然改变，而小说的存在主义主题，就从这突然转变中生发出来：生与死，其实都属偶然，因为从根本上说，生与死都是不可思议的、荒诞的，因为没人知道（也不可能知道），人为何要活，又为何要死。

四

第三类是"荒诞手法＋荒诞主题"的荒诞小说。这类小说大多出现在 20 世纪 50 年代前后，和当时盛行的两个后现代主义流派——即荒诞派戏剧和黑色幽默①小说——密切相关，而这两个流派，又显然受存在主义文学的影响，甚至可以说，是存在主义文学

---

① "黑色幽默"的意思是"不吉利的幽默"（黑色在欧美文化中的原始象征是死亡。由此，从一端衍生出厄运、倒霉、不吉利之意，如："黑色星期五"；同时，又从另一端衍生出沉静、肃穆、庄重之意，如：在重要场合，重要人物都坐黑色轿车，穿黑色礼服）。"幽默"的本意是"温雅的、令人愉悦的玩笑"，而在"幽默"前加上"黑色"，就成了"不吉利的、令人沮丧的玩笑"——不过，不管多么不吉利，多么令人沮丧，它又是玩笑；也就是说，面对厄运，还开玩笑——这就是"黑色幽默"。

的进一步发挥。因为，无论是荒诞派戏剧，还是黑色幽默小说，都以存在主义的荒诞概念作为创作核心，都致力于表现"世界的荒诞"[①]。实际上，就其表现的主题而言，荒诞派戏剧和黑色幽默小说并没有什么区别，甚至可以说，荒诞派戏剧就是戏剧形式的黑色幽默，黑色幽默小说就是小说形式的荒诞剧。

不过，需要说明的是，这类荒诞小说所使用的荒诞手法和第一类荒诞小说大不相同。一般说来，第一类荒诞小说主要是使用"荒诞情节"，即小说的情节是荒诞的、不真实的。与此不同，这类荒诞小说虽然也时而采用"荒诞情节"，但却以"荒诞叙述"[②]为主要手法，因而被认为是"形式和内容有机统一的"、真正的荒诞小说。

为什么说这类小说和荒诞派戏剧有关？因为写这类小说的先行者塞缪尔·贝克特后来以荒诞剧著称，尤其是他的《等待戈多》，已成荒诞剧经典，而实际上，贝克特最初写的不是荒诞剧，而是荒诞小说，只是当时未受关注，才转向戏剧。也就是说，他的荒诞剧由荒诞小说演变而来，两者是相通的：理解了他的荒诞剧，也就理解了他的荒诞小说，反之亦然。那么，贝克特的荒诞小说荒诞在哪里？可以说，就如《等待戈多》，彻头彻尾的荒诞——形式

---

① 当然，是哲学层面上的"荒诞"，而非社会、政治、经济或心理层面上的"不合理"、"不公正"、"不正常"等等——若在这些层面上解读这类小说，那就只能说是有意无意的"误读"。

② 何谓"荒诞叙述"？先解释一下"叙述"。我们知道，小说读者读到的只是一连串长短不一的句子——这一连串句子，就是"叙述"。至于小说的情节、人物、主题，是读者从作者的叙述中（通常按作者的"叙述意图"）读出来的；也就是说，叙述是小说的基础，其他一切都是建立在这之上的。反过来说，叙述的目的就是铺陈情节、描写人物、表现主题，而在通常情况下，铺陈情节和描写人物就是为了表现一个具有某种"意义"的主题。所谓"荒诞叙述"，简单地说就是：这种叙述虽然也铺陈情节，也描写人物，但不表现通常情况下的具有某种"意义"的主题，而是要表现"无意义"——即荒诞主题。再说得简单一点就是：这种叙述不想说明什么，只想说明什么也没有说明；或者说，你读了这样的叙述，虽读到了情节和人物，但只觉得空虚、琐碎、毫无意义——若是这样，"荒诞叙述"也就达到了预期的"艺术效果"。

是荒诞的，内容是荒诞的，主题也是荒诞的。就以本书所选的两篇小说《被逐者》和《镇静剂》为例，即可看出贝克特荒诞小说典型特点。

这两篇小说的内容都是主人公"我"的自述，而且两个"我"应该是同一人（因为这两篇小说是"短篇四部曲"里的第二和第四篇，第一和第三篇取名为《初恋》和《结局》）。这个"我"的自述，就是"荒诞叙述"，即：他讲述了自己经历的事情，其间也有他的想法和感受，也有其他人物出现，这些看上去似乎和传统小说没有什么两样——但是，他讲述这些到底说明了什么呢？如果说明了什么，也就有了我们常说的主题，而且是具有某种"意义"的主题。然而，贝克特的小说即使有主题，也是"荒诞主题"，也就是不具有某种"意义"的主题，或者说，表现"世界的荒诞和生存的无意义"的主题，即存在主义主题。我们知道，存在主义小说也表现这一主题，但贝克特小说与此不同的是：这一主题不是通过人物（如《局外人》）或情节（如《墙》）表现出来，而是直接蕴涵在小说的"荒诞叙述"中，即：一边叙述事件，一边"消除"其产生的"意义"，从而使叙述变得"无意义"，就如《镇静剂》的主人公"我"所说，"我现在说的一切互相抵消，我将什么都没说"。他"说的一切"，正是他的人生，而"将什么都没说"，无异于说：人生归根结底"毫无意义"。这就是这两篇小说的"主题"。

贝克特的荒诞小说刚问世时未受关注，但后来随着荒诞派戏剧的成功，其影响越来越大，不仅拥有众多读者，还为众多小说家所模仿。实际上，20世纪中叶影响甚大的黑色幽默小说家，大多采用的就是他那种艺术手法，即：直接用"荒诞叙述"表现"荒诞主题"。

黑色幽默小说家绝大多数是美国作家，因而说这一流派是个美国流派也不为过，其中如约瑟夫·海勒（1923—1999），现已被视为经典作家，其长篇小说《第二十二条军规》则被视为20世纪不可多得的杰作，还有如冯尼古特的长篇黑色幽默小说《第五号屠场》，以及品钦的长篇黑色幽默小说《万有引力之虹》，也被视为美国当代文学的扛鼎之作。本书所选四篇黑色幽默小说，即巴塞尔姆的《气球》、巴思的《迷失在开心馆中》、冯尼古特的《灵魂出窍》和品钦的《熵》，则是该流派的短篇名作。

黑色幽默作家虽然大多受贝克特影响，但他们的"荒诞叙述"和贝克特并不完全一样。譬如，巴塞尔姆的《气球》，其中的"荒诞叙述"不是贝克特式的"互相抵消"，而是混乱无序，以此表示世界的存在从根本上说是"非理性"，不可理解的，也就是"无意义的"。还有如巴思的《迷失在开心馆中》，其中的"荒诞叙述"可称作"迷宫式叙述"，给人以整篇小说就如一个迷宫的感觉，从而表现这样的"荒诞主题"：生活就如走迷宫，处处充满挑战，其实只是"游戏"，并无实质意义。

当然，也有一些黑色幽默小说并不采用"荒诞叙述"。譬如，冯尼古特的《灵魂出窍》，采用科幻形式的"荒诞情节"——即灵魂可以出窍的"两栖人"的故事——嘲讽肉体生存的荒诞，而"两栖人"又显然出自幻想，所以，即便知道生存的荒诞，也不可能改变。还有如品钦的《熵》，既不采用"荒诞叙述"，也不采用"荒诞情节"，而是用沉闷的笔调描写一群百无聊赖的人，同时别出心裁地引入热力学"熵定律"作为背景，以此表现这样一个"荒诞主题"：生活就是生命的消耗，就如"熵定律"所描述的宇宙热能消耗；不可逆转地一步步走向死寂，就是生活的"终极意义"。

如前所述，这类荒诞小说和同时代的荒诞剧是异形同质的，尤其在主题方面，两者基本一致。所以，马丁·艾斯林在其论著《荒诞派戏剧》里对荒诞剧主题的经典论述，也同样适用于这类小说，只要把其中的"戏剧"改成"小说"即可。他说：

　　荒诞派戏剧是我们时代的艺术家持续努力的组成部分，他们意在打破沾沾自喜和不由自主的固定思维模式，在面对人的状况的终极真实时重建人对自身处境的认识。这样，荒诞派戏剧就满足了双重的目的，向它的观众表达了双重的荒诞性。

　　一方面，它讽刺性地批判了对于终极真实没有了解、没有意识的生活的荒诞性……在另一个更加积极的方面，在对于虚假生活方式的荒诞性进行讽刺性揭露的背后，荒诞派戏剧面对着一种更加深层的荒诞性——在一个由于宗教信仰崩溃而导致人的确定性丧失的世界上，人的处境本身的荒诞性。……

　　荒诞派戏剧关心人的处境的终极真实，以及生命与死亡的几个基本问题，无论它显得多么怪诞、琐细和傲慢，它都代表了一种向着戏剧的本源的、宗教的功能回归——使人面对神话和宗教现实。

刘文荣

2012 年 9 月于上海

目 录

黑　猫

[美] 艾德加·爱伦·坡

艾德加·爱伦·坡（Adgar Allan Poe 1809—1849），美国诗人、小说家，主要作品有诗集《帖木尔》《艾尔·阿拉夫》和《诗集》，以及短篇小说七十篇，收于《述异录》。

爱伦·坡是欧美惊悚小说和侦探小说的鼻祖，也是欧美荒诞小说的先驱。本篇是爱伦·坡短篇小说的名篇之一，讲述的是一个令人惊悚的荒诞故事，可以说既是一篇惊悚小说，又是一篇荒诞小说。故事由中年主人公"我"自述（此时他已面临死刑）：他说他年轻时心地善良，后来染上酗酒的恶习，变得暴躁而残忍，因此也交上了恶运。事情开始于家里的一只黑猫。那天他醉醺醺回家，见黑猫没来"迎接"，一怒之下挖掉了它的一只眼睛。这之后，黑猫更加怕他了。他也更加恼怒，以至有一天，他把黑猫活活吊死在树上。这之后，怪事就接连不断发生……直至他暴怒失控，一斧头砍死妻子。他把妻子的尸体砌进一堵墙里，自以为天衣无缝。然而，当警察来调查时，又是黑猫作祟，使他罪行暴露，锒铛入狱。

显然，小说的主题是劝戒的，劝人不要酗酒，更不可作恶，因为，就如主人公自己所说，"天理昭彰，冥冥中自有因果报应"。这是欧美早期小说的惯常主题。不过，这篇小说的经典之处不在其主题，而在其叙事，即：由主人公（一个罪犯）以自嘲的口吻自述其经历，从而揭示出一连串相互关联的犯罪心理。他由酗酒而暴躁，由暴躁而愧疚，由愧疚而恼怒，由恼怒而癫狂，由癫狂而生恶念，由恶念而犯罪，由犯罪而恐惧，由恐惧而暴躁，由暴躁而酗酒，如此循环往复，层层推进，丝丝入扣——这才是这篇小说的主要看点。

　　我现在要写的是我自己的亲身经历，但我并不指望或强求你们相信。不过，这无疑是个最离奇古怪但又看似寻常的故事。我还真希望是我疯了，希望这些经历全都出自我的幻想。但我的感官知觉都在提醒我，我——没——疯，而且我也不是在做梦。明天，我就死到临头了，所以今天，在这最后的一刻，我一定得说出这一切。我想用一种简单明了、尽量不带个人主观意见的叙述方式，把发生在我家的事告诉大家。这些家务事演变到后来，不仅吓坏了我，甚至完完全全毁了我。请允许我稍后再详述。我现在想说的是，对我而言，这些事情确实使我感到害怕；或许，对许多人而言，这种事没那么可怕，只不过有点诡异而已。因此，我不禁想，日后如果有比我更冷静镇定、更思考理智的聪明人读到这个故事，或许根本不觉得它有什么奇特之处，说不定还会认为我太大惊小怪了。因为说到底，这不过是个天理昭彰、冥冥中自有因果报应的故事罢了。
　　打从孩提时代开始，我就被人看成一个性格温和、悲天悯人的孩子；但正因为我的心肠很软，每每我就成了同伴们取笑作弄的对象。我特别喜欢小动物，幸好父母亲也愿意让我饲养各种宠物，我当然也就花很多时间和小动物相处；最让我感到快乐的时刻，莫过于喂小动物们吃东西，抚摸、拥抱它们。 从小到大，我一直很喜爱小动物，即便是到我长大成人后，和小动物相处仍是我生活中最快乐的事。 狗是很忠心而且聪明机灵的一种动物，相信只要是真正爱狗的人，一定不难理解我喜爱小动物的心情。 只要是喜欢小动物的人，一定能打从心底里感觉到，动物对主人总是怀有无私与自我牺牲的情感，而在这一点上，我们却很难从人与人之间的薄弱情谊中感受到此种忠诚、不问回报的相互对待。

我很早结婚，而且找到了一位和我个性契合的伴侣。 妻子知道我特别喜欢小动物，一有机会便会把这些惹人疼惜的小可爱带回家来，也因此，我们家养了各种各样的小动物，有几只鸟、一条金鱼、一只狗、几只兔子、一只小猴子，还有一只猫。

这只猫很特别，它体型硕大，体态优美，毛发全黑，十分聪颖。 由于这只猫实在很聪明灵巧，就连我那一点也不迷信的妻子，也时常把"黑猫其实是巫婆的化身"这则古老传说挂在嘴边，打趣地说这只猫很可能是巫婆变的，才会这么有灵性。 她当然不是刻意唠叨这个，只是我现在说到这件事的时候，突然想起来的。

这只黑猫名叫普路托①，它是我最喜爱的宠物和玩伴。 我总是亲自喂它吃东西，不管我走到屋子的哪个角落，它总会跟着我；甚至连有事外出，我也得费上好大的劲，才能使它不跟着我出门。

温良和善的我，就这样与普路托共同亲密生活了许多年。 但没想到，这一切都是恶魔的诡计，它让我性格大变，每况愈下。 我的性情一天比一天喜怒无常、烦躁易怒，再也不像以前那样善解人意，反而越来越不体贴周围的人、事、物（关于我剧烈转性这件

---

① 普路托（Pluto，也称Pluton，普路东）原是古罗马神话中冥王（死神）的名字，在古希腊神话中称为哈得斯。

事，我实在羞于启齿）。 我开始对妻子口出恶言，到后来甚至对她拳打脚踢，任意施暴；至于宠物，它们当然也感觉到我性情上的转变。 我不再关心它们，甚至还开始虐待它们。 然而，我仍然钟爱普路托，其他小动物像是兔子、猴子、小狗，只要它们想亲近我，在我脚边撒娇，或者不小心挡了我的路，都逃不过被我虐待的命运。 我想，我真的病得不轻，看来长期酗酒、酒精中毒这种病还真是可怕，因为到最后，我连普路托都没放过；由于它年纪渐大，已经是只老猫，多少有点拗脾气，我的暴躁脾气一上来，它便经常遭殃。

有一天，我到城里一家常去的酒馆喝酒，半夜喝得醉醺醺回到家，竟然不见普路托的踪影。 我以为它是故意躲我，一怒之下，到处找它。 后来，我一把抓住了它。 它被我无端暴怒的举动吓坏了，一不小心，在我手上轻咬了一下。 这下可把我真的气坏了，我觉得自己原本温良的灵魂飞离出去，整个身体被暴怒的恶魔所占据，在酒精的催化下，我全身上下的每根神经都在颤抖发怒，连我自己也不认识自己了。 失去理智的我，从口袋里拿出一把折叠小刀，把刀掰开，一手抓住这小可怜的脖子，一手拿刀，把它的一只眼珠子从眼窝里挖了出来……写到这儿，我不由得全身发热，颤抖不已；我为当时犯下的这该死的暴行感到惭愧。

之后，我便赶紧上床睡觉，希望一觉醒来，丧心病狂的暴怒之气已然消退。 隔天早上我醒了过来，恢复了理智，感到既惊慌又自责；毋庸置疑，前一晚对待普路托的暴行让我感到罪孽深重。 但没想到，我心里浮现的愧疚感充其量只是一闪念，依然唤不回我原本纯洁的灵魂。 在那之后，我仍然不改残暴的性情，不断虐待我身边的人和动物，而且借着狂饮酒精，逐渐忘记自己所有的罪行，把一切都遗留在酒杯里的泡沫中。

渐渐地，黑猫普路托的眼睛复原了，不再疼痛，但它那只空洞的眼窝，看起来还是很吓人。它还是常在屋子里走来走去，但不难料想，每回它一看到我靠近，就害怕地躲得老远。刚开始，对于普路托如此明显地疏远我，我仍会感到伤心，毕竟它曾经和我那么亲密，但这种感觉很快就转为愤怒。因此，这一刻终于还是到来了；虽然我毫无这么做的理由，但就是决意要做，而且没有人能阻止我走上疯狂之路。我从没像此刻这么决绝，有一股人类天性中不可遏制、不可除却的、原始的罪恶冲动，正一步步引领着我。那些干了坏事或蠢事的人，谁不是明知不可为而为之的呢？道德正义并非永远存乎于人心，甚至在我们心底深处，其实随时随地都存有犯罪的欲望，而且有时还真的会去做违反法律、违反正义良知的事；毫无原因，纯粹是为了想犯罪而犯罪。所以我说，这股天性中不可遏制的、原始的罪恶冲动，将使我最终变得疯狂；这股天性中毫无理性可言、只是为了施暴而施暴的渴望，痛苦地烦扰着我的灵魂，让我无法停止虐待动物，还让我对普路托这无辜的小可怜，下了最后而且最为凶残的毒手。那一天早上，我冷酷地在普路托的脖子上套了绳索，把它挂在树上吊死了。我一边吊死普路托，一边自责地流着泪；我之所以吊死普路托，是因为它一直以来对我都那么温顺，使我根本找不出任何理由来虐待它，所以只好吊死它，免得让我无缘无故地虐待它；我之所以吊死普路托，是因为如此一来我才算是真正犯了罪，真正满足了我的犯罪欲，从而使我的灵魂永远堕落，就连最仁慈、最令人敬畏的上帝也拯救不了我。

　　就在我吊死普路托的当天夜里，我在睡眠中被火焰烫醒，原来床四周的窗帘全着了火，整个房子陷入一片火海，我、妻子以及一名仆人，费了好大的工夫才从火场里逃出来。这场大火烧毁了一切，吞噬了我所有的家产，使我陷入了无底的、令人绝望的深渊。

我开始猜想：这场灾难，是不是我吊死普路托的报应？ 现在，我就要详细地说明这一连串事件，希望不要有任何遗漏。 火灾发生的第二天，我回到了破毁的家园，那里已成断垣残壁，只剩一堵墙没倒下。 那堵残存的墙并不厚，是个隔断墙，差不多位于房子的正中央，而且正好就是我床头的那堵墙。 我想，那堵墙之所以没倒，应归功于不久前刚涂上的泥灰，全凭它挡住了火势。 不过，这会儿竟有一大堆人聚集在那堵墙前面，似乎正好奇地看着墙面上的什么东西。 听到他们们不停地说"真是不可思议"、"真是奇怪"，这也引起了我的好奇心。 凑近一看，不得了！ 灰白墙面上竟突起一块浮雕似的东西，形状就如一只大猫。 天哪！ 这只猫真是栩栩如生，太不可思议了——猫脖子上，竟然系着一条绳索！

我一看到这面墙上的大猫浮雕，简直惊恐万分，还以为是亡猫显灵，不过我后来冷静下来，理清疑点，证明一切都是自己吓自己。 我想，事情一定是这样的——黑猫被我吊在房子旁边庭院里的树上，之后就发生了火灾，庭院里一定很快就聚集了围观的人群。当时，一定有人看到这只猫被吊在树上，便割断绳索，把它从窗户里扔了进来，大概是为了把我从睡梦中惊醒，好赶紧逃生。 猫被扔进了火场，被其他倒塌的墙压扁，又被什么东西弹到了那堵刚涂了泥灰的墙上。 墙上的泥灰和猫的尸体混合在一起，释放出氨气，就形成了现在看到的形状如猫的浮雕。

虽然我理性地解释了墙面上显现出骇人的大猫浮雕的由来，但我仍不免会胡思乱想。 这几个月以来，黑猫普路托的身影一直在我脑海里挥之不去；我残忍地吊死了普路托，时常感到悔恨不已。 痛失这只黑猫，我一直很伤心，因此常到几家我习惯在那里鬼混的、醍里醍酲的小酒馆去寻找类似的黑猫，以替代死去的普路托。

有天晚上，我半醉半醒，坐在一家摆满不知是琴酒还是朗姆酒

6

的大酒桶的小酒馆里；突然间，我好像看见一只会动的黑色物体趴在一个大酒桶上。我定神朝着这黑色物体看了好几分钟，惊讶地发现，这竟是一只猫！接着，我就走过去，轻轻抚摸它。没错，这是一只大黑猫，简直和普路托一样体型庞大，除了胸口有块很大、但图案不太明显的白色印记，它简直和我那只死去的黑猫普路托长得一模一样。

我一抚摸这只猫，它便发出咕噜咕噜的声音，而且还一直磨蹭我的手，好像我的关注让它很开心。啊，我想就是它了，这就是我想找的猫。我立刻向酒馆老板表示想买下这只猫，但老板却说我不需支付任何费用，因为这只猫并不属于他，在这一晚之前，他也从未见过这只猫。

我继续抚摸这只猫，当我准备回家时，它竟作势想和我一起离开。我没有拒绝，于是让它跟我一起走。回家的路上，我偶尔还会弯下腰来摸摸它。一到家，这只大黑猫便表现出乐于被人豢养的模样，马上适应了居家环境；我的妻子更是见到它就很欢喜，对它疼爱有加。

至于我，很快就发现自己对这只猫产生了厌恶、憎恨的心情。我没想到自己会有这种一百八十度的大转变，也不知道自己为何会这样；这种厌恶之情，后来甚至转为很深的敌意。我开始躲避这只猫。或许是因为我对普路托一直感到很愧疚，便将情绪转移到了这只猫身上，使我不敢对它加以虐待。就这样过了好几个星期，我真的从未打骂过它。但是，我还是对它很反感，不知为什么。这种感觉越来越严重。我就像躲避致命的传染病一样，默默地逃避着这只令人深恶痛绝的猫。

我想，我这么厌恶这只猫有一个很重要的原因，那就是在我带它回家的第二天早上，我赫然发现它和普路托一样，也瞎了一只眼睛。 正因为它和普路托的遭遇如此相像，我的妻子才会立刻对它一见如故，深深疼爱它（我先前说过，妻子和过去的我很像，她悲天悯人，纯真，热爱小动物）。

然而，虽然我非常憎恨这只猫，但它对我的爱却是有增无减。我走到哪儿，它一定会跟到哪儿，这种"跟随我"的执著，外人恐怕很难想象。 当我坐下的时候，它会蜷伏在椅子底下，或者爬到我的膝盖上，令人反感地磨蹭我；如果我起身走路，它就会跑到我的两腿之间，每次差点把我绊倒，或者用它尖而长的爪子攀着我的衣服，爬到我的胸前。 它这些黏腻的举动，简直让我受不了，很想一拳打死它，但我还是克制住了伤害它的欲望。 一部分原因是，只要一想起我之前对普路托做的坏事，就感到愧疚；但很重要的原因是，我不得不坦白承认，我真的打从心底对这只猫感到莫名的恐惧。

这只猫真的让我感到不寒而栗。 哦！ 我实在很羞于承认这件事，但它的出现与模样，让我不断联想到它就是妖魔鬼怪的化身。而且，妻子不止一次提醒我说，这只猫和普路托唯一的不同之处，就是它的胸口有一大块白毛。 我先前提到过，这只猫胸口的白毛虽然很大一块，但上面的图案并不明显；然而，慢慢地，在我丝毫没注意或者说根本不想承认的情况下，这块白色的印记有了无比清晰的形状轮廓。 一想到这只猫胸口的白色印记，我就感到害怕而颤抖，这个图案竟来自我最厌恶、最害怕而且急于想摆脱的黑猫身上。 天哪！ 我简直说不出口，那上面到底映出了什么图案。 好吧，我要说了，这个令人感到恐怖害怕的图案是——绞刑架！ 我的老天爷，为什么是绞刑架？ 这无比凄惨吓人的装置，可是象征着恐怖的罪行、临死的痛苦啊！

这下子，我真的只能苟延残喘地活下去了，就连一只畜生也能如此这般掌控我的命运（天哪，该不会是因为我曾吊死过它同类的缘故吧），我可是崇高上帝所造的"人"啊，我可是"万物之灵"啊！哎呀，这下子我日日夜夜都不得安宁了，我真是怕了这只猫。白天，这只猫无时无刻不黏着我；夜晚，每当我从惴惴不安的噩梦中醒来时，都会发现这只猫对着我的脸呼气，而它那庞大的身躯更成了我的梦魇，老是压在我的胸口上，而我生怕触怒它，根本不敢把它从我胸口推开！

处在这种身心极受折磨的环境下，我终于变得疯狂之极，连最后一点道德良心都泯灭无存，阴沉邪恶成了我唯一的精神归属。我的脾气越来越喜怒无常，对所有人我都会毫不留情地突发怒气，完全无法控制。我的妻子更是经常成为我的施暴对象，而她又总是逆来顺受地默默忍受。

有一天，为了一些家务琐事，妻子和我一起来到我们住的老房子的地下室。这只猫也跟着我来到地下室，但地下室的台阶又陡又窄，它差点绊倒我，使我从台阶上跌下去。这下子它激怒了我，使我把原本对它的那份可笑的畏惧感全都抛诸脑后，一怒之下，举起斧头就要朝它砍去。这可是致命的一斧头，肯定能叫它一命呜呼。然而，正当我准备砍下去时，妻子抓住了我的手想阻止我。没想到她这一阻拦，更使我狂暴不已。我像恶魔附身一般，挣脱她的手，一斧头砍下去，正中她的脑门。还没来得及发出一声尖叫，妻子就倒地死了。

我狂暴地砍死妻子后，马上冷静下来，思考该怎么藏匿尸体。我知道，不管是白天还是晚上，我都不能把尸体运出屋子，因为这样一来，肯定会被邻居发现。一时间，我脑子里浮出很多处理尸体的想法：我想可以把尸体切成一小块一小块，然后用火烧掉；后来，我又想到可以在地下室挖掘一个洞，把尸体埋在里面；或是，把尸体丢进院子的井里；再不然，我还想到干脆把尸体装在一个箱子（就像一般的商品箱）里，放在庭院里，再请个杂工把它搬走。最后，我忽然想到一个绝佳的点子，我决定效仿中世纪僧侣处理牺牲者的做法，把妻子的尸体砌在墙壁里。

这间地下室正好符合我藏匿尸体所需，让我得以进行小小的改建工程。地下室的墙砌得不怎么牢固，而且墙面最近刚草草涂上泥灰，由于天气潮湿，还未完全干硬。更棒的是，其中一堵墙先前可能考虑到要设置烟囱或壁炉，是往外突出的，现在还未完全封住。毫无疑问，我可以轻松地把这堵墙上的砖块移开，把尸体塞进去，再用砖块封好。如此一来，便没有人知道这堵墙是新砌的，更不可能使人起疑心（反正其他墙的泥灰也都没有干）。

一切果然如我计划那样顺利。我很轻松地就用铁锹移开了墙上的砖块，接着把尸体搬进墙内，让它倚靠着内墙站立。随后，我毫不费力地再用砖块封好，让整堵墙的样子看起来和原本的一模一样。我还小心谨慎地找来一些泥灰、沙子、毛发，搅拌得和原本墙面上的泥灰很相似，再仔细涂在新砌好的砖块上。大功告成后，我对自己的作品感到很满意，这堵墙完全看不出是新砌的。我小心捡掉地上的垃圾，得意洋洋地看看地下室四周，对自己说："我的技术真不赖，这些努力不会白费的。"

我的下一步计划便是找到这只害我大忙一场的黑猫。我已经打定主意要弄死它，这会儿要是让我看见它，它绝对逃不掉。但这只狡猾的黑猫显然被我先前的怒气吓倒了，躲到不知哪里去了。不过，这倒让我打心底里松了口气（这种感觉真是很难形容）。夜晚时分，我终于可以喘口气，胸口前不再有这只讨厌的猫，不再被压得大气不敢出一下。晚上睡觉时，它果真没出现，唔，太好了，自从这只猫来到家里，我从没像今晚这样能舒服地睡个好觉。是的，少了这只猫的纠缠，我的内心真是轻松无比，甚至连犯下杀人罪这件事，都被我抛到九霄云外去了。

第二天、第三天过去了，可恨的怪猫一直没出现，太好了，我总算重获自由了。这只恐怖的怪物已经永远离开我的房子，我再也用不着看到它了；我觉得好开心、好自在、好幸福。这只猫消失了，我的心头大患也解除了，相比之下，杀妻的恶行还没有这只猫的存在使我担心害怕！没错，警方侦讯了好几次有关妻子的事情；不过，我当然很轻易就打发了他们。他们也曾上门搜查过一次，不过什么也没发现。我想，我一定能舒舒服服地拥有幸福美满的未来。

杀妻后第四天，一群警官毫无预警地又上门来了，而且再次搜查了整幢房子。我因为对自己藏匿尸体的方式很有把握，料想不会被发现，所以即便警官大人要我协助他们搜索，我也丝毫不感到为难。他们搜查得很彻底，连屋间的角落、密室都没放过。最后，反复搜查了三四次后，他们决定到地下室去搜查。即便他们到了地下室，我仍表现得很镇定。我把双手交叠在胸前，轻松自若地陪着他们从这一头搜查到那一头。经过一番搜查，他们什么也没发现，因而完完全全相信了我，并且准备走了。我对自己高明的藏尸手法实在太得意了，以至难掩得意之情。我甚至还自以为是地想对警官们说一番话，一方面想暗自宣告自己杀人、藏尸、蒙骗的成功，另一方面也想让他们更相信我，完全排除我杀人的可能性。

最后，当警官们走上台阶准备离开地下室时，我说话了："各位警官，我很高兴你们能排除我犯案的嫌疑，我祝你们身体健康。还有，希望你们能多尊重我一点。最后，要向各位警官顺带一提的是，我这幢房子真的建得很牢固（天啊，我刻意想表现得很自然，说些家常话，但简直不知所云），嗯，应该说是非常非常牢固，而且这些墙……唉，警官们，你们要走了啊，不看看这些墙吗？ 它们可是砌得非常坚固牢靠的！"此时，纯粹出于虚张声势，我故意用拐杖向墙面重重敲去——那堵墙的里面，正藏着我妻子的尸体。

或许是上帝想让我重回他身边，从而把我从恶魔的毒牙中解救出来，接着竟发生了这样的事情！ 当时，墙面被我用手杖敲击之后，回音未散，只听到墙里发出一阵哭叫声。 刚开始，那声音模模糊糊、断断续续，好像是小孩子的抽泣声；接着，很快就变成一阵连续的尖叫声。 那声音很不规则，简直不像是人类的声音，而是一种夹杂着惊恐与欢呼的尖锐号叫，像是被打入地狱的人发出的痛苦呻吟和地狱里的恶魔发出的欢叫声混合在一起的声音，令人毛骨悚然。

我的行为实在太蠢，蠢得我实在不想说了。 好吧，那时，我整个人吓得几乎要昏倒，摇摇晃晃地走向对面的墙。 警官们听到号叫声，一开始显得极度惊恐，吓呆在台阶上，一动也不敢动；但没过一分钟，他们便立即冲下来，到了那堵墙的前面，并用粗壮的手臂拼命敲打墙；不一会儿，那堵墙就被他们敲开了。 砌在墙里的尸体已经有点腐烂，凝满血块，僵直地站在警官们面前。 尸体的头上，就蹲着那只令人厌恶之极的黑猫，它张着血盆大口，独眼里冒着怒火；正是它，诱使我杀了妻子，还发出凄厉的嚎叫声，让警官们把我抓住，如今又要送我上绞刑架。 天哪！ 原来我把这只可恶的黑猫也砌进了那堵墙！

刘 晨 译

鼻　子

［俄］尼古拉·果戈理

　　尼古拉·果戈理（Николай Васильевич Гоголь 1809—1852），俄国作家，重要作品有长篇小说《死魂灵》、中短篇小说集《密尔戈罗德》《小品集》等。

　　本篇是果戈理的短篇名作，一篇具有多重含义的荒诞小说。故事显然很荒诞：八等文官柯瓦廖夫有一天发现鼻子不见了，于是他在彼得堡四处找寻自己的鼻子。

　　有人认为，这篇小说写的是一场梦，理由是：小说初稿时，原名就是《梦》。那么，果戈理讲述这么一个荒诞不经的"梦"，用意何在呢？有人认为是借此"批判彼得堡的官场风气"，但也有人认为这样解读小说似乎太简单化：小说中固然有不少的情节和议论是对官场风气的直接或间接嘲讽，但还有不少荒诞、怪异的情节，如果也以此视之，则显然很牵强。

　　那么，对这样的情节，又该如何解读呢？有人认为，这里还具有某种性意味，即：柯瓦廖夫丢失鼻子意味着性吸引力的丧失，而他是个好色之徒，所以，他如此焦虑地寻找鼻子是想找回性吸引力。还有人干脆认为，鼻子是男性生殖器象征，丢失鼻子即"被阉割"的象征（实际上，小说中柯瓦廖夫的鼻子就是被理发匠伊凡·雅可夫列维奇割下的），所以，整篇小说所表现的是"阉割的恐惧"。

不过，不管怎样解读，这篇小说都很有趣，时时会让你看到果戈里式的"含泪的笑"，因为他笔下的人物——尤其是那些"小人物"——往往是既可笑，又可怜，又可悲，令人哭笑不得。

一

三月二十五日，彼得堡发生了一件怪事。住在沃兹涅仙大街的理发匠伊凡·雅可夫列维奇（他的姓氏已无从查考，甚至那画着一个脸颊上涂满肥皂的绅士的招牌上，除了"兼营放血"①的字样外，也别无其他说明），早早地醒来了，闻到一阵热烘烘的面包味儿。他在床上稍稍支起身子，一眼看见他的妻子，一个爱喝咖啡、颇为庄重的太太，正在把烤好的面包一个个从炉膛里取出来。

"普拉斯科芙娅·奥西波芙娜，我今天不喝咖啡了，"伊凡·雅可夫列维奇说，"我只想吃点热面包夹葱就行了。"

（其实呢，伊凡·雅可夫列维奇既想喝咖啡，又想吃面包夹葱，不过他心里明白，一下子要吃两样东西是根本办不到的，因为普拉斯科芙娅·奥西波芙娜非常讨厌这样的怪癖。）

"就让这笨蛋吃面包吧，这样我倒好些，"他的妻子暗自想道，"可以多喝一份咖啡了。"于是，便把一个面包扔到了桌上。

伊凡·雅可夫列维奇为了体面起见，在衬衫外面穿上一件燕尾服，坐到餐桌前，撒上点盐，准备好两个葱头，拿起刀子，装出一

---

① 旧俄时代，理发匠往往兼用放血等土法给人治病。

副耐人寻味的表情，动手切面包。 他把面包切成两半，瞧瞧里面，不禁大为惊讶：里面有一个发白的东西。 伊凡·雅可夫列维奇小心地用刀子剔了剔，又用手指头按了按。 "还挺结实呢！"他自言自语说，"这是什么东西呢？"

他把指头伸进去，拽了出来——是一只鼻子！ ……伊凡·雅可夫列维奇颓然地松开了手；他揉揉眼睛，又摸了摸：鼻子，一点不错，是鼻子！ 而且，看上去似乎还挺面熟呢。 伊凡·雅可夫列维奇不由地露出惊恐万状的神色。 然而，这种惊恐之状比起他的妻子的满面怒容来简直算不了什么。

"你这个人面兽心的家伙，打哪儿割了这鼻子来的？"她怒气冲冲地嚷开了，"骗子手！ 酒鬼！ 我自个儿到警察署告你去。 伤天害理的强盗！ 我就听三个人说过，你刮脸的时候，把人家的鼻子都快要揪脱了。"

然而，伊凡·雅可夫列维奇已经吓得半死不活了。 他看出来了，这只鼻子不是别人的，而是他每逢星期三和星期天都得上门去刮脸的八等文官柯瓦廖夫的。

"行啦，普拉斯科芙娅·奥西波芙娜！ 我用破布把它包起来，放在墙角里；先在那里搁一搁，再把它拿出去就是。"

"我不想听！ 想叫我让那割下来的鼻子搁在房里？ ……你这没心没肺的家伙！ 只知道拿剃刀在皮带上晃来晃去，而本分的事儿都快要不管不顾了，你这淫棍，坏蛋！ 还指望我会替你在警察面前担待吧？ ……哼，你这窝囊废，木头疙瘩！ 拿走！ 快拿走！ 随便拿到什么鬼地方去！ 我可不闻它那臭气！"

伊凡·雅可夫列维奇呆头呆脑地愣在那里。 他想来想去，就是想不出个所以然来。

"鬼才知道是怎么回事。"他搔搔自己的耳根，终于说道，

"我昨天是喝醉了回来还是怎么的，这真是说不上来了。无论怎么说，这都是不大可能的事：因为面包是烤过的，而鼻子却好好的。真叫我闹不明白！……"

伊凡·雅可夫列维奇不说话了。一想到警察会在他家里找到鼻子，他可能要吃官司，就吓得魂不附体。他恍惚看见用银线绣的红衣领、长剑……于是，浑身索索地抖个不停。最后，他取出内衣和长统靴，把这些乱七八糟的衣物套在身上，在普拉斯科芙娅·奥西波芙娜的一片难听的责骂声中，用破布包好鼻子，径自出门去了。

他打算随便找个地方把鼻子悄悄打发掉：或者塞到大门的石柱底下，要不就装着无意中失落在地上，然后拐进胡同一走了之。可是，真是倒霉，他总是碰到熟人，而且刨根问底地打听："上哪儿去呀？"要不就问："这么早给谁刮脸去呀？"所以，伊凡·雅可夫列维奇一直没有找到空当。有一回，他已经把鼻子扔在地上了，可是一个岗警却打老远地用斧钺指给他看，一边说道："捡起来呀！你掉东西了！"于是，伊凡·雅可夫列维奇只好又把鼻子捡了起来，藏进口袋里。他真是束手无策了，因为商店和小铺子一个个在开门，街上已渐渐变得人群熙攘了。

他拿定主意到伊萨基耶夫大桥上去：说不定可找到机会把它扔进涅瓦河里……不过，我感到抱歉，直到现在还没有介绍一下伊凡·雅可夫列维奇，其实他在许多方面都是一个可亲可敬的人。

伊凡·雅可夫列维奇像所有的俄国正派的手艺人一样，嗜酒如命。虽然他每天都给别人刮胡子，可是他自己的胡子是从来不刮的。伊凡·雅可夫列维奇的燕尾服（他从不穿礼服）是花花搭搭的；换句话说，它是黑色的，却布满了棕黄色和灰色的圆斑点；衣领油光滑亮，三个钮扣脱落了，只剩下一点线头儿。伊凡·雅可夫列维奇是个玩世不恭的人，每当八等文官柯瓦廖夫在刮脸时对他说："伊凡·雅可夫列维奇，你的手上总有点难闻的味儿！"这时，伊凡·雅可夫列维奇却反问说："怎么会有难闻的味儿呢？"八等文官又说："不知道，伙计，就是味儿难闻。"于是，伊凡·雅可夫列维奇闻闻鼻烟，然后在他的脸颊上、鼻子底下、耳根旁边和下巴颏上——总之，随心所欲地抹了一大片肥皂沫，作为回报。

且说这位可亲可敬的市民已经来到了伊萨基耶夫大桥上。他首先四下里张望了一阵子，然后朝栏杆俯下身来，好像是在观看桥下的河水里的游鱼多不多，随即悄悄地把包着鼻子的破布扔了下去。他觉得似乎卸下了千斤重担，一身轻松。伊凡·雅可夫列维奇甚至禁不住笑了笑。他没有去给官员们刮脸，而是朝一家挂着"茶点小吃"招牌的铺子走去，想喝一杯潘趣酒。忽然，他看见一个巡长站在桥头——仪表堂堂，满脸络腮胡子，头戴三角尖帽，身挎一柄长剑。他猝然怔住了；就在这时，巡长伸出手指招呼他说：

"伙计，你过来一下！"

伊凡·雅可夫列维奇知道规矩，远远地脱下便帽，快步上前说道：

"大人，您好！"

"不，不，老兄，不是什么大人；你倒说说，你刚才站在桥上干什么来着？"

"真的，老爷，我去给人刮胡子，只是顺便看了一眼河水流得快不快。"

"你骗人，骗人！你搪塞不过去的。照实说吧！"

"我甘愿给大人每个星期刮两次脸，就是三次也行，绝不推托。"伊凡·雅可夫列维奇答道。

"不，朋友，这是瞎扯淡！有三个理发匠给我刮脸，他们还觉得是我给他们赏脸了。你得说个清楚，在桥上干什么来着？"

伊凡·雅可夫列维奇的脸色刷地煞白了……不过，事情到了这儿却罩上了一层迷雾，后来发生的情况便无从知晓了。

二

八等文官柯瓦廖夫一大早便醒来了，翕动着嘴唇，发出"嘟噜噜……"的响声，每当他醒来时总是这么做的，虽然他自己也说不清为什么要这么做。柯瓦廖夫伸了个懒腰，吩咐人把桌子上那面小镜子递过来。他想瞧瞧昨天晚上鼻子上忽然长出来的那个小疖子；可是，令他目瞪口呆的是，鼻子不见了，留下的是一块又平又塌的疤痕！柯瓦廖夫十分骇然，叫人端了水来，用手巾擦了擦眼睛：一点不错，鼻子不见了！他用手摸摸自己，想要知道是不是在做梦；好像不是在做梦。八等文官柯瓦廖夫从床上一跃而起，抖了抖身子：鼻子是不见了！……他吩咐立刻给他穿好衣服，随后便飞也似的跑去见警察总监了。

然而，我们得介绍一下柯瓦廖夫，让读者知道这个八等文官是属于哪一类的人物。有一些八等文官是凭借学业文凭获得这个官衔的，而另一些八等文官则是在高加索得到提拔的，这是绝不可相提并论的。他们是完全不同的两类人。有学识的八等文官……不过，俄国是一个奇妙的国家，你若是说的是一个八等文官的事情，那么从里加到堪察加①的所有的八等文官都一定以为是在说自己。其他各种名分和官衔的官员也概莫能外。柯瓦廖夫是在高加索弄到手的八等文官。他得到这个官衔还只有两年，所以一刻也不会忘

---

① 旧俄从最西边到最东边的疆域。

记这个名分；为了显得身分高贵不凡和举足轻重，他从来不说自己是八等文官，而总是自称为少校。"听着，亲爱的，"他在街上遇见卖胸衣的女人总是说道，"你上我家来吧；我住在花园街；只要问一句：柯瓦廖夫少校住在这儿吧？任谁都会告诉你的。"假若遇见一个姿色可人的女人，他便要另外悄声嘱咐几句："心肝宝贝，你就问问柯瓦廖夫少校家的房子在哪里吧。"有鉴于此，我们往后也把这个八等文官称为少校吧。

柯瓦廖夫少校有个习惯，每天要在涅瓦大街上散散步。他的胸衣领子总是干干净净的浆硬过的。他的络腮胡子跟如今省里和县里的土地丈量员、建筑师、团队军医以及干着警察差使和一切长着红润的胖脸又玩得一手波士顿好牌的堂堂男子们的络腮胡子一模一样：在脸颊的中间蔓生开来，一直长到鼻子附近。柯瓦廖夫少校携带着许多玛瑙图章，有嵌着徽记的，有刻有礼拜三、礼拜四、礼拜一等字样的。柯瓦廖夫来到彼得堡是另有所图，那就是想要谋个与他的身分相称的职位：如果福星高照，就弄个副省长当当；万一不行——就在地位显赫的厅局里当个庶务官也行。柯瓦廖夫少校也不反对结婚，不过新娘必得有二十万卢布的陪嫁才成。所以，这会儿读者自己可以推想而知，当这位少校看见自己那长得相当好看而又大小适中的鼻子不见了，露出了一块又平又光、十分难看的疤痕时，会是怎样的一种心境啊！

真不凑巧，街上连一辆出租马车也没见到，他只好徒步而行。于是，裹紧斗篷，用手帕捂住脸，装出一副鼻子出血的样子。"说不定是我想错了吧：鼻子不会稀里糊涂就弄丢的。"他转念一想，有意走进一家糖果点心店去照照镜子。好在店里没有顾客；只有小学徒们在打扫房间和摆放椅子；其中几个人睡眼惺忪，用托盘把热包子端出来；桌子和椅子上胡乱地摊着滴满咖啡渍的昨天的报纸。

"唔，谢天谢地，一个顾客也没有，"他说，"这会儿可以去瞧瞧。"他怯怯地走到镜子跟前，望了一眼。"鬼知道是怎么回事，真是糟透了！"他啐了一口，说道，"哪怕有个什么东西抵了鼻子也好嘛，可是，光光的什么也没有！……"

他神情沮丧地咬住嘴唇，走出糖果点心店，决心一反往日的习惯，再也不去盯着看别人了，也不对人笑脸相迎。忽然之间，他在一幢房子的门口愣住了；他的眼前竟然出现了一桩莫名其妙的怪事：大门口停下一辆四轮马车，车门一开，一位身穿制服的绅士弯腰跳下，快步上楼去了。柯瓦廖夫一眼便认了出来，那正是他自己的鼻子嘛，他是多么惊奇而又骇然啊！目睹如此离奇的怪事，他仿佛觉得眼前的一切都天旋地转起来；他两腿勉强站立着；不过，他拿定主意，无论如何要等着他回到马车上来，而这时，他就像得了寒热病似的浑身颤抖着。两分钟后，鼻子果然出来了。他身穿绣着金线、围着大竖领的制服、熟羊皮的裤子，腰挎一柄长剑。从带有羽饰的帽子上可以看出，他已位居五等文官之职。种种迹象表明，他是坐车到什么地方去拜会别人的。他朝两旁望了一眼，对车夫喊道："来车！"随即坐上车，扬长而去。

可怜的柯瓦廖夫几乎要神经错乱了。这真是一桩怪事，他无论如何也弄不明白。真的，这鼻子昨天还好端端地挂在脸上，既不会走，又不会飞，怎么会穿起制服来呢？他跑着追了上去，幸而那马车没走多远，就在喀山大教堂的前面停了下来。

他赶忙跟了过去，穿过一群用围巾裹着脸、只让两只眼睛露在外面的老乞婆（他平时总是嘲笑她们），随后也进了教堂。里面做祷告的人并不多；他们都只站在教堂入口处。柯瓦廖夫觉得心情沮丧，无法静下心来做祷告，四下里张望着，寻找那位绅士，终于发现他站在边上。鼻子把自己的脸藏在大竖领里面，装出十分虔诚的样子在祷告。

"怎么去招呼他呢？"柯瓦廖夫暗忖着，"看那制服、帽子，全都表明他是一个五等文官。鬼知道该怎么办才好！"

他在近旁有意咳嗽了一阵子；可是，鼻子一刻也没有改变那十分虔诚的祷告姿势，连连躬身施礼。

"阁下……"柯瓦廖夫强打起精神开口说道，"阁下……"

"您有何贵干？"鼻子转过头来答道。

"我觉得奇怪，阁下……我以为……您应当知道自己该待在什么地方。我是偶然找着您的，在什么地方呢？……在这教堂里。您得承认……"

"请原谅，我不明白您说的什么事情……您说明白点。"

"我怎么向他挑明呢？"柯瓦廖夫想了想，又鼓起勇气说道：

"当然，我……不过，我是少校。我没有鼻子可不成，您得承认，这样是很不体面的。一个在沃兹涅仙大桥上坐着卖去皮橙子的女小贩，没有鼻子倒也罢了！可是，我还想要得到升迁……而且跟许多人家的太太都常有来往，比如五等文官夫人契赫塔列娃，还有别的人……您自己想一想……我不知道，阁下……（这时，柯瓦廖夫少校耸了耸肩）请原谅……如果从应尽的天职和注意体面来看这件事……您自己也会清楚……"

"我一点也不清楚，"鼻子答道，"您就明明白白地说了吧。"

"阁下……"柯瓦廖夫神气凛然地说道，"我不知道该怎么理解您说的话……这件事明摆着是一清二楚的……要不，是您想要……要知道，您是我的鼻子！"

鼻子瞟了一眼少校，不由地皱了皱眉头。

"您弄错了，先生。我跟这毫不相干。何况我们之间谈不上什么密切的关系。从您身上制服的钮扣来看，您应该是在另一个衙门里当差的。"

说完，鼻子转过身去，又继续做祷告。

柯瓦廖夫完全窘住了，不知道该怎么办，甚至不知道说什么才好。这时传来一阵女人衣裙的令人愉快的窸窣之声：走过来一位衣服缀满花边的中年妇人，身边带着一位窈窕淑女，一袭洁白的连衣裙衬着苗条的腰肢和淡黄色的、如小蛋糕一般精巧的小帽，更显得妩媚动人。一个高个子的随从，满脸络腮胡子，脖颈上围着足有一打硬领，这时站在她们的身后，打开了鼻烟盒。

柯瓦廖夫走近前去，挺着细亚麻布做的胸衣的硬领，戴好挂在金链子上的手套，微笑着环顾四周，注视着那个体态轻盈的女子——她犹如一朵娇艳的春花微微弯着身子，把一只长着半透明手指的白净小手举到额头上。柯瓦廖夫看见那顶呢帽底下露出的晶莹玉洁的圆润的下巴和罩上一层初春玫瑰花的绯红的半边脸儿时，禁不住眉开眼笑了。可是，他忽然抽身跳开了，就像是被火灼伤了似的。他忽地想起自己的鼻子没有了，不禁潜然泪下。他转过身去，本想直截了当地对那个穿着制服的绅士说，他只不过是个冒牌的五等文官，一个大骗子和无耻之徒，除了是一只鼻子之外，什么也不是……可是，鼻子已经不见了：他兴许又是驱车去拜会什么人了。

这样一来，柯瓦廖夫大失所望。他返身回来，在柱廊底下停留了片刻，仔细地环视周围，指望还能找到鼻子。他记得很清楚，那帽子是带羽饰的，制服是用金线缝制的；但是没有留意他的外套、马车和马匹的颜色，甚至也没有注意他身后是否跟着仆人和穿什么样的仆役制服。再说车水马龙，往来如梭，也难以看得分明；纵然是看清了其中的一辆马车，也无法叫它停下来。那一天风和日丽，涅瓦大街上人来人往，淑女如云，犹如色彩缤纷的瀑布洒落在从警

22

察桥到阿尼奇金桥的整个人行道上。 一个他认识的七等文官从那边走过来了，他总是称呼那人为中校，特别是当着外人的面时是如此。 另一个是参政院的股长雅雷金，那是他的好友，玩起波士顿牌来总做不成八点的分数。 还有一个也是在高加索弄到官阶的少校，招着手要他过去……

"咳，真见鬼！"柯瓦廖夫说，"喂，马车夫，直接到警察总监家去！"

柯瓦廖夫上了马车，一个劲地催促车夫说："使劲赶吧！"

一进前厅，他便喊道："警察总监在家吗？"

"不在呢，"看门人答道，"刚才出门去了。"

"真是不凑巧！"

"可不，"看门人补充说，"刚才还在家里，说走就走了。 您要是早来一会儿呢，兴许就见着了。"

柯瓦廖夫兀自用手帕掩着脸，又坐上马车，扯着嗓门喊道：

"走！"

"去哪里呀？"马车夫问道。

"一直走！"

"怎么一直走呀？ 这儿要拐弯了……朝右拐还是朝左拐呢？"

这一下可把柯瓦廖夫问住了，他不得不再想一想。 落到这步田地，他应当先找市警察署去交涉一下；这倒不是因为这案子跟警察直接有关，而是因为警察署办理起来要比别的地方恰当得多；这案子要是告到鼻子自称在那里当差的衙门上司那儿去求得满意的解决，那是不明智的，因为从鼻子本人的答复中可以看出，对于这个人来说已无神圣的东西可言，那时他会当面撒谎，就如他撒谎说他们素不相识一样。 这样一来，柯瓦廖夫本来想吩咐车夫驶往市警察署去的，忽又转念一想，这个骗子和无赖初次见面尚且如此昧着良心，那么他可能会抓住时机，想方设法溜出城去——那么，四处搜寻也是枉然的，要是弄不好还会拖上一个月也没有结果。最后，大概是老天有眼，让他开了窍。他决定直接去找报馆发行署，预先登一则告示，详细描述一下鼻子的各种特征，以便有人一旦遇见他时，可以立刻抓来报案，或者至少可以通报一下他的下落。于是，他拿定主意，吩咐车夫驶往报馆发行署，一路上不停地用拳头捅车夫的脊梁，一迭连声地说："快点，混蛋！快点，骗子手！"

"唉，老爷！"车夫一边说，一边摇着头，用缰绳抽打着那匹毛长如哈巴狗的马。

马车终于停下来了，柯瓦廖夫气喘吁吁地闯进了一间不大的接待室，只见一个身穿燕尾服、戴着眼镜、满头银发的官员坐在桌旁，嘴里衔着一支鹅毛笔，正在数着收到的铜币。

"这里是谁受理广告？"柯瓦廖夫高声喊道，"噢，您好！"

"您好。"满头银发的官员说道，抬起眼睛望了片刻，又低下头去摆弄那一堆堆的钱币。

"我想登一则……"

"对不起。请稍候。"那官员说道，右手按着纸上的数字，左手手指在算盘上拨弄了两下。

一个身着金银边饰的制服的仆人，摆出一副在贵族人家当差的样子，就在桌旁站立，手里拿着一张纸条，有意要显示一下自己的精明练达：

"你信不信，老爷，那只小狗不值八个银币①，叫我说，要是我的话，连八个铜币②也不给；可是伯爵夫人喜欢那只狗，真的，很喜

---

① 旧俄货币，一个银币值十戈比。
② 旧俄货币，一个铜币值二戈比。

欢……所以，要是谁把那只狗找回来，就赏给他一百卢布！ 说正经的，就像您跟我一样，人都是各有所好：要说是个打猎的，就得养只猎狗或者卷毛狗；别说要花五百，就是一千卢布也得给，不过，得是一只好狗才成。"

可尊敬的官员听着他说，脸上带着耐人寻味的表情，同时在数着一张纸条里有多少个字母。 桌子的两边站满了手里拿着纸条的老太婆、商店掌柜和看院子的人。 一张纸条上写着一个品行端正的马车夫待人雇用；另一张纸条上写的是一辆一八一四年从巴黎购来的八成新的四轮马车出售；此外，又有一名二十岁的婢女，善于洗洗浆浆，又可兼做杂活；一辆轻便马车坚固耐用，仅缺一根弹簧；一匹灰斑色的烈马，还只有十七马龄；芜菁和小洋萝卜种籽刚从伦敦运抵；一幢别墅舒适方便；外带两间马厩和一块可以广栽最好的桦树和云杉以及辟为果园的空地；另外，又有求售旧鞋底的，请购者每天于上午八时至下午三时前往接洽等等。 大家挤在一间小房里，空气十分混浊；不过，八等文官柯瓦廖夫是闻不出这气味来的，因为他用手帕掩住了脸，而且那只鼻子此时此刻到底在什么地方，只有天知道。

"先生，我想请问一下……我有件急事。"他终于忍耐不住了，说道。

"就好了，就好了！ 二卢布四十三戈比！ 马上就好了！ 一卢布六十四戈比！"满头银发的先生一边将一张张纸条扔到老太婆和看院子的人面前，一边说道。 "您有什么事？"他终于转过脸来，对柯瓦廖夫说道。

"我请求……"柯瓦廖夫说，"是上了当还是受了骗，我到现在还弄不明白。 我只请求登一则告示，如果有人能抓住那个坏蛋，就可以得到一笔可观的酬谢。"

"请问，您贵姓？"

"不，干吗要问姓呢？我不能说出来。我有许多熟人：五等文官夫人契赫塔列娃，校官夫人帕拉盖娅·格里戈利耶芙娜·波德托钦娜……万一她们知道了，可就完了！您可以随便写个'八等文官'，要不，就干脆写个'现职少校'。"

"那么，逃走的人是您家的仆人吗？"

"什么仆人？那还算不得什么上当受骗！从我那儿跑掉的是……鼻子……"

"嘿！多古怪的姓①！这位鼻子先生偷了您一大笔钱财吗？"

"鼻子，就是……您想到哪里去了！鼻子，是我的鼻子弄丢了，不知跑到什么地方去了。魔鬼拿我来开了这么个玩笑！"

"是怎么弄丢的呢？我真有点搞糊涂了。"

"我没法子向您说清楚是怎么弄丢的；但是，要紧的是，他这会儿正在满城乱跑，自称是个五等文官。所以，我来求您登一则告示，希望有人尽快抓住他，立刻送还原主。真的，您想想看，我缺了身上这么显眼的一个部件，怎么行呢？这又不是脚上的小脚趾头儿，只要穿上靴子——没有它，谁也看不出来。每星期四，我都要到五等文官夫人契赫塔列娃家里去；校官夫人帕拉盖娅·格里戈利耶芙娜·波德托钦娜和她那漂亮的女儿都是我的老熟人，您想想看，如今我怎么……如今我可不好去见她们了。"

那官员沉思起来，这从他抿得紧紧的嘴唇上看得出来。

"不，我不能在报上登这样的告示。"他沉默半晌之后，终于说道。

---

①　俄罗斯人的姓氏大多由动物、植物、用具、人的躯体部位等的名称演变而成。报馆官员误以为一个逃跑仆人的姓氏是由"鼻子"构成的。

"怎么？ 为什么？"

　　"那样的话，报纸就会失去声誉。 如果任什么人都来登个启事，说是鼻子跑掉了，那就……本来就有人说报纸净登一些荒诞离奇和无中生有的传闻。"

　　"这件事有什么荒诞离奇的呢？ 这里没有一点儿怪诞的东西嘛。"

　　"你觉得是没有。 譬如，上个星期就出了这么一件事。 来了一个官员，就跟您现在找上门来一个样，拿来一张纸条，付了二卢布七十三戈比的告示费，那告示上说是跑了一只黑色卷毛狗。 表面上看，这有什么呢？ 可谁料到它竟是一纸谤文：那卷毛狗是暗指一个司库，我不记得是哪个官厅的了。"

　　"可我请您登的告示跟卷毛狗没关系，是关于我本人的鼻子的事。 可以这么说，差不多就是关于我本人的告示。"

　　"不，这种告示我无论如何不能登。"

　　"可我的鼻子是真的丢了呀！"

　　"既然丢了，那是归医生管的事。 听说，有的医生不管什么样的鼻子都可以给装上。 不过，我看得出来，您该是一个性情爽朗的人，喜欢在大庭广众中开开玩笑。"

　　"我向您发誓，老天爷作证！ 好吧，既然这样，我只好让您看看了。"

　　"何必麻烦呢！ "那官员闻着鼻烟，接着说道，"不过，要是不太麻烦的话。"他动了好奇之心，又说了一句："看一看也无妨。"

　　八等文官揭开了脸上的手帕。

　　"真的，好奇怪！ "官员说，"这块地方又平又塌，就像是一块刚刚烙好的煎饼。 可不，平平展展的，简直不可思议！ "

"那么，您现在还不同意吗？ 您自己也看见了，不登告示怎么行呢。 我要特别感激您；能有机会结识您，实在是三生有幸……"

　　从这番话中可以看出，少校拿定主意，这一回不妨巴结巴结。

　　"登登告示当然也不太难办。"官员说道，"不过，我看不出这对您有什么好处。 要是您愿意的话，不妨让笔下生花的文人把它当作一桩罕见的怪现象来描述一番，写篇妙文登在《北方蜜蜂》上（这时，他又闻了一次鼻烟），可以让年轻人受些教益（这时他擦了擦鼻子），或者满足一下大家的猎奇之心。"

　　八等文官当真是大失所望了。 他垂下眼睛去看报纸的下边，那里印着剧目广告；他一眼看见一个漂亮女戏子的芳名，脸上就要笑逐颜开了，随手去摸摸口袋：看看随身是否带了蓝票子①，因为在柯瓦廖夫看来，校官们是理应坐在池座②里的——可是，一想起鼻子，便兴味索然了。

　　官员本人似乎颇为同情柯瓦廖夫的尴尬处境。 为了多少宽解一下八等文官的愁怀，他觉得该说几句话来表示一下自己的同情之心。

　　"说实话，看到您出了这么一桩意外，我心里十分难过。 您要不要闻闻鼻烟？ 它可以治头痛，去郁结，就是对于痔疮也管用。"

　　说着，那官员把鼻烟盒递了过来，同时将嵌着一个戴帽美人像的盒盖动作娴熟地翻到烟盒底下。

　　这本是无心的举动，却把柯瓦廖夫激怒了。

　　"我真不懂，您倒是会挑人家的痛处来取笑，"他怒气冲冲地说道，"难道您没有看见我缺了这东西，哪能闻鼻烟呢！ 让您的鼻

---

① 旧俄货币，面值五卢布。
② 池座，剧场正厅中的优等座位。

烟见鬼去！ 如今我见了它就难受，慢说是劣等的别列津诺烟，就是给我拉比烟①也不稀罕。"

说完这话，他十分懊丧地走出了报馆发行署，径自去找警察署长，那是一个嗜糖如命的人。 在他家里那间兼做饭厅的前厅里，堆满了商人们为了交情而送来的大糖块②。 女厨子此刻正帮着警察署长脱下官员们穿的高筒皮靴；一柄长剑和全副披挂已经安然地分挂在各地，威严的三角尖顶帽被他的三岁的儿子拎来拎去；他在一阵使枪弄棒之余，正准备享一享宁静的清福。

柯瓦廖夫走进去的时候，他正好伸了一个懒腰，舒坦地哼了一声，说道："嗨，我要美美地睡上两个钟头啦！"所以，不用说，八等文官这个时候来访，实在不合时宜；我不知道，此时此刻纵然是送上几磅茶叶或者几段上等呢料，那也未必会受到十分热情的接待。 警察署长虽说酷爱各种工艺品和手工织物，可是他对国家印制的钞票却情有独钟。 "这东西嘛，"这话他是常挂在嘴上的，"再没有什么比得上：它不吃不喝，又不占多大地方，口袋里装得下，摔在地上不会碎。"

警察署长相当冷淡地接待了柯瓦廖夫，并且说，午饭之后本不是办案的时候，人的本性如此，吃饱之后就该稍事休息（八等文官从这话里知道，警察署长是熟悉古代先哲的格言的），又说一个正派的人是不会被人割掉鼻子的，还说人世间形形色色的少校多的是，有的人连像样的内衣裤都没有一套，成天就在藏垢纳污的地方鬼混。

这真是直截了当，不讲情面！ 应当说明的是，柯瓦廖夫是一个

---

① 拉比烟，当时的上等鼻烟。
② 旧俄一种圆锥形大糖块，食用时用锤子击碎。

心胸十分狭窄的人，他可以谅解一切有关他本人的闲话，却无论如何不能容忍亵渎他的官阶和名分。他甚至认为，在戏文里可以对尉官说三道四，绝不可对校官加以非难。警察署长的所作所为使他深受侮辱，他摇了摇头，微微摊开两手，傲然地说："老实说，听了您这番侮辱人的话，我什么也不想多说了……"转身走了出去。

他急急忙忙地回到家里。已是薄暮时分。在一天无谓的奔波之后，他竟然觉得这个家也倍感凄清或者说十分可厌。走进前厅，他一眼瞧见听差伊凡仰卧在肮脏的沙发上，面朝天花板吐着唾沫，居然不偏不倚地吐在同一个地方。伊凡这副懒散样子使他十分恼火；他脱下帽子，啪地一声打在伊凡的脑门上，说道："你这头猪，尽干些傻事！"

伊凡猛地跳了起来，飞快地跑上前去给他脱掉外套。

少校进了自己的房间，神情疲惫而又伤感，一下子倒在圈椅里，最后叹了几口气说：

"我的天哪！我的天哪！干吗这么不幸？我就是缺胳膊断腿，那也还好些；就是没有耳朵，样子是难看，那也还可以忍受；可是一个人没有鼻子，鬼知道是一副什么丑样子；人不像人，鬼不像鬼，简直就是废物，扔到窗外去还恐怕来不及呢！要是在战场上或者决斗时被人削掉了，要不然是因为我自己不慎碰掉了，那也情有可原；可是，鼻子是无缘无故地弄丢的，白白地丢失了，连一个子儿也不值！啊，不，这怎么可能呢，"他想了想，又说了一句，"鼻子怎么会不见呢；无论怎么说，这都是不可思议的。这或许是在做梦，要不，是幻觉吧；说不定本来是刮脸之后用来擦胡子的白酒，我错把它当水喝了。伊凡这个笨蛋没有拿走，我准是一口把它喝了。"

少校为了证实自己并没有喝醉，使劲揪了一下自己，痛得出声地喊了起来。 这分明告诉他并不是在做梦。 他悄悄地走到镜子前面，起初眯起眼睛，心想或许鼻子还在老地方呢；可是，他立刻往回倒退了几步，说道：

"真是个丑八怪！"

这真是不可思议。 假如丢失一粒钮扣，一把银匙，一块表或者别的物品，倒还说得过去；可是这东西丢了，怎么可能呢？ 何况又是在自己的家里！ ……柯瓦廖夫思前想后，觉得最有可能从中捣鬼的不会是别人，而是校官夫人波德托钦娜，因为她一心想把女儿嫁给他。 他自己倒也喜欢向她的女儿献献殷勤，不过却回避最终的结缘。 当校官夫人直截了当对他说，想把女儿嫁给他的时候，他说了一番恭维话，然后婉言推脱说，他还年轻，还要服务五年，到了四十二岁时再说。 所以，校官夫人大概出于报复之心，下决心来毁掉他的容貌，雇了巫婆来干这种勾当，因为无论如何难以设想，鼻子会是被人割掉的；没有人到他房里来过。 理发匠伊凡·雅可夫列奇还是星期三给他刮过脸，而星期三一整天，就是星期四那天，他的鼻子还是完好无损的——他可是记得清清楚楚的；再说，他也会觉得痛嘛，而且伤口无疑也不会好得这么快呀，一下子就变得像煎饼一样又平又光了。 他在脑子里想好了几项对策：向法庭正式起诉校官夫人，要不就亲自找她当面揭穿整个阴谋。 正当他在沉思默想之际，一道光线从门洞里倏然透了进来，那是伊凡在前厅点上了蜡烛。 不一会，伊凡进来了，手擎着蜡烛，把整个房间照得通亮。柯瓦廖夫的第一个动作，便是抓起手帕，掩住鼻子留下陈迹的地方，以免这个糊涂虫看见老爷的这副怪模样真的吓得目瞪口呆。

伊凡刚刚回到仆人的住屋里去，前厅便传来一个陌生人的说话声：

"八等文官柯瓦廖夫住在这里吗？"

"请进。 柯瓦廖夫少校是在这儿。"柯瓦廖夫答道，赶快起身去开门。

进来的是一位外表漂亮的警官，长着一脸不浅也不深的络腮胡子，双颊圆胖，正是故事开头时站在伊萨基耶夫大桥桥头的那个人。

"您丢了鼻子吧？"

"是的。"

"现在找到了。"

"您说什么？"柯瓦廖夫大声喊道。 他一时高兴得说不出话来，两眼瞪得大大地凝望着站在前面的巡长，一缕摇曳不定的烛光在那厚嘴唇和胖双颊上分明地闪动着——"怎么找到的呢？"

"说来也怪，差不多是在路上把他截住的。 他已经坐上驿车，准备动身去里加了。 证件早就办好了，写的是一个官员的名字。 真是奇怪，我本人起初也以为他是一位绅士。 幸亏我随身带着一副眼镜，所以我立刻发现他是鼻子。 要知道我眼力很差，要是您站在我的面前，我只能看见您的模样儿，可是鼻子、胡子全都看不清。我的岳母，就是我内人的母亲，眼也不好使。"

柯瓦廖夫真是喜不自胜。

"它在什么地方？ 在什么地方？ 我这就去。"

"别急呀。 我知道您急着要用，把它带来了。 真奇怪，这案子的主谋就是沃兹涅仙街上的理发匠，这个骗子手现在关押在拘留所里了。 我早就怀疑他酗酒成性和干着偷摸的勾当，前天他顺手牵羊，偷了一家铺子的一副钮扣。 您的鼻子现在是原物奉还。"

说着，巡长伸手到口袋里，掏出了用纸包着的鼻子。

"不错，就是它！"柯瓦廖夫大声嚷开了，"确实是它！ 请您赏脸，今儿个跟我喝杯茶吧。"

"不胜荣幸之至，可是无法奉陪：我这就要到疯人院去走一遭……各样食品价格一个劲儿地往上涨……我家里还有岳母，就是我内人的母亲，还有几个孩子；大孩子倒像是很有出息：一个聪明伶俐的男孩，可惜拿不出钱来供他上学……"

柯瓦廖夫悟出了话中的用意，从桌上抓起一张红票子①，塞到巡长手里；巡长两脚一碰，行了个礼，转身走出门去，柯瓦廖夫几乎是一转眼便听见了巡长在街上的吆喝声，他连着打了几个耳光，告诫一个呆头呆脑的庄稼汉不该把一辆大车正好赶到了林阴道上。

巡长走后，八等文官好大一阵子处于神思恍惚之中，过了几分钟才看清东西，恢复了知觉，这是因为突如其来的狂喜使他陷入了无知无觉的境地。他双手小心翼翼地捧起找回的鼻子，又一次仔细地端详着它。

"不错，是它，确实是它！"柯瓦廖夫少校说道，"瞧，左边还有昨天才冒出来的小疖子呢。"

少校一高兴，几乎要格格地笑出声来。

然而，人世间花开易落，好景不常，所以，一时的欢欣转眼便不再那么热烈，随后越发淡薄，最后悄然化作平常的心境，犹如一颗石子激起一圈涟漪终不免复归为一片波平浪静的水面。柯瓦廖夫仔细想了想，这才琢磨到事情还没有了结呢：鼻子是找回来了，可是还得把它装上去，安放到原来的地方去才行。

"万一它装不上去怎么办？"

少校这么自问自答着，脸色陡地变得煞白了。

他怀着难以言喻的恐惧心情直奔桌前，移过镜子来，唯恐把鼻子装歪了。他的双手抖个不停，小心而谨慎地把鼻子安放在原来的地方。哎呀，糟了！鼻子粘不住！……他把鼻子送到嘴边，轻轻

---

① 旧俄货币，值十卢布。

地朝它呵着暖气,然后再一次把它安放在两颊之间那块又平又光的地方;可是,那鼻子无论如何也挂不住。

"好了! 好了! 爬上去呀,笨家伙!"他对鼻子说。 可是,鼻子就像是木头做的一样,随粘随掉,还发出木塞子一般的古怪声响。 少校的脸孔痉挛得难看起来。 "难道鼻子就装不成了吗?"他万分惊恐地说道。 然而,无论他怎么一而再地把鼻子安放在原来的地方,总是白费力气。

他把伊凡唤来,打发他去请医生,而医生就住在同一幢房子二层楼①的一套豪华的房间里。 医生身材魁梧,一脸乌黑油亮的华美的络腮胡子,有一位妖艳、健康的太太,清早起来要吃几只新鲜苹果,每天早晨几乎要花三刻钟漱口,用五种不同的牙刷将牙齿又刷又磨,以保持口腔非凡的洁净。 医生立刻前来诊视。 他询问了这一不幸事件发生的时间之后,托起柯瓦廖夫的下巴,用大拇指弹了一下原先长着鼻子的地方,少校直痛得向后一仰脖子,以至后脑勺猛地撞到墙上。 医生说,这不妨事,要他离墙远一点儿,先把头侧向右边,摸了摸原先长着鼻子的地方,说了一声"咳!"随后又要他把脑袋侧向左边,又说一声"咳!"最后又用大拇指弹了一下。柯瓦廖夫少校不由地猛然一伸脑袋,就像一匹被人看牙口的马似的。 做完这些试验之后,医生摇摇头说:

"不,不行了。 您最好还是认了吧,因为弄不好还会更糟糕。鼻子当然可以装上去;我马上就可以给您装上。 不过,我得告诉您,这对于您结果更糟。"

"这下好了! 我没有鼻子怎么行呢?"柯瓦廖夫说道,"还有比现在这情形更糟的吗! 鬼知道是一副什么怪模样! 我这么一副

---

① 通常指皇宫或富人宅第的二楼,房间宽大,陈设华丽。

丑脸怎么出门去呢？ 我交游又广，譬如说，今天就得去参加两户人家的晚会。 我有许多熟人：五等文官夫人契赫塔列娃、校官夫人波德托钦娜……虽然现在她对我使坏，我只好跟她对簿公堂。 您行行好吧，"柯瓦廖夫央求说，"总有办法吧！ 好歹给我装上；就是装得不好也不妨事，只要能挂住就行了；一旦不牢靠的话，我还可以用手稍稍托住。 再说我又不跳舞，就不用担心碰坏它。 至于说到酬谢您的出诊费，您尽管放心，我会倾囊相报……"

"您信不信，"医生说，话音不高也不低，可是却十分真挚感人，"我给人治病从来不是为了贪钱。 那是跟我做人的准则和医术不相容的。 不错，我也收些出诊费，那只是因为我拒不收费的话，病人会觉得难堪。 当然，我可以给您装上鼻子，但是，要是您还是不信我的话，我可以用名誉担保，明白告诉您，这样做的结果会糟得多。 您不如听其自然，经常用冷水擦洗就成了。 我可以向您保证，虽然没有鼻子，您还是跟有鼻子时一样身体健康。 那鼻子呢，我劝您把它装在一个瓶子里，用酒精泡着，要不，往里头加两汤匙烧酒和热醋就更好了……到时候您可以发一笔大财。 我本人还想买下来呢，如果您要价不高的话。"

"不，不！ 说什么我也不卖！"柯瓦廖夫少校绝望地嚷道，"还不如把它丢了的好！"

"请原谅！"医生鞠躬告辞说，"我本想为您效劳……有什么法子呢！ 至少您知道我是尽力而为了。"

说完，医生姿态优雅地走了出去。 柯瓦廖夫甚至没有看清他那脸上的表情，只是神情木然地看见从那黑色燕尾服的袖子下面露出来的雪白而洁净的衬衫的袖口。

他拿定主意在第二天——在呈递诉状之前——写一封信给校官夫人，看她是否同意私下了结，给他应有的补偿。 信的内容如下：

亚历山德拉·格里戈利耶芙娜①夫人阁下：

我百思不解阁下之怪诞行径。须知此一行径，既无利可图，亦不可强令我与令爱永结百年之好。关于损毁鼻子的事实经过，我已洞悉其详，此事与阁下干系甚大，决非他人之所为。此物擅离职守，逃亡在外，刻意伪装，忽而冒充官员，忽而仍复本相，定然是阁下或阁下之同伙施行妖术的结果。责任所在，愿奉告阁下：若该鼻子今日不复归原处，我只得诉诸法律以求护佑。

专此奉达，不胜荣幸之至。

您的恭顺的仆人

普拉东·柯瓦廖夫敬启

尊敬的普拉东·库兹米奇②先生：

接悉惠书，不胜骇异。实言相告，受到先生无端的指责，大感意外。在此竭诚奉告，先生所说的官员，无论是乔装打扮，抑或是复归本相，我均未接待。诚然，菲立普·伊凡诺维奇·波坦奇科夫常来舍间。此人品学兼优，虽曾向小女求婚，然而我从未允诺。先生信中又提及鼻子之事。如果先生所说之事系指"嗤之以鼻"，即正式拒婚之意，则我更不明白先生所说何意。诚如先生所知，我的本意适与此全然相左，如果先生即向小女正式求婚，我当会立即予以满意的答复，因为这正是我之夙愿。

专此即达，愿随时为先生效力。

亚历山德拉·波德托钦娜敬复

---

① 校官夫人全名"亚历山德拉·格里戈利耶芙娜·波德托钦娜"，中间的"格里戈利耶芙娜"为俄罗斯人特有的"父名"，称之以示亲昵。
② 柯瓦廖夫全名"普拉东·库兹米奇·柯瓦廖夫"，中间的"库兹米奇"为其"父名"。

"不对，"柯瓦廖夫看完信后，说道，"其实也不能怪她。 不可能的事！ 这信上写得明明白白，一个作奸犯科的人是不可能这么写的。"八等文官在高加索时曾多次奉派调查案子，深谙此道。"这到底是什么把戏，玩的什么名堂呢？ 只有魔鬼才弄得清楚！"他终于神情颓然地说道。

　　这桩怪事的种种传闻不胫而走，传遍了整个京都，并且照例是添枝加叶的。 那时，人们的心思都喜欢猎奇探胜：不久之前，一项催眠效应的试验就风靡一时，还有御马厩街的椅子跳舞的奇闻也还言犹在耳。 所以，不久之后又传出八等文官柯瓦廖夫的鼻子恰好三点钟的时候在涅瓦大街散步便不足为奇。 喜欢猎奇的人们每天聚集在一起，熙熙攘攘。 有人说，鼻子似乎进了"容克尔"商号——于是那商号附近便聚了一大群人，挤得水泄不通，以至要警察前来干预。 一个相貌堂堂、一脸络腮胡子的投机商人，本来是在戏院门前卖各种糖果点心的，如今特地做了一些好看而又结实的木板凳，每人收费八十戈比，让好奇的人站上去看热闹。 一位战功卓著的上校还特地趁早走出家门，费了九牛二虎之力才挤进人群里；可是令他气恼的是，没有见到鼻子，只看见商号的橱窗里挂着一件普通的羊毛衫和一幅石印画，那上面画着一位正在穿袜子的淑女，而一个身穿翻领坎肩和蓄着小胡子的纨绔子弟却躲在树后窥视她——这幅画老挂在那个地方有十余年了。 那上校走到一旁，气呼呼地说："怎么能用这种无聊而又离奇的谣言来蛊惑人心呢？"

　　接着，又是谣言四起，说柯瓦廖夫的鼻子并没有在涅瓦大街上散步，而是在塔夫利公园里闲逛，似乎它待在那里已经有些时日了；还说当霍兹列夫-米尔扎王子①在那里逗留之际，就曾对大自然

――――――――――

　　① 波斯王子，一八二九年曾到过俄国。

这一奇异景象惊叹不已。 几个外科专门学校的学生曾经前往那里探秘。 一位可敬的贵妇人曾特地致函公园管理人，请求让她的孩子观赏这一奇特的景观，如果可能的话，加以详尽的讲解以便对年轻人予以开导和教诲。

所有这些奇闻轶事使所有爱给女士们逗乐的凡夫俗子、宴会的常客喜出望外，因为他们这时腹中的笑料都已告罄。 少数德高望重和心地善良的人也曾表示非常的不满。 一位绅士愤愤不平地说，他不懂为什么在这文明昌盛的时代传播这些荒诞不经的胡说，并对当局采取听之任之的态度觉得奇怪。 显然，这位绅士属于正人君子之列，他们希望政府凡事都要干预，甚至跟妻子日常口角之事也要统管起来。 后来呢……

然而，整个事件又罩上了一层迷雾，随后的事态发展也无从知晓了。

三

人世间总是有荒诞不经的事情发生。 有时根本就不足为信：忽然之间，冒充五等文官招摇过市和闹得满城沸沸扬扬的鼻子，就像什么事儿也不曾有过似的，又回到了老地方，也就是安坐在柯瓦廖夫的两颊之间。 这已经是四月七日的事了。 他刚醒来，无意之中瞅了一下镜子，忽然发现了：鼻子！用手一摸——果然，是鼻子！"嘿嘿！"柯瓦廖夫说道，高兴得几乎要光着脚在房里跳起特列帕克舞①来了，可是这时，伊凡走了进来。 他吩咐立刻端来洗脸水，洗脸时又瞧瞧镜子：鼻子在那儿！ 他用毛巾擦着脸，又望一

---

① 俄罗斯一种顿足而跳的民间舞蹈。

下镜子：鼻子在呀！

"你瞧瞧，伊凡，我这鼻子上好像有个小疖子吧。"他一边说，一边又想道："要是伊凡说：没有呀，老爷，哪有什么小疖子呀，连鼻子也没看见，可就糟了！"

然而，伊凡说了：

"没有呢，没有什么小疖子：鼻子上可干净呢！"

"好，真见鬼！"少校自言自语地说了一句，高兴得把手指头捏得直响。这时，理发匠伊凡·雅可夫列维奇探头进来，一副畏畏缩缩的样子，就像一只偷吃脂油刚被人打了一顿的贪嘴猫儿似的。

"你先说说，手干净吗？"柯瓦廖夫打老远就朝他嚷道。

"干干净净。"

"你骗人！"

"真的，干干净净，老爷。"

"唔，你得当心就是。"

柯瓦廖夫坐了下来。伊凡·雅可夫列维奇给他围上罩布，一眨眼工夫便用刷子把他的胡子和半边脸儿抹得像商人的命名日酒宴上待客的奶油似的。

"原来如此。"伊凡·雅可夫列维奇望了一眼鼻子，自言自语说，然后把他的脑袋歪到一边，又从侧面看了看。"嗬！真的，可得要当心点儿。"他接着说道，久久地盯着鼻子。他终于轻轻地、十分小心地伸出两个指头，捏住鼻尖。这是伊凡·雅可夫列维奇给人理发常用的技法。

"喂，喂，喂，当心点！"柯瓦廖夫喊道。

伊凡·雅可夫列维奇只好松开手，局促不安，从来还不曾这样感到手足无措。最后，他小心翼翼地用剃刀在他的胡子底下轻刮着；虽然因为没有捏着那嗅觉器官，他觉得既不顺手，又很费劲，但是，他用粗糙的大拇指勉强抵着柯瓦廖夫的脸颊和下牙床，总算克服了重重困难，把脸刮完了。

一切就绪之后，柯瓦廖夫立刻匆匆忙忙地穿好衣服，叫来了马车，直奔糖果点心店而去。刚进门，他打老远便喊道："小伙计，来一杯可可茶！"立刻走到镜子跟前：鼻子在那儿！他兴高采烈地转过身来，微微眯起眼睛，带着一副揶揄的神气打量着两个军人，其中有一个人的鼻子最多不过像坎肩上的钮扣一般大。随后，他又动身到那个曾经多方奔走以谋取一个副省长职位或至少要捞个庶务官当当的官厅里走去。他经过接待室时，又瞧瞧镜子：鼻子还在那儿！接着，他又乘车去拜访另一位八等文官，也是一位少校，那是一个有名的促狭鬼，柯瓦廖夫每次听到他的带刺的挖苦话，都只好回答说："哎，你这个人，我是知道的，活活是一根刺人的老别针！"他一路上暗自寻思着：要是连少校见了我都不会捧腹大笑的话，那就肯定无疑，那东西是实实在在待在老地方了。"可不，八等文官什么话也没说。好了，好了，真是活见鬼呢！"柯瓦廖夫暗自思忖着。他在路上遇见了校官夫人波德托钦娜和她的女儿，向她们鞠躬问候，又受到她们一迭连声的赞叹：这么说来，全都安然，身上的一切都完好无损。他跟她们调侃了好一阵子，故意掏出鼻烟盒，在她们面前久久地往两只鼻孔里塞着鼻烟，一边暗自念叨说："瞧你们的，傻娘们，都说你们见识短！反正我是不娶这小妞的。做做恋爱游戏①……就这么办！"于是，柯瓦廖夫少校从此以后便若无其事地到处溜达，在涅瓦大街上，在戏院里，还有别的地方——到处可以见到他的身影。而鼻子呢，也若无其事地安坐在他的脸上，一点也没有四处张望、擅自出走的样子。

---

① 此句原文为法语。

从此人们看到柯瓦廖夫总是兴致不错，满面春风，见了长得俊俏的女人总是紧追不放，有一回甚至在中心商场^①的一家小铺前停了下来，不知为什么买了一条勋章缎带，因为他本人从未得过什么勋章。

这就是发生在我们这个幅员广大的国家的北方京城里的故事！只是现在，将前前后后细想一遍，可以看出其中有不少不足凭信之处。且不说鼻子居然会奇怪而神秘地失落不见，随后又乔装成五等文官四处招摇更不可信——那么，柯瓦廖夫怎么会不懂得报馆发行署是不会登鼻子的告示这样的常识呢？我在这里倒不是说登一则告示费用太昂贵：那倒算不了什么，我并不是爱财如命的人。然而，这样做总是不体面，难为情，不像话吧！还有——那鼻子怎么会落到烤好的面包里呢？伊凡·雅可夫列维奇自己又怎么……不，我怎么也闹不明白，简直就不懂！然而，最令人奇怪，最莫名其妙的是作者们怎么弄来这些情节的。老实说，真的不可思议，实在是……不，不，一点也弄不明白。其一，对祖国毫无益处可言；其二……其二呢，也还是毫无益处。我简直就不知道这是……

不过，话又说回来，尽管如此，当然可以列出第一、第二、第三，甚至还可以……再说，什么地方又没有荒诞离奇的事情呢？……不过，只要仔细想想，又觉得这里面确实有些耐人寻味的东西。不管别人说什么，人世间总有这类事情——不很多，可是免不了。

满　涛　译

---

　　①　十八世纪时，坐落在涅瓦大街上专供外国人贸易的市场。

变 形 记

[奥地利] 弗朗兹·卡夫卡

　　弗朗兹·卡夫卡 (Franz Kafka 1883—1924)，奥地利小说家，主要作品有生前出版的中篇小说《变形记》、短篇小说集《乡村医生》《饥饿艺术家》和身后出版的三部未竟长篇小说《失踪者》（又名《美国》）《审判》（或译《诉讼》）和《城堡》。

　　卡夫卡被视为西方现代派文学之父，本篇是他最出名的作品。小说总共只有三节：第一节写主人公格里高尔（一个公司小职员）发现自己变成了一只大甲虫，惊慌而忧郁，他母亲和妹妹很震惊，他父亲则很恼怒，把他赶回自己的卧室，不许他出来。第二节写格里高尔养成了甲虫的习惯，却仍有人的意识，仍关心着家里的债务和妹妹的学业，但他渐渐变成了家里的累赘，家里人对他的态度也渐渐变了。第三节写家里人终于忍受不了格里高尔这只"甲虫"，开始厌烦他了，他妹妹甚至还想把他从家里弄出去，这使格里高尔身心交瘁，痛苦而绝望，不久便死了；他死后，家里人如释重负，恢复了正常生活。

　　从上述简介即可看出，这里有两条互为因果的主要情节线索：一条可称为"格里高尔线索"，即格里高尔从变成甲虫到最后绝望而死；一条可称为"家里人线索"，即家里人从震惊、同情，到最后感到厌烦。显然，这两条情节线索都具有象征意义，因为最初的起因是格里高尔"变成了一只大甲虫"——这是一种荒诞手法（即用极不真实或极度夸张的方式引人注意），所以并不"直接"具有现实意义（现实生活中的人是绝对不可能变成甲虫的）。不过，象征意义最终还是要指向现实，因而归根结底仍是现实意义，只是"间接"而已。

那么，它们具有怎样的象征-现实意义呢？实际上，评论界对这部小说所作的两种最重要的主题阐释，就来自这两条情节线索：

（1）偏重于"格里高尔线索"的评论家提出了"异化说"，即认为：格里高尔变成甲虫是"现代可怜虫"的形象写照。这种人在现代社会里不算少数，他们从人异化成了虫，即：内心依然是人，但外部活动却已经异化（或者说已被驯化）为虫。他们好像没有七情六欲，只知道循规蹈矩，每天按常规，像虫一样蠕动，而内心呢，又很痛苦，就像格里高尔那样。

（2）偏重于"家里人线索"的评论家提出了"孤独说"，即认为：格里高尔变成甲虫是"遭遇不幸"的象征，而当一个人遭遇不幸时，朋友或情人（即友情或爱情）很可能是靠不住的，只是很少有人怀疑家里人（即亲情）的诚挚与爱心；然而，格里高尔的遭遇却表明，亲情最终也是靠不住的。换句话说，人作为个体，从根本上说是孤独的；即便来自亲情的安慰与帮助，也是有限度的。这确实很冷酷，令人心寒，但又能怪谁呢？他人（包括家里人）都有自己的生活，不可能（你也不能要求他们）为你奉献一切。所以，小说的主题是：孤独是每个人的宿命。 如果你同情格里高尔，也就是同情你自己。

一

　　一天早晨，格里高尔·萨姆沙从不安的睡梦中醒来，发现自己躺在床上变成了一只巨大的甲虫。 他仰卧着，那坚硬得像铁甲一般的背贴着床，他稍稍抬了抬头，便看见自己那穹顶似的棕色肚子分成了好多块弧形的硬片，被子几乎盖不住肚子尖，都快滑下来了。 比起偌大的身躯来，他那许多只腿真是细得可怜，都在他眼前无可奈何地舞动着。

　　"我出了什么事啦？"他想。 这可不是梦。 他的房间，虽是嫌小了些，的确是普普通通人住的房间，仍然安静地躺在四堵熟悉的墙壁当中。 在摊放着打开的衣料样品——萨姆沙是个旅行推销员——的桌子上面，还是挂着那幅画，这是他最近从一本画报上剪下来装在漂亮的金色镜框里的。 画的是一位戴皮帽子、围毛皮围巾的贵妇人，她挺直身子坐着，把一只套没整个前臂的厚重的皮手筒递给看画的人。

　　格里高尔的眼睛接着又朝窗口望去，天空很阴暗——可以听到雨点敲打在窗槛上的声音——他的心情也变得忧郁了。 "要是再睡一会儿，把这一切晦气事统统忘掉那该多好。"他想。 但是完全办不到，平时他习惯于侧向右边睡，可是在目前的情况下，再也不能采取那样的姿态了。 无论怎样用力向右转，他仍旧滚了回来，肚子朝天。 他试了至少一百次，还闭上眼睛免得看到那些拼命挣扎的腿，到后来他的腰部感到一种从未体味过的隐痛，才不得不罢休。

　　"啊，天哪，"他想，"我怎么单单挑上这么一个累人的差使呢！长年累月到处奔波，比坐办公室辛苦多了。再加上还有经常出门的烦恼，担心各次火车的倒换，不定时而且低劣的饮食，而萍水相逢的人也总是些泛泛之交，不可能有深厚的交情，永远不会变成知己朋友。让这一切都见鬼去吧！"他觉得肚子上有点痒，就慢慢地挪动身子，靠近床头，好让自己头抬起来更容易些；他看清了发痒的地方，那儿布满白色的小斑点，他不明白这是怎么回事，想用一条腿去搔一搔，可是马上又缩了回来，因为这一碰使他浑身起了一阵寒颤。

他又滑下来恢复到原来的姿势。"起床这么早，"他想，"会使人变傻的。人是需要睡觉的。别的推销员生活得像贵妇人。比如，我有一天上午赶回旅馆登记取回定货单时，别的人才坐下来吃早餐。我若是跟我的老板也来这一手，准定当场就给开除。也许开除了倒更好一些，谁说得准呢。如果不是为了父母亲而总是谨小慎微，我早就辞职不干了，我早就会跑到老板面前，把肚子里的气出个痛快。那个家伙准会从写字桌后面直蹦起来！他的工作方式也真奇怪，总是那样居高临下坐在桌子上面对职员发号施令，再加上他的耳朵又偏偏重听，大家不得不走到他跟前去。但是事情也未必毫无转机；只要等我攒够了钱还清父母欠他的债……也许还得五六年……可是我一定能做到。到那时我就会时来运转了。不过眼下我还是起床为妙，因为火车五点钟就要开了。"

他看了看柜子上嘀嘀嗒嗒响着的闹钟。天哪！他想道。已经六点半了，而时针还在悠悠然向前移动，连六点半也过了，马上就要七点差一刻了。闹钟难道没有响过吗？从床上可以看到闹钟明明是拨到四点钟的；显然它已经响过了。是的，不过在那震耳欲聋的响声里，难道真的能安宁地睡着吗？嗯，他睡得并不安宁，可是却正说明他还是睡得不坏。那么他现在该干什么呢？下一班车七点钟开；要搭这一班车他得发疯似的赶才行，可是他的样品都还没有包好，他也觉得自己的精神不佳。而且即使他赶上这班车，还是逃不过上司的一顿申斥，因为公司的听差一定是在等候五点钟那班火车，这时早已回去报告他没有赶上了。那听差是老板的心腹，既无骨气又愚蠢不堪。那么，说自己病了行不行呢？不过这将是最最不愉快的事，而且也显得很可疑，因为他服务五年以来没有害过一次病。老板一定会亲自带了医药顾问一起来，一定会责怪他的父母怎么养出这样懒惰的儿子，他还会引证医药顾问的话，粗暴地把所有的理由都反驳掉，在那个大夫看来，世界上除了健康之至的假病号，再也没有第二种人了。再说今天这种情况，大夫的话是不是真的不对呢？格里高尔觉得身体挺不错，只除了有些困乏，这在如此长久的一次睡眠以后实在有些多余，另外，他甚至觉得特别饿。

这一切都飞快地在他脑子里闪过，他还是没有下决心起床——闹钟敲六点三刻了——这时，他床头后面的门上传来了轻轻的一下叩门声。"格里高尔，"一个声音说——这是他母亲的声音——"已经七点差一刻了。你不是还要赶火车吗？"好温和的声音！格里高尔听到自己的回答声时不免大吃一惊。没错，这分明是他自己的声音，可是却有另一种可怕的叽叽喳喳的尖叫声同时发了出来，仿佛是伴音似的，使他的话只有最初几个字才是清清楚楚的，接着马上就受到了干扰，弄得意义含混，使人家说不上到底听清楚没有。格里高尔本想回答得详细些，好把一切解释清楚，可是在这样的情形下他只得简单地说："是的，是的，谢谢你，妈妈，我这会儿正在起床呢。"隔着木门，外面一定听不到格里高尔声音的变化，因为他母亲听到这些话也满意了，就拖着步子走了开去。然而这场简短的对话使家里人都知道格里高尔还在屋子里，这是出乎他们意料之外的，于是在侧边的一扇门上立刻就响起了他父亲的叩门声，很轻，不过用的却是拳头。"格里高尔，格里高尔，"他喊道，"你怎么啦？"过了一小会儿他又用更低沉的声音催促道："格里高尔！格里高尔！"在另一侧的门上他的妹妹也用轻轻的悲哀的声音问："格里高尔，你不舒服吗？要不要什么东西？"他同时回答了他们两个人："我马上就好了。"他把声音发得更清晰，说完一个字，过一会儿才说另一个字，竭力使他的声音显得正常。于是他父亲走回去吃他的早饭了，他妹妹却低声地说："格里高尔，开开门吧，求求你。"可是他并不想开门，所以暗自庆幸自己由于时常旅行，他养成了晚上锁住所有门的习惯，即使回到家里也是这样。

首先他要静悄悄地不受打扰地起床，穿好衣服，最要紧的是吃饱早饭，再考虑下一步该怎么办，因为他非常明白，躺在床上瞎想一气是想不出什么名堂来的。他还记得过去也许是因为睡觉姿势不好，躺在床上时往往会觉得这儿那儿隐隐作痛，及至起来，就知道纯属心理作用，所以他殷切地盼望今天早晨的幻觉会逐渐消逝。他也深信，他之所以变声音不是因为别的而仅仅是重感冒的征兆，这是旅行推销员的职业病。

要掀掉被子很容易，他只需把身子稍稍一抬，被子就自己滑下来了。可是下一个动作就非常之困难，特别是因为他的身子宽得出奇。他得要有手和胳臂才能让自己坐起来；可是他有的只是无数细小的腿，它们一刻不停地向四面八方挥动，而他自己却完全无法控制。他想屈起其中的一条腿，可是它偏偏伸得笔直；等他终于让它听从自己的指挥时，所有别的腿却莫名其妙地乱动不已。"总是呆在床上有什么意思呢。"格里高尔自言自语地说。

他想，下身先下去一定可以使自己离床，可是他还没有见过自己的下身，脑子里根本没有概念，不知道要移动下身真是难上加

47

难，挪动起来是那样的迟缓；所以到最后，他烦死了，就用尽全力鲁莽地把身子一甩，不料方向算错，重重地撞在床脚上，一阵彻骨的痛楚使他明白，如今他身上最敏感的地方也许正是他的下身。

于是他就打算先让上身离床，小心翼翼地把头一点点挪向床沿。这却毫不困难，他的身躯虽然又宽又大，也终于跟着头部移动了。可是，等到头部终于悬在床边上，他又害怕起来，不敢再前进了，因为，老实说，如果他就这样让自己掉下去，不摔坏脑袋才怪呢。他现在最要紧的是保持清醒，特别是现在；他宁愿继续呆在床上。

可是重复了几遍同样的努力以后，他深深地叹了一口气，还是恢复了原来的姿势躺着，一面瞧他那些细腿在难以置信地更疯狂地挣扎；格里高尔不知道如何才能摆脱这种荒唐的混乱处境，他就再一次告诉自己，呆在床上是不行的，最最合理的做法还是冒一切风险来实现离床这个极渺茫的希望。可是同时他也没有忘记提醒自己，冷静地、极其冷静地考虑到最最微小的可能性还是比不顾一切地蛮干强得多。这时，他竭力集中眼光望向窗外，可是不幸得很，早晨的浓雾把狭街对面的房子也都裹上了，看来天气一时不会好转，这就使他更加得不到鼓励和安慰。"已经七点钟了，"闹钟再度敲响时，他对自己说，"已经七点钟了，可是雾还这么重。"有片刻工夫，他静静地躺着，轻轻地呼吸着，仿佛这样一养神什么都会恢复正常似的。

可是接着他又对自己说："七点一刻前我无论如何非得离开床不可。到那时一定会有人从公司里来找我，因为不到七点公司就开门了。"于是他开始有节奏地来回晃动自己的整个身子，想把自己甩出床去。倘若他这样翻下床去，可以昂起脑袋，头部不至于受伤。他的背似乎很硬，看来跌在地毯上并不打紧。他最担心的还是自己控制不了的巨大响声，这声音一定会在所有的房间里引起焦虑，即使不是恐惧。可是，他还是得冒这个险。

当他已经半个身子探到床外的时候——这个新方法与其说是苦事，不如说是游戏，因为他只需来回晃动，逐渐挪过去就行了——他忽然想起如果有人帮忙，这件事该是多么简单。两个身强力壮的人——他想到了他的父亲和那个女仆——就足够了；他们只需把胳臂伸到他那圆鼓鼓的背后，抬他下床，放下他们的负担，然后耐心地等他在地板上翻过身来就行了，一碰到地板，他的腿自然会发挥作用的。那么，姑且不管所有的门都是锁着的，他是否真的应该叫人帮忙呢？尽管处境非常困难，想到这一层，他却禁不住透出一丝微笑。

他使劲地摇动着，身子已经探出不少，快要失去平衡了，他非得鼓足勇气采取决定性的步骤了，因为再过五分钟就是七点一刻——正在这时，前门的门铃响了起来。"是公司里派什么人来了。"他这么想，身子就随之而发僵，可是那些细小的腿却动弹得更快了。一时之间周围一片静默。"他们不愿开门。"格里高尔怀着不合常情的希望自言自语道。可是女仆当然还是跟往常一样踏着沉重的步子去开门了。格里高尔听到客人的第一声招呼就马上知道这是谁——是秘书主任亲自出马了。真不知自己生就什么命，竟落到给这样一家公司当差，只要有一点小小的差池，马上就会招来最大的怀疑！在这一个所有的职员全是无赖的公司里，岂不是只有他一个人忠心耿耿吗？他早晨只占用公司两三个小时，不是就给良心折磨得几乎要发疯，真的下不了床吗？如果确有必要来打听他出了什么事，派个学徒来不也够了吗——难道秘书主任非得亲自出马，以便向全家人，完全无辜的一家人表示，这个可疑的情况只有他自己那样的内行来调查才行吗？与其说格里高尔下了决心，

倒不如说他因为想到这些事非常激动，因而用尽全力把自己甩出了床外。砰的一声很响，但总算没有响得吓人。地毯把他坠落的声音减弱了几分，他的背也不如他所想象的那么毫无弹性，所以声音很闷，不惊动人。只是他不够小心，头翘得不够高，还是在地板上撞了一下；他扭了扭脑袋，痛苦而忿懑地把头挨在地板上磨蹭着。

"那里有什么东西掉下来了。"秘书主任在左面房间里说。格里高尔试图设想，今天他身上发生的事有一天也让秘书主任碰上了；谁也不敢担保不会出这样的事。可是仿佛给他的设想一个粗暴的回答似的，秘书主任在隔壁房间里坚定地走了几步，他那漆皮鞋子发出了嘎吱嘎吱的声音。从右面的房间里，他妹妹用耳语向他通报消息："格里高尔，秘书主任来了。""我知道了。"格里高尔低声嘟哝道，但是没有勇气提高嗓门让妹妹听到他的声音。

"格里高尔，"这时候，父亲在左边房间里说话了，"秘书主任来了，他要知道为什么你没能赶上早晨的火车。我们也不知道怎么跟他说。另外，他还要亲自和你谈话。所以，请你开门吧。他度量大，对你房间里的凌乱不会见怪的。""早上好，萨姆沙先生。"与此同时，秘书主任和蔼地招呼道。"他不舒服呢。"母亲对客人说。这时他父亲继续隔着门在说话，"他不舒服，先生，相信我吧。他还能为了什么原因误车呢！这孩子只知道操心公事。他晚上从来不出去，连我瞧着都要生气了；这几天来他没有出差，可他天天晚上都守在家里。他只是安安静静地坐在桌子旁边，看看报，或是把火车时刻表翻来覆去地看。他唯一的消遣就是做木工活儿。比如说，他花了两三个晚上刻了一个小镜框；你看到它那么漂亮一定会感到惊奇；这镜框就在他房间里；再过一分钟，等格里高尔打开门你就会看到了。你的光临真叫我高兴，先生；我们怎么也没法使他开门；他真是固执；我敢说他一定是病了，虽然他早晨硬说没病。""我马上来了。"格里高尔慢吞吞地小心翼翼地说，可是却寸步也没有移动，生怕漏过他们谈话中的每一个字。 "我也想不出有什么别的原因，太太，"秘书主任说，"我希望不是什么大病。 虽然另一方面我不得不说，不知该算福气呢还是晦气，我们这些做买卖的往往就得不把这些小毛小病当作一回事，因为买卖嘛总是要做的。""喂，秘书主任现在能进来了吗？"格里高尔的父亲不耐烦地问，又敲起门来了。 "不行。"格里高尔回答。 这声拒绝以后，在左面房间里是一阵令人痛苦的寂静；右面房间里他妹妹啜泣起来了。

他妹妹为什么不和别的人在一起呢？ 她也许是刚刚起床，还没有穿衣服吧。 那么，她为什么哭呢？ 是因为他不起床让秘书主任进来吗，是因为他有丢掉差使的危险吗，是因为老板又要开口向他的父母讨还旧债吗？ 这些显然都是眼前不用担心的事情。 格里高尔仍旧在家里，丝毫没有弃家出走的念头。 的确，他现在暂时还躺在地毯上，知道他的处境的人当然不会盼望他让秘书主任走进来。可是这点小小的失礼以后尽可以用几句漂亮的辞令解释过去，格里高尔不见得会马上就给辞退。 格里高尔觉得，就目前来说，他们与其对他抹鼻子流泪苦苦哀求，还不如别打扰他的好。 可是，当然啦，他们的不明情况使他们大惑不解，也说明了他们为什么有这样的举动。

"萨姆沙先生，"秘书主任现在提高了嗓门说，"你这是怎么回事？ 你这样把自己关在房间里，光是回答'是'和'不是'，毫无必要地引起你父母极大的忧虑，又极严重地疏忽了……这我只不过顺便提一句……疏忽了公事方面的职责。 我现在以你父母和你经理的名义和你说话，我正式要求你立刻给我一个明确的解释。 我真没想到，我真没想到。 我原来还认为你是个安分守己、稳妥可靠的人，可你现在却突然决心想让自己丢丑。 经理今天早晨还对我暗示你不露面的原因可能是什么……他提到了最近交给你管的现款……我还几乎要以自己的名誉向他担保这根本不可能呢。 可是现在我才知道你真是执拗得可以，从现在起，我丝毫也不想袒护你了。 你在公司里的地位并不是那么稳固的。 这些话我本来想私下里对你说的，可是既然你这样白白糟蹋我的时间，我就不懂为什么你的父母不应该听到这些话了。 近来你的工作叫人很不满意；当然，目前买卖并不是旺季，这我们也承认，可是一年里整整一个季度一点买卖也不做，这是不行的，萨姆沙先生，这是完全不应该的。"

"可是，先生，"格里高尔喊道，他控制不住了，激动得忘记了一切，"我这会儿正要来开门。 一点小小的不舒服，一阵头晕使我起不了床。 我现在还躺在床上呢。 不过我已经好了。 我现在正要下床。 再等我一两分钟吧！ 我不像自己所想的那样健康。 不过我已经好了，真的。 这种小毛病难道就能打垮我不成！ 我昨天晚上还好好儿的，这我父亲母亲也可以告诉你，不，应该说我昨天晚上就感觉到了一些预兆。 我的样子想必已经不对劲了。 你要问为什么我不向办公室报告！ 可是人总以为一点点不舒服一定能顶过去，用不着请假在家休息。 哦，先生，别伤我父母的心吧！ 你刚才怪罪于我的事都是没有根据的；从来没有谁这样说过我。 也许你还没有看到我最近兜来的定单吧。 至少，我还能赶上八点钟的火车呢，休息了这几个钟点我已经好多了。 千万不要因为我而把你耽搁在这儿，先生；我马上就会开始工作的，这有劳你转告经理，在他面前还得请你多替我美言几句呢！"

格里高尔一口气说着，自己也搞不清楚自己说了些什么，也许是因为有了床上的那些锻炼，格里高尔没费多大气力就来到柜子旁边，打算依靠柜子使自己直立起来。 他的确是想开门，的确是想出去和秘书主任谈话的；他很想知道，大家这么坚持以后，看到了他又会说些什么。 要是他们都大吃一惊，那么责任就再也不在他身上，他可以得到安静了。 如果他们完全不在意，那么他也根本不必不安，只要真的赶紧上车站去搭八点钟的车就行了。 起先，他好几次从光滑的柜面上滑下来，可是最后，在一使劲之后，他终于站直了；现在他也不管下身疼得像火烧一般了。 接着他让自己靠向附近一张椅子的背部，用他那些细小的腿抓住了椅背的边。 这使他得以控制自己的身体，他不再说话，因为这时候他听见秘书主任又开口了。

"你们听得懂哪个字吗？"秘书主任问，"他不见得在开我们的玩笑吧？""哦，天哪，"他母亲声泪俱下地喊道，"也许他病害得不轻，倒是我们在折磨他呢。 葛蕾特！ 葛蕾特！"接着她嚷道。 "什么事，妈妈？"他妹妹打那一边的房间里喊道。 她们就这样隔着格里高尔的房间对嚷起来："你得马上去请医生。 格里高尔病了。 去请医生，快点儿。 你没听见他说话的声音吗？""这不是人的声音。"秘书主任说，跟母亲的尖叫声一比他的嗓音显得格外低沉。 "安娜！ 安娜！"他父亲从客厅向厨房里喊道，一面还拍着手，"马上去找个锁匠来！"于是两个姑娘奔跑得裙子飕飕响地穿过了客厅——他妹妹怎能这么快就穿好衣服的呢？ ——接着又猛然打开了前门。 没有听见门重新关上的声音；她们显然听任它洞开着，什么人家出了不幸的事情就总是这样。

格里高尔现在倒镇静多了。 显然，他发出来的声音人家再也听不懂了，虽然他自己听来很清楚，甚至比以前更清楚，这也许是因为他的耳朵变得能适应这种声音了。 不过至少现在大家相信他有什么地方不太妙，都准备来帮助他了。 这些初步措施将带来的积极效果使他感到安慰。 他觉得自己又重新进入人类的圈子，对大夫和锁匠都寄予了莫大的希望，却没有怎样分清两者之间的区别。 为了使自己在即将到来的重要谈话中声音尽可能清晰些，他稍为咳了咳嗓子，他当然尽量压低声音，因为就连他自己听起来，这声音也不像人的咳嗽。 这时候，隔壁房间里一片寂静。 也许他的父母正陪着秘书主任坐在桌旁，在低声商谈，也许他们都靠在门上细细谛听呢。

格里高尔慢慢地把椅子推向门边，接着便放开椅子，抓住了门来支撑自己——他那些细腿的脚底上倒是颇有粘性的——他在门上靠了一会儿，喘过一口气来。 接着他开始用嘴巴来转动插在锁孔里的钥匙。 不幸的是，他并没有什么牙齿——他得用什么来咬住钥匙呢？ ——不过他的下颚倒好像非常结实；靠着这下颚他总算转动了钥匙，他准是不小心弄伤了什么地方，因为有一股棕色的液体从他嘴里流出来，淌过钥匙，滴到地上。 "你们听，"门后的秘书主任说，"他在转动钥匙了。"这对格里高尔是个很大的鼓励；不过他们应该都来给他打气，他的父亲母亲都应该喊："加油，格里高尔。"他们应该大声喊道："坚持下去，咬紧钥匙！"他相信他们都在全神贯注地关心自己的努力，就集中全力死命咬住钥匙。 钥匙需要转动时，他便用嘴巴衔着它，自己也绕着锁孔转了一圈，好把钥匙扭过去，或者不如说，用全身的重量使它转动。 终于屈服的锁发出响亮的咔嗒一声，使格里高尔大为高兴。 他深深地舒了一口气，对自己说："这样一来我就不用锁匠了。"接着就把头搁在门柄上，想把门整个打开。

门是向他自己这边拉的，所以虽然已经打开，人家还是瞧不见他。 他得慢慢地从对开的那半扇门后面把身子挪出来，而且得非常小心，以免背脊直挺挺地跌倒在房间里。 他正在困难地挪动自己，顾不上作任何观察，却听到秘书主任"哦！"的一声大叫——发出来的声音像一股猛风——现在他可以看见那个人了，他站得最靠近门口，一只手遮在张大的嘴上，慢慢地往后退去，仿佛有什么无形的强大压力在驱逐他似的。 格里高尔的母亲——虽然秘书主任在场，她的头发仍然没有梳好，还是乱七八糟地竖着——她先是双手合掌瞧瞧他父亲，接着向格里高尔走了两步，随即倒在地上，裙子摊了开来，脸垂到胸前，完全看不见了。 他父亲握紧拳头，一副恶狠狠的样子，仿佛要把格里高尔打回到房间里去，接着他又犹豫不定地向起居室扫了一眼，然后把双手遮住眼睛，哭泣起来，连他那宽阔的胸膛都在起伏不定。

格里高尔没有接着往起居室走去，却靠在那半扇关紧的门的后面，所以他只有半个身子露在外面，还侧着探在外面的头去看别人。 这时候天更亮了，可以清清楚楚地看到街对面一幢长得没有尽头的深灰色的建筑——这是一所医院——上面惹眼地开着一排排呆板的窗子；雨还在下，不过已成为一滴滴看得清的大颗粒了。 大大小小的早餐盆碟摆了一桌子，对于格里高尔的父亲，早餐是一天里最重要的一顿饭，他一边看各式各样的报纸，一边吃，要吃上好几个钟点。 在格里高尔正对面的墙上挂着一幅他服兵役时的照片，当时他是中尉，他的手按在剑上，脸上挂着无忧无虑的笑容，分明要人家尊敬他的军人风度和制服。 前厅的门开着，大门也开着，可以一直看到宅前的院子和最下面的几级楼梯。

"好吧，"格里高尔说，他完全明白自己是唯一多少保持着镇静的人，"我立刻穿上衣服，等包好样品就动身。 您是否还容许我去呢？ 您瞧，先生，我并不是冥顽不化的人，我很愿意工作；出差是很辛苦的，但我不出差就活不下去。 您上哪儿去，先生？ 去办公室？ 是吗？ 我这些情形您能如实地反映上去吗？ 人总有暂时不能胜任工作的时候，不过这时正需要想起他过去的成绩，而且还要想到以后他又恢复了工作能力的时候，他一定会干得更勤恳更用心。我一心想忠诚地为老板做事，这您也很清楚。何况，我还要供养我的父母和妹妹。我现在景况十分困难，不过我会重新挣脱出来的。请您千万不要火上加油。在公司里请一定帮我说几句好话。旅行推销员在公司里不讨人喜欢，这我知道。大家以为他们赚的是大钱，过的是逍遥自在的日子。这种成见也犯不着特地去纠正。可是您呢，先生，比公司里所有的人看得都全面，是的，让我私下里告诉你，您比老板本人还全面，他是东家，当然可以凭自己的好恶随便不喜欢哪个职员。您知道得最清楚，旅行推销员几乎长年不在办公室，他们自然很容易成为闲话、怪罪和飞短流长的目标，可他自己却几乎完全不知道，所以防不胜防。直待他精疲力竭地转完一个圈子回到家里，这才亲身体验到连原因都无法找寻的恶果落到了自己的身上。先生，先生，您不能不说我一句好话就走啊，请表明您觉得我至少还有几分是对的呀！"

可是格里高尔才说头几个字，秘书主任就已经在跟踉倒退，只是张着嘴唇，侧过颤抖的肩膀直勾勾地瞪着他。格里高尔说话时，他片刻也没有站定，却偷偷地向门口踅去，眼睛始终盯紧了格里高尔，只是每次只移动一寸，仿佛存在某项不准离开房间的禁令一般。好不容易退入了前厅，他最后一步跨出起居室时动作好猛，真像是他的脚跟刚给火烧着了。他一到前厅就伸出右手向楼梯跑去，好似那边有什么神秘的救星在等待他。

格里高尔明白，如果要保住他在公司里的职位，不被砸掉饭碗，那就决不能让秘书主任抱着这样的心情回去。他的父母对这一点还不太了然；多年以来，他们已经深信格里高尔在这家公司里要呆上一辈子的，再说，他们的心思已经完全放在当前的不幸事件上，根本无法考虑将来的事。 可是格里高尔却考虑到了。 一定得留住秘书主任，安慰他，劝告他，最后还要说服他；格里高尔和他一家人的前途全系在这上面呢！ 只要妹妹在场就好了！ 她很聪明；当格里高尔还安静地仰在床上的时候她就已经哭了。 总是那么偏袒女性的秘书主任一定会乖乖地听她的话；她会关上大门，在前厅里把他说得不再惧怕。 可是她偏偏不在，格里高尔只得自己来应付当前的局面。 他没有想到自己的身体究竟有什么活动能力，也没有想一想他的话人家很可能仍旧听不懂，而且简直根本听不懂，就放开了那扇门，挤过门口，迈步向秘书主任走去，而后者正可笑地用两只手抱住楼梯的栏杆；格里高尔刚要摸索可以支撑的东西，忽然轻轻喊了一声，身子趴了下来，他那许多只腿着地。 还没等全部落地，他的身子已经获得了安稳的感觉，从早晨以来，这还是第一次；他脚底下现在是结结实实的地板了；他高兴地注意到，他的腿完全听从指挥；它们甚至努力地把他朝他心里所想的任何方向带去；他简直要相信，他所有的痛苦总解脱的时候终于快来了。 可是就在这一刹那间，当他摇摇摆摆一心想动弹的时候，离他不远，事实上就躺在他前面地板上的母亲，本来似乎已经完全瘫痪，这时却霍地跳了起来，伸直两臂，张开了所有的手指，喊道："救命啊，老天爷，救命啊！"一面又低下头来，仿佛想把格里高尔看得更清楚些，同时又偏偏身不由己地一直往后退，根本没顾到她后面有张摆满了食物的桌子；她撞上桌子，又糊里糊涂倏地坐了上去，似乎全然没有注意她旁边那把大咖啡壶已经打翻，咖啡也汩汩地流到了地毯上。

"妈妈，妈妈。"格里高尔低声地说道，抬起头来看着她。 这时他已经完全把秘书主任撇在脑后；他的嘴却忍不住咂巴起来，因为他看到了淌出来的咖啡。 这使他母亲再一次尖叫起来。 她从桌子旁边逃开，倒在急忙来扶她的父亲的怀抱里。 可是格里高尔现在顾不得他的父母；秘书主任已经在走下楼梯了，他的下巴探在栏杆上，扭过头来最后回顾了一眼。 格里高尔疾走几步，想尽可能追上他；可是秘书主任一定是看出了他的意图，因为他往下蹦了几级，随即消失了；可是还在不断地叫喊"噢！"回声传遍了整个楼梯。

不幸得很，秘书主任的逃走仿佛使一直比较镇定的父亲也慌乱万分，因为他非但自己不去追赶那人，反而阻拦格里高尔去追逐，他右手操起秘书主任连同帽子和大衣一起留在一张椅子上的手杖，左手从桌子上抓起一张大报纸，一面顿脚，一面挥动手杖和报纸，要把格里高尔赶回到房间里去。 格里高尔的恳求全然无效，事实上别人根本不理解；不管他怎样谦恭地低下头去，他父亲反而把脚顿得更响。 另一边，他母亲不顾天气寒冷，打开了一扇窗子，双手掩住脸，尽量把身子往外探。 一阵劲风从街上刮到楼梯，窗帘掀了起来，桌上的报纸吹得啪哒啪哒乱响，有几张吹落在地板上。 格里高尔的父亲无情地把他往后赶，一面嘘嘘叫着，简直像个野人。 可是格里高尔还不熟悉怎么往后退，所以走得很慢。 如果有机会掉过头，他能很快回房间的，但他怕转身的迟缓会使他父亲更加生气，他父亲手中的手杖随时会照准他的背上或头上给以狠狠一击的。 到后来，他竟不知怎么办才好，因为他绝望地注意到，倒退着走连方向都掌握不了；因此，他一面始终不安地侧过头瞅着父亲，一面开始掉转身子，他想尽量快些，事实上却非常迂缓。 也许父亲发觉了他的良好意图，因此并不干涉他，只是在他挪动时远远地用手杖尖拨拨他。 只要父亲不再发出那种无法忍受的嘘嘘声就好了。 这简直要使格里高尔发狂。 他已经完全转过去了，只是因为给嘘声弄得心烦意乱，甚至转得过了头。 最后他总算对准了门口，可是他的身体又偏巧宽得过不去。 但是在目前精神状态下的父亲，当然不会想到去打开另外半扇门好让格里高尔得以通过。他父亲脑子里只有一件事，尽快把格里高尔赶回房间。让格里高尔直立起来，侧身进入房间，就要做许多麻烦的准备，父亲是绝不会答应的。他现在发出的声音更加响亮，他拼命催促格里高尔往前走，好像他前面没有什么障碍似的；在格里高尔听来，他后面响着的声音不再像是父亲一个人的了；现在更不是闹着玩的了，所以格里高尔不顾一切狠命向门口挤去。他身子的一边拱了起来，倾斜地卡在门口，腰部挤伤了，在洁白的门上留下了可憎的斑点，不一会儿他就给夹住了，不管怎么挣扎，还是丝毫动弹不得，他一边的腿在空中颤抖地舞动，另一边的腿却在地上给压得十分疼痛——这时，他父亲从后面使劲地推了他一把，实际上这倒是支援，使他一直跌进了房间中央，汩汩地流着血。在他后面，门砰的一声用手杖关上了，屋子里终于回复了寂静。

二

直到薄暮时分格里高尔才从沉睡中苏醒过来，这与其说是沉睡还不如说是昏厥。其实再过一会儿他自己也会醒的，因为他觉得睡得很长久，已经睡够了，可是他仍觉得仿佛有一阵疾走的脚步声和轻轻关上通向前厅房门的声音惊醒了他。街上的电灯，在天花板和家具的上半部投下一层淡淡的光晕，可是在低处他躺着的地方，却是一片漆黑。他缓慢而笨拙地试了试他的触觉，只是到了这时，他才初次学会运用这个器官，接着便向门口爬去，想知道那儿发生了什么事。他觉得有一条长长的、绷得紧紧的不舒服的伤疤，他的两排腿事实上只能瘸着走了。而且有一条细小的腿在早晨的事件里受了重伤，现在是毫无用处地曳在身后——仅仅坏了一条腿，这倒真是个奇迹。

他来到门边，这才发现把他吸引过来的事实上是什么：食物的香味。因为那儿放了一只盆子，盛满了甜牛奶，上面还浮着切碎的白面包。他险些儿要高兴得笑出声来，因为他现在比早晨更加饿了，他立刻把头浸到牛奶里去，几乎把眼睛也浸没了。可是很快他又失望地缩了回来；他发现不仅吃东西很困难，因为柔软的左侧受了伤——他要全身抽搐地配合着才能把食物吃到口中——而且他也不喜欢牛奶了，虽然牛奶一直是他喜爱的饮料，他妹妹准是因此才给他准备的；事实上，他几乎是怀着厌恶的心情把头从盆子边上扭开，爬回到房间中央去。

他从门缝里看到起居室的煤气灯已经点亮了，在平日，到这时候，他父亲总要大声地把晚报读给母亲听，有时也读给妹妹听，可是现在却没有丝毫声息。也许是父亲新近抛弃大声读报的习惯了吧，他妹妹在谈话和写信中经常提到这件事。可是到处都那么寂静，虽然家里显然不是没有人。"我们这一家日子过得多么平静啊。"格里高尔自言自语道。他一动不动地瞪视着黑暗，心里感到很自豪，因为他能够让他的父母和妹妹在这样一套挺好的房间里过着蛮不错的日子。可是如果这一切的平静、舒适与满足都要恐怖地告一结束，那可怎么办呢？为了使自己不致陷入这样的思想，格里高尔活动起来了，他在房间里不断地爬来爬去。

在这个漫长的夜晚，有一次一边的门打开了一道缝，但马上又关上了，后来另一边的门上也发生了这样的事；显然是有人打算进来，但又犹豫不决。格里高尔现在紧紧地伏在起居室的门边，打算劝那个踌躇的人进来，至少也想知道那人是谁；可是门再也没有开过，他白白地等待着。清晨那会儿，门锁着，他们全都想进来；可是如今他打开了一扇门，另一扇门显然白天也是开着的，却又谁都不进来了，而且连钥匙都插到外面去了。

　　一直到深夜，起居室的煤气灯才熄灭，格里高尔很容易就推想到，他的父母和妹妹久久清醒地坐在那儿，因为他清晰地听见他们蹑手蹑脚走开的声音。 没有人会来看他了，至少天亮以前是不会了，这是肯定的，因此他有充裕的时间从容不迫地考虑他该怎样重新安排生活。 可是他匍匐在地板上的这间高大空旷的房间使他充满了一种不可言喻的恐惧，虽然这就是他自己住了五年的房间——他自己还不大清楚是怎么回事，就已经毫不害臊地急急钻到沙发底下去了，他马上就感到这儿非常舒服，虽然他的背稍有点被压住，他的头也抬不起来。 他唯一感到遗憾的是身子太宽，不能整个藏进沙发底下。

　　他在那里呆了整整一夜，一部分的时间消磨在假寐上，腹中的饥饿时时刻刻使他惊醒，而另一部分时间里，他一直浸沉在担忧和渺茫的希望中，但他想来想去，总是只有一个结论：那就是目前他必须静静地躺着，用忍耐和极度的体谅来协助家庭克服他在目前的情况下必然会给他们造成的不方便。

　　拂晓时分，其实还简直是夜里，格里高尔就有机会考验他的新决心是否坚定了，因为他的妹妹衣服还没有完全穿好就打开了通往客厅的门，表情紧张地向里面张望。 她没有立刻看见他，可是一等她看到他躲在沙发底下——说到究竟，他总得呆在什么地方，他又不能飞走，是不是？ ——她大吃一惊，不由自主就把门砰地重新关上。 可是仿佛是后悔自己刚才的举动似的，她马上又打开了门，踮起脚尖走了进来，似乎她来看望的是一个重病人，甚至是陌生人。格里高尔把头探出沙发的边缘看着她。 她会不会注意到他并非因为不饿而留着牛奶没喝，她会不会拿别的更合他的口味的东西来呢？ 除非她自动注意到这一层，他情愿挨饿也不愿唤起她的注意，虽然他有一股强烈的愿望，想从沙发底下冲出来，伏在她脚下，求她拿点食物来。可是妹妹马上就注意到了，她很惊讶，发现除了泼了些出来以外，盆子还是满满的，她立即把盆子端了起来，虽然不是直接用手，而是用手里拿着的布，她把盆子端走了。格里高尔好奇得要命，想知道她会换些什么来，而且还作了种种猜测。然而心地善良的妹妹实际上所做的却是他怎么也想象不到的。为了弄清楚他的嗜好，她给他带来了许多种食物，全都放在一张旧报纸上。这里有不新鲜的一半腐烂的蔬菜，有昨天晚饭剩下来的肉骨头，上面还蒙着已经变稠硬结的白酱油；还有些葡萄干和杏仁；一块两天前格里高尔准会说吃不得的乳酪；一块陈面包，一块抹了黄油的面包，一块洒了盐的黄油面包。除了这一切，她又放下了那只盆子，往里倒了些清水，这盆子显然算是他专用的了。她考虑得非常周到，生怕格里高尔不愿当她的面吃东西，所以马上就退了出去，甚至还锁上了门，让他明白他可以安心地随意进食。格里高尔所有的腿都嗖地向食物奔过去。而他的伤口也准是已经完全愈合了，因为他并没有感到不方便，这使他颇为吃惊，也令他回忆起，一个月以前，他用刀稍稍割伤了一只手指，直到前天还觉得疼痛。"难道现在我感觉迟钝些了？"他想，紧接着便对着乳酪狼吞虎咽起来，在所有的食物里，这一种立刻强烈地吸引了他。他眼中含着满意的泪水，逐一地把乳酪、蔬菜和酱油都吃掉；可是新鲜的食物却一点也不给他以好感，他甚至都忍受不了那种气味，事实上他是把可吃的东西都叼到远一点的地方去吃的。他吃饱了，正懒洋洋地躺在原处，这时他妹妹慢慢地转动钥匙，仿佛是给他一个暗示，让他退走。他立刻惊醒了过来，虽然他差不多睡着了，就急急地重新钻到沙发底下去。可是藏在沙发底下需要相当的自我克制力量，即使只是妹妹在房间里这短短的片刻，因为这顿饱餐使他的身子有些膨胀，他只觉得地方狭仄，连呼吸也很困难。 他因为透不过气，眼珠也略略鼓了起来，他望着没有察觉任何情况的妹妹在用扫帚扫去不光是他吃剩的食物，甚至也包括他根本没碰的那些，仿佛这些东西现在根本没人要了，扫完后又急匆匆地全都倒进了一只桶里，把木盖盖上就提走了。 她刚扭过身去，格里高尔就从沙发底下爬出来舒展身子，呼哧呼哧喘了几口气。

格里高尔就是这样由他妹妹喂养着，一次在清晨他父母和女仆还睡着的时候，另一次是在他们吃过午饭，他父母睡午觉而妹妹把女仆打发出去随便干点杂事的时候。 他们当然不会存心叫他挨饿，不过也许是他们除了听妹妹说一声以外对于他吃东西的情形根本不忍心知道吧，也许是他妹妹也想让他们尽量少操心吧，因为眼下他们心里已经够烦的了。

至于第一天上午大夫和锁匠是用什么借口打发走的，格里高尔就永远不得而知了，因为他说的话人家既然听不懂，他们——甚至连妹妹在内——就不会想到他能听懂大家的话，所以每逢妹妹来到他的房间里，他听到她不时发出的几声叹息，和向圣者作的喁喁祈祷，也就满足了。 后来，她对这种情形略为有点习惯了——当然，完全习惯是绝对不可能的——这时，她间或也会让格里高尔听到这样好心的或者可以作这样理解的话。 "唔，他喜欢今天的饭食。"要是格里高尔把东西吃得一干二净，她会这样说。 但是近来下面的情形越来越多了，她总是有点忧郁地说："又是什么都没有吃。"

虽然格里高尔无法直接得到任何消息，他却从隔壁房间里偷听到一些，只要听到一点点声音，他就急忙跑到那个房间的门后，把整个身子贴在门上。 特别是在头几天，几乎没有什么谈话不牵涉到他，即使是悄悄话。 整整两天，一到吃饭时候，全家人就商量该怎么办；就是不在吃饭时候，也老是谈这个题目，那阵子家里至少总有两个人，因为谁也不愿孤单单地困在家里，至于全都出去那更是不可想象的事。 就在第一天，女仆——她对这件事到底知道几分还弄不太清楚——来到母亲跟前，跪下来哀求让她辞退工作，当她一刻钟之后离开时，居然眼泪盈眶，感激不尽，仿佛得到了什么大恩典似的，而且谁也没有逼她，她就立下重誓，说这件事她一个字也永远不对外人说。

女仆一走，妹妹就得帮着母亲做饭了；其实这事也并不太麻烦，因为事实上大家都简直不吃什么。 格里高尔常常听到家里一个人白费力气地劝另一个人多吃一些，可是回答总不外是："谢谢，我吃不下了。"或是诸如此类的话。 现在似乎连酒也不喝了。 他妹妹总是一次又一次地问父亲要不要喝啤酒，并且好心好意地说要亲自去买，她见父亲没有回答，便建议让看门的女人去买，免得父亲觉得过意不去，这时父亲断然地说一个"不"字，大家就再也不提这事了。

在头几天里，格里高尔的父亲便向母亲和妹妹解释了家庭的经济现状和远景。 他常常从桌子旁边站起来，去取一些文件和账目，这都放在一只小小的保险箱里，这是五年前他的公司破产时保存下来的。 他打开那把复杂的锁、窸窸窣窣地取出纸张又重新锁上的声音，都一一听得清清楚楚。 他父亲的叙述是格里高尔幽禁以来所听到的第一个愉快的消息。 他本来还以为父亲的买卖什么也没有留下呢，至少父亲没有说过相反的话；当然，他也没有直接问过。 那时，格里高尔唯一的愿望就是竭尽全力，让家里人尽快忘掉父亲事业崩溃使全家沦于绝望的那场大灾难。 所以，他以不寻常的热情投入工作，很快就不再是个小办事员，而成为一个旅行推销员，赚钱的机会当然更多，他的成功马上就转化为亮晃晃圆滚滚的硬币，好让他当着惊诧而又快乐的一家人的面放在桌子上。 那真是美好的时刻啊，这种时刻以后就没有再出现过，至少是再也没有那种光荣感了，虽然后来格里高尔挣的钱已经够维持一家的生活，事实上家庭也的确是他在负担。 大家都习惯了，不论是家里人还是格里高尔，收钱的人固然很感激，给的人也很乐意，可是再也没有那种特殊的温暖感觉了。 只有妹妹和他最亲近，他心里有个秘密的计划，想让她明年进音乐学院，她跟他不一般，爱好音乐，小提琴拉得很动人，进音乐学院费用当然不会小，这笔钱一定得另行设法筹措。他逗留在家的短暂期间，音乐学院这一话题在他和妹妹之间经常提起，不过总把它当作一个永远无法实现的美梦；只要听到关于这件事的天真议论，他的父母就感到沮丧；然而格里高尔已经痛下决心，准备在圣诞节之夜隆重地宣布这件事。

这就是他贴紧门站着倾听时涌进脑海的一些想法，这在目前当然都是毫无意义的空想了。 有时他实在疲倦了，便不再倾听，而是懒懒地把头靠在门上，不过总是立即又得抬起来，因为他弄出的最轻微的声音隔壁都听得见，谈话也因此完全停顿下来。 "他现在又在干什么呢？"片刻之后他父亲会这样问，而且显然把头转向了门，这以后，被打断的谈话才会逐渐恢复。

由于他父亲很久没有接触经济方面的事，他母亲也总是不能一下子就弄清楚，所以他父亲老是一遍又一遍地反复解释，使格里高尔了解得非常详细： 他的家庭虽然破产，却有一笔投资保存了下来——款子当然很小——而且因为红利没有动用，钱数还有些增加。 另外，格里高尔每个月给的家用——他自己只留下几个零用钱——没有完全花掉，所以到如今也积成了一笔小数目。 格里高尔在门背后拼命点头，为这种他没料到的节约和谨慎而高兴。 当然，本来他也可以用这些多余的款子把父亲欠老板的债再还掉些，使自己可以少替老板卖几天命，可是无疑还是父亲的做法更为妥当。

不过，如果光是靠利息维持家用，这笔钱还远远不够；这项款子可以使他们生活一年，至多两年，不能再多了。 这笔钱根本就不能动用，要留着以备不时之需；日常的生活费用得另行设法。 他父亲身体虽然还算健壮，但已经老了，他已有五年没做事，也很难期望他能有什么作为了；在他劳累的却从未成功过的一生里，他还是第一次过安逸的日子，在这五年里，他发胖了，连行动都不方便了。 而格里高尔的老母亲患有气喘病，在家里走动都很困难，隔一天就得躺在打开的窗户边的沙发上喘得气都透不过来，又怎能叫她去挣钱养家呢？ 妹妹还只是个十七岁的孩子，她的生活直到现在为止还是一片欢乐，关心的只是怎样穿得漂亮些，睡个懒觉，在家务上帮帮忙，出去找些不太花钱的娱乐，此外最重要的就是拉小提琴，又怎能叫她去给自己挣面包呢？ 只要话题转到挣钱养家的问题，最初格里高尔总是放开了门，扑倒在门旁冰凉的皮沙发上，羞愧与焦虑得忧心如焚。

他往往躺在沙发上，通宵不眠，一连好几个小时在皮面子上蹭来蹭去。 他有时也集中全身力量，将扶手椅推到窗前，然后爬上窗台，身体靠着椅子，把头贴到玻璃窗上，他显然是企图回忆过去临窗眺望时所感到的那种自由。 因为事实上，随着日子一天天过去，稍稍远一些的东西他就看不清了；从前，他常常诅咒街对面的医院，因为它老是逼近在他眼面前，可是如今他却看不见了，倘若他不知道自己住在虽然僻静、却完全是市区的夏洛蒂街，他真要以为自己的窗子外面是灰色的天空与灰色的土地浑然成为一体的荒漠世界了。 他那细心的妹妹只看见扶手椅两回都靠在窗前，就明白了；此后她每次打扫房间总把椅子推回到窗前，甚至还让里面那层窗子开着。

如果他能开口说话，感激妹妹为他所做的一切，他也许还能多少忍受她的怜悯，可现在他却受不住。她工作中不太愉快的那些方面，她显然想尽量避免；日子一天天过去，她的确逐渐达到了目的，可是格里高尔也渐渐地越来越明白了。她走进房间的样子就使他痛苦。她一进房间就冲到窗前，连房门也顾不上关，虽然她往常总是小心翼翼不让旁人看到格里高尔的房间。她仿佛快要窒息了，用双手匆匆推开窗子，甚至在严寒中也要当风站着作深呼吸。她这种吵闹急促的步子一天总有两次使得格里高尔心神不定；在这整段时间里，他都得蹲在沙发底下，打着哆嗦。他很清楚，她和他呆在一起时，若是不打开窗子也还能忍受，她是绝对不会如此打扰他的。

有一次，大概在格里高尔变形一个月以后，其实这时她已经没有理由见到他再吃惊了，她比平时进来得早了一些，发现他正在一动不动地向着窗外眺望，所以模样更像妖魔了。要是她光是不进来格里高尔倒也不会感到意外，因为既然他在窗口，她当然不能立刻开窗了，可是她不仅退出去，而且仿佛是大吃一惊似的跳了回去，并且还砰地关上了门；陌生人还以为他是故意等在那儿要扑过去咬她呢。格里高尔当然立刻就躲到了沙发底下，可是他一直等到中午她才重新进来，看上去比平时更显得惴惴不安。这使他明白，妹妹看见他依旧那么恶心，而且以后也势必一直如此。她看到他身体的一小部分露出在沙发底下而不逃走，该是做出了多大的努力呀。为了使她不致如此，有一天他花了四个小时的劳动，用背把一张被单拖到沙发上，铺得使它可以完全遮住自己的身体，这样，即使她弯下身子也不会看到他了。如果她认为被单放在那儿根本没有必要，她当然会把它拿走，因为格里高尔这样把自己遮住又蒙上自然不会舒服。可是她并没有拿走被单，当格里高尔小心翼翼地用头把被单拱起一些看她怎样对待新情况的时候，他甚至仿佛看到妹妹眼睛里闪出了一丝感激的光辉。

　　在最初的两个星期里，他的父母亲鼓不起勇气进他的房间，他常常听到他们对妹妹的行为表示感激，而以前他们是常常骂她的，说她是个不中用的女儿。可是现在呢，在妹妹替他收拾房间的时候，老两口往往在门外等着，她一出来就问她房间里的情形，格里高尔吃了什么，他这一次行为怎么样，是否有些好转的迹象。过了不多久，母亲想要来看他了，起先父亲和妹妹都用种种理由劝阻她，格里高尔留神地听着，暗暗也都同意。后来，他们不得不用强力拖住她了，而她却拼命嚷道："让我进去瞧瞧格里高尔，他是我可怜的儿子！你们就不明白我非进去不可吗？"听到这里，格里高尔想也许还是让她进来的好，当然不是每天都来，每星期一次也就差不多了；她毕竟比妹妹更周到些，妹妹虽然勇敢，总还是个孩子，再说她之所以担当这件苦差事恐怕还是因为年轻稚气、少不更事罢了。

　　格里高尔想见见他母亲的愿望很快就实现了。在大白天，考虑到父母的脸面，他不愿趴在窗子上让人家看见，可是他在几平方米的地板上没什么好爬的，漫漫的长夜里他也不能始终安静地躺着不动，此外他很快就失去了对于食物的任何兴趣，因此，为了锻炼身体，他养成了在墙壁和天花板上纵横交错地爬来爬去的习惯。他特别喜欢倒挂在天花板上，这比躺在地板上强多了，呼吸起来也轻松多了，而且身体也可以轻轻地晃来晃去；倒悬的滋味使他乐而忘形，他忘乎所以地松了腿，直挺挺地掉在地板上。可是如今他对自己身体的控制能力比以前大有进步，所以即使摔得这么重，也没有受到损害。他的妹妹马上就注意到了格里高尔新发现的娱乐——他的脚总要在爬过的地方留下一种粘液——于是她想到应该让他有更多地方可以活动，得把碍路的家具搬出去，首先要搬的是五斗橱和写字台。 可是一个人干不了；她不敢叫父亲来帮忙；家里只有一个十六岁的女佣人，女仆走后她虽说有勇气留下来，但是她求主人赐给她一个特殊的恩惠，让她把厨房门锁着，只有在人家特意叫她时才打开，所以她也是不能帮忙的；这样，除了趁父亲出去时求母亲帮忙之外，也没有别的法子可想了。 老太太真的来了，一边还兴奋地叫喊着，可是这股劲头没等她来到格里高尔房门口就烟消云散了。 格里高尔的妹妹当然先进房间，她来看看是否一切都很稳妥，然后再招呼母亲。 格里高尔赶紧把被单拉低些，并且把它弄得折皱更多些，让人看了以为这是随随便便扔在沙发上的。 这一回他也不打沙发底下往外张望了；他放弃了见到母亲的快乐，她终于来了，这就已经使他喜出望外了。 "进来吧，他躲起来了。"妹妹说，显然是搀着母亲的手在领她进来。 此后，格里高尔听到了两个荏弱的女人使劲把那口旧柜子从原来的地方拖出来的声音，他妹妹只管挑重活儿干，根本不听母亲叫她当心累坏身子的劝告。 她们搬了很久。 在拖了至少一刻钟之后，母亲提出相反的意见，说这口橱还是放在原处的好，因为首先它太重了，在父亲回来之前是绝对搬不走的；而这样立在房间的中央当然只会更加妨碍格里高尔的行动，况且把家具搬出去是否就合格里高尔的意，这可谁也说不上来。 她甚至还觉得恰恰相反呢；她看到墙壁光秃秃，只觉得心里堵得慌，为什么格里高尔就没有同感呢！ 既然好久以来他就用惯了这些家具，一旦没有，当然会觉得很凄凉。 最后她又压低了声音说——事实上自始至终她都几乎是用耳语在说话，她仿佛连声音都不想让格里高尔听到——他到底藏在哪儿她并不清楚——因为她相信他已经听不懂她的话了——"再说，我们搬走家具，岂不等于向他表示，我们放弃了他好转的希望，硬着心肠由他去了吗？ 我想还是让他房间保持原状的好，这样，等格里高尔回到我们中间，他就会发现一切如故，也就能更容易忘掉这其间发生的事了。"

听到了母亲这番话，格里高尔明白两个月不与人交谈以及单调的家庭生活，已经把他的头脑弄糊涂了，否则他就无法解释，为什么会把房间里的家具清出去看成一件严肃认真的事。难道他真的要把那么舒适地放满祖传家具的温暖的房间变成光秃秃的洞窟，好让自己不受阻碍地往四面八方乱爬，同时还要把做人的时候的回忆忘得干干净净作为代价吗？他的确已经濒于忘却一切，只是靠了好久没有听到的母亲的声音，才把他拉了回来。什么都不能从他房间里搬出去；一切都得保持原状；他不能丧失这些家具对他精神状态的良好影响；即使在他无意识地到处乱爬的时候家具的确挡住他的路，这也绝不是什么妨碍，而是大大的好事。

不幸的是，妹妹却有不同的看法；她已经惯于把自己看成是格里高尔事务的专家了，自然认为自己要比父母高明，这当然也有点道理，所以母亲的劝说只能使她决心不仅仅搬走柜子和书桌，这只是她的初步计划，而且还要搬走一切，只剩那张不可缺少的沙发。她作出这个决定当然不仅仅是出于孩子气的倔强和她近来自己也没料到的、花了艰苦代价而获得的自信心；她的确觉得格里高尔需要许多地方爬动，另一方面，他又根本用不着这些家具，这也是不言而喻的。另一个原因也可能是她这种年龄的少女的热烈气质，她们无论做什么事总要迷在里面，这个原因使得葛蕾特夸大哥哥环境的可怕，这样，她就能给他做更多的事了。对于一间由格里高尔一个人主宰的光有四堵空墙的房间，除了葛蕾特是不会有别人敢于进去的。

因此，她不因为母亲的一番话而动摇自己的决心，母亲在格里高尔的房间里越来越不舒服，所以也拿不稳主意，旋即不做声了，只是竭力帮她女儿把柜子推出去。如果不得已，格里高尔也可以不要柜子，可是写字台是非留下不可的。　这两个女人哼哼着刚把柜子推出房间，格里高尔就从沙发底下探出头来，想看看该怎样尽可能温和妥善地干预一下。　可是真倒霉，是他母亲先回进房间来的，她让葛蕾特独自在隔壁房间把柜子摇晃着往外拖，柜子当然是一动也不动。　母亲没有看惯他的模样；为了怕她看了吓出病来，格里高尔马上退到沙发另一头去，可是还是使被单在前面晃动了一下。　这就已经使她大吃一惊了。　她愣住了，站了一会儿，这才往葛蕾特那儿跑去。

虽然格里高尔不断地安慰自己，说根本没有出什么大不了的事，只是挪动了几件家具，但他很快就不得不承认，这两个女人跑过来跑过去，她们的轻声叫喊以及家具在地板上的拖动，这一切给了他很大影响，仿佛动乱从四面八方同时袭来，尽管他拼命把头和腿都蜷成一团贴紧在地板上，他也不得不承认他忍受不了多久了。她们在搬清他房间里的东西，把他所喜欢的一切都拿走；安放他的钢丝锯和各种工具的柜子已经给拖走了；她们这会儿正在把几乎陷进地板去的写字台抬起来，他在商学院念书时所有的作业就是在这张桌子上做的，更早的还有中学的作业，还有，对了，小学的作业——他再也顾不上体会这两个女人的良好动机了，他几乎已经忘了她们的存在，因为她们太累了，干活时连声音也发不出来，除了她们沉重的脚步声以外，旁的什么也听不见。

因此他冲出去了——两个女人在隔壁房间正靠着写字台略事休息——他换了四次方向，因为他真的不知道应该先拯救什么；接着，他看见了对面的那面墙，靠墙的东西已给搬得七零八落了，墙上那幅穿皮大衣的女士的画像吸引了他，格里高尔急忙爬上去，紧紧地贴在镜面玻璃上，这地方倒挺不错，他那火热的肚子顿时觉得惬意多了。　至少，这张完全藏在他身子底下的画是谁也不许搬走的。 他把头转向起居室，以便两个女人重新进来的时候可以看到她们。

她们休息了没多久就已经往里走来了；葛蕾特用胳膊围住她母亲，简直是在抱着她。 "那么，我们现在再搬什么呢？"葛蕾特说，向周围扫了一眼，她的眼睛遇上了格里高尔从墙上射来的眼光。 大概因为母亲也在场的缘故，她保持住了镇静，她向母亲低下头去，免得母亲的眼睛抬起来，说道："走吧，我们要不要再回起居室去呆一会儿？"她的意图格里高尔非常清楚；她是想把母亲安置到安全的地方，然后再来把他从墙上赶下来。 好吧，让她来试试看吧！ 他抓紧了他的图片绝不退让。 他还想对准葛蕾特的脸飞扑过去呢。

可是葛蕾特的话却已经使母亲感到不安了，她向旁边跨了一步，看到了印花墙纸上那一大团棕色的东西，她还没有真的理会到她看见的正是格里高尔，就用嘶哑的声音大叫起来："啊，上帝，啊，上帝！"接着就双手一摊倒在沙发上，仿佛听天由命似的，一动也不动了。 "唉，格里高尔！"他妹妹喊道，对他又是挥拳又是瞪眼。 自从变形以来这还是她第一次直接对他说话。 她跑到隔壁房间去拿什么香精来使母亲从昏厥中苏醒过来。 格里高尔也想帮忙——要救那张图片以后还有时间——可是他已经紧紧地粘在玻璃上，不得不使点劲儿才让身子能够移动；接着他就跟在妹妹后面奔进房间，好像他像过去一样，真能给她什么帮助似的；可是他马上就发现，自己只能无可奈何地站在她后面；妹妹正在许许多多小瓶子堆里找来找去，等她回过身来一看到他，真的又吃了一惊；一只瓶子掉到地板上，打碎了；一块玻璃片划破了格里高尔的脸，不知什么腐蚀性的药水溅到了他身上；葛蕾特才愣住一小会儿，就马上抱起所有拿得了的瓶子跑到母亲那儿去了；她用脚砰地把门关上。

格里高尔如今和母亲隔开了，她就是因为他，也许快要死了；他不敢开门，生怕吓跑了不得不留下来照顾母亲的妹妹；目前，除了等待，他没有别的事可做；他被自我谴责和忧虑折磨着，就在墙壁、家具和天花板上到处乱爬起来，最后，在绝望中，他觉得整个房间竟在他四周旋转，就掉了下来，跌落在大桌子的正中央。

过了一小会儿。格里高尔依旧软弱无力地躺着，周围寂静无声；这也许是个吉兆吧。接着门铃响了。女仆当然是锁在她的厨房里的，只能由葛蕾特去开门。进来的是他的父亲。"出了什么事？"他一开口就问；准是葛蕾特的神色把一切都告诉他了。葛蕾特显然把头埋在父亲胸口上，因为她的回答听上去闷声闷气的："妈妈刚才晕过去了，不过这会儿已经好点了。格里高尔逃了出来。""果然不出我的所料，"他父亲说，"我不是告诉过你们吗，可是你们这些女人根本不听。"格里高尔清楚地感觉到他父亲把葛蕾特过于简单的解释想到最坏的方面去了，他大概以为格里高尔做了什么凶狠的事呢。格里高尔现在必须设法使父亲息怒，因为他既来不及也无法替自己解释。因此他赶忙爬到自己房间的门口，蹲在门前，好让父亲从客厅里一进来便可以看见自己的儿子乖得很，一心想立即回自己房间，根本不需要赶，要是门开着，他马上就会进去的。

可是父亲目前的情绪完全无法体会他那细腻的感情。"啊！"他一露面就喊道，声音里既有狂怒，同时又包含了喜悦。格里高尔把头从门上缩回来，抬起来瞧他的父亲。啊，这简直不是他想象中的父亲了；显然，最近他太热衷于爬天花板这一新的消遣，对家里别的房间里的情形就不像以前那样感兴趣了，他真应该预料到某些新的变化才行。不过，不过，这难道真是他父亲吗？从前，每逢格里高尔动身出差，他父亲总是疲累不堪地躺在床上；格里高尔回来过夜总看见他穿着睡衣靠在一张长椅子里，他连站都站不起来，把手举一举就算是欢迎。 一年里有那么一两个星期天，还得是盛大的节日，他也偶尔和家里人一起出去，总是走在格里高尔和母亲的当中，他们走得已经够慢的了，可是他还要慢，他裹在那件旧大衣里，靠了那把弯柄的手杖的帮助艰难地向前移动，每走一步都先要把手杖小心翼翼地支好，逢到他想说句话，往往要停下脚步，让卫护的人靠拢来。 难道那个人就是他吗？ 现在他身子笔直地站着，穿一件有金色钮扣的漂亮的蓝制服，这通常是银行的杂役穿的；他那厚实的双下巴鼓出在上衣坚硬的高领子外面；从他浓密的睫毛下面，那双黑眼睛射出了神气十足咄咄逼人的光芒；他那头本来乱蓬蓬的头发如今从当中整整齐齐、一丝不苟地分了开来，两边都梳得又光又平。 他把那顶绣有金字——肯定是哪家银行的标记——的帽子远远地往房间那头的沙发上一扔，把大衣的下摆往后一甩，双手插在裤袋里，板着严峻的脸朝格里高尔冲来。 他大概自己也不清楚要干什么；但是他却把脚举得老高，格里高尔一看到他那大得惊人的鞋后跟简直吓呆了。 不过格里高尔不敢冒险听任父亲摆弄，他知道从自己新生活的第一天起，父亲就是主张对他采取严厉措施的。因此他就在父亲的前头跑了起来，父亲停住他也停住，父亲稍稍一动他又急急地奔跑。 就这样，他们绕着房间转了好几圈，并没有真出什么事；事实上这简直都不太像是追逐，因为他们都走得很慢。所以格里高尔也没有离开地板，生怕父亲把他的爬墙和上天花板看成是一种特别恶劣的行为。 可是，即使就这样跑他也支持不了多久，因为他父亲迈一步，他就得动好多下。 他已经感到气喘不过来了，他从前做人的时候，肺也不太强。 他跌跌撞撞地向前冲，因为要把精力全部集中在奔走上，连眼睛都几乎不睁开来；在昏乱的状态中，除了向前冲以外，他根本没有想到还有别的出路；他几乎忘记自己是可以随便上墙的，而且在这个房间里，靠墙放着精雕细镂的家具，凸出来和凹进去的地方多得是——正在这时，突然有一样扔得不太有力的东西飞了过来，落在他的后面，又滚到他前面去。这是一只苹果；紧接着第二只苹果又扔了过来；格里高尔惊慌地站住了；再跑也没有用了，因为他父亲决心要轰炸他了。他把碗橱上盘子里的水果装满了衣袋，也没有好好地瞄准，只是把苹果一只接一只地扔出来。这些小小的红苹果在地板上滚来滚去，仿佛有吸引力似的，都在互相碰撞。一只扔得不太用力的苹果轻轻擦过格里高尔的背，没有带给他什么损害就飞走了。可是紧跟着马上飞来了另一只，正好打中了他的背并且还陷了进去；格里高尔挣扎着往前爬，仿佛能把这种可怕的莫名其妙的痛苦留在身后似的；可是他觉得自己好像被钉住在原处，就六神无主地瘫倒在地上。在清醒的最后一刹那，他瞥见他的房门猛然打开，母亲抢在尖叫着的妹妹前头跑了过来，身上只穿着内衣，她女儿为了让她呼吸舒畅，好缓过气来，已经把她衣服都解开了，格里高尔看见母亲向父亲扑过去，解松了的裙子一条接着一条都掉在地板上，她绊着裙子径直向父亲奔去，抱住他，紧紧地搂住他，双手围在父亲的脖子上，求他别伤害儿子的生命——可是这时，格里高尔的眼光已经逐渐暗淡了。

三

格里高尔所受的重创使他有一个月不能行动——那只苹果还一直留在他身上，没人敢去取下来，仿佛这是一个公开的纪念品似的——他的受伤好像使父亲也想起了他是家庭的一员，尽管他现在很不幸，外形使人看了恶心，但是也不应把他看成是敌人，相反，家庭的责任正需要大家把厌恶的心情压下去，而用耐心来对待，只能是耐心，别的都无济于事。

虽然他的创伤损害了，而且也许是永久地损害了他行动的能力，目前，他从房间的一端爬到另一端也得花好多好多分钟，活像个老弱的病人——说到上墙在目前更是谈也不用谈——可是，在他自己看来，他的受伤还是得到了足够的补偿，因为每到晚上——他早在一两个小时以前就一心一意等待着这个时刻了，起居室的门总是大大地打开，这样他就可以躺在自己房间的暗处，家里人看不见他，他却可以看到三个人坐在点上灯的桌子旁边，可以听到他们的谈话，这大概是他们全都同意的。比起早先的偷听，这可要强多了。

的确，他们的关系中缺少了先前那种活跃的气氛。过去，当他投宿在客栈狭小的寝室里，疲惫不堪，要往潮滋滋的床铺上倒下去的时候，他总是以一种渴望的心情怀念这种气氛的。他们现在往往很沉默。晚饭吃完不久，父亲就在扶手椅里打起瞌睡来；母亲和妹妹就互相提醒谁都别说话；母亲把头低低地俯在灯下，在给一家时装店做精细的针线活；他妹妹已经当了售货员，为了将来找更好的工作，在利用晚上的时间学习速记和法文。有时父亲醒了过来，仿佛根本不知道自己已经睡了一觉，还对母亲说："你今天干了这么多针线活呀！"话才说完又睡着了。于是，母亲和女儿又交换一下疲倦的笑容。

父亲脾气真执拗，连在家里也一定要穿上那件制服，他的睡衣一无用处地挂在钩子上，他穿得整整齐齐，坐着坐着就睡着了，好像随时要去应差，即使在家里也要对上司唯命是从似的。这样下来，虽则有母亲和妹妹的悉心保护，他那件本来就不是簇新的制服已经开始显得脏了，格里高尔常常整夜整夜地望着钮扣老是擦得金光闪闪的外套上的一摊摊油迹，老人就穿着这件外套极不舒服却又是极安宁地坐在那里沉入了睡乡。

一等钟敲十下，母亲就设法用婉言款语把父亲唤醒，劝他上床去睡，因为坐着睡休息不好，可他最需要的就是休息，因为他六点钟就得去上班。可是自从他在银行里当了杂役以来，不知怎的得了犟脾气，他总想在桌子旁边再坐上一会儿，可是又总是重新睡着，到后来得花九牛二虎之力才能把他从扶手椅弄到床上去。不管格里高尔的母亲和妹妹怎样不断用温和的话一个劲儿地催促他，他总要闭着眼睛，慢慢地摇头，摇上一刻钟，就是不肯站起来。母亲拉着他的袖管，对着他的耳朵轻声说些甜蜜的话，他妹妹也扔下了功课跑来帮助母亲。可是格里高尔的父亲还是不上钩。他一味往椅子深处退去。直到两个女人抓住他的胳肢窝把他拉了起来，他才睁开眼睛，看看这个，又看看那个，而且总要说："我过的是什么日子呀。这就算是我安宁、平静的晚年了吗？"于是就由两个人搀扶着挣扎站起来，好不费力，仿佛自己对自己都是一个沉重的负担，还要她们一直扶到门口，这才挥挥手叫她们回去，独自往前走，可是母亲还是放下了针线活，妹妹也放下笔，追上去再搀他一把。

在这个操劳过度疲倦不堪的家庭里，除了做绝对必须的事情以外，谁还有时间替格里高尔操心呢？家计日益窘迫；女佣人也给辞退了；一个蓬着满头白发高大瘦削的老妈子一早一晚来替他们做些粗活；其他的一切家务事就落在格里高尔母亲的身上。此外，她还得做一大堆一大堆的针线活。连母亲和妹妹以往每逢参加晚会和喜庆日子总要骄傲地戴上的那些首饰，也不得不变卖了。一天晚上，家里人都在讨论卖得的价钱，格里高尔才发现了这件事。可是最使他们悲哀的就是没法从与目前的景况不相称的住所里迁出去，因为他们想不出有什么法子搬动格里高尔。可是格里高尔很明白，对他的考虑并不是妨碍搬家的主要原因，因为他们满可以把他装在一只大小合适的盒子里，只要留几个通气的孔眼就行了；他们彻底绝望了，还相信他们是注定了要交上这种所有亲友都没交过的厄运，这才是使他们没有迁往他处的真正原因。 世界上要求穷人的一切，他们都已尽力做了：父亲在银行里给小职员买早点，母亲把自己的精力耗费在替陌生人缝内衣上，妹妹听顾客的命令在柜台后面急急地跑来跑去，超过这个界限就是他们力所不及的了。 把父亲送上了床，母亲和妹妹就重新回进房间，她们总是放下手头的工作，靠得紧紧地坐着，脸挨着脸，接着母亲指指格里高尔的房门说："把这扇门关上吧，葛蕾特。"于是他重新被关入黑暗中，而隔壁的两个女人就涕泗交流起来，或是眼眶干枯地瞪着桌子；逢到这样的时候，格里高尔背上的创伤总要又一次地使他感到疼痛难忍。

不管是夜晚还是白天，格里高尔都几乎不睡觉。 有一个想法老是折磨着他：下一次门再打开时，他就要像过去那样重新挑起一家的担子了；隔了这么久以后，他脑子里重又出现了老板、秘书主任、那些旅行推销员和练习生的影子，他仿佛还看见了那个蠢蠢无比的听差、两三个在别的公司里做事的朋友、一个乡村客栈里的女招待（这是个一闪即逝的甜蜜的回忆），还有一个女帽店里的出纳，格里高尔殷勤地向她求过爱，但是让人家捷足先登了——他们都出现了，另外还有些陌生的或他几乎已经忘却的人，但是他们非但不帮他和他家庭的忙，却一个个都那么冷冰冰，格里高尔看到他们从眼前消失，心里只有感到高兴。 另外，有的时候，他没有心思为家庭担忧，却因为家人那样忽视自己而积了一肚子的火，他自己也弄不清楚到底爱吃什么，却打算闯进食物储藏室去把本该属于他份内的食物叼走。 他妹妹再也不考虑拿什么他可能最爱吃的东西来喂他了，只是在早晨和中午上班以前匆匆忙忙地用脚把食物推进来，手头有什么就给他吃什么，到了晚上只是用扫帚一下子再把东西扫出去，也不管他是尝了几口呢，还是——这是最经常的情况——连动也没有动。她现在总是在晚上给他打扫房间，她的打扫不能再草率了。墙上尽是一缕缕灰尘，到处都是成团的尘土和脏东西。起初格里高尔在妹妹要来的时候总呆在特别肮脏的角落里，他的用意也算是以此责难她。可是即使他再蹲上几个星期也无法使她有所改进；她跟他一样完全看得见这些尘土，可就是决心不管。不但如此，她新近脾气还特别暴躁，这也不知怎的传染给了全家人，这种脾气使她认定自己是格里高尔房间唯一的管理人。他的母亲有一回把他的房间彻底扫除了一番，其实不过是用了几桶水罢了——房间的潮湿当然使得格里高尔大为狼狈，他摊开身子阴郁地一动不动地躺在沙发上——可是母亲为这事也受了罪。那天晚上，妹妹刚察觉到他房间所发生的变化，就怒不可遏地冲进起居室，而且不顾母亲举起双手苦苦哀求，竟号啕大哭起来，她的父母——父亲当然早就从椅子里惊醒站立起来了——最初只是无可奈何地愕然看着，接着也卷了进来；父亲先是责怪右边的母亲，说打扫格里高尔的房间本来是女儿的事，她真是多管闲事；接着又尖声地对左边的女儿嚷叫，说以后再也不让她去打扫格里高尔的房间了；而母亲呢，却想把父亲拖到卧室里去，因为他已经激动得不能控制自己了；妹妹哭得浑身发抖，只管用她那小拳头擂打桌子；格里高尔也气得发出很响的嗤嗤声，因为没有人想起关上门，省得他看到这一场好戏，听到这么些吵闹。

可是，即使妹妹因为一天工作下来疲累不堪，已经懒得像先前那样去照顾格里高尔了，母亲也没有自己去管的必要，而格里高尔也根本不会给忽视，因为现在有那个老妈子了。这个老寡妇的结实精瘦的身体使她经受了漫长的一生中所有最最厉害的打击，她根本不怕格里高尔。她有一次完全不是因为好奇，而纯粹是偶然地打开了他的房门，看到了格里高尔，格里高尔吃了一惊，便四处奔跑起来，其实老妈子根本没有追他，只是叉着手站在那儿罢了。 从那时起，一早一晚，她总不忘记花上几分钟把他的房门打开一些来看看他。 起先她还用自以为亲热的话招呼他，比如："来呀，嗨，你这只老屎蜣螂！"或者是："瞧这老屎蜣螂哪，嗨！"对于这样的攀谈格里高尔置之不理，只是一动不动地呆在原处，就当那扇门根本没有开。 与其容许她兴致一来就这样无聊地滋扰自己，还不如命令她天天打扫他的房间呢，这粗老妈子！ 有一次，是在清晨——急骤的雨点敲打着窗玻璃，这大概是春天快来临的征兆吧——她又来啰唆了，格里高尔好不恼怒，就向她冲去，仿佛要咬她似的，虽然他的行动既缓慢又软弱无力。 可是那个老妈子非但不害怕，反而把刚好放在门旁的一张椅子高高举起，她的嘴张得老大，显然是要等椅子往格里高尔的背上砸下去才会闭上。 "你又不过来了吗？"看到格里高尔掉过头去，她一面问，一面镇静地把椅子放回墙角。

格里高尔现在简直不吃东西了。 只有在他正好经过食物时才会咬上一日，作为消遣，每次都在嘴里嚼上一个小时，然后又重新吐掉。 起初他还以为他不愿吃是因为房间里凌乱不堪，使他心烦，可是他很快也就习惯了房间里的种种变化。 家里人已经养成习惯，把别处放不下的东西都塞到这儿来，这些东西现在多得很，因为家里有一间房间租给了三个房客。 这些一本正经的先生——他们三个全都蓄着大胡子，这是格里高尔有一次从门缝里看到的——什么都要井井有条，不光是他们的房间里得整齐，因为他们既然已经是这个家庭的一员了，他们就要求整个屋子所有的一切都得如此，特别是厨房。 他们无法容忍多余的东西，更不要说脏东西了。 此外，他们自己用得着的东西几乎都带来了。 因此就有许多东西多了出来，卖出去既不值钱，扔掉也舍不得。 这一切都千流归大海，来到了格里高尔的房间。 同样，连煤灰箱和垃圾箱也来了。 凡是暂时不用的东西都干脆给那老妈子扔了进来，她做什么事都那么毛手毛脚；幸亏格里高尔往往只看见一只手扔进来一样东西，也不管那是什么。 她也许是想等到什么时机再把东西拿走吧，也许是想先堆起来再一起扔掉吧，可是实际上东西都是她扔在哪儿就在哪儿，除非格里高尔有时嫌碍路，把它推开一些，这样做最初是出于必须，因为他无处可爬了，可是后来却从中得到越来越多的乐趣，虽则在这样的长途跋涉之后，由于抑郁和极度疲劳，他总要一动不动地一连躺上好几个小时。

由于房客们常常要在家里公用的起居室里吃晚饭，有许多个夜晚房门都得关上，不过格里高尔很容易也就习惯了，因为晚上即使门开着他也根本不感兴趣，只是躺在自己房间最黑暗的地方，家里人谁也不注意他。 不过有一次老妈子把门开了一道缝，门始终微开着，连房客们进来吃饭点亮了灯的时候也是如此。 他们大模大样地坐在桌子的上首，在过去，这是父亲、母亲和格里高尔吃饭时坐的地方，三个人摊开餐巾，拿起了刀叉。 立刻，母亲出现在对面的门口，手里端了一盘肉，紧跟着她的是妹妹，拿的是一盘堆得高高的土豆。 食物散发着浓密的水蒸气。 房客们把头伛在他们前面的盘子上，仿佛在就餐之前要细细察看一番似的，真的，坐在当中像是权威人士的那一位，等肉放到碟子里就割了一块下来，显然是想着看够不够嫩，是否应该退给厨房。 他做出满意的样子，焦急地在一旁看着的母亲和妹妹这才舒畅地吸了口气，笑了起来。

家里的人现在都到厨房去吃饭了。 尽管如此，格里高尔的父亲到厨房去以前总要先到起居室来，手里拿着帽子，深深地鞠一躬，绕着桌子转上一圈。 房客们都站起来，胡子里含含糊糊地哼出一些声音。 父亲走后，他们就简直不发一声地吃他们的饭。 格里高尔有个特殊的本事，他竟能从饭桌上各种不同的声音中分辨出他们牙齿的咀嚼声，这声音仿佛在向格里高尔示威：要吃东西就不能没有牙齿，即使是最坚强的牙床，只要没有牙齿，也算不了什么。"我饿坏了，"格里高尔悲哀地自言自语道，"可是又不能吃这种东西。这些房客拼命往自己肚子里塞，可是我却快要饿死了！"

就在这天晚上，厨房里传来了小提琴的声音——格里高尔蛰居以来，就不记得听到过这种声音。房客们已经用完晚餐了，坐在当中的那个拿出一份报纸，给另外那两个人一人一页，这时他们都舒舒服服往后一靠，一面看报一面抽烟。小提琴一响他们就竖起耳朵，站起身来，蹑手蹑脚地走到前厅的门口，三个人挤成一堆，厨房里准是听到了他们的动作声，因为格里高尔的父亲喊道："拉小提琴妨碍你们吗，先生们？可以马上不拉的。""没有的事，"当中那个房客说，"能不能请小姐到我们这儿来，在这个房间里拉，这儿不是方便得多舒服得多吗？""噢，当然可以。"格里高尔的父亲喊道，仿佛拉小提琴的是他似的。于是房客们就回到起居室去等了。很快，格里高尔的父亲端来谱架，母亲拿来乐谱，妹妹挟着小提琴进来了。妹妹静静地做着一切准备；他的父母从来没有出租过房间，因此过分看重了对房客的礼貌，都不敢在自己的椅子上坐下来了；父亲靠在门上，右手插在号衣两颗钮扣之间，钮扣全扣得整整齐齐的；有一位房客端了一把椅子请母亲坐，她也没敢挪动椅子，就在椅子角上坐了下来。

格里高尔的妹妹开始拉琴了；在她两边的父亲和母亲用心地瞧着她双手的动作。格里高尔受到吸引，也大胆地向前爬了几步，他的头实际上都已探进了起居室。他对自己越来越不为别人着想几乎已经习以为常了；有一度他是很以自己的知趣而自豪的。这样的时候他实在更应该把自己藏起来才是，因为他房间里灰尘积得老厚，稍稍一动就会飞扬起来，所以他身上也蒙满灰尘，背部和两侧都沾满了绒毛、发丝和食物的残渣，走到哪里就带到哪里；他现在对一切都无动于衷，已经不屑于像过去有个时期那样，一天翻过身来在地毯上擦上几次了。尽管现在这么邋遢，他却老着脸皮地走前几步，来到起居室一尘不染的地板上。

显然，谁也没有注意到他。家里人完全沉浸在小提琴的音乐声中；房客们呢，他们起先双手插在口袋里，站得离乐谱那么近，以至都能看清乐谱了，这显然对他妹妹是有所妨碍的，可是过不了多久他们就走到窗子旁边，低着头窃窃私语起来，使父亲向他们投来不安的眼光。的确，他们表示得不能再露骨了，他们对于原以为是优美悦耳的小提琴演奏已经失望，他们已经听够了，只是出于礼貌才让自己的宁静受到打扰。从他们不断把烟从鼻子和嘴里喷向空中的模样，就可以看出他们的不耐烦。可是格里高尔的妹妹琴拉得真美。她的脸侧向一边，眼睛专注而悲哀地追寻着乐谱上的音符。格里高尔又往前爬了几步，而且把头低垂到地板上，希望自己的眼光也许能遇上妹妹的视线。音乐对他有这么大的魔力，难道因为他是动物吗？他觉得自己一直渴望着某种营养，而现在他已经找到这种营养了。他决心再往前爬，一直来到妹妹的跟前，好拉拉她的裙子让她知道，她应该带了小提琴到他房间里去，因为这儿谁也不像他那样欣赏她的演奏。他永远也不让她离开他的房间，至少，只要他还活着；他那可怕的形状将第一次对自己有用；他要同时守望着房间里所有的门，谁闯进来就啐谁一口；他妹妹当然不受任何约束，她愿不愿和他呆在一起那要随她的便；她将和他并排坐在沙发上，俯下头来听他吐露他早就下定的要送她进音乐学院的决心，要不是他遭到不幸，去年圣诞节——圣诞节准是早就过了吧？——他就要向所有人宣布了，而且他是完全不容许任何反对意见的。在听了这样的倾诉以后，妹妹一定会感动得热泪纵横，这时格里高尔就要爬上她的肩膀去吻她的脖子，由于出去做事，她脖子上现在已经不系丝带，也没有高领子。

"萨姆沙先生！"当中的那个房客向格里高尔的父亲喊道，一面不多说一句话地指着正在慢慢往前爬的格里高尔。小提琴声戛然而止，当中的那个房客先是摇着头对他的朋友笑了笑，接着又瞧起格里高尔来。父亲并没有来赶格里高尔，却认为更要紧的是安慰房客，虽然他们根本没有激动，而且显然觉得格里高尔比小提琴演奏更为有趣。他急忙向他们走去，张开胳膊，想劝他们回到自己房间去，同时也是挡住他们，不让他们看见格里高尔。他们现在倒真的有点儿恼火了，也说不上来到底是因为老人的行为呢，还是因为他们如今才发现住在他们隔壁的竟是格里高尔这样的邻居。他们要求父亲解释清楚，也跟他一样挥动着胳膊，不安地拉着自己的胡子，万般不情愿地向自己的房间退去。格里高尔的妹妹从演奏给突然打断后就呆若木鸡，她拿了小提琴和弓垂着手不安地站着，眼睛瞪着乐谱，这时也清醒了过来。她立刻打起精神，把小提琴往坐在椅子上喘得透不过气来的母亲的怀里一塞，就冲进了房客们的房间，这时，父亲像赶羊似的把他们赶得更急了。可以看见被褥和枕头在她熟练的手底下在床上飞来飞去，不一会儿就铺得整整齐齐。三个房客尚未进门她就铺好了床，溜出来了。

老人好像又一次让自己的犟脾气占了上风，竟完全忘了对房客应该尊敬。他不断地赶他们，最后来到卧室门口，那个当中的房客都用脚重重地顿地板了，这才使他停下来。那个房客举起一只手，一边也对格里高尔的母亲和妹妹扫了一眼，他说："我要求宣布，由于这个住所和这个人家的可憎状况，"——说到这里他斩钉截铁地往地板上啐了一口——"我当场通知退租。我住进来这些天的房钱当然一个也不给；不但如此，我还打算向你提出对你不利的控告，所依据的理由——请你放心好了——也是证据确凿的。"他停了下来，瞪着前面，仿佛在等待什么似的。这时，他的两个朋友也就立刻冲上来助威，说道："我们也当场通知退租。"说完，为首的那个就抓住把手砰的一声带上了门。

格里高尔的父亲用双手摸索着踉踉跄跄地往前走了几步，跌进了他的椅子；看上去仿佛打算摊开身子像平时晚间那样打个瞌睡，可是他的头分明在颤抖，好像自己也控制不了，这证明他根本没有睡着。在这些事情发生前后，格里高尔就一直安静地呆在房客发现他的那个地方。计划失败带来的失望，也许还有极度饥饿造成的衰弱，使他无法动弹。他很害怕，心里算准这样极度紧张的局势随时都会导致对他发起总攻击，于是他就躺在那儿等待着。就连听到小提琴从母亲膝上、从颤抖的手指里掉到地上，发出了共鸣的声音，他还是毫无反应。

"亲爱的爸爸妈妈，"妹妹说话了，一面用手在桌子上拍了拍，算是引子，"事情不能再这样拖下去了。你们也许不明白，我可明白。对着这个怪物，我没法开口叫他哥哥，所以我的意思是：我们一定得把他弄走。我们照顾过他，对他也算是仁至义尽了，我想谁也不能责怪我们有半点不是。"

"她说得对极了。"格里高尔的父亲自言自语地说。母亲仍旧因为喘不过气来憋得难受，这时候又一手捂着嘴干咳起来，眼睛里露出疯狂的神色。

他妹妹奔到母亲跟前，抱住了她的头。父亲的头脑似乎因为葛蕾特的话而茫然不知所从了；他直挺挺地坐着，手指抚弄着他那顶放在房客吃过饭还未撤下去的盆碟之间的制帽，还不时看看格里高尔一动不动的身影。

"我们一定要把他弄走，"妹妹又一次明确地对父亲说，因为母亲正咳得厉害，根本连一个字也听不见，"他会把你们拖垮的，我知道准会这样。 咱们三个人都已经拼了命工作，再也受不了家里这样的折磨了。 至少我是再也无法忍受了。"说到这里她痛哭起来，眼泪都落在母亲脸上，于是她又机械地替母亲把泪水擦干。

　　"我的孩子，"老人同情地说，心里显然非常明白，"不过我们该怎么办呢？"

　　格里高尔的妹妹只是耸耸肩膀，表示虽然她刚才很有自信心，可是哭过一场以后，又觉得无可奈何了。

　　"如果他能懂得我们的意思。"父亲半带疑问地说，还在哭泣的葛蕾特猛烈地挥了一下手，表示这是不可思议的。

　　"如果他能懂得我们的意思，"老人重复说，一面闭上眼睛，考虑女儿的反面意见，"我们倒也许可以和他谈妥。 不过事实上……"

　　"他一定得走，"格里高尔的妹妹喊道，"这是唯一的办法，父亲。 你们一定要抛开这个念头，认为这就是格里高尔。 我们好久以来都这样相信，这就是我们一切不幸的根源。 这怎么会是格里高尔呢？ 如果这是格里高尔，他早就会明白人是不能跟这样的动物一起生活的，他就会自动地走开。 这样，我虽然没有了哥哥，可是我们就能生活下去，并且会尊敬地纪念着他。 可现在呢，这个东西把我们害得好苦，赶走我们的房客，显然想独霸所有的房间，让我们都睡到沟壑里去。 瞧呀，父亲，"她立刻又尖声叫起来，"他又来了！"在格里高尔所不能理解的惊慌失措中她竟抛弃了自己的母亲，事实上她还把母亲坐着的椅子往外推了推，仿佛是为了离格里高尔远些，她情愿牺牲母亲似的。 接着她又跑到父亲背后，父亲被她的激动弄得不知如何是好，也站了起来张开手臂仿佛要保护她似的。

可是格里高尔根本没有想吓唬任何人，更不要说自己的妹妹了。 他只不过是开始转身，好爬回自己的房间去，不过他的动作瞧着一定很可怕，因为在身体不灵活的情况下，他只有昂起头来一次又一次地支着地板，才能完成困难的向后转的动作。 他的良好的意图似乎给看出来了；他们的惊慌只是暂时性的。 现在他们都阴郁而默不做声地望着他。 母亲躺在椅子里，两条腿僵僵地伸直着，并紧在一起，她的眼睛因为疲惫已经几乎全闭上了；父亲和妹妹彼此紧靠地坐着，妹妹的胳膊还围在父亲的脖子上。

也许我现在又有气力转过身去了吧，格里高尔想，又开始使劲起来。 他不得不时时停下来喘口气。 谁也没有催他；他们完全听任他自己活动。 一等他调转了身子，他马上就径直爬回去。 房间和他之间的距离使他惊讶不已，他不明白自己身体这么衰弱，刚才是怎么不知不觉就爬过来的。 他一心一意地拼命爬，几乎没有注意家里人连一句话或是一下喊声都没有发出，以免妨碍他的前进。 只是在爬到门口时他才扭过头来，也没有完全扭过来，因为他颈部的肌肉越来越发僵了，可是也足以看到谁也没有动，只有妹妹站了起来。 他最后的一瞥是落在母亲身上的，她已经完全睡着了。

还不等他完全进入房间，门就给仓促地推上，闩了起来，还上了锁。 后面突如其来的响声使他大吃一惊，身子下面那些细小的腿都吓得发软了。 这么急急忙忙的是他的妹妹。 她早已站起身来等着，而且还轻快地往前跳了几步，格里高尔甚至都没有听见她走近的声音，她拧了拧钥匙，把门锁上以后就对父母亲喊道："总算锁上了！"

"现在又该怎么办呢?·"格里高尔自言自语地说，向四周围的黑暗扫了一眼。 他很快就发现自己已经完全不能动弹了。 这并没

有使他吃惊，相反，他依靠这些又细又弱的腿爬了这么多路，这倒
真是不可思议。其他也没有什么不舒服的地方了。的确，他整个
身子都觉得痠疼，不过也好像正在逐渐减轻，以后一定会完全不疼
的。他背上的烂苹果和周围发炎的地方都蒙上了柔软的尘土，早就
不太难过了。他怀着温柔和爱意，想着自己的一家人。他消灭自
己的决心比妹妹还强烈呢，只要这件事真能办得到。他陷在这样空
虚而安谧的沉思中，一直到钟楼上打响了半夜三点。从窗外的世界
透进来的第一道光线又一次地唤醒了他的知觉。接着他的头无力
地颓然垂下，他的鼻孔里也呼出了最后一丝摇曳不定的气息。

　　清晨，老妈子来了——一半因为力气大，一半因为性子急躁，
她总把所有的门都弄得乒乒乓乓，也不管别人怎么经常求她声音轻
些，别让整个屋子的人在她一来以后就睡不成觉——她照例向格里
高尔的房间张望一下，也没发现什么异常之处。她以为他故意一动
不动地躺着装模作样；她对他作了种种不同的猜测。她手里正好有
一把长柄扫帚，所以就从门口用它来撩格里高尔。这还不起作用，
她恼火了，就更使劲的捅，但是只能把他从地板上推开去，却没有
遇到任何抵抗，到了这时她才起了疑窦。很快她就明白了事情的真
相，于是睁大眼睛，吹了一下口哨，她不多逗留，马上就去拉开萨
姆沙夫妇卧室的门，用足气力向黑暗中嚷道："你们快去瞧，它死
了；它躺在那儿蹬腿了，一点气儿也没有了！"

　　萨姆沙先生和太太从双人床上坐起身体，呆若木鸡，直到弄清
楚老妈子的消息到底是什么意思，才慢慢地镇定下来。接着他们很
快就爬下了床，一个人爬一边，萨姆沙先生拉过一条毯子往肩膀上
一披，萨姆沙太太光穿着睡衣；他们就这么打扮着进入了格里高尔
的房间。同时，起居室的房门也打开了，自从收了房客以后葛蕾特
就睡在这里；她衣服穿得整整齐齐，仿佛根本没有上过床，她那苍

白的脸色更是证明了这一点。 "死了吗？"萨姆沙太太说，怀疑地望着老妈子，其实她满可以自己去看个明白的，但是这件事即使不看也是明摆着的。 "当然是死了。"老妈子说，一面用扫帚柄把格里高尔的尸体远远地拨到一边去，以此证明自己的话没错。 萨姆沙太太动了一动，仿佛要阻止她，可是又忍住了。 "那么，"萨姆沙先生说，"让我们感谢上帝吧。"他在身上划了个十字，那三个女人也照样做了。 葛蕾特的眼睛始终没离开那个尸体，她说："瞧他多瘦呀。 他已经有很久什么也不吃了。 东西放进去，出来还是原封不动。"的确，格里高尔的身体已经完全干瘪了，现在他的身体再也不由那些腿脚支撑着，所以可以不受妨碍地看得一清二楚了。

"葛蕾特，到我们房里来一下。"萨姆沙太太带着忧伤的笑容说道，于是葛蕾特也不回过头来看看尸体，就跟着父母到他们的卧室里去了。 老妈子关上门，把窗户大大地打开。 虽然时间还很早，但新鲜的空气里也可以察觉一丝暖意。 毕竟已经是三月底了。

三个房客走出他们的房间，看到早餐还没有摆出来觉得很惊讶；人家把他们忘了。 "我们的早饭呢？"当中的那个房客恼怒地对老妈子说。 可是她把手指放在嘴唇上，一言不发很快地作了个手势，叫他们上格里高尔的房间去看看。 他们照着做了，双手插在不太体面的上衣的口袋里，围住格里高尔的尸体站着，这时房间里已经大亮了。

卧室的门打开了。 萨姆沙先生穿着制服走出来，一只手搀着太太，另一只手搀着女儿。 他们看上去有点像哭过似的，葛蕾特时时把她的脸偎在父亲怀里。

"马上离开我的屋子！"萨姆沙先生说，一面指着门口，却没有放开两边的妇女。 "你这是什么意思？"当中的房客说，往后退了一步，脸上挂着谄媚的笑容。 另外那两个把手放在背后，不断地搓着，仿佛在愉快地期待着一场必操胜券的恶狠狠的斗殴。 "我的意思刚才已经说得很明白了。"萨姆沙先生答道，同时挽着两个妇女笔直地向房客走去。 那个房客起先静静地坚守着自己的岗位，低了头望着地板，好像他脑子里正在产生一种新的思想体系。 "那么咱们就一定走。"他终于说道，同时抬起头来看看萨姆沙先生，仿佛他既然这么谦卑，对方也应对自己的决定作出新的考虑才是。 但是萨姆沙先生仅仅睁大眼睛很快地点点头。 这样一来，那个房客真的跨着大步走到门厅里去了，好几分钟以来，那两个朋友就一直在旁边听着，也不再摩拳擦掌，这时就赶紧跟着他走出去，仿佛害怕萨姆沙先生会赶在他们前面进入门厅，把他们和他们的领袖截断似的。 在门厅里他们三人从衣钩上拿起帽子，从伞架上拿起手杖，默不作声地鞠了个躬，就离开了这套房间。 萨姆沙先生和两个女人因为不相信——但这种怀疑马上就证明是多余的——便跟着他们走到楼梯口，靠在栏杆上瞧着这三个人慢慢地然而确实地走下长长的楼梯，每一层楼梯一拐弯他们就消失了，但是过了一会又出现了；他们越走越远，萨姆沙一家人对他们的兴趣也越来越小，当一个头上顶着一盘东西的得意洋洋的肉铺小伙计在楼梯上碰到他们，随之又走过他们身旁后，萨姆沙先生和两个女人立刻离开楼梯口，回进自己的家，仿佛卸掉了一个负担似的。

他们决定这一天完全用来休息和闲逛；他们干活干得这么辛苦，本来就应该有些调剂，再说他们现在也完全有这样的需要。 于是他们在桌子旁边坐了下来，写三封请假信，萨姆沙先生写给银行的管理处，萨姆沙太太给她的东家，葛蕾特给她公司的老板。 他们正写到一半，老妈子走进来说她要走了，因为早上的活儿都干完了。 起先他们只是点点头，并没有抬起眼睛，可是她老在旁边转来转去，于是他们不耐烦地瞅起她来了。 "怎么啦?"萨姆沙先生说。 老妈子站在门口笑个不停，仿佛有什么好消息要告诉他们，但是人家不寻根究底地问，她就一个字也不说，她帽子上那根笔直竖着的小小的驼鸟毛，此刻居然轻浮地四面摇摆着，自从雇了她，萨姆沙先生看见这根羽毛就心烦。 "那么，到底是怎么回事？"萨姆沙太太问了，只有她在老妈子的眼里还有几分威望。 "哦，"老妈子说，简直乐不可支，都没法把话顺顺当当地说下去，"这么回事，你们不必操心怎么弄走隔壁房里的东西了。 我已收拾好了。"萨姆沙太太和葛蕾特重新低下头去，仿佛是在专心地写信；萨姆沙先生看到她一心想一五一十地说个明白，就果断地举起一只手阻住了她。 既然不让说，老妈子就想起自己也忙得紧呢，她满肚子不高兴地嚷道："回头见，东家。"急急地转身就走，临走又把一扇扇的门弄得乒乒乓乓直响。

"今天晚上就告诉她以后不用来了。"萨姆沙先生说，可是妻子和女儿都没有理他，因为那个老妈子似乎重新驱走了她们刚刚获得的安宁。 她们站起身来，走到窗户前，站在那儿，紧紧地抱在一起。 萨姆沙先生坐在椅子里转过身来瞧着她们，静静地把她们观察了好一会儿。 接着他嚷道："来吧，喂，让过去的都过去吧，你们也想想我好不好。"两个女人马上答应了，她们赶紧走到他跟前，安慰他，而且很快就写完了信。

于是他们三个一起离开公寓，已有好几个月没有这样的情形了，他们乘电车出城到郊外去。 车厢里充满温暖的阳光，只有他们这几个乘客。 他们舒服地靠在椅背上谈起了将来的前途，仔细一研究，前途也并不太坏，因为他们过去从未真正谈过彼此的工作，现在一看，工作都蛮不错，而且还很有发展前途。 目前最能改善他们情况的当然是搬一个家，他们想找一所小一些、便宜一些、地址更适中也更易于收拾的公寓，要比格里高尔选的目前这所更加实用。

正当他们这样聊着，萨姆沙先生和他太太在逐渐注意到女儿的心情越来越快活以后，老两口几乎同时突然发现，虽然最近女儿经历了那么多的忧患，脸色苍白，但是她已经成长为一个身材丰满的美丽的少女了。 他们变得沉默起来，而且不自觉地交换了个互相会意的眼光，他们心里打定主意，该给她找个好女婿了。 仿佛要证实他们新的梦想和美好的打算似的，在旅途终结时，他们的女儿第一个跳起来，舒展了几下她那充满青春活力的身体。

李文俊　译　张佩芬　校

饥饿艺术家

[奥地利] 弗朗兹·卡夫卡

　　本篇是卡夫卡短篇小说集《饥饿艺术家》的标题作品，一篇和《变形记》一样堪称经典的荒诞小说。小说讲述了一个荒诞不经、但又充满讽意的寓言故事：

　　一度，饥饿艺术家在兽笼里表演饥饿艺术，即一连几十天不吃东西。观众对他的表演都大为欣赏。当然，这样的表演很痛苦，但饥饿艺术家以此为荣，使观众深深佩服他对"空前伟大的饥饿艺术"的献身精神。然而，随着时间的推移，观众渐渐对他的表演不再那么欣赏了，他只好加入马戏团去做一些助兴表演。虽然他仍不合时宜地认为他的表演一定会震惊世界，但观众显然对此已越来越不感兴趣——他们宁愿去看动物表演。最后，他被观众抛弃了。但他仍坚持在兽笼里忍饥挨饿。于是，有人问他，没有了观众，他为什么还不吃东西？这时，饥饿艺术家已奄奄一息，他坦白说，他其实生来只能挨饿，因为世上找不到合他胃口的食物，否则的话，他早就吃得饱饱的，也不会来做什么饥饿表演了。说完，他就死了。于是，人们把他从兽笼里拖出来埋了，并把一只小豹关进兽笼供人欣赏。

　　当然，卡夫卡是用佯谬手法讲述这个故事的，即：加入许

93

多逼真的细节，讲得绘声绘色，好像真有其事似的。"佯谬"可以说是卡夫卡叙事艺术的最大特点，简单地说就是：装傻；或者说，用严肃的态度和写实的笔调把一个显然荒诞不经的故事讲得头头是道，令人发笑，更引人深思。

那么，这个寓言故事又有怎样的寓意呢？评论界众说纷纭，说有"社会的、宗教的、哲学的、心理的"各种各样的寓意，不免有"过度解读"之嫌（当然，这是个寓言故事，谁愿意怎样解读就怎样解读，只要可信）。那么，最显而易见的寓意是什么？首先，很明显，小说讲述的是艺术家的故事，这大概是直白的，不是象征，因而可以说，小说嘲讽的是和艺术家有关的事物。那么，是什么艺术家呢？饥饿艺术家。这里的"饥饿"，肯定是象征。象征什么？象征"高雅"，即"不食人间烟火"、"超凡脱俗"之意——因为，"吃饭"代表"俗"，他表演"不吃饭艺术"，也就是"高雅艺术"之意，而且很大程度上是指具有高雅传统的"文学艺术"。其次，同样明显，小说嘲讽了"饥饿艺术"：一是，这种艺术已经没落（观众宁愿看动物表演，也不愿看这种艺术）；二是，所谓"饥饿艺术"，其实是骗骗人的，说穿了不过是这种所谓"艺术家"的古怪癖性而已（他生来只能挨饿，因为世上没有合他胃口的食物，意即：他生来不合群，所以只能自命清高）。

这样用"饥饿艺术"来嘲讽"高雅艺术"，可谓刻毒之极，然而这却是卡夫卡的自我嘲讽，因为他的小说艺术就是典型的"饥饿艺术"，他本人就是个"饥饿艺术家"。不过，这篇小说既是自我嘲讽的，又是自我哀怜的——这一点，细心的读者一定能读出。据说，卡夫卡病逝前一个月，曾在病榻上艰难地校对这篇小说的清样，校完后"泪流满面"。

近几十年来，人们对饥饿表演的兴趣大为淡薄了。从前自行举办这类名堂的大型表演，收入是相当可观的，今天则完全不可能了。那是另一种时代。当时，饥饿艺术家风靡全城；饥饿表演一天接着一天，人们的热情与日俱增；每人每天至少要观看一次；表演期临近届满时，有些买了长期票的人，成天守望在小小的铁栅笼子前；就是夜间也有人来观看，在火把照耀下，别有情趣；天气晴朗的时候，就把笼子搬到露天场地，这样做主要是让孩子们来看看饥饿艺术家，他们对此有特殊兴趣；至于成年人来看他，不过是取个乐，赶个时髦而已；可孩子们一见到饥饿艺术家，就惊讶得目瞪口呆，为了安全起见，他们互相手牵着手，惊奇地看着这位身穿黑色紧身衣、脸色异常苍白、全身瘦骨嶙峋的饥饿艺术家。这位艺术家甚至连椅子都不屑去坐，只是席地坐在铺在笼子里的干草上，时而有礼貌地向大家点头致意，时而强作笑容回答大家的问题，他还把胳臂伸出栅栏，让人亲手摸一摸，看他多么消瘦，而后却又完全陷入沉思，对谁也不去理会，连对他来说如此重要的钟鸣（笼子里的唯一陈设就是时钟）他也充耳不闻，而只是呆呆地望着前方出神，双眼几乎紧闭，有时端起一只很小的杯子，稍稍啜一点儿水，润一润嘴唇。

　　观众来来去去，川流不息，除他们以外，还有几个由公众推选出来的固定的看守人员。说来也怪，这些人一般都是屠夫。他们始终三人一班，任务是日夜看住这位饥饿艺术家，绝不让他有任何偷偷进食的机会。不过这仅仅是安慰观众的一种形式而已，因为内行的人大概都知道，饥饿艺术家在饥饿表演期间，不论在什么情况下都是点食不进的，你就是强迫他吃他都是不吃的。他的艺术的荣誉感禁止他吃东西。当然，并非每个看守的人都能明白这一点，有时就有这样的夜班看守，他们看得很松，故意远远地聚在一个角落里，专心致志地打起牌来。很明显，他们是有意要留给他一个空隙，让他得以稍稍吃点儿东西；他们以为他会从某个秘密的地方拿出贮藏的食物来。这样的看守是最使饥饿艺术家痛苦的了。他们使他变得忧郁消沉；使他的饥饿表演异常困难；有时他强打精神，尽其体力之所能，就在他们值班期间，不断地唱着歌，以便向这些人表明，他们怀疑他偷吃东西是多么冤枉。但这无济于事；他这样做反而使他们一味赞叹他的技艺高超，竟能一边唱歌，一边吃东西。

另一些看守人员使饥饿艺术家甚是满意，他们紧挨着笼子坐下来，嫌厅堂里的灯光昏暗，还用演出经理发给他们使用的手电筒照射着他。刺眼的光线对他毫无影响，入睡固然不可能，稍稍打个盹儿他一向是做得到的——不管在什么光线下，在什么时候，也不管大厅里人山人海，喧闹不已。他非常愿意彻夜不睡，同这样的看守共度通宵；他愿意跟他们逗趣戏谑，给他们讲他漂泊生涯的故事，然后又悉心倾听他们的趣闻，目的只有一个：使他们保持清醒，以便让他们始终看清，他在笼子里什么吃的东西也没有，让他们知道，他们之中谁也比不上他的忍饿本领。然而他感到最幸福的是，当天亮以后，他掏腰包让人给他们送来丰盛的早餐，看着这些壮汉们在熬了一个通宵以后，以健康人的旺盛食欲狼吞虎咽。诚然，也有人对此举不以为然，他们把这种早餐当作饥饿艺术家贿赂看守以利自己偷吃的手段。这就未免太离奇了。当你问他们自己愿不愿意一心为了事业，值一通宵的夜班而不吃早饭，他们就会溜之乎也，尽管他们的怀疑并没有消除。

人们对饥饿艺术家的这种怀疑却也难于避免。作为看守，谁都不可能日以继夜、一刻不停地看着饥饿艺术家，因而谁也无法根据亲眼目睹的事实证明他是否真的持续不断地忍着饥饿，一点漏洞也没有；这只有饥饿艺术家自己才能知道，因此只有他自己才是对他能够如此忍饥耐饿感到百分之百满意的观众。 然而他本人却由于另一个原因又是从未满意过的；也许他压根儿就不是因为饥饿，而是由于对自己不满而变得如此消瘦不堪，以至有些人出于对他的怜悯，不忍心见到他那副形状而不愿来观看表演。 除了他自己之外，即使行家也没有人知道，饥饿表演是一件如此容易的事，这实在是世界上最轻而易举的事了。 他自己对此也从不讳言，但是没有人相信。 从好的方面想，人们以为这是他出于谦虚，可人们多半认为他是在自我吹嘘，或者干脆把他当作一个江湖骗子，断绝饮食对他当然不难，因为他有一套使饥饿轻松好受的秘诀，而他又是那么厚颜无耻，居然遮遮掩掩地说出断绝饮食易如反掌的实情。 这一切流言蜚语他都得忍受下去，经年累月他也已经习惯了，但在他的内心里这种不满始终折磨着他。 每逢饥饿表演期满，他没有一次是自觉自愿离开笼子的，这一点我们得为他作证。 经理规定的饥饿表演的最高期限是四十天，超过这个期限他决不让他继续饿下去，即使在世界有名的大城市也不例外，其中道理是很好理解的。 经验证明，大凡在四十天里，人们可以通过逐步升级的广告招徕不断激发全城人的兴趣，再往后观众就腻了，表演场就会门庭冷落。

在这一点上，城市和乡村当然是略有区别的，但是四十天是最高期限，这条常规是各地都适用的。 所以到了第四十天，插满鲜花的笼子的门就开了，观众兴高采烈，挤满了半圆形的露天大剧场，军乐队高奏乐曲，两位医生走进笼子，对饥饿艺术家进行必要的检查、测量，接着通过扩音器当众宣布结果。 最后上来两位年轻的女士，为自己有幸被选中侍候饥饿艺术家而喜气洋洋。 她们要扶着艺术家从笼子里出来，走下那几级台阶，阶前有张小桌，上面摆好了精心选做的病号饭。 在这种时刻，饥饿艺术家总是加以拒绝。 当两位女士欠着身子向他伸过手来准备帮忙的时候，他虽是自愿地把他皮包骨头的手臂递给了她们，但他却不肯站起来。现在刚到四十天，为什么就要停止表演呢？他本来还可以坚持得更长久，无限长久地坚持下去，为什么在他的饥饿表演正要达到最出色程度（唉，还从来没有让他的表演达到过最出色的程度呢）的时候停止呢？只要让他继续表演下去，他不仅能成为空前伟大的饥饿艺术家——这一步看来他已经实现了——而且还要超越这一步而达到常人难以理解的高峰呢（因为他觉得自己的饥饿能力是没有止境的），为什么要剥夺他达到这一境界的荣誉呢？为什么这群看起来如此赞赏他的人，却对他如此缺乏耐心呢？他自己尚且还能继续饿下去，为什么他们却不愿忍耐着看下去呢？而且他已经很疲乏，满可以坐在草堆上好好休息休息，可现在他得直立起自己又高又细的身躯，走过去吃饭，而对于吃，他只要一想到就要恶心，只是碍于两位女士的面子，他才好不容易勉强忍住。他仰头看了看表面上如此和蔼，其实是如此残酷的两位女士的眼睛，摇了摇那过分沉重地压在他细弱的脖子上的脑袋。但接着，一如往常，演出经理出场。经理默默无言（由于音乐他无法讲话），双手举到饥饿艺术家的头上，好像他在邀请上苍看一看他这草堆上的作品，这值得怜悯的殉道者（饥饿艺术家确实是个殉道者，只是完全从另一种意义上讲罢了）；演出经理两手箍住饥饿艺术家的细腰，动作小心翼翼，以便让人感到他抱住的是一件极易损坏的物品；这时，经理很可能暗中将他微微一撼，以至饥饿艺术家的双腿和上身不由自主地晃荡起来；接着就把他交给那两位此时吓得脸色煞白的女士。于是饥饿艺术家只得听任一切摆布；他的脑袋耷拉在胸前，就好像它一滚到了那个地方，就莫名其妙地停住不动了；他的身体已经掏空；双膝出于自卫的本能互相夹得很紧，但两脚却擦着地面，好像那不是真实的地面，它们似乎在寻找真正可以着落的地面；他的身子的全部重量（虽然非常轻）都落在其中一个女士的身上，她气喘吁吁，四顾求援（真想不到这件光荣差事竟是这样的），她先是尽量伸长脖子，这样至少可以使饥饿艺术家碰不到她的花容。但这点她并没有做到，而她的那位较为幸运的女伴却不来帮忙，只肯战战兢兢地抓着饥饿艺术家的一只手——其实只是一小把骨头——举着往前走，在哄堂大笑声中那位倒霉的女士不禁哇的一声哭了起来，只得由一个早就站着待命的仆人接替了她。接着开始就餐，经理在饥饿艺术家近乎昏厥的半眠状态中给他灌了点流质，同时说些开心的闲话，以便分散大家对饥饿艺术家身体状况的注意力，然后，据说饥饿艺术家对经理耳语了一下，经理就提议为观众干杯；乐队起劲地奏乐助兴。随后大家各自散去。谁能对所见到的一切不满意呢，没有一个人。只有饥饿艺术家不满意，总是他一个人不满意。

每表演一次，便稍稍休息一下，他就这样度过了许多个岁月，表面上光彩照人，扬名四海。尽管如此，他的心情通常是阴郁的，而且有增无减，因为没有一个人能够认真体察他的心情。人们该怎样安慰他呢？他还有什么可企求的呢？如果一旦有个好心肠的人对他表示怜悯，并想向他说明他的悲哀可能是由于饥饿造成的，这时，他就会——尤其是在经过了一个时期的饥饿表演之后——用暴怒来回答，那简直像只野兽似的猛烈地摇撼着栅栏，真是可怕之极。但对于这种状况，演出经理自有一种他喜欢采用的惩治办法。他当众为饥饿艺术家的反常表现开脱说：饥饿艺术家的行为可以原谅，因为他的易怒性完全是由饥饿引起的，而这对于吃饱了的人并不是一下就能理解的。接着他话锋一转就讲起饥饿艺术家的一种需要加以解释的说法，即他能够断食的时间比他现在所做的饥饿表演要长得多。 经理夸奖他的勃勃雄心、善良愿望与伟大的自我克制精神，这些无疑也包括在他的说法之中；但是接着经理就用出示照片（它们也供出售）的办法，轻而易举地把艺术家的那种说法驳得体无完肤。 因为在这些照片上，人们看到饥饿艺术家在第四十天的时候，躺在床上，虚弱得奄奄一息。 这种对于饥饿艺术家虽然司空见惯、却不断使他伤心、丧气的歪曲真相的做法，实在使他难以忍受。 这明明是饥饿表演提前收场的结果，大家却把它解释为饥饿表演之所以结束的原因！ 反对这种愚昧行为，反对这个愚昧的世界是不可能的。 在经理说话的时候，他总还能真心诚意地抓着栅栏，如饥似渴地倾听着，但每当他看见相片出现的时候，他的手就松开栅栏，叹着气坐回到草堆里去，于是刚刚受到抚慰的观众重又走过来观看他。

几年后，当这一场面的目击者们回顾这件往事的时候，他们往往连自己都弄不清是怎么一回事了。 因为在这期间发生了那个已被提及的剧变；它几乎是突如其来的；也许有更深刻的缘由，但有谁去管它呢；总之，有一天这位备受观众喝彩的饥饿艺术家发现他被那群爱赶热闹的人抛弃了，他们宁愿纷纷涌向别的演出场所。 经理带着他又一次跑遍半个欧洲，以便看看是否还有什么地方仍然保留着昔日的爱好；一切徒然；到处都可以发现人们像根据一项默契似的形成一种厌弃饥饿表演的倾向。 当然，冰冻三尺非一日之寒，现在回想起来，当时就有一些苗头，由于人们被成绩所陶醉，没有引起足够的重视，没有切实加以防止，事到如今要采取什么对策却为时已晚了。 诚然，饥饿表演重新风行的时代肯定是会到来的，但这对于活着的人们却不是安慰。 那么，饥饿艺术家现在该怎么办呢？ 这位被成千人簇拥着欢呼过的人，总不能屈尊到小集市的陋堂俗台去演出吧，而要改行干别的职业呢，因为饥饿艺术家不仅显得年岁太大，而且主要是他对于饥饿表演这一行爱得发狂，岂肯放弃。于是他终于告别了经理——这位生活道路上无与伦比的同志，让一个大马戏团招聘了去；为了保护自己的自尊心，他对合同条件连看也不屑看一眼。

马戏团很庞大，它有无数的人、动物、器械，它们经常需要淘汰和补充。不论什么人才，马戏团随时都需要，连饥饿表演者也要，当然所提条件必须适当，不能太苛求。而像这位被聘用的饥饿艺术家则属于一种特殊情况，他的受聘，不仅仅在于他这个人的本身，还在于他那当年的鼎鼎大名。这项艺术的特点是表演者的技艺并不随着年龄的递增而减色。根据这一特点，人家就不能说：一个不再站在他的技艺顶峰的老朽的艺术家想躲避到一个马戏团的安静闲适的岗位上去。相反，饥饿艺术家信誓旦旦地保证，他的饥饿本领并不减当年，这是绝对可信的。他甚至断言，只要准许他独行其是（人们马上答应了他的这一要求），他要真正做到让世界为之震惊，其程度非往日所能比拟。饥饿艺术家一激动，竟忘掉了时代气氛，他的这番言辞显然不合时宜，在行的人听了只好一笑置之。

但是饥饿艺术家到底还没有失去观察现实的能力，并认为这是当然之事，即人们并没有把他及其笼子作为精彩节目安置在马戏场的中心地位，而是安插在场外一个离兽场很近的交通要道口。笼子周围是一圈琳琅满目的广告，彩色的美术体大字令人一看便知那里可以看到什么。要是观众在演出的休息时间涌向兽场去观看野兽的话，几乎都免不了要从饥饿艺术家面前经过，并在那里稍停片刻，他们或许本来是要在那里多待一会儿，从从容容地观看一番的，只是由于通道狭窄，后面涌来的人不明究竟，奇怪前面的人为什么不赶紧去观看野兽，而要在这条通道上停留，使得大家不能从容观看他。 这也就是为什么饥饿艺术家看到大家即将来参观（他以此为其生活目的，自然由衷欢迎）时，就又颤抖起来的原因。 起初他急不可待地盼着演出的休息时间；后来当他看到潮水般的人群迎面滚滚而来，他欣喜若狂，但他很快就看出，那一次又一次涌来的观众，就其本意而言，大多数无例外地是专门来看兽畜的。 即使是那种顽固不化、近乎自觉的自欺欺人的人也无法闭眼不看这一事实。 可是看到那些从远处蜂拥而来的观众，对他来说总还是最高兴的事。 因为，每当他们来到他的面前时，便立即在他周围吵嚷得震天响，并且不断形成新的派别互相谩骂，其中一派想要悠闲自在地把他观赏一番，他们并不是出于对他有什么理解，而是出于心血来潮和对后面催他们快走的观众的赌气，这些人不久就变得使饥饿艺术家更加痛苦；而另一派呢，他们赶来的目的不过是想看看兽畜而已。 等到大批人群过去，又有一些人姗姗来迟，他们只要有兴趣在饥饿艺术家跟前停留，是不会再有人妨碍他们的了，但这些人为了能及时看到兽畜，迈着大步，匆匆而过，几乎连瞥也不瞥他一眼。偶尔也有这种幸运的情形： 一个家长领着他的孩子指着饥饿艺术家向孩子们详细讲解这是怎么一回事。 他讲到较早的年代，那时他看过类似的、但盛况无与伦比的演出。 孩子呢，由于他们缺乏足够的学历和生活阅历，总是理解不了——他们懂得什么叫饥饿吗？ ——然而在他们炯炯发光的探寻着的双眸里，流露出那属于未来的、更为仁慈的新时代的东西。

　　饥饿艺术家后来有时暗自思忖： 假如他所在的地点不是离兽笼这么近，说不定一切都会稍好一些。 像现在这样，人们很容易就选择去看兽畜，更不用说兽场散发出的气味、牲畜们夜间的闹腾、给猛兽送来生肉时来往脚步的响动、喂饲料时牲畜的叫唤，这一切把他搅扰得多么不堪，使他老是郁郁不乐。 可是他又不敢向马戏团当局去陈述意见；他得感谢这些兽类招徕了那么多的观众，其中时不时也有个把人是为光顾他而来的，而如果要提醒人们注意还有他这么一个人存在，从而使人们想到，他——精确地说——不过是通往厩舍路上的一个障碍，那么谁知道人家会把他塞到哪里去呢。

自然是一个小小的障碍，一个变得越来越小的障碍。在现今的时代居然有人愿意为一个饥饿艺术家耗费注意力，对于这种怪事人们已经习以为常，而这种见怪不怪的态度也就是对饥饿艺术家的命运的宣判。让他去尽其所能进行饥饿表演吧，他也已经那样做了，但是他无从得救了，人们从他身边扬长而过，不屑一顾。试一试向谁讲讲饥饿艺术吧！一个人对饥饿没有亲身感受，别人就无法向他讲清楚饥饿艺术。笼子上漂亮的美术字变脏了，看不清楚了，它们被撕了下来，没有人想到要换上新的；记载饥饿表演日程的布告牌，起初是每天都要仔细地更换数字的，如今早已没有人更换了，每天总是那个数字，因为过了头几周以后，记的人自己对这项简单的工作也感到腻烦了；而饥饿艺术家却仍像他先前一度所梦想过的那样继续饿下去，而且像他当年预言过的那样，他长期进行饥饿表演毫不费劲。但是，没有人记天数，没有人，连饥饿艺术家自己都一点不知道他的成绩已经有多大，于是他的心变得沉重起来。假如有一天，来了一个游手好闲的家伙，他把布告牌上那个旧数字奚落一番，说这是骗人的玩意儿，那么，他这番话在这种意义上就是人们的冷漠和天生的恶意所能虚构的最愚蠢不过的谎言，因为饥饿艺术家诚恳地劳动，不是他诓骗别人，倒是世人骗取了他的工钱。

又过了许多天，表演总算告终。一天，一个管事发现笼子，感到诧异，他问仆人们，这个里面铺着腐草的笼子好端端的还挺有用，为什么让它闲着。 没有人回答得出来，直到一个人看见了记数字的牌儿，才想起饥饿艺术家来。 他们用一根竿儿挑起腐草，发现饥饿艺术家在里面。

"你还一直不吃东西？"管事问，"你到底什么时候才停止？"

"请诸位原谅。"饥饿艺术家细声细气地说；管事耳朵贴着栅栏，因此只有他才能听懂对方的话。

"当然，当然。"管事一边回答，一边用手指摸了摸自己的额头，以此向仆人们暗示饥饿艺术家的状况不妙，"我们原谅你。"

"我一直在希望你们能赞赏我的饥饿表演。"饥饿艺术家说。

"我们也是赞赏的。"管事迁就地回答说。

"但你们不应当赞赏。"饥饿艺术家说。

"好，那我们就不赞赏，"管事说，"不过究竟为什么我们不应该赞赏？"

"因为我只能挨饿，我没有别的办法。"饥饿艺术家说。

"瞧，多怪啊！"管事说，"你到底为什么没有别的办法？"

"因为我，"饥饿艺术家一边说，一边把小脑袋稍稍抬起一点，撮起嘴唇，直伸向管事的耳朵，像要去吻它似的，唯恐对方漏听了他一个字，"因为我找不到适合自己口味的食物。 假如我找到这样的食物，请相信，我不会这样惊动视听，并像你和大家一样，吃得饱饱的。"

这是他最后的几句话，但在他那瞳孔已经扩散的眼睛里，流露着虽然不再是骄傲却仍然是坚定的信念：他要继续饿下去。

"好，处理处理吧！"管事说。

于是人们把饥饿艺术家连同烂草一起给埋了。 笼子里换上了一只小豹。 即使感觉最迟钝的人看到在弃置了如此长时间的笼子里的这只凶猛的野兽不停地蹦来跳去，也会感到赏心悦目，心旷神怡。 小豹什么也不缺。 看守们用不着思考良久，就把它爱吃的饲料送来，它似乎都没有因失去自由而惆怅；它那高贵的身躯，应有尽有，不仅具备着利爪，好像连自由也随身带着。 它的自由好像就藏在牙齿中某个地方。 它生命的欢乐是随着它喉咙发出如此强烈的吼声而产生，以至观众感到对它的欢乐很是受不了。 但他们克制住自己，挤在笼子周围，舍不得离去。

叶廷芳　译

隧　道

[瑞士] 弗里德利希·迪伦马特

弗里德利希·迪伦马特 (Friedrich Dürrenmatt 1921—1990)，瑞士剧作家、小说家，主要戏剧作品有《罗慕洛大帝》《老妇还乡》和《物理学家》等，主要小说作品有长篇小说《诺言》和中篇小说《法官和它的刽子手》《抛锚》等。

荒诞和象征，是迪伦马特小说的主要特点。不过，他的小说并不晦涩，通常都有比较明确的主题和比较完整的情节，甚至还有紧张的戏剧性冲突。本篇是迪伦马特短篇小说名篇，写一名大学生乘火车返校，火车经过一条隧道时，他觉得不对头，因为这趟火车他坐过多次，知道这条隧道并不长，两三分钟就能通过，而这次，火车在隧道里急速开了 25 分钟，竟然还没有出隧道。这是怎么回事？他就去问列车长。列车长没有解释，但好像也觉得很不安。大学生要求紧急停车，但车厢里的紧急制动装置全都失效。于是，列车长打开车门，带着大学生，顶着强烈的气流和震耳欲聋的轰鸣声，从车厢外面攀爬到前面的机车里去。进了机车，大学生大吃一惊：机车里根本没有司机，火车是在自己行驶，时速高达 150 公里，而且还在增速。他问列车长，这是怎么回事？列车长好像知道这事，说司机已经跳下去了，列车员也都跳下去了，他自己之所以没跳，是因为他认为跳下去也没用。这时，火车的时速已增至210公里。更为可怕的是，机车里所有的操作系统全都失灵，火车就像一头脱缰的野牛，在漆黑一团的隧道里狂奔。列车长说，他要回车厢去，那里大概已乱成一团了。但210公里的时速，还能回去吗？他几次努力，均告失败。对此，大学生明白了：什么都不用做了，既然火车已经失控，车上的人只能听天由命。

显然，小说的情节是荒诞的，而其象征性含义又相当明确：那列失控的火车是世界的象征；车上的乘客，以及司机、列车长和列车员，均为世人的象征：他们中有的人知道这个世界已经失控，有的人还设法逃避（尽管逃避的结果如何，谁也无法预料），而大多数人呢，还浑然不知。简单说来，小说的主题是：这个世界就像一列失控的火车在一条没有尽头的神秘隧道里疾驰，前面是什么，是祸是福，只有上帝知道。这一主题，其实作者已借主人公之口加以点明：小说最后，主人公说："上帝叫我们跌落，我们就只好往他那儿冲过去。"

形式方面，这篇小说最大的特点是全篇没有分段，所有词句不间断地连在一起，有意使读者读得喘不过气来，以此提醒读者：你也坐在这列火车上，你也应该感到紧张。

这个男人24岁，胖墩墩的身材。他看得见隐藏着的恐怖东西（这是他的才能，兴许是他出众的才能），为了不使恐怖的东西挨近地向他靠拢，爱把自己脸上的洞洞眼闭塞起来，因为令人毛骨悚然的东西正是从这些洞洞眼里涌进去的。他是如此这般闭塞的，抽着雪茄烟（巴西的10支装奥尔蒙德牌），眼镜上又罩上一副墨镜，并且在耳朵里塞了棉花团。 这个小伙子经济上还依靠父母供给，在离家两小时旅程的一所大学里学习，读书没有明确的目的。 有一个星期天的下午，他搭了一班17点50分开出、19点27分到达、经常乘坐的列车赴校，第二天他要听一堂讲座，他已下了决心去装装样子。 离家的当儿，碧空万里无云，太阳撒下一片阳光。 盛暑夏日，天气晴朗，列车在阿尔卑斯山和汝拉山之间奔驶，掠过许多富裕的村庄和小城.随后又挨着一条大河隆隆向前，行驶不到20分钟时间，刚刚越过布格多夫，就钻进了一条短隧道消失不见。 列车里，旅客拥挤不堪。 这个24岁的年轻人，是从前面上车的。 他使劲地往后面挤过去，汗流浃背，有点傻乎乎的样子。 座位上的旅客挤得紧绷绷的，还有好多人坐在箱子上，二等车厢挤满了人，只有头等车厢空些。 车厢里挤满了新兵、大学生、一对情侣和一家家男女老少都出来的旅客。 他拼命从这混乱的人群中挤过去的时候，被列车颠簸得晃来晃去，时而撞着这个人的肚子，时而又碰到那个人的胸脯。 他在三等车厢找到了座位，空着的座位还不少，一排长椅上甚至就只坐了他一个人。 这是最后一节，列车通常是不挂三等车厢的。 在这间关上门的包厢里，有一个比他还要胖的旅客坐在他的对面，在独自下棋。 冲着走廊的那条同样长座角落里，坐着一个红发姑娘，她在阅读小说。 他坐到窗口，刚点上一支巴西十支装奥尔蒙德牌雪茄烟，隧道已迎面出现在眼前。 他似乎觉得这条隧道比往常延伸得更长些。 一年来，差不多每个星期六和星期日，他都穿过这条隧道，已经多少趟走过这条线路。 不过他就是从来没有细细地端详过它的面貌，而对它始终只是一种隐隐约约的感觉而已。 虽然有几次，他打算聚精会神地注视一下隧道，可是他每次到了那里又掠过其他的念头，以至一眨眼进入黑黢黢的洞里并未发觉，等他决定观看隧道时，列车已急速而过。 这条短隧道实在一点点长，列车急闪地掠过去了。 由于在进入隧道时，他没有想到隧道，眼下，他也就没有摘掉墨镜。 炽热的阳光刚刚还照耀着大地，沐浴着阳光的山丘、丛林、远处蜿蜒起伏的汝拉山脉、城镇的房屋染上一片金黄的颜色，像是用金子铸就。 一抹晚霞燃烧得万物闪闪发光。 现在他随着列车突然闯进黑洞洞的隧道，大概就是因为这个缘故，他眼下似乎觉得通过隧道的时间比他想象的要来得长一些。 因为隧道很短，没有开灯，车厢里一团漆黑。 玻璃窗上时刻都会显现出白日的微光，并且急闪地豁然明亮，迸射进来强烈的金色光线。 可是车厢里现在仍是伸手不见五指，于是他摘下墨镜。 在这刹那间，姑娘点上了一支烟卷。 在火柴的亮光下，看到她因为无法继续阅读小说，脸上露出恼怒的神色。 他看着手表的荧光表面，现在是 6 点 10 分。 他靠在车壁和玻璃窗之间的角落里，思考他那杂乱无章的学业。 谁也不会相信他的钻研，明天他得去听专题报告，恐怕不能参加了。 （他做的这一切，只不过是一种掩饰行为，企求在他这样做的情况下获得镇静，然而不是那种切实的镇静，而只是要得到一种隐隐约约镇静的感觉。 他为摆脱面临的恐惧，用脂肪填塞自己[①]，嘴上衔着雪茄，耳朵里塞了棉花团。） 他又看了一次夜光表，现在是 6 点 1 刻，但是列车还行驶在隧道里。 这个情况把他搞糊涂了。虽然车厢里打开电灯，明亮起来，红发姑娘可以继续阅读小说，胖先生也好再独自下棋了，玻璃窗反映出整节车厢的情景，可是窗子外面仍然是黑洞洞的隧道。 他走进通道。 一个身材高大的男人，穿着浅色雨衣，脖子上围着一条黑色围巾，在通道里来回踱着方步。 他感到纳闷，在这样的天气干吗还要围上围巾。 他又向这列车的另一节车厢里瞟了一眼，旅客在看报和相互闲扯。 他重新回到

[①] 意即吃肉。

自己原先的角落里，又坐了下来。 现在随时随刻，任何一秒钟时间，列车都会穿出隧道。 现在手表上的指针已快要指到 6 点 20 分。 他悻悻然地后悔过去很少留心注意这条隧道，这次通过隧道已经持续了一刻钟时间。 要是按列车行驶的时速计算的话，这可是一条了不起长的隧道，瑞士的那些最长隧道中的一条隧道。 他一时迷惑不定，从家乡出来有这么一条车行 20 分钟的了不起的长隧道，因而疑虑搭错了列车。 他于是询问下棋的胖子，这是否是开往苏黎世的一班车。 回答是肯定的。 年轻人喃喃地说道，他可完全不知道线路的这段上有这样长的一条隧道。 胖子正在艰苦地思考一着棋，他两次被打断了思路，显得有点恼火，悻悻地回答道，瑞士的隧道就是多，特别的多，他尽管是第一次上这个国家，但迅即注意到这个特点，他在一本统计年鉴上也看到过"没有一个国家比瑞士有更多隧道"这句话。 胖子这时不得不向他表示道歉，确实非常遗憾，因为他正在专心研究尼姆措维施①防御理论的一项重要问题，不好再考虑别的事情。 下棋的人很礼貌地、但非常明确地作了回答。 年轻人知道，别再指望从他那里得到答复。 这当儿，列车员走进来了，他感到非常高兴。 他深信，列车员可能会对他的车票提出疑问。 列车员身材瘦削，面色苍白，给人的印象，像对座的姑娘那样神经质。 列车员首先检验了那个姑娘的车票，提示她应在奥尔滕转车。 这个 24 岁的年轻人并未感到所有希望成为泡影，他坚信自己是乘错了车次。 他嘴里衔着雪茄烟，说道，他应该上苏黎世，大概要补车票。 列车员验过车票后，告诉他没有乘错车次。 年轻人激怒地、而且态度相当坚决地高声叫喊道："但是我们还行驶在隧道里！"现在，他下决心一定要阐释清楚这困惑不解的情况。 列车员

_____

① 尼姆措维施（Aaron Nimzowitsch 1886—1935），出生于拉脱维亚的著名国际象棋大师。

解释说，列车现正沿着赫尔措根希赫湖行驶，向兰根塔尔接近。
"这不错，先生，现在是 6 点 20 分。"但是列车已在隧道里行驶了
20 分钟，年轻人坚持他肯定的事实。列车员茫然地瞪眼望着他
说："这是开往苏黎世的列车。"他一边讲着一边向窗外看看。
"6 点 20 分。"他重复地说了一遍，这时他显得有点不安的样子，
"一会儿就到奥尔滕，18 点 37 分到达"。就要变天了，变得这样
骤然，天色一片黑暗，兴许是一场暴风雨，嗯，暴风雨要来了。
"扯淡。"那个潜心研究尼姆措维施防御理论的人插进来说。列车
员一直没有注意到他手里伸过来的车票，使他很气愤。"扯淡，我
们正在经过一条隧道。可以清楚看见像花岗岩般的岩石，全世界大
部分的隧道都在瑞士，我在统计年鉴上看到过这点说明。"列车员
最终接过下棋人的车票，并且再次以差不多恳求的语气确定这是开
往苏黎世的列车。在这样情况下，这个 24 岁的年轻人提出要见列
车长。列车员回答他，列车长在前面，并且又说了一遍，列车是开
往苏黎世的，按照夏季运行时刻表，还有 12 分钟就在奥尔滕停车。
他每个星期要跑三趟这次车。年轻人拔脚就上前面去。他重新又
走回去的这一段同样距离，比他先前走过来的时候还要费劲，列车
里的旅客拥挤不堪。列车风驰电掣般奔驶，由此而引起的轰鸣声叫
人战栗，于是他把上车后取掉的棉花团重新又塞进耳朵里。年轻人
从旅客们面前走过去，看到他们保持着安详的神色，这班车跟他平
常星期天下午乘的列车毫无两样，他没有看到一个惊慌失措的旅
客。在一节二等车厢里，一个英国人站在过道的窗口旁边，他脸上
洋溢着愉快的神色，用烟斗在窗子玻璃上轻轻叩敲着拍子。"辛普
龙①。"他说着。餐车里顾客满座，照理说那些旅客和端着维也纳

---

① 辛普龙 (Simplon)，阿尔卑斯山的一个隘口。

煎肉排及米饭的侍者总会有一个人对这条隧道引起注意的。 年轻人在餐车的出口处找到了列车长，他是从背着的一只红色公事包上辨识出列车长的。 列车长问道："您有何吩咐？"列车长是个大高个子，态度冷静，黑色的上髭经过一番细致的修饰，戴着一副夹鼻眼镜。 "我们在这一条隧道里已有 25 分钟。"年轻人说。 列车长并没有像年轻人所期望的那样，朝车窗那儿瞧瞧，而是转身跟侍者说道："给我一盒 10 支装的奥尔蒙德牌烟，我要抽跟这位先生同样牌子的烟。"但是侍者未能满足这个要求，因为没有这种牌子的雪茄烟。 这使年轻人有了谈话的机会，感到非常高兴，他递给列车长一支巴西烟。 "谢谢，"列车长说道，"车子停靠奥尔滕的时间，几乎连买包烟的时间都没有，因此您敬我一支烟，叫我非常高兴。 抽烟可是个重要的事情，我可以请您跟我来一趟吗？"他领着这个 24 岁的小伙子走进餐车前面的行李车。 "往前还有机车，"他们走进行李车后，列车长说道，"我们现在待在列车的最前面一节。" 行李车里昏黄的灯光，微弱得没有照亮车厢的大部分地方。 车侧的拉门上了锁，仅是透过一只铁格栅的小窗看得到黑洞洞的隧道，四周堆放着行李，好多的行李上面还贴着旅馆的标签，另外还有几部自行车和一辆婴儿车。 列车长将红色公事包挂在一只钩子上。 "您有何吩咐？"他再问了一遍，但是并没有朝年轻人看一眼，而是从公事包里拿出一本簿子，开始填写表格。 "我们打布格道夫就进了这一条隧道，"这个 24 岁的年轻人坚决地回答道，"我熟悉这条线路，每个星期我都在这条线路上跑个来回，这条线路里可没有这么长的一条隧道。"列车长继续填写表格。 "先生，"他终于开口了，并且向年轻人走去，挨近得差不多碰到身体，"先生，我对此没有什么好说的。 我不知道，我们是怎样进入这条隧道的。我对此没有什么好解释的。 不过我要提请您认真考虑的是，我们是在轨道上运行，那么隧道也就必然会通向一个地方。没有什么情况说明，隧道有什么不对头的地方，当然，除非是隧道没有个尽头。"列车长嘴里叼着一支巴西的奥尔蒙德牌雪茄烟，一直没有抽，他讲话的声音很低，但语调是如此凛然，如此清楚，如此明确。尽管行李车里比餐车里还要轰鸣震耳，但可以清楚地听见他讲的话。"我请求您停车，"年轻人不耐烦地说道，"我不理解您讲的话，如果您对这条隧道的眼前情况解释不了，觉得有点不对头的话，您就应该停车。""停车？"列车长拖长音调反问地说着，肯定他已经考虑过这个问题了，他合上簿子，将它放进红公事包里。挂在钩子上的红公事包伴随着车子的震动来回摇摆着。随后，列车长漫不经心地点上雪茄烟。年轻人问，他好不好拉紧急制动闸，并且要抓住他头顶上的拉手。就在这一刹那间，他踉踉跄跄地迎面跌撞到车壁上。一辆婴儿车翻滚到他身上，堆着的箱子也向他这边倒过来。列车长也向前叉开双手跌跌撞撞地在行李车里往前冲去。"车子在往下溜滑！"列车长叫着，并且紧挨着这个 24 岁的小伙子压贴在车皮的前壁板上，但是飞速滑驶的列车并没有发生预料要与岩石相撞的情况，没有发生车子撞毁以及车皮互相碰撞成一堆的情况，隧道倒好像反而重新平坦地伸展开去。车厢另一头的门自动打开了，餐车里，旅客在明亮的灯光下面相互敬酒，随后，车门又自动撞上。"您上机车去！"列车长说着，并且以若有所思的目光投向这个 24 岁的小伙子。蓦地，他以罕见的威慑神色紧紧盯着他的面孔，随即他打开他们压贴在那面车壁上的门。一股猛烈的、灼人的气流以巨大的威势扑向他们，飓风的压力再度把他们撞压在车壁上，车厢里一片令人战栗的轰隆声。"我们必须向机车爬过去！"列车长冲着年轻人的耳朵大声叫喊，即或这样喊叫也几乎听不清楚说的什么，随即在长方形的门口消失不见了。从车厢门口可以看到机车的那些耀眼明亮、左右晃动着的玻璃窗。这个 24 岁的年轻人即或没有理解爬过去的意义是什么，他也坚决跟着爬了过去。他攀登到两边铁栏杆的平台甲板上，巨大的气流风力已减弱下来，这不可怕，可怕的是隧道的岩壁靠得非常贴近，他在向着机车运动过去的时候，虽然不得不把全部注意力集中向着机车那边，并没有去察看隧道岩壁，但是感觉得到岩壁。车轮滚滚，风声狂啸，使他感到，他好似流星闪过一般地冲向一个石头世界。沿着机车的边上是一条狭道，上面有一圈一样高度的铁栏杆扶手，盘旋在机车的四周。不用说，这就是机车的走道。到那边须纵身一跳，他估计有一公尺距离。他就这样一把抓住了机车的扶手，身子贴着机车，沿着走道向前挪动。他在抵达机车旁侧时，这段走道使他毛骨悚然。现在他完全被咆哮着的风压得动弹不得，而被机车的灯光照得一清二楚、骇人的岩壁就从他身边掠过。只等到列车长把他从一扇小门里拖进机车，他的性命才算得救。年轻人已精疲力竭，他身体贴着机车的板壁。列车长已把门关上，庞然大物的车头的钢板车壁隔绝了轰隆隆的响声，机车内顿时安静起来，几乎听不见喧嚣的声音。

"我们把巴西的奥尔蒙德也丢掉了，"列车长说道，"在爬行前，点上一根烟是不聪明的。不过烟支很长，要不装在烟盒里带在身上，是很容易折断的。"年轻人很高兴，在离开岩壁的恐惧边缘后，把他的思路转到了别的方面去，使他回想起半个多小时前的那种日常生活，回想起年年月月这种永远是一个模样的生活（说它是一个模样，是因为他现在面临的是刹那间的情况，面临塌陷，面临地球表面突然出现裂口，面临骤然坠落进地心的情况）。他从上衣的右边口袋里掏出棕色烟盒，再次向列车长敬了一支雪茄烟，自己嘴里也叼上一根，列车长划了火，他们小心翼翼点上了烟。列车长说道："我特别喜爱奥尔蒙德牌烟。不过这种烟必须不停地抽吸，不然就熄灭了。"这个 24 岁的年轻人听了这番话感到困惑不解。他发觉，列车长还不情愿考虑隧道问题，这条隧道直到现在还没有个尽头（直到现在也还存在一种可能，就像突然结束一个梦幻一样，隧道也有可能突然结束）。"18 点 40 分，"年轻人看看夜光表说道，"现在，我们是应该到奥尔滕啦。"同时，他还想到了不久以前的丘陵和森林披上一层金黄色落日的余晖。他们倚靠着机车的车壁，站在那里抽着烟。"我叫克勒尔。"列车长说着，同时抽着巴西烟。年轻人不让步，并且说道："在机车上爬行可不是闹着玩的事，至少对我来说，是不习惯这号事情的。因此我想知道，您把我带到这儿来干什么？"列车长的回答是，他不知道为什么这样做，他只是想给自己有考虑问题的时间。"考虑问题的时间。"24 岁的年轻人重复了一遍。"嗯。"列车长说。情况大概也就是这样，他又重新抽他的烟。机车好像又往前倾斜。"嗳，我们可以上驾驶室去。"克勒尔建议道。但是他迟疑不决，还是倚着机车的车壁，没有动脚。年轻人已沿着走道向前移动，他打开驾驶室的门，停住了脚步，向现在也走过来的列车长喊道："没有人，驾驶室里没有人。"他们走进了驾驶室。机车以惊人的速度奔驶着，摇晃不定。它以这样的速度强行拉着列车连同自己不断向隧道深处奔去。"看吧！"他扳了几根操纵杆，拉了紧急制动闸。可是机车并没有听摆布。克勒尔确信，在迅即发觉这段线路上的异常情况时，已经采取了一切措施进行刹车。可是机车照样向前奔驶。"机车将一个劲儿地奔下去了，"这个 24 岁的年轻人指着速度表回答道，"150，列车开到过 150 公里时速没有？""我的上帝！"列车长喊道，"列车可从来没有开过这么快，时速最高纪录是 105 公里。""150 公里，没错，"年轻人说，"列车的速度还在加快，现在速度表上已是 158 公里。我们要摔下去了。"他走到玻璃窗跟前，但是立不直身体，脸被紧紧压在玻璃上，现在，速度已到达危险万分的程度。"司机上哪儿去了？"他喊叫着，直瞪瞪地望着被强烈车头前灯照射着的迎面岩石，岩石飞蝗般冲着他溅射过来，又向他的头顶、脚底和驾驶室两侧滚去，消失不见。"他跳车了！"克勒尔掉头高声大喊。他坐在地上，现在只是用脊背抵住配电板。"什么时候跳的车？"这个 24 岁的年轻人固执地问着。列车长一时拿不定主意，他重新又点上烟。因为列车越来越倾斜，把他的头低到脚跟前。"进隧道 5 分钟后。"随后他说，"行李车里的那个人也已经跳车了，再想挽救这个局面已毫无意义。""那么您呢？"24 岁的年轻人问。"我是列车长，"克勒尔回答道，"而且我一开始就没希望活命的。""没希望。"年轻人重复了这几个字，他已蜷伏在驾驶室的玻璃挡风板上，面孔对着深渊。他想：在我们还呆在车厢里的时候，我们不知道，一切就已经完蛋了。"在我们看来，好像毫无发生异样情况的时候，我们已掉进了通向地心深处的竖井，我们现在像一帮恶徒一样坠落进深渊。"列车长高声叫喊，他必须往后面去。"列车里将要发生一片惊慌，大家都会拥到后面去。""这是肯定如此。"24 岁的年轻人回答说，他还想到那个下棋的胖旅客，那个阅读小说的姑娘和她那一头的红发。他把剩下的几盒巴西的十支装奥尔蒙德烟递给列车长。"拿着吧！"他说道，"在爬过去的时候，会又将烟丢掉的。"列车长站了起来，使劲地爬到走道口，并且问道，他是否就不回来了。年轻人望望那些毫无意义的仪表，又瞅瞅那些在驾驶室闪烁灯光照耀下的银白色的操纵杆和开关。这些玩意儿显得多么令人可笑。"210公里，"他说，"我不相信，在这样速度的情况下，您能够攀登到我们头顶上的那些车厢里去。""这是我的责任。"列车长嘶喊着。"这是肯定的。"24 岁的年轻人回答说，他没有别转脸去观看列车长的这项毫无意义的行动。 "我至少得试一试！"列车长再次地喊叫着。 现在，他在走道中已向上爬了好大一段距离，用双肘和两条大腿顶着金属车壁。 但是机车继续往下沉，以巨大的坠落速度向地心冲去，向万物的终点冲去，以至列车长在这条竖井里直接悬挂在 24 岁年轻人的上面，而在机车最底层的年轻人则躺倒在驾驶室的银色窗子上，脸向下，四肢无力。 列车长坠落下来，跌在操纵盘上，血流如注，躺在年轻人的旁边并且紧紧抱着他的肩膀。 "我们应该怎么办？"列车长冲着 24 岁的年轻人的耳朵高声喊叫，迎面向他们擦过的隧道岩壁发出的呼啸声实在太响了。 现在，年轻人的肥胖身躯已一无用处，也不用再进行保护，僵直地躺在把他跟深渊隔住的挡风玻璃上。 他用生平第一次睁得这样大的双眼，透过挡风玻璃，目不转睛地张望着深渊。 "我们应该怎么办？""没有任何办法。"年轻人严酷地回答说。 他没有转过脸去，避而不视死亡的场面，然而并不是没有鬼怪般的快活景象：配电板被打碎了，它的碎玻璃溅落到四处地方；塞在耳朵上的两个棉花球被不知从哪儿涌进来的一股气流（挡风玻璃上出现了第一道裂痕）一下子刮走了，像疾飞的箭矢一样，从他们的头上掠过，向着竖井的上方飞扬而去。"没有任何办法。 上帝叫我们跌落，我们就只好往他那儿冲过去。"

江 南 译

117

梦 游 症 患 者

[意大利] 阿尔贝托·莫拉维亚

　　阿尔贝托·莫拉维亚 (Alberto Moravia 1907—1990)，笔名，原名阿尔贝托·平凯尔莱 (Alberto Pincherle)，意大利作家，主要作品有长篇小说《罗马女人》《渎圣的时代》《偷窥者》和短篇小说集《您的命令我一定遵守》《买的和卖的》等。

　　本篇是莫拉维亚为人称道的短篇名作，一篇有趣的荒诞小说。小说主人公是个女律师，她讲述了她的一次虚幻的谋杀行动。她说她丈夫喜欢干"偷鸡摸狗的风流勾当"，使她无法忍受，但她又爱他，不想离婚，所以她想杀死他。这已经很荒唐了，而更为荒唐的是，她说她是梦游症患者，想假装梦游时误杀了丈夫（这样就无需负法律责任）。于是，有一天晚上，她躺在床上，使自己进入了梦乡……果真，她开始梦游，手里拿着枪，还有意识地先推开女仆的房门，想让女仆看到她的情形，以后好为她作证。没想到，她竟然看见她丈夫就和女仆一起睡在床上！一怒之下，她扣动了扳机。砰！一声响……不是子弹打中她丈夫，而是她自己醒了——原来，她只是做了个梦，一切都是她梦中的想象。

　　为什么说这是篇"荒诞小说"？因为小说的情节是荒诞

的、不合常理的：首先，梦游能假装吗？几乎不可能。其次，若梦游中杀了人，可不可免罪？好像没有相关法律条文，因为千百年来几乎没有梦游犯罪记录。所以，这一切其实都是这个女律师一厢情愿的狂想。那么，她为什么会有如此荒诞的想法呢？因为，就如她自己所说，"病态的、疯狂的嫉妒"。换句话说，这篇小说用荒诞手法把一个中年女人近乎荒诞的嫉妒心理凸现于纸上，而且巧妙地采用主人公自述形式，使其成为主人公的自嘲——这不仅使小说更有趣味，还多了一层深意。

我丈夫是个游手好闲的人，而我呢，完全相反，整天忙忙碌碌地操劳着。我的职业是律师。不过，说我丈夫游手好闲也并不确切。是的，我丈夫无所事事，然而，他可一点儿也不闲着，倒是整天忙得不亦乐乎，他是我所知道的最闲不住的男人中的一个。他忙乎些什么呢？真见鬼！他的精力全花在干那些数不清的偷鸡摸狗的风流勾当上。总而言之，搞背叛我的勾当。难道说，寻欢作乐，而且是轮流和许多女人——不久前我已数到第八个——寻欢作乐，是意味着游手好闲吗？谁要是这么说，说明他根本不懂得寻欢作乐是怎么一回事。我丈夫需要花费他的全部时间，不管闲着或者没有闲着，甚至连做梦也不放过。这并不是为了什么别的，而是为着绞尽脑汁，想出些花招来对我隐瞒和欺骗。

结婚后的最初五年，对他那些寻花问柳的勾当，我忍受下来了。后来，我终于决定采取报复行动。当然，我完全可以提出离婚的要求，可是，糟糕的是，我爱着他，他越是放荡，我竟然越发爱他。就这样，眼看着离婚的道路遭到爱情的阻挡，我便被一种奇特的、但却又合乎逻辑的感情所驱使，走上了另一条报复的道路。简单地说，我决定杀死我丈夫。

我得了一个奇怪的毛病，就是梦游症。在夜间，我常常一骨碌从床上翻身坐起，苍白的脸孔朝外探着，一双灰色的眼睛睁得大大的，闪烁着忧郁的神情，蓬松的卷发披散在肩膀上，双手把睡衣敞开，几乎裸露着我那倦怠的身子，在卧室里走来走去。我丈夫和女仆莲娜知道我患有这个奇怪的毛病，因此总是小心翼翼地不敢惊动我。通常，我的习惯是：从一个房间走到另一个房间，把抽屉一个个打开，挪动房间里的家具，每一次都像创造奇迹似的避开跟家具碰撞，然后回到卧室里，躺下睡觉。这幢房子里的人都知道我是梦游者，因为一天深夜，我竟然走到楼梯口，去按邻居门上的电铃。

众所周知，梦游者在睡梦中能够做出种种令人难以置信的复杂事情，即便是在神智清醒的时候来做这些事情，也需要超乎寻常的意识和才能。总而言之，梦游者就如一个在舞台上表演的演员，他跟自己所扮演的那个角色已经完完全全地融合在一起了。在他身上，某些才能得到最大限度的发挥，另外一些才能则遭到压抑。梦幻对于梦游者来说，恰似艺术虚构对于演员，能够使他的感觉变得敏锐，动作恰到好处，准确无误。现在，我想象着佯装梦游症发作来做一件冒险的事的情景：我一反往常的习惯做法，不去挪动家具，打开房门，在抽屉里翻来翻去，而只是简单地把手枪对准我丈夫，开枪打死他。梦游症病人是什么事情都能做得出来的，何况开枪比摸黑在屋子里踱来踱去要容易得多；然后，就像什么事情也没有发生似的，我将回到自己的卧室，躺下睡觉。第二天早晨，一觉醒来，我将怀着不难想象的绝望情绪发现，我成了寡妇。

说到做到。我选好了日子。夜幕降临的时候，我独自一人用着晚餐。我丈夫借口要去参加跟他同一个大学同一个系同一年毕业的清一色男朋友的聚会，虚伪地向我说了声"对不起"，就去跟一个相好的女人幽会了。晚饭后，我坐在客厅里，抽烟，看电视，漫不经心地浏览报纸和画报，消磨了四个小时。我觉得浑身不舒服，肌肉发胀，好像处于麻木状态。我脑子里空空的，什么也不去想；或许，我已经进入了梦游症状态。

　　半夜一点钟，我丈夫回来了。除了耻辱，我等到的只是委屈；他压根儿没有把我放在眼里，不到客厅里来打个照面，吻吻我，道声晚安，却径直溜回他的卧室里去了。我蜷缩在自己的房间里，脱掉外衣，躺在床上，抽烟，在黑暗中又度过了四个小时。我觉得奇怪的是，如果我不是看到卷烟燃烧升起的烟雾，我还不知道我是在抽烟，因为我压根儿没有品尝出卷烟的味道。凌晨五点钟，按照预先设想好的计划，我起床了。

　　我脱下衬衫，光着身子穿上了睡衣。我在梦游症发作时每次都要做这些例行动作的。可是，这一次却出现了一件新鲜事：我的口袋里沉甸甸地放着我丈夫的一支手枪，这是我从他收藏的小木柜里偷出来的。我犹豫了一会儿，然后，在一个强烈的愿望的推动下，犹如一名登上舞台的演员，大步走到卧室门口，打开了门，进入了走廊。说实在话，与其说这是走廊，还不如说是两排家具和摆满书籍的书架之间的一条狭窄通道。我扭亮了电灯，在昏黄的灯光下，我像一尊大理石雕像，神态严肃，蓬乱的卷发披散在肩膀上，眼睛瞪得大大的，用双手把睡衣敞开，袒露出胸脯，脑袋略向后仰，直挺挺地朝前走着。我知道，这就是我在梦游症发作时的样子，因为我丈夫和莲娜曾经多次向我这样形容过。

　　我一步一步地走到走廊的尽头，这里是女仆莲娜的卧室；她已是徐娘半老，但身躯肥胖，属于斯拉夫血统。 我故意想让她瞧见我这副模样，以便事后替我提供有利的证明。 我轻轻地转动卧室门的把手，推开了门，像一具尸体似的僵直地站在门槛上。 突然，我大吃一惊，借着走廊里射来的灯光，我发现莲娜凌乱不堪的床铺上，竟然连个人影儿也没有。 毯子被掀在一边，似乎莲娜是匆忙起床的。 不知道什么缘故，顿时，一种心烦意乱的困惑感觉猛然向我袭来，我恍惚觉得，在我的计划中，有些事情失灵了。

我活像一个神情庄严的机器人继续缓慢地、僵直地朝前走，搜索着莲娜的盥洗室，还有我们的盥洗室，但是没有找到她。 在凌晨五点钟的时候，我的女仆能到哪里去了呢？ 看来，某种神秘莫测的荒唐事情可能使客观现实出现了裂缝。 这种疑惑是有根据的。 可是，我仍然决定按原来的计划行事，即使没有莲娜为我作证。

我重新回到走廊里，按照他们平时向我描写的情景，做那些梦游症发作时做的习惯动作：停住脚步，随意从书架上抽出一本书，把它打开，假装浏览，然后又把它放在原处。 这一连串的动作都是故意做给某个可能正在窥测我的动静的人看的；不过，这个人可能是谁呢？

我走到丈夫的卧室前，小心翼翼地转动门的把手，打开门，跨了进去。 我心中蓦然一惊，愕然失色——莲娜，就是那个夜里失踪的，虽已上了年纪，但精力充沛、过于活跃的莲娜，正躺在我丈夫的床上。 我瞧见，她裸露着丰满的胸脯，长着乱蓬蓬黄麻似的头发的脑袋，枕在我丈夫的胳膊上，以一种毫不掩饰的得意洋洋的神情注视着他；而我的丈夫，脑袋埋在枕头里，仰面躺在床上，上半身露在被子外面。 我又一次觉得，我的计划中出现了不愉快的事情，眼下我所看到的情景确实是我未曾预料的，坦率地说，也是我无法预料得到的。 不过，我没有时间去进一步体会这令人不快的感情。我丈夫这一新的、骇人听闻的卑鄙行为，竟然是发生在他跟女佣人之间，她是一个早已度过了青春年华的女人，也可以说是一个在家庭中得到我的信赖、而且我还一度认为是爱我的人。 这种令人难以置信、然而却是千真万确的、可怕却又合乎逻辑的卑鄙行为，自然应当受到惩罚。 我紧紧握住口袋里的手枪，慢慢地掏出来，对着床瞄准。 砰然一声响……我从梦中惊醒了。

我走到窗前，木然地侍立着，胳膊肘儿撑在窗台上，出神地眺望着花园。 密密地爬满围墙的墨绿色的常春藤，映入我的眼帘。一盏路灯的光亮，映照出花园的一角：长期受潮湿浸润而呈暗黑色的大理石长凳，四周环绕着一座小小的桂树林，从假山上涌出一般细细的泉水，向上方喷射，闪烁发亮，然后落入泛着黑颜色的水池中。 这是夜间最幽静、最深沉、接近破晓的时刻。 如果不是泉水涓涓流动的声响，我很可能以为这是梦幻。 夜间的冷空气使我打了一个寒颤。 我攥紧胸前的睡衣。 蓦地，我突然发现，衣兜里并没有手枪。

很清楚，这是我照例犯的一次梦游症。 在梦中，我从床上爬起来，走到窗前，拉开百叶窗，向外眺望。 不过，开枪打死我丈夫的计划，果真是佯装梦游症发作时的行为吗？ 毫无疑问，这只是梦中之梦。 我在梦中假装梦游症发作，在屋子里走来走去，采取行动。可是，梦幻中的某些事情使我明白，我不是假装在犯梦游症，而是千真万确地在做梦。 那是怎么回事呢？ 我丈夫跟莲娜奇怪的私通，原来是我的病态的、疯狂的嫉妒所引起的一种失去理智的想象。

不过，我仍然一点儿也不明白。 我回想起，我丈夫寻花问柳的行径确实已经发展到了和老女人私通的地步，他曾经跟一个中年女仆胡搞。 或许，我当时果真开了枪；或许，举枪射击以后，我扔下了手枪，回到了我的卧室，然后在这里，我最终清醒了过来。 总之，这一切只有天晓得。 嫉妒和梦游症糅合在一起，产生海市蜃楼般的奇异幻觉，使我不能否定最后一种假设。

现在，我害怕离开窗户，无法鼓起勇气去看看到底发生了"什么事情"。 我木然地伫立着，胳膊肘儿撑在窗台上，眺望着花园。或许，这也是梦境，我还没有醒过来呢。

吕同六　译

局 外 人

[法] 阿尔贝·加缪

  阿尔贝·加缪（Albert Camus 1913—1960），法国小说家、剧作家。主要作品除本篇外，还有长篇小说《鼠疫》、哲学论文集《西绪福斯神话》和剧本《误会》《卡利古拉》等，曾获 1957 年诺贝尔文学奖。加缪通常被称为"存在主义作家"，但他本人始终没有承认过。

  本篇是加缪的中篇代表作，也是 20 世纪欧美小说名作之一。小说题名为《局外人》，由主人公"我"（他叫默尔索，一家公司的小职员，中年、单身）自述其经历。他经历了什么呢？大概是这样的：他母亲死在养老院里，他去为母亲下葬。第二天，他在游泳馆里遇到过去的女同事玛丽，两人本来就有点意思，这次邂逅便促成了他们——两人当天就上了床，还开始谈论婚事。他的邻居莱蒙也是个单身汉，但养了个情妇，并为了钱吵架，那个情妇的弟弟还把莱蒙打了一顿。莱蒙要报复他的情妇，就请他帮忙。他虽然只是应付应付，莱蒙却把他看作好朋友，邀他一起到他朋友家去作客。没想到，莱蒙情妇的弟弟带着几个阿拉伯人尾随着他们。在海滩上，他们打了起来。莱蒙掏出枪来，但被他夺下，结果莱蒙被一个阿拉伯人刺伤了手臂。那些人逃了，他和莱蒙也回到了朋友家里。

但过了一会儿，他一个人又回到了海滩上。当他看见那个刺伤莱蒙的阿拉伯人正在那儿时，也不知怎么回事（他说大概是被太阳晒昏了头），他掏出莱蒙的手枪，把那个阿拉伯人打死了。于是，他被捕入狱。开庭审判他时，检察官指控他有意杀人，还请来证人，证明他是个丧尽天良的人，譬如，他母亲下葬那天他一点也不悲伤，不但不哭，还抽烟、喝咖啡，又譬如，他母亲死后第二天他就去游泳、看电影，还把女人带回家寻欢作乐，等等。就这样，法庭判他死刑，而且是斩首示众。

那么，主人公自述这些经历要说明什么呢？毫无疑问，他说到的都是生死大事，但他却是用一种冷漠得令人吃惊的态度来讲述的（这是本篇的要点），好像这些都不是发生在他身上的事情，好像他只是个旁观者——正因为如此，他被称为"局外人"。

那么，他为什么要用如此冷漠的态度来讲述他人的生与死、他母亲的生与死、甚至他自己的生与死呢？因为在他看来，世界是荒诞的，生与死也是荒诞的——既然一切都是荒诞的，又何必认真呢？

那么，为什么说"世界是荒诞的，生与死也是荒诞的"呢？因为，世界为什么存在？谁也不知道。人为什么要生？为什么要死？谁也不知道。既然不知其"为什么"，也就是不知其"目的"；既然不知其"目的"，也就是不知其"意义"；既然不知其"意义"，也就只能认定其"无意义"；既然是"无意义"，那又为什么要存在呢？这就是"荒诞"——世界如此，生与死也同样如此。

或许有人说，这些问题其实是和宗教有关的终极问题（这

126

在小说中即以神甫的最后出场作为暗示）。 确实如此，这篇小说关注的不是社会问题，不是心理问题，不是道德问题，更不是政治问题（所有从这些方面所作的解释，即便不是对小说的曲解，也是一种令人莫名其妙的"浅化"）。 小说关注的是宗教问题，即人生到底有何意义的问题。 然而，宗教对此的回答（即人生的意义在于"灵魂得救"），如今还有几人相信？ 既然没有可信的回答，问题又挥之不去，"荒诞感"或者说"荒诞意识"就油然而生了。 实际上，现代人对这些问题大多抱着"谁知道呢？"之类的"荒诞态度"，只是没有本篇主人公这样强烈罢了。 换句话说，本篇主人公即"局外人"，是现代人的一种写照，即：现代人对生存意义的惶惑，或者说，当生存失去"终极意义"（或者说发现生存其实没有意义）时的失落与颓唐。 因为，世界也好，生存也好，我们确实不知其"终极意义"，同时却又觉得"这是应该有的"，而过去的信仰（即宗教）又显然不可恢复——这就是现代人的尴尬处境。 也许，这还是现代文化的基本特征。

如若这样，那么这篇小说的主题可谓重大——它用一种冷漠的方式（即作者对人物不予评论、不知可否）塑造了一个冷漠的"局外人"，并通过这个"局外人"揭示了一个冷漠的、荒诞的世界。 或许，这个"局外人"看到的是世界的本相、生存的本相，但人心（包括作者的内心）又显然不会"欢迎"这一本相（要知道，人类从本质上说是理想主义的），所以这篇小说仍有一层讽意——只是，这是对世界、对生存本身的一种无可奈何的自我嘲讽。

第 一 部

一

今天，妈妈死了。 也许是昨天，我不知道。 我收到养老院的一封电报，说："母死。 明日葬。 专此通知。"这说明不了什么。可能是昨天死的。

养老院在马朗戈，离阿尔及尔①八十公里。 我乘两点钟的公共汽车，下午到，还赶得上守灵，明天晚上就能回来。 我向老板请了两天假，有这样的理由，他不能拒绝。 不过，他似乎不大高兴。我甚至跟他说："这可不是我的错。"他没有理我。 我想我不该跟他说这句话。 反正，我没有什么可请求原谅的，倒是他应该向我表示哀悼。 不过，后天他看见我戴孝的时候，一定会安慰我的。 现在有点像是妈妈还没有死似的，不过一下葬，那可就是一桩已经了结的事了，一切又该公事公办了。

我乘的是两点钟的汽车。 天气很热。 跟平时一样，我还是在赛莱斯特的饭馆里吃的饭。 他们都为我难受，赛莱斯特还说："人只有一个母亲啊。"我走的时候，他们一直送我到门口。 我有点烦，因为我还得到埃马努埃尔那里去借黑领带和黑纱。 他几个月前刚死了叔叔。

为了及时上路，我是跑着去的。 这番急，这番跑，加上汽车颠簸，汽油味儿，还有道路和天空亮得晃眼，把我弄得昏昏沉沉的。

---

① 阿尔及尔，阿尔及利亚首都。 当时阿尔及利亚是法属殖民地，有很多法国人居住在那里。

我几乎睡了一路。 我醒来的时候，正歪在一个军人身上，他朝我笑笑，问我是不是从远地方来。 我不想说话，只应了声"是"。

养老院离村子还有两公里，我走着去。 我真想立刻见到妈妈。但门房说我得先见见院长。 他正忙着，我等了一会儿。 这当儿，门房说个不停。 后来，我见了院长。 他是在办公室里接待我的。那是个小老头，佩戴着荣誉团勋章。 他那双浅色的眼睛盯着我。随后，他握着我的手，老是不松开，我真不知道如何抽出来。 他看了看档案，对我说："默尔索太太是三年前来此的，您是她唯一的赡养者。"我以为他是在责备我什么，就赶紧向他解释。 但是他打断了我："您无须解释，亲爱的孩子。 我看过您母亲的档案。 您无力负担她。 她需要有人照料，您的薪水又很菲薄。 总之，她在这里更快活些。"我说："是的，院长先生。"他又说："您知道，她有年纪相仿的人作朋友。 他们对过去的一些事有共同的兴趣。您年轻，跟您在一起，她还会闷得慌呢。"

这是真的。 妈妈在家的时候，一天到晚总是看着我，不说话。她刚进养老院时，常常哭。 那是因为不习惯。 几个月之后，如果再让她出来，她还会哭的。 这又是因为不习惯。 差不多为此，近一年来我就几乎没来看过她。 当然，也是因为来看她就得占用星期天，还不算赶汽车、买车票、坐两小时的车所费的力气。

院长还在跟我说，可是我几乎不听了。 最后，他说："我想您愿意再看看您的母亲吧。"我站了起来，没说话。 他领着我出去了。 在楼梯上，他向我解释说："我们把她抬到小停尸间里了。因为怕别的老人害怕。 这里每逢有人死了，其他人总要有两三天工夫才能安定下来。 这给服务带来很多困难。"我们穿过一个院子，院子里有不少老人，正三五成群地闲谈。 我们经过的时候，他们都不做声了。 我们一过去，他们就又说开了，真像一群鹦鹉在喊喊喳喳低声乱叫。 走到一座小房子门前，院长和我告别："请自便吧，默尔索先生。 有事到办公室找我。 原则上，下葬定于明晨十点钟。 我们是想让您能够守灵。 还有，您的母亲似乎常向同伴们表示，希望按宗教的仪式安葬。 这事我已经安排好了，只不过想告诉您一声。"我谢了他。 妈妈并不是无神论者，可活着的时候也从未想到过宗教。

我进去了。 屋子里很亮，玻璃天棚，四壁刷着白灰。 有几把椅子，几个 X 形的架子。 正中两个架子上，停着一口棺材，盖着盖。 一些发亮的、拧了一半的螺丝钉在漆成褐色的木板上看得清清楚楚。 棺材旁边，有一个阿拉伯女护士，穿着白大褂，头上戴着一顶颜色鲜亮的方形护士帽。

这时，门房来到我身后。 他大概是跑着来的，说话有点儿结巴："他们给盖上了。 我得再打开，好让您看看她。"他走近棺材，我叫住了他。 他问我："您不想？"我回答说："不想。"他站住了，我很难为情，因为我觉得我不该那样说。 过了一会儿，他看了看我，问道："为什么？"他并没有责备的意思，好像只是想问问。 我说："不知道。"于是，他拈着发白的小胡子，也不看我，说道："我明白。"他的眼睛很漂亮，淡蓝色，脸上有些发红。他给我搬来一把椅子，自己坐在我后面。 女护士站起来，朝门口走去。 这时，门房对我说："她长的是恶疮。"因为我不明白，就看了看那女护士，只见她眼睛下面缠着一条绷带，在鼻子的那个地方，绷带是平的。 在她的脸上，人们所能见到的，就是一条雪白的绷带。

她出去以后，门房说："我不陪你了。"我不知道我做了个什么表示，他没有走，站在我后面。 背后有一个人，使我很不自在。傍晚时分，屋子里仍然很亮，两只大胡蜂在玻璃天棚上嗡嗡地飞。

我感到困劲上来了。我头也没回，对门房说："您在这里很久了吗？"他立即回答道："五年了。"好像就等着我问他似的。

接着，他滔滔不绝地说了起来。如果有人对他说，他会在马朗戈养老院当一辈子门房，他一定会惊讶不止。他六十四岁，是巴黎人。说到这儿，我打断了他："噢，您不是本地人？"我这才想起来，他在带我去见院长之前，跟我谈起过妈妈。他说要赶快下葬，因为平原天气热，特别是这个地方。就是那个时候，他告诉我他在巴黎住过，而且怎么也忘不了巴黎。在巴黎，死人在家里停放三天，有时四天。这里不行，时间太短，怎么也习惯不了才过这么短时间就要跟着枢车去下葬。这时，他老婆对他说："别说了，这些事是不能对先生说的。"老头子脸红了，连连道歉。我就说："没关系，没关系。"我觉得他说得对，很有意思。

在小停尸间里，他告诉我，他进养老院是因为穷。他觉得自己身体还结实，就自荐当了门房。我向他指出，无论如何，他还是养老院收留的人。他说不是。我觉得奇怪，他说到住养老院的人时（其中有几个并不比他大），总是说"他们"、"那些人"，有时也说"老人们"。当然，那不是一码事。他是门房，从某种程度上说，他还管着他们呢。

这时，那个女护士进来了。天一下子就黑了。浓重的夜色很快就压在玻璃天棚上。门房打开灯，突然的光亮使我眼花目眩。他请我到食堂去吃饭。但我不饿。他于是建议端杯牛奶咖啡来。我喜欢牛奶咖啡，就接受了。过了一会儿，他端着一个托盘回来了。我喝了咖啡，想抽烟。可是我犹豫了，我不知道能不能在妈妈面前这样做。我想了想，认为这不要紧。我给了门房一支烟。我们抽了起来。

过了一会儿，他对我说："您知道，令堂的朋友们也要来守灵。 这是习惯。 我得去找些椅子，端点咖啡来。"我问他能不能关掉一盏灯，照在白墙上的灯光使我很难受。 他说不行，灯就是那样装的：要么全开，要么全关。 我后来没有怎么再注意他。 他出去，进来，摆好椅子，在一把椅子上围着咖啡壶放了一些杯子。 然后，他隔着妈妈的棺木在我对面坐下。 女护士也坐在里边，背对着我。 我看不见她在干什么。 但从她胳膊的动作看，我认为她是在织毛线。 屋子里暖洋洋的，咖啡使我发热。 从开着的门中，飘进来一股夜晚和鲜花的气味。 我觉得我打起了盹儿。

　　一阵窸窸窣窣的声音把我弄醒了。 乍一睁开眼睛，屋子更显得白了。 在我面前，没有一点儿阴影，每一样东西，每一个角落，每一条曲线，都清清楚楚，轮廓分明，很显眼。 妈妈的朋友们就是这个时候进来的。 一共有十来个，静悄悄地在这耀眼的灯光中挪动。他们坐下了，没有一把椅子响一声。 我看见了他们，我看人从来没有这样清楚过。 他们的面孔和衣着的任何一个细节都没有逃过我的眼睛。 然而，我听不见他们的声音。 我真不敢相信他们是真的在那里。 几乎所有的女人都系着围裙，束腰的带子使她们的大肚子更突出了。 我还从没有注意过老太太会有这样大的肚子。 男人几乎都很瘦，拄着手杖。 使我惊奇的是，我在他们的脸上看不见眼睛，只看见一堆皱纹中间闪动着一缕混浊的亮光。 他们坐下的时候，大多数人都看了看我，不自然地点了点头，嘴唇都陷进了没有牙的嘴里。 我也不知道他们是向我打招呼，还是脸上不由自主地抽动了一下。 我还是相信他们是在跟我招呼。 这时我才发觉他们都面对着我，摇晃着脑袋坐在门房的左右。 有一阵，我有一种可笑的印象，觉得他们是来审判我的。

　　不多会儿，一个女人哭起来了。 她坐在第二排，躲在一个同伴的后面，我看不清楚。 她抽抽搭搭地哭着，我觉得她大概不会停的。 其他人好像都没有听见。 他们神情沮丧，满面愁容，一声不吭。 他们看看棺材，看看手杖，或随便东张西望，他们只看这些东西。 那个女人一直在哭。 我很奇怪，因为我不认识她。 我真希望她别再哭了，可我不敢对她说。 门房朝她弯下身，说了句话，可她摇摇头，嘟囔了句什么，依旧抽抽搭搭地哭着。 于是，门房朝我走来，在我身边坐下。 过了好一阵，他才眼睛望着别处告诉我："她跟令堂很要好。 她说令堂是她在这儿唯一的朋友，现在她什么人也没有了。"

我们就这样坐了很久。 那个女人的叹息声和呜咽声少了，但抽泣得很厉害，最后总算无声无息了。 我不困了，但很累，腰酸背疼。 现在，是这些人的沉默使我难受。 我只是偶尔听见一种奇怪的声响，不知道是什么。 时间长了，我终于猜出，原来是有几个老头子嘬腮帮子，发出了这种怪响。 他们沉浸在冥想中，自己并不觉得。 我甚至觉得，在他们眼里，躺在他们中间的死者算不了什么。但是现在我认为，那是一个错误印象。

我们都喝了门房端来的咖啡。 后来的事，我就不知道了。 一夜过去了。 我现在还记得，有时我睁开眼，看见老头们一个个缩成一团睡着了，只有一个，下巴颏压在拄着手杖的手背上，在盯着我看，好像他就等着我醒似的。 随后，我又睡了。 因为腰越来越疼，我又醒了。 晨曦已经悄悄爬上玻璃窗。 一会儿，一个老头儿醒了，使劲地咳嗽。 他掏出一块方格大手帕，往里面吐痰，每一口痰都像使尽了全身的力气。 其他人都被吵醒了，门房说他们该走了。 他们站了起来。 这样不舒服的一夜使他们个个面如死灰。 出乎意料的是，他们出去时竟然都和我握了握手，好像过了彼此不说一句话的黑夜，我们的亲切感也有所增加。

我累了。 门房把我带到他那里。 我洗了把脸，又喝了一杯牛奶咖啡，好极了。我出去时，天已大亮。马朗戈和大海之间的山岭上空，一片红光。从山上吹过的风带来了一股盐味。看来是个好天气。我很久没到乡下来了，要不是因为妈妈，这会儿去散散步该多好啊。

我在院子里的一棵梧桐树下等着。我闻着湿润的泥土味儿，不想再睡了。我想到了办公室里的同事们。这个时辰，他们该起床上班去了，对我来说，这总是最难熬的时刻。我又想了一会儿，被屋子里传来的铃声打断了。窗户后面一阵忙乱声，随后又安静下来。太阳在天上又升高了一些，开始晒得我两脚发热。门房穿过院子，说院长要见我。我到他办公室去。他让我在几张纸上签了字。我见他穿着黑衣服和带条纹的裤子。他拿起电话，问我："殡仪馆的人已来了一会儿了，我要让他们来盖棺。您想最后再见见您的母亲吗？"我说不。他对着电话低声命令说："费雅克，告诉那些人，他们可以去了。"

然后，他说他也要去送葬，我谢了他。他在写字台后面坐下，又起两条小腿。他告诉我，送葬的只有我和他，还有值勤的女护士。原则上，院里的老人不许去送葬，只许参加守灵。他指出："这是人道问题。"不过这一次，他允许妈妈的一个老朋友多马·贝莱兹参加送葬。说到这儿，院长笑了笑。他对我说："您知道，这种感情有点孩子气。他和您的母亲几乎是形影不离。在院里，大家都拿他们打趣，他们对贝莱兹说：'她是您的未婚妻。'他只是笑。他们觉得开心。问题是默尔索太太的死使他十分难过，我认为不应该拒绝他。但是，根据医生的建议，我昨天没有让他守灵。"

我们默默地坐了好一会儿。院长站起来，往窗外观望。他看了一会儿，说："马朗戈的神甫来了。他倒是提前了。"他告诉我教堂在村子里，至少要走三刻钟才能到这儿。我们下了楼。神甫和两个唱诗童子等在门前。其中一个手拿香炉，神甫弯下腰，调好香炉上银链子的长短。我们走到时，神甫已直起腰来。他叫我"儿子"，对我说了几句话。他走进屋里，我随他进去。

我一眼就看见螺钉已经全拧进去了，屋子里站着四个穿黑衣服的人。同时，我听见院长说车子已经等在路上，神甫也开始祈祷了。从这时起，一切都进行得很快。那四个人走向棺材，把一条毯子蒙在上面。神甫、唱诗童子、院长和我，一起走出去。门口，有一位太太，我不认识。"默尔索先生。"院长介绍我说。我没听见这位太太的姓名，只知道她是护士代表。她没有一丝笑容，向我低了低瘦骨嶙峋的长脸。然后，我们站成一排，让棺材过去。我们跟在抬棺材的人后面，走出养老院。送葬的车停在大门口，长方形，漆得发亮，像个铅笔盒。旁边站着葬礼司仪，矮身材，衣着滑稽。还有一个态度做作的老人，我明白了，他就是贝莱兹先生。他戴着一顶圆顶宽檐软毡帽（棺材经过的时候，他摘掉了帽子），裤脚堆在鞋上，大白领的衬衫太大，而黑领花又太小。鼻子上布满了黑点儿，嘴唇不住地抖动。满头的白发相当细软，两只耷拉耳，耳轮胡乱卷着，血红的颜色衬着苍白的面孔，给我留下了强烈的印象。司仪安排了我们的位置。神甫走在前面，然后是车子，旁边是四个抬棺材的，再后面，是院长和我。护士代表和贝莱兹先生断后。

天空中阳光灿烂，地上开始感到压力，炎热迅速增高。我不知道为什么要等这么久才走。我穿着一身深色衣服，觉得很热。小老头本来已戴上帽子，这时又摘了下来。院长跟我谈到他的时候，我歪过头，望着他。他对我说，我母亲和贝莱兹先生傍晚常由一个女护士陪着散步，有时一直走到村里。我望着周围的田野。一排排通往天边山岭的柏树，一片红绿相杂的土地，房子不多却错落有致，我理解母亲的想法。 在这个地方，傍晚该是一段令人伤感的时刻啊。 今天，火辣辣的太阳晒得这个地方直打颤，既叫人烦躁，又令人疲惫。

我们终于上路了。 这时我才发觉贝莱兹有点儿瘸。 车子渐渐走快了，老人落在后面。 车子旁边也有一个人跟不上了，这时和我并排走着。 我真奇怪，太阳怎么在天上升得那么快。 我发现田野上早就充满了嗡嗡的虫鸣和簌簌的草响。 我脸上流下汗来。 我没戴帽子，只好拿手帕扇风。 殡仪馆的那个伙计跟我说了句什么话，我没听清。 同时，他用右手掀了掀鸭舌帽檐，左手拿手帕擦着额头。 我问他："怎么样？"他指了指天，连声说："晒得够呛。"我说："对。"过了一会儿，他问我："里边是您的母亲吗？"我又回了个"对"。 "她年纪大吗？"我答道："还好。"因为我也不知道她究竟多少岁。 然后，他就不说话了。 我回了回头，看见老贝莱兹已经拉下五十多米远了。 他一个人急忙往前赶，手上摇晃着帽子。 我也看了看院长。 他庄严地走着，没有一个多余动作。 额上渗出了汗珠，他也不擦。

我觉得一行人走得更快了。 周围仍然是一片被阳光照得发亮的田野。 天空亮得让人受不了。 有一阵，我们走过一段新修的公路。 太阳晒得柏油爆裂，脚一踩就陷进去，留下一道亮晶晶的裂口。 车顶上，车夫的熟皮帽子就像在这黑油泥里浸过似的。 我有点迷迷糊糊，头上是青天白云，周围是单调的颜色，开裂的柏油是粘乎乎的黑，人们穿的衣服是死气沉沉的黑，车子是漆得发亮的黑。 这一切，阳光、皮革味、马粪味、漆味、香炉味、一夜没睡觉的疲倦，使我两眼模糊，神志不清。 我又回了回头，贝莱兹已远远地落在后面，被裹在一片蒸腾的水汽中，后来干脆看不见了。 我仔细寻找，才见他已经离开大路，从野地里斜穿过来。 我注意到前面大路转了个弯。 原来贝莱兹熟悉路径，正抄近路追我们呢。 在大路拐弯的地方，他追上了我们。 后来，我们又把他拉下了。 他仍然斜穿田野，这样一共好几次。 而我，我感到血直往太阳穴上涌。

以后的一切都进行得如此迅速、准确、自然，我现在什么也记不得了。 除了一件事，那就是在村口，护士代表跟我说了话。 她的声音很怪，和她的面孔不协调，那是一种抑扬的、颤抖的声音。她对我说："走得慢，会中暑；走得太快，又要出汗，到了教堂就会着凉。"她说得对。 进退两难，出路是没有的。 我还保留着这一天的几个印象。 比方说，贝莱兹最后在村口追上我们时的那张面孔。 他又激动又难过，大滴的泪水流到面颊上。 但是，由于皱纹的关系，泪水竟流不动，散而复聚，在那张脸色大变的脸上铺了一层水。 还有教堂、路旁的村民、墓地坟上红色的天竺葵、贝莱兹的昏厥（真像一个散架的木偶）、撒在妈妈棺材上血红色的土、杂在土中的雪白的树根，又是人群、说话声、村子、在一个咖啡馆门前的等待、马达不停的轰鸣声，以及当汽车开进万家灯火的阿尔及尔、我想到我要上床睡它十二个小时时我所感到的喜悦。

二

醒来的时候，我明白了为什么我向老板请那两天假时他的脸色会那么难看。 因为今天是星期六。 我本来一点也没想到，起床的时候才想起来。 老板自然是想到了，因为加上星期天我就等于有了四天假期，而这是不会叫他高兴的。 但一方面，安葬妈妈是在昨天而不是在今天，这并不是我的错，另一方面，不管怎样，星期六和星期天总是我的。 当然，这并不妨碍我理解老板的心情。

昨天一天我累得够呛，简直起不来。刮脸的时候，我一直在想今天干什么。我决定去游泳。我乘电车去海滨浴场。一到那儿，我就扎进水里。年轻人很多。我在水里看见了玛丽·卡多娜。我们从前在一个办公室工作，她是打字员，我那时曾想把她弄到手。我现在认为她也是这样想的。但她很快就调离了，我们还没来得及。这会儿，我帮她爬上一个水鼓。在扶她的时候，我轻轻碰了碰她的乳房。她趴在水鼓上，我还在水里。她朝我转过身来，头发遮住了眼睛，她笑了。我也上了水鼓，挨在她身边。天气很好，我开玩笑似的仰起头，枕在她的肚子上。她没说什么，我就这样待着。我两眼望着天空，天空是蓝的，泛着金色。我感到头底下玛丽的肚子在轻轻起伏。我们半睡半醒地在水鼓上待了很久。太阳变得太强烈了，她下了水，我也跟着下了水。我追上她，伸手抱住她的腰，我们一起游。她一直在笑。在岸上晒干的时候，她对我说："我晒得比您还黑。"我问她晚上愿意不愿意去看电影。她还是笑，说她想看一部费南代尔的片子。穿好衣服以后，她看见我系了一条黑领带，显出很奇怪的样子，问我是不是在戴孝。我跟她说妈妈死了。她想知道是什么时候，我说："昨天。"她吓得倒退了一步，但没表示什么。我想对她说这不是我的错，但是我收住了口，因为我想起来我已经跟老板说过了。这是毫无意义的。反正，人总是有点什么过错。

晚上，玛丽把什么都忘了。片子有的地方挺滑稽，不过实在是很蠢。她的腿挨着我的腿。我抚摸她的乳房。电影快结束的时候，我吻了她，但吻得很笨。出来以后，她跟我到了我的住处。

我醒来时，玛丽已经走了。她跟我说过她得到她婶婶家去。我想起来了，今天是星期天，这真烦人，因为我不喜欢星期天。于是，我翻了个身，在枕头上寻找玛丽的头发留下的盐味儿，一直睡到十点钟。我一根接一根抽烟，一直躺着，直到中午。我不想和平时一样去赛莱斯特的饭馆吃饭，因为他们肯定要问我。我可不喜欢这样。我煮了几个鸡蛋，端着盘子吃了，没吃面包。面包没有了，我懒得下楼去买。

吃过午饭，我有点闷得慌，就在房子里瞎转悠。妈妈在的时候，这套房子还挺合适，现在我一个人住就太大了，我不得不把饭厅的桌子搬到卧室里来。我只住这一间，屋里有几把当中已经有点塌陷的椅子、一个镜子发黄的柜子、一个梳妆台、一张铜床。其余的我都不管了。后来，我没事找事，拿起一张旧报纸读了起来。我把克鲁申盐业公司的广告剪下来，贴在一本旧簿子里。凡是报上让我开心的东西，我都剪下贴在里面。我洗了洗手，最后上了阳台。

我的卧室外面是通往郊区的大街。午后天气晴朗。不过，马路很脏，行人很少，又很匆忙。先是一家出来散步的人。两个穿海军服的小男孩，短裤长得过膝盖，笔挺的衣服使他们手足无措；一个小女孩，头上扎着一个粉红色的大花结，脚上穿着黑漆皮鞋。他们后面，是个又高又大的母亲，穿着栗色的绸布连衣裙；父亲是又瘦又小的矮个儿，我见过。他戴着一顶平顶窄檐的草帽，扎着蝴蝶结，手上一根手杖。看到他和他老婆在一起，我明白了为什么这一带的人都说他仪态不凡。过了一会儿，过来一群郊区的年轻人，头发油光光的，系着红领带，衣服腰身收得很紧，衣袋上绣着花儿，穿着方头皮鞋。我想他们是去城里看电影的，所以走得这样早，而且一边赶电车，一边高声说笑。

他们过去之后，路上渐渐没人了。我想，别处的热闹都开始了。街上只剩下了一些店主和猫。从街道两旁的无花果树上空望去，天是晴的，但是不亮。对面人行道上，卖烟的搬出一把椅子，倒放在门前，双腿骑上，两只胳膊放在椅背上。刚才还是拥挤不堪的电车现在几乎全空了。烟店旁边那家叫"彼埃罗之家"的小咖啡馆里空无一人，侍者正在扫地。这的确是个星期天的样子。

我也把椅子倒转过来，像卖烟的那样放着，我觉得那样更舒服。我抽了两支烟，又进去拿了块巧克力，回到窗前吃起来。很快，天阴了。我以为要下雨，可是天又渐渐放晴了。不过，刚才飘过一片乌云，像是要下雨，街上也暗了不少。我在那儿望着天，望了很久很久。五点钟，电车隆隆地开过，车里挤满了从郊外体育场看比赛回来的人，有的站在踏板上，有的扶着栏杆。后面几辆车里的人，我从他们的小手提箱认出是运动员。他们扯着嗓子喊叫、唱歌，赞扬他们的俱乐部常胜不败。好几个人跟我打招呼。其中有一个甚至对着我喊："我们赢了他们！"我点点头，大声说："是啊！"从这时起，小汽车就多了起来。

天有点暗了。屋顶上空，天色发红。一到黄昏，街上也热闹起来。散步的人都渐渐往回走了。我从人群里认出了那位仪态不凡的先生。孩子在哭，让大人拖着走。这一带的电影院几乎也在这时把大批看客抛到了街头。其中，年轻人的举动比平时更有劲，我想他们刚才看的是一部惊险片。从城里电影院回来的人到得稍微晚一些。他们显得比较庄重。他们还在笑，却不时显出疲倦和出神的样子。他们待在街上，在对面的人行道上走来走去。附近的姑娘们没戴帽子，挽着胳膊在街上走。小伙子们设法迎上她们，说句笑话。她们一边大笑，一边回过头来。其中我认识好几个，她们向我打了招呼。

这时，街灯一下子亮了，使夜空中初现的星星黯然失色。我望着满是行人和灯光的人行道，感到眼睛很累。电灯把潮湿的路面照得闪闪发光，间隔均匀的电车反射着灯光，照在人们发亮的头发上、笑脸上或银手镯上。 不一会儿，电车少了，树木和电灯上空变得漆黑一片，不知不觉中，路上的人都走光了，第一只猫慢悠悠地穿过空无一人的马路。 这时，我想该吃晚饭了。 我在椅背上趴得太久了，脖子有点酸。 我下楼买了面包和面片，自己做了做，站着吃了。 我想在窗前抽支烟，可是空气凉了，我有点冷。 我关上窗户，回转身时，从镜子里看见桌子的一角上放着酒精灯和面包块。我想，星期天总是忙忙碌碌的。 妈妈已经安葬了，我又该上班了。总之，没有什么变化。

三

今天，我在办公室干了很多活儿。 老板很和气。 他问我是不是太累了，他也想知道妈妈的年纪。 为了不弄错，我说了个"六十来岁"，我不知道为什么他好像松了口气，认为这是了结了一桩大事。

我的桌子上放着一大堆信件，我都得处理。 在离开办公室去吃午饭前，我洗了手。 中午是我最喜欢的时刻。 晚上，我就不那么高兴了，因为公用毛巾被用了一天，都湿透了。 一天，我向老板提出这件事。 他回答说他对此感到很遗憾，不过这毕竟是小事。 我离开办公室晚了些，十二点半才跟埃马努埃尔一起出来，他在发货部工作。 办公室外面就是海，我们看了一会儿大太阳底下停在港里的船。 这时，一辆卡车开过来，带着哗啦哗啦的铁链声和噼噼啪啪的爆炸声。 埃马努埃尔问我"去看看怎么样"，我就跑了起来。卡车超过了我们，我们追上去。 我被包围在一片嘈杂声和灰尘中，什么也看不见，只感到一种混乱的冲动，拼命在绞车、机器、半空中晃动的桅杆和我们身边的轮船之间奔跑。 我第一个抓住车，跳了上去。 然后，我帮着埃玛努埃尔坐好。 我们喘不过气来，汽车在尘土和阳光中、在码头上高低不平的路上颠簸着。 埃马努埃尔笑得上气不接下气。

我们来到赛莱斯特的饭馆，浑身是汗。 他还是那样子，挺着大肚子，系着围裙，留着雪白的小胡子。 他问我"总还好吧"，我说好，现在肚子饿了。 我吃得很快，喝了咖啡，然后回去，睡了一会儿，因为我酒喝多了。 醒来的时候，我想抽烟。 时候不早了，我跑去赶电车。 我干了一下午。 办公室里很热，晚上下了班，我沿着码头慢步走回去，感到很快活。 天是深蓝色的，我感到心满意足。 尽管如此，我还是径直回家了，因为我想自己煮土豆。

楼梯黑乎乎的。 我上楼时撞在老萨拉马诺身上，他是我同层的邻居。 他牵着他的狗。 八年来，人们看见他们总是厮守在一起。这条西班牙种猎犬生了一种皮肤病，我想是丹毒，毛都快掉光了，浑身是硬皮和褐色的痂。 他们俩挤在一间小屋子里，久而久之，老萨拉马诺都像它了。 他的脸上长了些发红的硬痂，头上是稀疏的黄毛。 那狗呢，也跟它的主人学了一种弯腰驼背的走相，撅着嘴，伸着脖子。 他们好像是同类，却相互憎恨。 每天两次，十一点和六点，老头儿带着狗散步。 八年来，他们没有改变过路线。 他们总是沿着里昂路走，狗拖着人，直到老萨拉马诺打个趔趄，他于是就又打又骂。 狗吓得趴在地上，让人拖着走。 这时，该老头儿拽了。 要是狗忘了，又拖起主人来，就又会挨打挨骂。 于是，他们两个双双待在人行道上，你瞅着我，我瞪着你，狗是怕，人是恨。天天如此。 碰到狗要撒尿，老头儿偏不给它时间，使劲拽它，狗就一路沥沥拉拉撒尿。 如果狗偶尔尿在屋里，更要遭到毒打。 这样的日子已经过了八年。 赛莱斯特总是说"这真不幸"，实际上，谁知道幸不幸。 我在楼梯上撞到萨拉马诺时，他正在骂狗。 他对它说："混蛋！脏货！"狗直哼哼。我跟他说："您好。"但老头儿还在骂。于是，我问狗怎么惹他了，他不答腔。他只是说："混蛋！脏货！"我模模糊糊地看见他正弯着腰在狗的颈圈上摆弄什么。我提高了嗓门。他头也不回，憋着火儿回答我："它老是这样。"说完，便拖着那条哼哼唧唧、不肯痛痛快快往前走的狗出去了。

正在这时，我那层的第二个邻居进来了。这一带的人都说他靠女人生活。但是，人要问他职业，他就说是"仓库管理员"。一般说来，大家都不大喜欢他。但是他常跟我说话，有时还到我那儿坐坐，因为只有我愿意听他说话。再说，我没有任何理由不跟他说话。他叫莱蒙·辛台斯。他长得相当矮，肩膀却很宽，一只拳击手的鼻子①。他总是穿得衣冠楚楚。说到萨拉马诺，他也说："真是不幸！"他问我对此是否感到讨厌，我回答说不。

我们上了楼，正要分手时，他对我说："我那里有猪血香肠和葡萄酒，一块儿吃点怎么样？……"我想这样我不用做饭了，就接受了。他也只有一间房子，外带一间没有窗户的厨房。床的上方摆着一个白色和粉红色的仿大理石天使像，几张体育冠军的相片和两三张裸体女人画片。屋里很脏，床上乱七八糟。他先点上煤油灯，然后从口袋里掏出一卷肮脏的纱布，把右手缠了起来。我问他怎么了，他说他和一个跟他找碴儿的家伙打了一架。

"您知道，默尔索先生，"他对我说，"并不是我坏，可我是火性子。那小子呢，他说：'你要是个男子汉，从电车上下来。'我对他说：'滚蛋，别找事儿。'他说我不是男子汉。于是，我下了电车，对他说：'够了，到此为止吧，不然我就教训教训你。'

---

① 即塌鼻子。

他说：'你敢怎么样？'我就揍了他一顿。 他倒在地上。 我呢，我正要把他扶起来，他却躺在地上用脚踢我。 我给了他一脚，又打了他两耳光。 他满脸流血。 我问他够不够。 他说够了。"

说话的工夫，辛台斯已缠好了纱布。 我坐在床上。 他说："您看，不是我惹他，是他对我不尊重。"的确如此，我承认。 这时，他说，他正要就这件事跟我讨个主意，而我呢，是个男子汉，有生活经验，能帮助他，这样的话，他就是我的朋友了。 我什么也没说，他又问我愿不愿意做他的朋友。 我说怎么都行，他好像很满意。 他拿出香肠，在锅里煮熟，又拿出酒杯、盘子、刀叉、两瓶酒。 拿这些东西时，他没说话。 我们坐下。 他一边吃，一边讲他的故事。 他先还迟疑了一下。 "我认识一位太太……这么说吧，她是我的情妇。" 跟他打架的那个人是这女人的兄弟。 他对我说他供养着她。 我没说话，但是他立刻补充说他知道这地方的人说他什么，不过他问心无愧，他是仓库管理员。

"至于我这件事，"他说，"我是发觉了她在欺骗我。"他给她的钱刚够维持生活。 他为她付房租，每天给她二十法郎饭钱。 "房租三百法郎，饭钱六百法郎，不时送双袜子，一共一千法郎。 她自己什么都不干，还说我给的钱太少，不够她生活。 我跟她说：'你为什么不找个半天的工作干干呢？ 这样就省得我再为一些零星花费操心了。 这个月我给你买了一套衣服，每天给你二十法郎，替你付房租，可你呢，下午和你的女友们喝咖啡。 你拿咖啡和糖请她们，出钱的却是我。 我待你不薄，你却忘恩负义。'可是她就是不工作，总是说钱不够。 所以我才发觉其中一定有欺骗。"

于是，他告诉我他在她的手提包里发现了一张彩票，她不能解释是怎么买的。 不久，他又在她那里发现一张当票，证明她当了两只镯子。 他可一直不知道她有两只镯子。 "我看得清清楚楚，她在欺骗我。 我就不要她了。 不过，我先揍了她一顿，然后才揭了她的老底。 我对她说，她就是想拿我寻开心。 您知道，默尔索先生，我是这样说的：'你看不到人家在嫉妒我给你带来的幸福。 你以后就知道自己是有福不会享了。'"

他把她打得流血才住手。 以前，他没有打过她。 "就是打，也是轻轻碰碰而已。 她一叫，我就关上窗，也就完了。 这一回，我可是来真的了。 对我来说，我惩罚得还不够呢。"

他解释说，就是为此，他才需要听听我的主意。 他停下话头，调了调结了灯花的灯芯。 我一直在听他说。 我喝了将近一升酒，觉得太阳穴发烫。 我抽着莱蒙的烟，因为我的已经没有了。 末班电车开过，把这儿偏远郊区的嘈杂声也带走了。 莱蒙在继续说话。 使他烦恼的是，他对那个和他睡觉的女人"还有感情"。 但他还是想惩罚她。 最初，他想把她带到一家旅馆去，叫来"风化警察"，造成一桩丑闻，让她在警察局备个案。 后来，他又找过几个流氓帮里的朋友。 他们也没有想出什么办法。 不过莱蒙跟我说，在流氓帮里有几个朋友还是值得的。 他把事情告诉他们，他们建议"破她的相"。 但这不是他的意思。 他要考虑考虑。 在这之前，他想问问我的意见。 在得到我的指点之前，他想知道我对这件事是怎么想的。 我说我什么也没想，只是觉得这很有意思。 他问我是不是认为其中有欺骗，我说我觉得有欺骗。 他又问我是不是应该惩罚她，假如是我的话，我会怎么做。 我说我不知道会怎么做，但我理解他想惩罚她的心情。 我又喝了点酒。 他点了一支烟，说出了他的主意。 他想给她写一封信，"信里狠狠地羞辱她一番，再给她点儿甜头让她后悔。"然后，等她来的时候，他就跟她睡觉，"在紧要关头"，他就吐她一脸唾沫，把她赶出去。 我觉得这样的话，的确，她也就受到了惩罚。 但是，莱蒙说他觉得自己写不好这封信，想让我替他写。由于我没说什么，他就问我是不是马上写不方便，我说不。

他喝了一杯酒，站起来，把盘子和我们吃剩的冷香肠推开。他仔细擦了擦铺在桌上的漆布。他从床头柜的抽屉里拿出一张方格纸、一个黄信封、一支红木杆的蘸水钢笔和一小方瓶紫墨水。他告诉我那女人的名字，我看出来是个摩尔人①。我写好信。信写得有点随便，不过我还是尽力让莱蒙满意，因为我没有理由不让他满意。然后，我大声念给他听。他一边抽烟一边听，连连点头。他请我再念一遍。他非常满意。他对我说："我就知道你有生活经验。"起初，我还没发觉他已经用"你"来称呼我了②。只是当他说"你现在是我的真正朋友了"时，我才吃了一惊。他又说了一遍，我说："是的。"做不做他的朋友，我无所谓，可他好像真有这个意思。他封好信，我们把酒喝完了。我们默默地抽了会儿烟。外面很安静，我们听见一辆小汽车开了过去。我说："时候不早了。"莱蒙也这样想。他说时间过得很快。这从某种意义上说，的确是真的。我困了，可是又站不起来。我的样子一定很疲倦，因为莱蒙对我说不该灰心丧气。开始，我没明白。他就解释说，他听说我妈妈死了，但这是早晚要有的事。这也是我的看法。

我站起身来，莱蒙紧紧握着我的手，说男人之间总是彼此理解的。我从他那里出来，关上门，在漆黑的楼梯口停了一会儿。楼里寂静无声，从楼梯洞的深处升上来一股隐约的、潮湿的气息。我耳朵里听见我的血液在流动的声音。我站着不动。老萨拉马诺的屋子里，狗还在低声哼哼。

---

① 即北非人。
② 法语中一般称"您"，称"你"表示亲热。

四

这一星期，我工作得很好。莱蒙来过，说他把信寄走了。我跟埃马努埃尔去了两次电影院。银幕上演的什么，他不是常能看懂，我得给他解释。昨天是星期六，玛丽来了，这是我们约好的。我见了她心里直痒痒，她穿了件红白条纹的漂亮连衣裙，脚上是皮凉鞋。一对结实的乳房隐约可见，阳光把她的脸晒成棕色，好像一朵花。我们坐上公共汽车，到了离阿尔及尔几公里外的一处海滩，那儿两面夹山，岸上一片芦苇。四点钟的太阳不太热了，但水还很温暖，层层细浪懒洋洋的。玛丽教给我一种游戏，就是游水的时候，迎着浪峰，喝一口水含在嘴里，然后翻过身来，把水朝天上吐出去。这样，水就像一条泡沫的花边散在空中，或像一阵温雨落回到脸上。可是玩了一会儿，我的嘴就被有盐的海水烧得发烫。玛丽这时游到我身边，贴在我身上。她把嘴对着我的嘴，伸出舌头舔我的嘴唇。我们就这样在水里滚了一阵。

我们在海滩上穿好衣服，玛丽望着我，两眼闪闪发光。我吻了她。从这时起，我们再没有说话。我搂着她，急忙找到公共汽车，回到我那里就跳上了床。我没关窗户，我们感到夏夜在我们棕色的身体上流动，真舒服。早晨，玛丽没有走，我跟她说我们一起吃午饭。我下楼去买肉。上楼时，我听见莱蒙的屋子里有女人的声音。过了一会儿，老萨拉马诺骂起狗来，我们听见木头楼梯上响起了鞋底和爪子的声音，接着在"混蛋！脏货！"的骂声中，他们上街了。我向玛丽讲了老头儿的故事，她大笑。她穿着我的睡衣，卷起了袖子。她笑的时候，我的心里又痒痒了。过了一会儿，她问我爱不爱她。我回答说这种话毫无意义，我好像不爱她。

她好像很难过。可是在做饭的时候，她又无缘无故地笑了起来，笑得我又吻了她。就在这时，我们听见莱蒙屋里打了起来。

先是听见女人的尖嗓门，接着是莱蒙说："你不尊重我，你不尊重我。我要教你怎么尊重我。"扑通扑通几声，那女人叫了起来，叫得那么凶，楼梯口立刻站满了人。玛丽和我也出去了。那女人一直在叫，莱蒙一直在打。玛丽说这真可怕，我没答腔。她要我去叫警察，我说我不喜欢警察。不过，住在三层的一个管子工叫来了一个。他敲敲门，里面没有声音了。他又用力敲了敲，过了一会儿，女人哭起来，莱蒙开了门。他嘴上叼着一支烟，样子笑眯眯的。那女人从门里冲出来，对警察说莱蒙打了她。警察问："你的名字？"莱蒙回答了。警察说："跟我说话时，把烟从嘴上拿掉。"莱蒙犹豫了一下，看了看我，又抽了一口。就在这时，警察照准莱蒙的脸，重重地、结结实实地来了个耳光。香烟飞出去几米远。莱蒙变了脸，但他当时什么也没说，只是低声下气地问警察，能不能拾起他的烟头。警察说可以，但是告诉他："下一次，你要知道警察可不是闹着玩的。"那女人一直在哭，不停地说："他打了我。他是个乌龟。"莱蒙问："警察先生，说一个男人是乌龟，这是合法的吗？"但警察命令他"闭嘴"。莱蒙于是转向那女人，对她说："等着吧，小娘们，咱们还会见面的。"警察让他闭嘴，叫那女人走，叫莱蒙待在屋里等着局里传讯。他还说，莱蒙醉了，哆嗦成这副样子，应该感到脸红。这时，莱蒙向他解释说："警察先生，我没醉。只是我在这儿，在您面前，打哆嗦，我也没办法。"他关上了门。其他人都走了。玛丽和我做好了午饭。但她不饿，几乎全让我吃了。她一点钟时走了，我又睡了一会儿。

快到三点钟时，有人敲门，进来的是莱蒙。我仍旧躺着。他坐在床沿上。他没说话，我问他事情经过。他说他如愿以偿，但她打了他一个耳光，他就打了她。 剩下的，我都看到了。 我对他说，我觉得她已受到惩罚，他该满意了。 他也是这样想的。 他还说，警察帮忙也没用，反正是她挨揍了。 他说他很了解警察，知道该怎么对付。 他还问我当时是不是等着他回敬警察一下，我说我什么也没等，再说我也不喜欢警察。 莱蒙好像很满意。 他问我愿意不愿意跟他一起出去。 我下了床，梳了梳头发。 他说我得做他的证人。 怎么都行，但我不知道应该说什么。 照莱蒙的意思，只要说那女人对他不尊重就行了。 我答应为他作证。

我们出去了，莱蒙请我喝了一杯白兰地。 后来，他想打一盘弹子，我差点赢了。 他还想逛妓院，我说不，因为我不喜欢那玩意儿。 于是我们慢慢走回去，他说他惩罚了他的情妇心里高兴得不得了。 我觉得他对我挺好，我想这个时候真舒服。

远远地，我看见老萨拉马诺站在门口，神色不安。 我们走近了，我看到他没牵着狗。 他四下张望，左右乱转，使劲朝黑洞洞的走廊里看，嘴里念念有词，又睁着一双小红眼，仔细在街上找。 莱蒙问他怎么了，他没有立刻回答。 我模模糊糊地听他嘟囔着："混蛋！ 脏货！"心情仍旧不安。 我问他狗哪儿去了。 他生硬地回答说它走了。 然后，他突然滔滔不绝地说起来："我像平常一样，带它去练兵场。 做买卖的棚子周围人很多。 我停下来看《国王散心》。 等我再走的时候，它不在那儿了。 当然，我早想给它买一个小点儿的颈圈，可是我从来也没想到这个脏货就这样走了。"

莱蒙跟他说狗可能迷了路，它会回来的。 他举了好几个例子，说狗能跑几十公里找到主人。 尽管如此，老头儿的神色反而更加不安了。 "可您知道，他们会把它弄走的。 要是还有人收养它就好了。 但这不可能，它一身疮，谁见了谁恶心。 警察会抓走它的，肯定。"我于是跟他说，应该去待领处看看，付点钱就可领回来。

他问我钱是不是要很多。 我说不知道。 于是，他发起火来："为这个脏货花钱！ 啊！ 它还是死了吧！"他又开始骂起来。 莱蒙大笑，钻进楼里。 我跟了上去，我们在楼梯口分了手。 过了一会儿，我听见老头儿的脚步声，他敲敲我的门。 我开了门，他在门槛上站了一会儿，说："对不起，对不起。"我请他进来，但他不肯。他望着他的鞋尖儿，长满硬痂的手哆嗦着。 他没有看我，问道："默尔索先生，您说，他们不会把它抓走吧？ 他们会把它还给我的。 不然的话，我可怎么活下去呢？"我对他说，送到待领处的狗保留三天，等待失主去领，然后就随意处置了。 他默默地望着我。然后，他对我说："晚安。"他回自己屋里去了，我听见他在屋里走来走去。 他的床咯吱咯吱响透过墙壁，我听见一阵奇怪的响声，原来他在哭。

我不知道为什么忽然想起了妈妈。 可是第二天早上我得早起。我不饿，没吃晚饭就上了床。

五

莱蒙往办公室给我打了个电话。 他说他的一个朋友（他跟他说起过我）请我到他离阿尔及尔不远的海滨木屋去过星期天。 我说我很愿意去，不过我已答应和一个女友一起过星期天。 莱蒙立刻说他也请她。 他朋友的妻子因为在一堆男人中间有了作伴的，一定会很高兴。 我本想立刻挂掉电话，因为老板不喜欢有人从城里给我们打电话。 但莱蒙要我等一等，他说他本来可以晚上转达这个邀请，但是他还有别的事情要告诉我。 一帮阿拉伯人盯了他整整一天，其中有他过去的情妇的兄弟。 "如果你晚上回去看见他们在我们的房子附近，你就告诉我一声。"我说一言为定。

过了一会儿，老板派人来叫我，我立刻不安起来，因为我想他一定又要说少打电话多干活了。其实，根本不是这么回事。他说他要跟我谈一个还很模糊的计划。他只是想听听我对这个问题的意见。他想在巴黎设一个办事处，直接在当地和一些大公司做生意，他想知道我能否去那儿工作。这样，我就能住在巴黎，每年还可旅行几次。"您年轻，我觉得这样的生活您会喜欢的。"我说对，但实际上怎样都行。他于是问我是否对于改变生活不感兴趣。我回答说生活是无法改变的，什么样的生活都一样，我在这儿的生活并不使我不高兴。他好像不满意，说我答非所问，没有雄心大志，这对做生意是很糟糕的。他说完，我就回去工作了。我并不愿意使他不快，但我看不出有什么理由改变我的生活。仔细想想，我并非不幸。我上大学的时候，有过不少这一类的雄心大志。但是当我不得不辍学的时候，我很快就明白了，这一切实际上并不重要。

晚上，玛丽来找我，问我愿意不愿意跟她结婚。我说怎样都行，如果她愿意，我们可以结婚。于是，她想知道我是否爱她。我说我已经说过一次了，这种话毫无意义，如果一定要说的话，我大概是不爱她。她说："那为什么又愿意娶我？"我跟她说这无关紧要，如果她想，我们可以结婚。再说，是她要跟我结婚的，我只要说行就完了。她说结婚是件大事。我回答说："不。"她沉默了一阵，一声不响地望着我。后来她说话了。她只是想知道，如果这个建议出自另外一个女人，我和那个女人的关系跟我和她的关系一样，我会不会接受。我说："当然。"于是她心里在想她自己是不是爱我。关于这一点，我是一无所知。又沉默了一会儿，她低声说我是个怪人，她就是因为这一点才爱我，也许有一天她会出于同样的理由讨厌我。我一声不吭，没什么可说的。她微笑着挽起我的胳膊，说她愿意跟我结婚。 我说她什么时候愿意就什么时候办。 这时我跟她谈起老板的建议，她说她很愿意去看看巴黎。 我告诉她我在那儿住过一阵，她问我巴黎怎么样。 我说："很脏。连鸽子也是黑乎乎的。 人的皮肤倒很白。"

后来，我们出去走走，逛了城里的几条大街。 女人都很漂亮，我问玛丽是否注意到了。 她说她注意到了，还说她对我了解了。有一会儿，我们没有说话。 但我还是希望她和我在一起，我跟她说我们可以一起到赛莱斯特那儿去吃晚饭。 她很想去，不过她有事。我们已经走近了我住的地方，我跟她说再见。 她看了看我说："你不想知道我有什么事吗？"我很想知道，但我没想到要问她。 就是为了这个，她有一种要责备我的神情。 但看到我尴尬的样子，她又笑了，身子一挺，把嘴凑上来让我亲了一下。

我在赛莱斯特的饭馆里吃晚饭。 刚开始吃，进来一个奇怪的小女人，问我可不可以坐在我旁边。 当然可以。 她动作僵硬，两眼发亮，一张小脸像苹果一样圆。 她脱下短外套，坐下，匆匆看了看菜谱。 她招呼赛莱斯特，立刻点完她要的菜，语气准确而急迫。在等凉菜时，她打开手提包，拿出一张纸和一支铅笔，事先算好钱，从小钱包里掏出来，外加小费，算得准确无误，摆在眼前。 这时凉菜来了，她飞快地一扫而光。 在等下一道菜时，她又从手提包里掏出一支蓝铅笔和一份本星期的广播节目杂志。 她仔仔细细把几乎所有的节目一个个勾出来。 由于杂志有十几页，整整一顿饭工夫她都在细心做这件事。 我已经吃完了，她还在专心致志地做这件事。 她吃完站起来，用和刚才一样的自动机械般的准确动作穿好外套，走了。 我无事可干，也出去了，跟了她一阵。 她在人行道的边上走，迅速而平稳，令人无法想象。 她一往直前，头也不回。最后，我看不见她了，也就回去了。 我想她是个怪人，但是我很快就把她忘了。

在门口，我看见了老萨拉马诺。 我让他进屋。 他说他的狗丢了，因为它不在待领处。 那里的人对他说，它可能被车轧死了。他问是不是可以到警察局去搞清这件事，人家跟他说这种事是没有记录的，因为每天都会发生。 我对老萨拉马诺说可以再弄一条狗，可是他请我注意他已经习惯和这条狗在一起。 这一点他说得对。

我蹲在床上，萨拉马诺坐在桌前的一张椅子上。 他面对着我，双手放在膝盖上。 他还戴着他的旧毡帽。 在发黄的小胡子下面，他嘴里含含糊糊不知在说什么。 我有点讨厌他了，不过我无事可干，也没有一点睡意。 没话找话，我就问起他的狗来。 他说他是在他老婆死后有了这条狗。 他结婚相当晚。 年轻的时候，他曾经想演戏，所以当兵时，他在军队歌舞剧团里演戏。 但最后，他进了铁路部门。 他并不后悔，因为他现在有一小笔退休金。 他和他老婆在一起并不幸福，但总的来说，他也习惯了。 他老婆死后，他感到很孤独，于是就向一个工友要了一条狗。 那时它还很小，他得用奶瓶喂它。 因为狗比人活得短，他们就一块儿老了。 "它脾气很坏，"萨拉马诺说，"我们俩常吵架。 不过，这总算还是一条好狗。"我说它是良种，萨拉马诺好像很高兴。 他说："您还没在它生病前见过它呢，它最漂亮的是那一身毛。"自从这狗得了皮肤病，萨拉马诺每天早晚两次给它抹药。 但是据他看，它真正的病是衰老，而衰老是治不好的。

这时，我打了个哈欠，老头儿说他要走了。 我跟他说他可以再待一会儿，对狗的事我很难过，他谢谢我。 他说我妈妈很喜欢他的狗。 说到她，他称她是"您那可怜的母亲"。 他猜想我妈妈死后我该是很痛苦，我没有说话。 这时，他很快地、不大自然地对我说，他知道这一带的人对我的看法不好，因为我把妈妈送进了养老院，但他了解我，他知道我很爱妈妈。我回答说，我还不知道为什么，我也不知道在这方面他们对我看法不好，但是我认为把母亲送进养老院是件很自然的事，因为我雇不起人照顾她。"再说，"我补充说，"很久以来她就和我无话可说，她一个人待着闷得慌。"他说："是啊，在养老院里，她至少还有伴儿。"然后，他告辞了。他想睡觉。现在他的生活变了，他有些不知如何是好。他不好意思地伸过手来，这是自我认识他以来的第一次，我感到他手上有一块块硬皮。他微微一笑，在走出去之前又说："我希望今天夜里狗不要叫。我老以为那是我的狗。"

六

今天是星期天，我总睡不醒，玛丽叫我，推我，才把我弄起来。我们没吃饭，因为我们想早早去游泳。我感到腹内空空，头也有点儿疼。我的香烟有一股苦味。玛丽取笑我，说我"愁眉苦脸"。她穿了一件白色连衣裙，披散着头发。我说她很美，她高兴得直笑。

下楼时，我们敲了敲莱蒙的门。他说他就下去。由于我很疲倦，也因为我们没有打开百叶窗，不知道街上已是一片阳光，照在我的脸上，像是打了一记耳光。玛丽高兴得直跳，不停地说天气真好。我感觉好了些，觉得肚子饿了。我跟玛丽说了。她给我看她的漆布手提包，里面放着我们的游泳衣和一条浴巾。我们就等莱蒙了。我们听见他关上了门。他穿一条蓝裤，短袖白衬衫，但是戴了一顶平顶草帽，引得玛丽大笑。袖子外的胳膊很白，长着黑毛。我看了有点不舒服。他吹着口哨下了楼，看样子很高兴。他朝着我说："你好，伙计。"而对玛丽则称"小姐"。

前一天我们去警察局了。我证明那女人"不尊重"莱蒙。他只受到警告就没事了。他们没有调查我的证词。在门前，我们跟莱蒙说了说，然后我们决定去乘公共汽车。海滩并不很远，但乘车去更快些。莱蒙认为他的朋友看见我们去得早，一定很高兴。我们正要动身，莱蒙突然示意我看看对面。我看见一帮阿拉伯人正靠在烟店的橱窗上。他们默默地望着我们，不过他们总是这样看我们的，正好像我们是些石头或枯树一样。莱蒙对我说，左边第二个就是他说的那小子。莱蒙好像心事重重，不过，他又说现在这件事已经了结。玛丽不大清楚，问我们是怎么回事。我跟她说这些阿拉伯人恨莱蒙。玛丽要我们立刻就走。莱蒙身子一挺，笑着说是该赶紧走了。

我们朝汽车站走去，汽车站还挺远，莱蒙对我说阿拉伯人没有跟着我们。我回头看了看，他们还在老地方，还是那么冷漠地望着我们刚刚离开的那地方。我们上了汽车。莱蒙似乎完全放了心，不断跟玛丽开玩笑。我觉得他喜欢她，可是她几乎不答理他。她不时望着他笑笑。

我们在阿尔及尔郊区下了车。海滩离公共汽车站不远。但是要走过一个俯临大海的小高地，然后就可下坡，直到海滩。高地上满是发黄的石头和雪白的花，衬着已经变得耀眼的蓝天。玛丽一边走，一边抡起她的漆布手提包打着花瓣玩儿。我们在一排排小别墅中间穿过，这些别墅的栅栏有的是绿色的，有的是白色的，其中有几幢有阳台，隐藏在柽柳丛中，有几幢光秃秃的，周围都是石头。走到高地边上，就可以看见平静的大海了，更远些，还能看到一角地岬，睡意朦胧地盘踞在清冽的海水中。一阵轻微的马达声在宁静的空气中传到我们耳边。远远地，我们看见一条小拖网渔船在耀眼的海面上驶来，慢得像不动似的。玛丽采了几朵蝴蝶花。从通往海边的斜坡上，我们看见有几个人已经在游泳了。

　　莱蒙的朋友住在海滩尽头的一座小木屋里，房子背靠峭壁，前面的木桩已经泡在水里。莱蒙给我们作了介绍。他的朋友叫马松，高大、魁梧，肩膀很宽，而他的妻子却又矮又胖，和蔼可亲，一口巴黎腔。他立刻跟我们说不要客气，他做了炸鱼，鱼是他早上刚捞的。我跟他说他的房子真漂亮。他告诉我他在这儿过星期六、星期天和所有的假日。他又说："跟我的妻子，大家会合得来的。"的确，他的妻子已经和玛丽又说又笑了。也许是第一次，我真想到我要结婚了。

　　马松想去游泳，可他妻子和莱蒙不想去。我们三个人出了木屋，玛丽立刻就跳进了水里。马松和我稍等了一会儿。他说话慢悠悠的，而且不管说什么，总要加一句"我甚至还要说"，其实，对他说的话，他根本没有进一步加以说明。谈到玛丽，他对我说："她真不错，我甚至还要说，真可爱。"后来，我就不再注意他这口头禅了，一心只去享受太阳晒在身上的舒服劲了。沙子开始烫脚了。我真想下水，可我又拖了一会儿，最后我跟马松说："下水吧？"就扎进水里。他慢慢走进水里，直到站不住了，才钻进去。他游蛙泳，游得相当坏，我只好撇下他去追玛丽。水是凉的，我游得很高兴。我和玛丽游得很远，我们觉得我们的动作协调一致，愉快的心情也协调一致。

　　到了远处，我们改游仰泳。我脸朝着天，一层薄薄的水幕漫过，流进嘴里，就像带走了一片阳光。我们看见马松游回海滩，躺下晒太阳了。远远望去，他真是个庞然大物。玛丽想和我一起游。我游到她后面，抱住她的腰，她在前面用胳膊划水，我在后面用脚打水。哗哗的打水声一直跟着我们，直到我觉得累了。于是，我放开玛丽，往回游了。我恢复了正常姿势，呼吸也自如了。

在海滩上，我趴在马松身边，把脸贴在沙子上。我跟他说"真舒服"，他同意。不一会儿，玛丽也来了。我翻过身，看着她走过来。她浑身是水，头发甩在后面。她紧挨着我躺下，她身上的热气、太阳的热气，烤得我迷迷糊糊睡着了。

玛丽推了推我，说马松已经回去了，该吃午饭了。我立刻站起来，因为我饿了，可是玛丽跟我说一早上我还没吻过她。这是真的，不过我真想吻她。"到水里去。"她说。我们跑起来，迎着一片细浪扑进水里。我们划了几下，玛丽贴在我身上。我觉得她的腿夹着我的腿，我感到一阵冲动。

我们回来时，马松已经在喊我们了。我说我很饿，他立刻对他妻子说他喜欢我。面包很好，我狼吞虎咽地把我那份鱼吃光。接着上来的还有肉和炸土豆。我们吃着，没有人说话。马松老喝酒，还不断地给我倒。上咖啡的时候，我的头已经昏沉沉了。我抽了很多烟。马松、莱蒙和我，我们三个计划八月份在海滩过，费用大家出。玛丽忽然说："你们知道几点了吗？才十一点半呀。"我们都很惊讶，可是马松说饭就是吃得早，这也很自然，肚子饿的时候，就是吃午饭的时候。我不知道为什么这竟使玛丽笑起来。我认为她也有点儿喝多了。马松问我愿意不愿意跟他一起去海滩上走走。"我老婆午饭后总要睡午觉。我嘛，我不喜欢这个。我得走走。我总跟她说这对健康有好处。不过，这是她的权利。"玛丽说她要留下帮马松太太刷盘子。那个小巴黎女人说要干这些事，得把男人赶出去。我们三个人走了。太阳几乎是直射在沙上，海面上闪着光，刺得人睁不开眼睛。海滩上一个人也没有。从高地边上的、俯瞰着大海的木屋中，传来了杯盘刀叉的声音。石头的热气从地面反上来，热得人喘不过气来。开始，莱蒙和马松谈起一些我不知道的人和事。我这才知道他们认识已经很久了，甚至还一块儿住过一阵。我们朝海水走去，沿海边走着。有时候，海浪漫上来，打湿了我们的布鞋。我什么也不想，因为我没戴帽子，太阳晒得我昏昏欲睡。

这时，莱蒙跟马松说了句什么话，我没听清楚。但就在这时，我看见在海滩尽头离我们很远的地方，有两个穿蓝色司炉工装的阿拉伯人朝我们这边走来。我看了看莱蒙，他说："就是他。"我们继续走着。马松问他们怎么会到这儿来。我想他们大概看见我们上了公共汽车，手里还拿着去海滩的提包。不过，我什么也没说。

阿拉伯人走得很慢，但离我们已经近多了。我们没有改变步伐，但莱蒙说了："如果要打架，马松，你对付第二个。我嘛，我来收拾那个家伙。你，默尔索，如果再来一个，就是你的。"我说："好。"马松把手放进口袋。我觉得晒得发热的沙子现在都烧红了。我们迈着均匀的步子冲阿拉伯人走去。我们之间的距离越来越小。当距离只有几步远时，阿拉伯人站住了。马松和我，放慢了步子。莱蒙直奔那个家伙。我没听清楚他跟他说了什么，只见那人摆出一副不买账的样子。莱蒙上去就是一拳，同时招呼马松。马松冲向给他指定的那一个，奋力砸了两拳，把那人打进水里，脸朝下，好几秒钟都没有动，头周围咕噜咕噜冒起一片水泡。这时，莱蒙也在打，那个阿拉伯人满脸是血。莱蒙转身对我说："看着他的手要掏什么。"我朝他喊："小心，他有刀！"可是，莱蒙的胳膊已给划开了，嘴上也挨了一刀。

马松纵身向前一跳。那个阿拉伯人已从水里爬起来，站到了拿刀的那人身后。我们不敢动了。他们慢慢后退，眼睛盯着我们，用刀对着我们。当他们看到已退得够远时，就飞快地跑了。我们待在太阳底下动弹不得，莱蒙用手摁住滴着血的胳膊。

马松说有个来这儿过星期天的大夫，就住在高地上。莱蒙想马上就去。 但他一说话，嘴里就冒出血水来。 我们扶着他，尽快回到木屋。 莱蒙说他只伤了点皮肉，可以到医生那里去。 马松陪他去了，我留下把发生的事情讲给两个女人听。 马松太太哭了，玛丽脸色发白。 我呢，给她们讲这件事让我心烦。 最后，我不说话了，望着大海抽起烟来。

快到一点半的时候，莱蒙和马松回来了。 胳膊上缠着绷带，嘴角上贴着橡皮膏。 医生说不要紧，但莱蒙的脸色很阴沉。 马松想逗他笑，但他始终不吭声。 后来，他说他要到海滩上去，我问他到海滩上什么地方，他说随便走走，喘口气。 马松和我说要陪他一起去。 于是，他发起火来，骂了我们一顿。 马松说那就别惹他生气吧。 不过，我还是跟了出去。

我们在海滩上走了很久。 太阳现在已酷热无比，晒在沙上和海上，散成金光点点。 我觉得莱蒙知道去哪儿，但这肯定是个错误印象。 我们走到海滩尽头，那儿有一眼小泉，水从一块巨石后面的沙窝里流出。 在那儿，我们看见了那两个阿拉伯人。 他们躺着，穿着油腻的蓝色工作服。 他们似乎很平静，差不多也很高兴。 我们来了，并未引起任何变化。 用刀刺了莱蒙的那个人，一声不吭地望着他。 另一个吹着一截小芦苇管，一边用眼角瞄着我们，一边不断地重复着那东西发出的三个音。

这时候，周围只有阳光、寂静、泉水的轻微的流动声和那三个音了。 莱蒙的手朝装着手枪的口袋里伸去，可是那个人没有动。 他们一直彼此对视着。 我注意到吹笛子的那个人的脚趾分得很开。 莱蒙一边盯着他的对头，一边问我："我干掉他？"我想我如果说不，他一定会火冒三丈，非开枪不可。 我只是说："他还没说话呢。 这样就开枪不好。"在寂静和炎热之中，还听得见水声和笛声。 莱蒙说："那么，我先骂他一顿，他一还口，我就干掉他。"

我说："就这样吧。但是如果他不掏出刀子，你不能开枪。"莱蒙有点火了。那个人还在吹，他们俩注意着莱蒙的一举一动。我说："不，还是一个对一个，空手对空手吧。把枪给我。如果另一个上了，或是他掏出了刀子，我就干掉他。"

莱蒙把枪给我，太阳光在枪上一闪。不过，我们还是站着没动，好像周围的一切把我们裹住了似的。我们一直眼对眼地相互盯着。在大海、沙子和阳光之间，一切都停止了，笛音和水声都已消失。这时我想，可以开枪，也可以不开枪。突然间，那两个阿拉伯人倒退着溜到山岩后面。于是，莱蒙和我就往回走了。他显得好了一些，还说起了回去的公共汽车。

我一直陪他走到木屋前。他一级一级登上木台阶。我在第一级前站住了，脑袋被太阳晒得嗡嗡直响，一想到要费力气爬台阶，还要跟那两个女人说话，就泄气了。可是天那么热，一动不动地待在一片从天而降的耀眼的阳光下，也是够难受的。待在那里，还是走开，其结果是一样的。过了一会儿，我朝海滩转过身去，迈步往前走了。

到处是火爆的阳光。大海憋得急速地喘气，把细小的浪头吹到沙滩上。我慢慢朝山岩走去，觉得太阳晒得额头膨胀起来。热气整个儿压在我身上，我简直迈不动腿。每逢我感到一阵热气扑到脸上，就咬咬牙，握紧插在裤兜里的拳头。我全身都绷紧了，决意要战胜太阳，战胜它所引起的这种不可理解的醉意。从沙砾上、雪白的贝壳或一片碎玻璃上反射出来的光亮，像一把把利剑劈过来，剑光一闪，我的牙关就收紧一下。我走了很长时间。

远远地，我看见了那一堆黑色的岩石，阳光和海上的微尘在它周围罩上一圈炫目的光环。我想到了岩石后面的清凉的泉水。我想再听听淙淙的水声，想逃避太阳，不再使劲往前走，不再听女人的哭声。　总之，我想找一片阴影休息一下。　可是当我走近了，我看见莱蒙的对头又回来了。

　　他是一个人，仰面躺着，双手枕在脑后，头在岩石的阴影里，身子露在太阳底下。　蓝色工作服被晒得冒热气。　我有点儿吃惊。对我来说，那件事已经完了，我来到这儿根本没想那件事。

　　他一看见我，就稍稍欠了欠身，把手插进口袋里。　我呢，自然而然握紧了口袋里莱蒙的那支手枪。　他又朝后躺下了，但是并没有把手从口袋里抽出来。　我离他还相当远，约有十几米吧。　我隐隐约约看见。　在他半闭的眼皮底下目光不时地一闪。　然而最经常的，却是他的面孔在我眼前一片燃烧的热气中晃动。　海浪的声音更加有气无力，比中午的时候更加平静。　还是那一个太阳，还是那一片光亮，还是那一片伸展到这里的沙滩。　两个小时了，白昼没有动；两个小时了，它在这一片沸腾的金属的海洋中抛下了锚。　天边驶过一艘小轮船，我是瞥见那个小黑点的，因为我始终盯着那个阿拉伯人。

　　我想我只要一转身，事情就完了。　可是整个海滩在阳光中颤动，在我身后挤来挤去。　我朝泉水走了几步，阿拉伯人没有动。不管怎么说，他离我还相当远。　也许是因为他脸上的阴影吧，他好像在笑。　我等着，太阳晒得我两颊发烫，我觉得汗珠聚在眉峰上。那太阳和我安葬妈妈那天的太阳一样，头也像那天一样难受，皮肤下面所有的血管都一起跳动。　我热得受不了，又往前走了一步。我知道这是愚蠢的，我走一步并逃不出阳光。　但是我往前走了一步，仅仅一步。　这一次，阿拉伯人没有起来，却抽出刀来，迎着阳光对准了我。　刀锋闪闪发光，仿佛一把寒光四射的长剑刺中了我的头。　就在这时，聚在眉峰的汗珠一下子流到眼皮上，像是蒙上了一幅暖暖的、模糊的水幕。　这一泪水和海水搅和在一起的水幕，使我的眼睛什么也看不见。 我只觉得铙钹似的太阳扣在我头上，那把刀刺眼的刀锋总是隐隐约约对着我。 滚烫的刀尖穿过我的睫毛，挖着我的痛苦的眼睛。 就在这时，一切都摇晃了。 大海呼出一口沉闷而炽热的气息。 我觉得天门洞开，向下倾泻着大火。 我全身都绷紧了，手紧紧握住枪。 枪机扳动了，我摸着了光滑的枪柄，对，就是从那里响起一声震耳的、枯燥的枪响。 我甩了甩身上的汗水和阳光。 我知道我打破了这一天的平衡，打破了海滩上不寻常的寂静，而在这个海滩上，我曾感到过幸福。

接着，我又对准那具尸体开了四枪，子弹打进去，也看不出什么来。 然而，那四下短促的枪声是为我在苦难之门上敲了四下。

第 二 部

一

我被捕后，很快就被审讯了好几次。 但讯问的都是身份之类，时间不长。 第一次是在警察局，我的案子似乎谁都不感兴趣。 八天后，一位预审法官倒是好奇地看了看我。 不过开始时，他也只是问问姓名、住址、职业、出生年月和地点。 然后，他想知道我是否找了律师。 我说没有，还问他是不是一定要有一个。 "为什么这样问呢？"他说。 我回答说我认为我的案子很简单。 他微笑着说："这是一种看法。 不过，法律就是法律。 如果您不找律师，我们将为您指定一个临时的。"我觉得法律还管这等小事，真是方便得很。 我对他说了我的这一看法。 他表示赞同，说法律制订得很好。 开始，我没有认真对待他。 他是在一间挂着窗帘的房间里接待我的，桌子上只有一盏灯，照亮了他让我坐的那把椅子，而他自己却坐在黑暗中。我已经在书里读过类似的描写了，在我看来这一切都是一场游戏。谈话之后，我看清了他。我看到一个五官清秀的人，深蓝的眼睛、身材高大、长长的灰色小胡子、一头几乎全白的头发。我认为他是通情达理的，总之是和蔼可亲的，虽然他的嘴有时会不由自主地抽动。我出来时甚至想跟他握握手，幸亏我及时想起来，我杀过一个人。

第二天，有位律师到监狱里来看我。他又矮又胖，相当年轻，头发梳得服服帖帖。尽管天热（我穿着背心），他却穿着一身深色衣服，硬领子，系着一条很怪的领带，上面有黑色和白色的粗大条纹。他把夹在胳膊下的皮包放在我桌上，自我作了介绍，对我说他研究了我的材料。我的案子不好办，但是只要我信任他，胜诉是没有问题的。我向他表示感谢，他说："咱们言归正传吧。"

他在我的床上坐下，对我说，他们已经了解我的私生活。他们知道我妈妈最近死在养老院里。他们到马朗戈去做过调查。预审法官们知道我在妈妈下葬的那天表现得"麻木不仁"。我的律师对我说："您知道，我有点不好意思问您这些事。但这很重要。假使我无言以对的话，这将成为起诉的一条重要根据。"他要我帮助他。他问我那天是否感到难过。这个问题使我很惊讶，我觉得像这样的问题我是不会提的。不过，我还是回答他说，我不太习惯回忆过去的事，所以很难向他提供情况。毫无疑问，我是爱妈妈的，但这说明不了什么。所有正常的人都或多或少盼望过他们所爱的人死去。说到这儿，律师打断了我，显得激动不安。他要我保证不在庭上说这句话，也不在预审法官那儿说。不过，我对他说我有一种天性，就是肉体上的原因常常会使我感情混乱。安葬妈妈的那天，我困倦得很，根本没有体会到那天的事意义重大。我能肯定地说的，就是我更希望妈妈不死。但是我的律师没有显出高兴的样子。他对我说："这还不够。"

他想了想，问我，他是否可以说那天我压制了自己天生的感情。我对他说："不能，因为这是假话。"他神情古怪地看了看我，仿佛我让他感到厌恶似的。他几乎不怀好意地说，不管怎样，养老院的院长和工作人员会出庭作证的，这会使我"吃大亏"。我请他注意这件事和我的案子没有关系，他只是说，看来你这个人从来没有和法院打过交道。

他很生气地走了。我真想叫住他，向他解释说，我并不希望得到什么辩护，而是，如果我可以这么说的话，得到他的合乎人性的理解。因为我看得出来，我使他很不高兴。他不理解我，还有点怨我。我想对他说，我没什么特别，和普通人一样，绝对一样。不过，这么说其实也没什么用，而且我也懒得说。

不久之后，我又被带到预审法官面前。时间是午后两点钟，这一次，他的办公室里很亮，只有一层纱窗帘挡住阳光。天气很热。他让我坐下，很客气地对我说，我的律师"因为不凑巧"没能来。但是，我有权利不回答他的问题，等待我的律师来帮助我。我说我可以单独回答问题。他用指头按了一下桌上的一个电钮。一个年轻的秘书进来，坐在我后面，几乎就在我背后。

我们俩都舒服地坐在椅子上。讯问开始了。他首先说有人把我说成一个生性缄默孤僻的人，他想知道对此我有什么看法。我回答说："因为我没什么可说的，所以我就不说话。"他像第一次一样笑了笑，承认这是最好的理由，接着又补充了一句："再说，这无关紧要。"他不说话了，看了看我，然后很突然地把身子一挺，对我说："我感兴趣的，是您这个人。"我不太明白他这是什么意思，没有回答。他又说："您的举动，有些我不太理解。我相信您会帮我理解。"我说一切都很简单。他让我把那天的情形再讲一遍。 我把对他讲过的东西又讲了一遍：莱蒙、海滩、游泳、打架、又是海滩、泉水、太阳和开了五枪。 我每讲一句，他都说："好，好。"当我讲到躺在地上的尸体时，他同意说："很好。"而我呢，只觉得翻来覆去讲同一件事很烦人。 我觉得我从来没有讲过这么多话。

他停了一会儿，站起来对我说，他很想帮助我，我这个人使他很感兴趣，如果上帝帮忙，他一定能为我做点什么。 不过在此之前，他想问我几个问题。 他直截了当问我，是不是爱妈妈。 我说："爱，和别人一样。"一直在有节奏地敲着打字机的秘书，这时一定按错了键，因为他好像很不自在地往回退卷纸筒。 法官又问我——表面上看不出有什么特别意图——是不是连续开了五枪。 我想了想，说先开了一枪，几秒钟后又开了四枪。 于是他问："为什么您在第一枪和第二枪之间停了停？"这时，我好像又看到了那灼热的海滩，感到了那火辣辣的阳光炙烤着我的额头。 但这次我什么也没说。 法官在一片沉默中好像坐立不安。 他坐下来抓抓头发，把胳膊肘支在桌子上，微微朝我俯下身来，神情很奇特地问："为什么……为什么您往一个死人身上开枪？"这个问题，我也不知道怎么回答。 法官把双手放在前额上，重复了他的问题，声音都有点变了："为什么？ 您必须告诉我。 为什么？"我一直不说话。

突然，他站了起来，大步走到他的办公室一头的一个档案柜前，拉开一个抽屉。 他拿出一个银十字架，一边摇晃着，一边朝我走来。 他的声音完全变了，几乎是颤抖地大声问我："这件东西，您认得吗？"我说："认得，当然认得。"于是他很快地、激动地说他相信上帝，他的信念是任何人也不会罪孽深重到上帝不能饶恕的程度。 但是必须悔过，要变得像孩子那样，灵魂是空的，什么都能接受。 他整个身体都伏在桌上，差不多就在我的头顶上摇晃着十字架。 说真的，他的这番说教，我没有认真听，首先是因为我热，办公室里还有几只大苍蝇老在我眼前飞，其次因为我有点怕他。 不过我认为这很可笑，因为不管怎样，罪犯毕竟是我。 幸好他还在说。我差不多听明白了。 据他看，在我的供词中只有一点不清楚，那就是为什么要等一下才开第二枪。 其余的，都很明白。 就是这一点，他不懂。

　　我正要跟他说，这样固执是没有道理的，因为这最后一点并不重要。 但他打断了我，挺直了身体，劝告了我一番，问我是否信仰上帝。 我回答说不。 他愤怒地坐下，说这是不可能的，所有人都信仰上帝，甚至那些背弃上帝的人都信仰上帝。 这是他的信念，要是怀疑这一点，他的生活就失去了意义。 他大声说："难道您要使我的生活失去意义吗？"我认为，这和我无关，而且就这样跟他说了。 他隔着桌子，把刻着基督受难像的十字架伸到我眼前晃来晃去，发疯似的大喊大叫："我，我是基督徒。 我要请求基督饶恕你的罪过。 你怎么能不相信他是为你受难的呢？"我清楚地听到他用"你"来称呼我了，但我已经听厌了。 房间里越来越热。 和平时一样，当我想摆脱一个我不想听他说话的人时，我就做出赞同的样子。 不出我意料，他果真以为他赢了。"你看，你看，"他说，"你是不是也信了？ 你是不是想对基督讲真话了？"当然，我又说了个"不"。 他一屁股坐回到椅子上。

　　他好像累坏了似的，好久说不出话。 这时只有打字机发出声响，在打刚才没有打完的几句话。 这之后，他注视着我，好像有点伤心似的，轻声说："我从未见过您这样顽固的灵魂。 来到我面前的罪犯，看到这个受苦受难的形象，没有不痛哭流涕的。"我想回答他说，因为他们是罪犯。 但转而一想，我和他们没什么两样。我总是不习惯把自己看作罪犯。 这时，法官站起来，好像要告诉我审讯已经结束了。他看上去还是那么疲惫，只问了问我对自己的行为是不是很后悔。我想了想说，与其说后悔，不如说有点厌烦。我觉得他没有听懂我的话。不过，管它呢，反正那天的事也就这样结束了。

后来，我又和这位预审法官见过几次面。但每次都有律师陪着。所以我所做的只是把过去承认的事情再承认一遍，要不就是法官和我的律师讨论诉讼费问题。这时，说真的，他们根本就不管我了。总之是，审讯的调子渐渐变了。好像这位法官对我已经不感兴趣，已经想了个办法把我的案子归档了。他不再跟我谈起上帝，我也不再看到他像那天一样激动。结果，我们的谈话反而变得比较亲切了。法官问我几个小问题，和我的律师聊聊，审讯就结束了。照法官的说法，我的案子在按常规审理。有时，如果法官和律师谈的是一般问题，他们也会拉我一起谈。我轻松了不少。这时，谁也不拿我当犯人看。一切都是那样自然，那样和睦，那样友好，以至于使我有了和他们"是一家人"的可笑感觉。

这样的预审，持续了十一个月。我可以说，有好几次我还满意之极，满意得甚至有点惊讶，法官竟然把我送到门口，还拍拍我的肩膀打趣说："今天就到此为止吧，你这位不信基督的先生。"然后，他才把我交给法警，带回监狱。

二

有些事情我是从来不喜欢谈的。自从我进了监狱，没过几天我就想，我将来是不会喜欢谈论这段生活的。不过，后来我发现也没有什么特别反感的理由。实际上，头几天我并未觉得真的在坐牢，只是模模糊糊地等着事情会有什么变化。直到第一次、也是唯一的一次，玛丽来看我之后，我才真正觉得在坐牢。特别是从我收到她来信的那天起（她在信里说因为她不是我的妻子，人家不许她再来看我了），我才感到我住的地方是牢房，我的生活到此为止了。我被捕的那天，他们先把我关在一间已经有好几个囚犯的牢房里，其中大部分是阿拉伯人。他们看见我都笑了。然后他们问我犯了什么事。我说我杀了一个阿拉伯人，他们都不说话了。但过了一会儿，天就黑了。他们告诉我怎样铺草席睡觉。就是把草席的一头卷起来，做成一个长枕头。整整一夜，臭虫在我脸上爬。几天后，我被关进一个单间，睡在一块木板上。还有一个便桶和一个铁盆。监狱建在本城的高地上，透过一个小窗口，可以看见大海。有一天，我正抓着铁栏杆，脸朝着有亮的地方，一个看守进来，说有人来看我。我想是玛丽。果然是她。到探视室去，要穿过一条长走廊，上一段台阶，最后还要穿过一条走廊。我走进去，那里很大，很明亮，光线从一个大窗户里射进来。两道大铁栅，把探视室分成三部分。铁栅之间相距大约八到十米，把探视的人和囚犯隔开。我看见玛丽就在我面前。她穿着带条子的连衣裙，脸晒得黑黑的。和我站在一起的有十几个囚犯，大部分是阿拉伯人。玛丽周围都是摩尔人，身边的两个，一个是身材矮小的老太婆，紧闭着嘴唇，穿着黑衣服，另一个是没戴帽子的胖女人，说话指手画脚，声音很高。由于铁栅间的距离，探视的人和囚犯都不得不大声叫嚷。我进去后，吵吵嚷嚷的声音在光秃秃的四堵墙壁间回响，明亮的阳光从外面透过玻璃射进来，使我觉得有点头昏眼花。我的牢房是又暗又静的。我需要好几秒钟才能适应。不过，我最后还是看清了呈现在光亮中的每一张面孔。我还看到铁栅中间通道的一头坐着一个看守。大部分阿拉伯囚犯和他们的家人都面对面蹲着。他们并不大叫大嚷。尽管整个房间里乱糟糟的，他们低声说着话，竟然还能听得清。 低沉的声音从下往上，从他们头上越过，好像是一个持续不断的低音部。 这一切，我都是在朝着玛丽走去的时候注意到的。 她已经紧紧贴在铁栏杆上，竭力朝着我微笑。 我觉得她很美，但我不知道怎样和她说。

"怎么样？"她大声问。

"就是这样。"

"身体好吗？ 需要的东西都有吗？"

"好，都有。"

我们都不说话了。 玛丽一直在微笑。 那个胖女人对着我身边的一个人大叫。 那人肯定是她丈夫，个子很高，金黄头发，看样子是个老实人。 我听到的是他们谈话的后半段。

"让娜不愿意要他。"她扯着嗓子喊。

"哦，哦。"那男人回答。

"我跟她说你出来后会再雇他的，她还是不愿意。"

玛丽也对我大声说，莱蒙问我好。 我说："谢谢。"但我的声音被旁边那个人盖住了，他正问"他可好"。 他老婆笑着回答："他的身体从来没有这样好过。"我左面是个矮小的、手臂很细的年轻人。 他什么也没说。 我注意到他对面是那个矮小的老太婆，两人只是相互望着。 不过，我没有时间再观察他们了，因为玛丽对我喊着说，不要失望。 我说："好。"同时，我望着她，真想摸摸她的肩膀，哪怕隔着裙子摸摸细腻的布料也好。 我不知道除此之外还有什么企求。 这肯定也是玛丽想要的，因为她一直在微笑。 我看到她发亮的牙齿和眼角上细细的皱纹。 她又喊道：

"你会出来的。 出来就结婚！"

我回答说："你相信我会出去吗？"我只是为了找点话说说罢了。

她于是马上大声说她相信，我会被释放的，我们还要去游泳。

她旁边的那个女人又叫着说，她在秘书室留了一个篮子。她还一样一样讲篮子里的东西，要查对一下，因为东西很贵。我另一边的人和他母亲一直相互望着。地上蹲着的阿拉伯人在继续低声说话。外面的光线好像越来越强，直射在窗户上。

我觉得有点不舒服，真想走开。嘈杂声也让我难受。但另一方面，我又很想多看看玛丽。我不知道过了多长时间。玛丽跟我讲她的工作，还是微笑着。低语声、喊叫声、说话声，乱成一片。只有我身边那个矮小的年轻人和那个老太婆之间，是一个寂静的孤岛，他们只是相互望着。后来，那几个阿拉伯人被带走了。第一个一走，几乎所有的人都不说话了。那个矮小的老太婆走近铁栏杆，这时一个看守向她的儿子做了个手势。他说："再见，妈妈。"她把手从两根铁栏杆间伸进来，慢慢地摆了摆。

她一走，一个男人进来，手里拿着帽子，占据了她留下的那个地方。这一边也换了一个犯人。他们热烈地谈起话来，但声音很小，因为房间里已经安静了许多。有人来叫我右边的那个人了，他老婆却没有放低声音，仍在不必要地喊叫："保重，小心。"这之后，就该轮到我了。玛丽做出吻我的姿势。我出去前又回了回头。她站着没动，脸紧紧贴在铁栅栏上，还带着为难的、不自然的微笑。

她的信就是那以后不久写的。那些我一直不喜欢讲的事情也是从那时开始的。不过，也不必言过其实，说事情多么不好，其实反过来也好不了多少。在我刚被关进监狱时，最使我难受的是我还常以为我是自由的。譬如，我想去海滩，朝大海走去。我还想象海浪冲到我的脚下，我纵身一跃，跳进水里，真是很舒服。这时我才突然感到牢房是那么狭小。不过，这种感觉也只持续了几个月。

后来我就认命自己只是个囚徒了。 我每天期盼着到院子里去放风或者我的律师来访。 其余时间，我也安排得很好。 我常常想，如果要我住在一棵枯树干里，除了抬头看看天，别无他事，日子久了，我也会习惯的。 我会等着鸟儿飞过或者云彩飘过，就像我在这里等着看到我的律师的那条奇特的领带，或者像我在入狱前等着星期六享受玛丽的肉体。 再说，我其实也没有住在一棵枯树干里。比我更不幸的人还有的是。 不过，我这个想法是从妈妈那里来的，她常说，不管事情怎样，人总会习惯的。

说真的，我和我的生活其实并没有多大改变。 最初几个月是苦一点，但我也努力熬过来了。 譬如，我老是想女人。 这很自然，我还年轻嘛。 我倒不特别想到玛丽。 我是想到女人，随便哪个女人，所有我过去认识的女人，想到我是在什么场合爱过她们的，想来想去，想得牢房里到处是一张张女人的脸，到处是我的性欲冲动。 这从某种意义上说是精神失常，但从另一种意义上说是消磨时间。 最后，连看守长对我也有了好感，他总是在开饭时和厨房的伙计一起来。 最初和我谈起女人的就是他。 他跟我说这也是其他犯人最烦恼的事。 我对他说我和他们一样，认为这种待遇不公正。

"可是，"他说，"正是为了这个才让您坐监狱呀。"

"什么？ 为了这个？"

"是啊，自由，就是这个呀。 您被剥夺了自由。"

我从来没想到这一层。 我同意他的看法，我说："不错，不然的话，惩罚什么呢？"

"对，您明白事理。 他们不懂。 最后，最后总是自找办法。"看守长说完就走了。

还有香烟也是个问题。 我进来时，他们拿走我的腰带、鞋带、领带、口袋里所有的东西，特别是我的香烟。 一进牢房，我就要求他们还给我。 但他们对我说这里禁止抽烟。 开始几天真难过。 也许是这件事使我最为沮丧。 我从床板上撕下几块木头来咂一咂。 我整天想吐。 我不明白，他们为什么不让我抽烟，抽烟并不损害任何人。 后来我明白了，这也是惩罚的一部分。 但这时候，我已经习惯了不抽烟，这个惩罚对我已不成其为惩罚了。

除了这些烦恼，我不能算太受罪。 全部的问题，我再说一遍，还是如何消磨时间。 从我学会了回忆的那一刻起，我就一点也不感到烦闷了。 有时候，我想想我从前住的房子，在想象中，我从一个角落开始走，再回到原处，心里数着一路上所看到的东西。 开始，很快就数完了。 但每一次重新开始，就变得稍微长一些。 因为我想起了每一件家具，每一件家具上的每一件东西，每一件东西的全部细小的地方，而那些细小的地方本身，还有镶嵌着什么啦，一道裂缝啦，一条有缺口的边啦，还有颜色和木头的纹理啦，等等。 同时，我还尝试着不要想着想着断了线，尝试着不间断地想下去，把每一件东西都想全。 结果，几星期后，单单想我房间里的家具，我就能度过好几个小时。 这样，我越是想，就越想越多，原来已经忘记或者不太注意的东西全都想了起来。 于是我明白了，一个人哪怕只活过一天，就可以毫不困难地在监狱里过上一百年。 可想的东西太多了，绝不会感到烦闷。 从这方面说，坐牢也是件好事。

还有睡觉。 开始，我夜里睡不好，白天根本睡不着。 渐渐地，夜里睡得好，白天也能睡着了。 我可以说，在最后几个月里，我每天都睡十六到十八个小时。 那么，我每天要消磨的时间就仅剩六个小时了，其中包括吃饭、大小便、回忆，还有读那个捷克人的故事。

有一天，我在草席和床板之间发现了一小片旧报纸，已经变硬发黄了。 那上面有一段新闻，开头已经没有了，但事情好像发生在

172

捷克。说一个人离开捷克农村，外出谋生。二十五年后，他发了财，带着老婆和一个孩子回来了。他母亲和他妹妹在家乡开了个旅店。为了让她们惊喜，这个人把老婆孩子放在另一个地方，自己到了他母亲的旅店里。他进去时，他母亲没有认出他来。他想开个玩笑，竟租了个房间，并拿出钱来炫耀。到了夜里，他母亲带着他妹妹用一把大锤把他砸死，抢了他的钱，把他的尸体扔进了河里。第二天一早，他老婆来了，无意中说出这个人的名字。他母亲上吊，妹妹投井。这段故事，我不止读了几千遍。因为从一方面讲，这件事不像是真的，但从另一方面讲，却也合乎自然。但不管怎么说，我觉得这个人是自作自受，不应该开这种玩笑。

就这样，睡觉、回忆、读新闻，白天和黑夜，时间也就过去了。我在书里读过，说在监狱里住久，连时间都会忘记。确实如此，时间对我来说已经没有什么意义了。你简直无法理解，在监狱里的日子，说长可以长到什么程度，说短可以短到什么程度。说它长，长得没完没了，这一天和第二天会连在一起。还有，日期对我来说也已经没有意义，我只知道"昨天"和"明天"。

有一天，看守对我说我已经入狱五个月了，我相信他的话，但我无法理解。对我来说，我在牢里过的总是同一天，做的都是同样的事。那天，看守走了之后，我对着我的铁碗照了照自己。我觉得，就是在我想笑的时候，我的样子还是很严肃。我晃了晃铁碗。我笑了笑。可是碗里照出神情还是那么严肃，那么忧愁。

天黑了。这是我不想谈的时刻，说不清的时刻。每一层牢房里都响起夜晚的嘈杂声，随后就是一片寂静。我走近那扇小窗口，借着最后的光亮，照一下我的样子。还是那样严肃。这有什么奇怪！我就是那样严肃。但就在那时，几个月来我第一次清楚地听到自己说话的声音。我听出来了，这就是很久以来我一直听到的声音，我这才明白这一段时间里我一直在自说自话。于是，我想起了妈妈下葬那天，那个护士代表说的话。

没有尽头，监狱里的黑夜，谁也想象不到究竟有多长。

三

我也可以说，从一个夏天到又一个夏天，其实也快得很。我知道天气刚刚转热，我的事就要有新的变化。我的案子定于重罪法庭最后一次开庭时审理，这次开庭将于六月底结束。法庭辩论时，外面太阳火辣辣的。我的律师告诉我辩论不会超过两天或三天。他还说："再说，法庭忙着呢，您的案子并不是这次最重要的一件。在您之后，立刻就要办一件弑父案。"

早晨七点半，有人来押送我，囚车把我送到法院。两名法警把我送进一个小房间里。我们坐在门边等着，隔着门，听见一片说话声、叫人声和椅子挪动的声音，吵吵嚷嚷的，使我想到好像什么节日的音乐会结束后大家收拾椅子准备跳舞似的。法警告诉我还要等一会儿，其中一个还递给我一支烟，我拒绝了。过了一会儿，他问我"是不是感到害怕"。我说不害怕。说起来，看法院开庭，倒觉得很有趣。我还从来没有机会看过呢。"是啊，"第二个法警说，"不过，看多了也会腻的。"

不一会儿，房间里的一个小电铃响了。他们摘了我的手铐，打开门，让我走到被告席上去。大厅里坐满了人。尽管挂着窗帘，有些地方还是有阳光射进来，空气已经闷得不行。窗户都关上了。我坐下，两名法警一边一个。这时，我看见我面前有一排面孔，都在望着我，我明白了，这是陪审员。但我说不出来这些面孔彼此间有什么区别。我只有一个印象，仿佛我在电车上，对面一排座位上的乘客，盯着新上来的人，想发现有什么可笑的地方。 我知道这种想法很荒唐，因为在这里他们要看到的不是可笑，而是罪恶。 不过，区别并不大，反正我是这么想的。

还有，门窗紧闭的大厅里有这么多人，也使我头昏脑胀。 我又看了看法庭上，还是一张脸也看不清。 我认为，首先是我没料到大家都急着想看看我。 平时，谁也不注意我这个人。 今天，我得费一番力气才明白我是这一片骚动的起因。 我对法警说："这么多人！"他回答我说这是因为报纸。 他指着坐在陪审员下面一排座位上的人，对我说："他们在那儿。"我问："谁？"他说："报社的人呀。"他还认识其中的一个，那人这时也看见了他，并朝我们走过来。 这人年纪已经不小了，样子倒也和善，只是脸长得有点滑稽。 他亲热地握握法警的手。 我这时注意到大家都很高兴，握手的握手，打招呼的打招呼，交谈的交谈，好像在俱乐部里碰到熟人似的。

我明白了为什么我刚才会有那么奇怪的感觉，因为仿佛只有我是多余的，是个擅自闯入的家伙。 但是，那个记者微笑着跟我说话了，希望我一切顺利。 我谢了他，他又说："您知道，我们有点儿夸大了您的案子。 夏天，对报纸来说是个淡季。 只有您的事和那个弑父案还有点儿什么。"他接着指给我看他刚离开的那群人中的一个矮个子。 那人像只肥胖的鼬鼠，戴着一副黑边大眼镜。 他说那是巴黎一家报纸的特派记者。 "不过，他不是为您来的。 因为他来报道那个弑父案，人家也就要他同时把您的案子一道发回去。"说到这儿，我又差点儿要感谢他。 但我想这是很可笑的。他举手向我亲切地摆了摆，离开了我们。 我们又等了几分钟。

我的律师到了。 他穿着法衣，周围还有许多同行。 他朝记者们走去，跟他们握了手。 他们打趣，大笑，显得轻松自如，直到法庭上的铃声响起。 大家各就各位。 我的律师朝我走来，跟我握手，吩咐我回答问题要简短，不要主动说话，剩下的就由他来办了。

左边，我听见有挪动椅子的声音。 我看见一个身材高瘦的人，穿着红色法衣，戴着夹鼻眼镜，仔细地撩起长袍坐了下来。 这是检察官。 执达员宣布开庭。 同时，两个大电扇一起嗡嗡地响起来。三个法官，两个穿黑衣，一个穿红衣，夹着卷宗进来，快速朝俯视着大厅的高台走去。 穿红衣的那个坐在中间的椅子上，把帽子放在身前，用手帕擦了擦小小的秃顶，宣布审讯开始。

记者们已经拿起了钢笔。 他们都漠不关心，有点傻乎乎的样子。 然而，其中有一个，年纪比较轻，穿一身灰色法兰绒衣服，系着蓝色领带。 他把笔放在面前，望着我。 在那张不大匀称的脸上，我只看见两只淡淡的眼睛，专心地端详着我，表情不可捉摸。而我有一种奇怪的印象，好像是我自己看着我自己。 也许是因为这一点，当然也因为我不知道这种场合的规矩，我对后来的一些程序都没怎么搞清楚，譬如陪审员抽签、庭长对律师、检察官和陪审团提问（每一次，所有的陪审员的脑袋都同时转向法官）、宣读起诉书（读得很快，我听出一些地名和人名），然后再对我的律师提问。

庭长说应该传讯证人了。 执达员念了一连串名字，引起了我的注意。 在一群我刚才没看清楚的人中间，我看见几个人一个个地站起来，从侧门走了出去。 他们是养老院院长和门房、老多马·贝莱兹、莱蒙、马松、萨拉马诺、玛丽。 玛丽焦虑不安地看了看我。我还在奇怪怎么刚才没有看见他们，赛莱斯特最后听到了他的名字，也站了起来。 在他身边，我认出了那个在饭馆里见过的小女人，她还穿着那件短外套，一副坚定不移、一丝不苟的神情。 她盯

176

着我看了一眼。 但是我没有时间多想，因为这时庭长讲话了。 他说真正的法庭辩论就要开始，他相信无须再提醒听众保持安静。 据他说，他的职责是不偏不倚地主持辩论、客观冷静地审理案子。 案子将由陪审团根据公正的原则作出裁决，希望大家在任何情况下严守秩序，如有任何捣乱的事情，他将把旁听席上的都逐出法庭。

大厅里越来越热，我看见法官们都拿报纸扇了起来，立刻响起一阵持续的哗啦哗啦的响声。 庭长示意，执达员送来三把扇子，三位法官立刻用了起来。

审讯开始。 庭长心平气和地、甚至让我觉得有些亲切感地向我提问。 不管我多么厌烦，他还是先让我自报家门。 我想这也的确是相当自然的，万一把一个人当成另一个人，那就太严重了。 然后，庭长又开始读我招认的口供，每读两三句话就问我一声："是这样吗？"每一次，我都根据律师的指示回答说："是的，庭长先生。"这样问了很久，因为庭长问得很仔细。 这时候，记者们一直在写。 我感觉他们当中那个年纪最轻的好像还在瞪着眼看我。 像电车上一样坐成一排的陪审员人都一个个望着庭长。 庭长咳嗽一声，翻翻卷宗，一边扇着扇子，一边把头转向了我。

他说他现在要提出几个和我的案子表面上没有关系、实际上可能大有关系的问题。 我知道他又要提起妈妈了，感到非常厌烦。他问我为什么把妈妈送进养老院。 我回答说我没有钱请人照看她，给她看病。 他问我，就个人而言，这是否使我很难受。 我回答说无论是妈妈，还是我，都不需要从对方得到什么，再说也不需要从任何人那里得到什么，我们俩都习惯了新的生活。 庭长说他并不想强调这一点，转过脸去问检察官是否有别的问题要问我。

这一位朝我侧着身，也不看我，说如果庭长允许，他想知道我独自回到泉水那里是不是有意要去枪杀那个阿拉伯人。 我说："不是。""那么，您为什么要带着枪，偏偏到那个地方去呢？"我说这是偶然的。 他阴沉沉地说："暂时就问这些。"

接下来的事就有点不清楚了，至少对我来说是如此。 我只知道，法官们经过一番私下磋商后，庭长宣布休庭了，听取证词改在下午进行。

我没有时间仔细想想。 他们把我带出去，装进囚车，送回监狱吃饭去了。 很快，在我还感到有点累的时候，就有人来押送我了。一切又重来一遍，我被押送到同一个大厅里，看到的还是那些面孔。 只是大厅里更热了，而且仿佛奇迹般地，陪审员、检察官、我的律师，还有那些记者，人人手里拿着一把扇子。 那个年轻记者和那个小女人还在那儿。 但他们不扇扇子，默默地望着我。

我擦着脸上的汗，直到我听见传唤养老院院长时，才略微意识到我自己和我在什么地方。 他们问养老院院长，妈妈是不是常埋怨我，他说是的，不过院里的老人几乎全都埋怨亲人，这是常有的事。 庭长要他明确说，妈妈是不是怪我把她送进养老院，他又说是的。 但这一次，他没有补充什么。 庭长又问了一个问题，对这个问题他回答说，他对我在妈妈下葬那天的冷漠态度感到惊讶。 他还看了看他的鞋尖儿说，我那天既不想看看妈妈的遗容，也没有哭过一次，而且下葬后立即就走了，没有在她墓前默哀。 还有一件使他惊讶的事情，就是殡仪馆的一个人跟他说，我连妈妈的年龄都不知道。 大厅里一片寂静，庭长问他，他说的一切是不是确实是指我。他没有听懂庭长的问题，回答说："这是法律。"庭长转过头去，问检察官有没有问题要问证人，检察官大声说："噢！没有了，已经足够了。"他的声音很响亮，还用一种得意洋洋的目光看着我，使我多年来第一次产生了那种愚蠢的、想哭的愿望。 因为我觉得这些人实在太欺侮人了。

问过陪审团和我的律师有没有问题后，庭长要听门房的证词。门房和其他人一样，也重复了同样的宣誓仪式。他走到我跟前看了我一眼，就转过脸去了。他回答了他们提出的问题。他说我不想看看妈妈，却抽烟、睡觉，还喝了牛奶咖啡。这时，我感到有什么东西激怒了整个大厅里的人，我第一次意识到我这样原来是有罪的。他们又让门房把喝牛奶咖啡和抽烟的事情重复了一遍。检察官看了看我，眼睛里闪着一种嘲讽的目光。这时，我的律师问门房有没有和我一起抽烟。可是检察官突然站起来反对这个问题，他说："这里究竟谁是罪犯？这样提问是不是想反诬证人而削弱证词的说服力？其实，这正好说明了证人的证词是有说服力的！"

尽管如此，庭长还是让门房回答这个问题。老头子很难为情地说："我知道我也不对，但是我当时没敢拒绝先生给我的香烟。"最后，他们问我有没有什么要补充的。我说："没有，证人说得很对。我的确给了他一支香烟。"这时，门房既有点儿惊讶又好像有点感激地看了看我。他迟疑了一下，说牛奶咖啡是他请我喝的。我的律师得意地叫了起来，说陪审员们一定要注意这一点。但是检察官的声音在我们头上响了起来，他说："是的，陪审员先生们会注意的。不过，他们的结论将是：一个外人可以请他喝咖啡，但作为儿子，面对亲生母亲的遗体时，他应该拒绝喝咖啡。"门房没有说什么，回到他的座位上去了。

轮到多马·贝莱兹了，一个执达员把他扶到证人席上。贝莱兹说他只认识我母亲，至于我，他是在下葬的那一天初次见到。他们问他那天我表现如何，他回答说："你们明白，我自己当时太难过了。所以我什么也没看见。痛苦使我什么也看不见。因为对我来说，这是非常大的痛苦。我甚至都晕倒了。所以我没有看见这位先生的表现。"检察官问他，是不是至少看见过我哭。贝莱兹说没看见。 于是，检察官说："陪审员先生们会注意这一点的。"但我的律师生气了。 他用一种我觉得过火的口气问贝莱兹，他有没有看见我不哭。 贝莱兹说："没有。"大家都笑了。 我的律师卷起一只袖子，用一种不容争辩的口气说："请看，这场官司就是这个样子。 说真的什么都是真的，说假的什么都是假的！"检察官沉下脸来，不知在想什么，只是在他的卷宗上颠着手里的铅笔。

在审讯暂停的五分钟里，我的律师对我说，一切都进行得很顺利。 这之后，他们听了赛莱斯特的辩护词，他是由被告方要求出庭的。 所谓被告，当然就是我了。 赛莱斯特时不时地朝我这边望望，手里摆弄着一顶巴拿马草帽。 他穿着一套新衣服，这套衣服他只有几次和我一起去看星期天赛马时穿过。 但我看出他没有戴硬领，因为领口上只扣着一枚铜纽扣。

他们问他，我是不是他的顾客，他说："是的，但也是朋友。"问到他对我的看法，他说我是个男子汉。 问他这是什么意思，他说谁都知道那是什么意思。 问他有没有注意到我是个缄默孤僻的人，他只承认我不说废话。 检察官问他，我是不是按时付钱，他笑了，说："这是我们两个人之间的私事。"他们又问他，对我的罪行有什么看法。 这时，他把手放在栏杆上，看得出来他是有所准备的。 他说："依我看，这是件不幸的事。 谁都知道不幸是什么。 这使你没法抗拒。 因此，依我看，这是件不幸的事。"他还要继续说，但庭长说可以了，谢谢。 赛莱斯特愣了一下，说他还有话要说。 他们要他说得简短一些。 他又重复了一遍说，这是件不幸的事。 庭长说："是啊，这当然。 我们在这儿就是为了解决这一类不幸。 谢谢您。"

赛莱斯特仿佛要尽其所能表现他的好意。 他朝我转过身来，我觉得他的眼睛发亮，嘴唇哆嗦着。 他好像要问我，他还能做些什么。 我呢，我什么也没说，我没有任何表示，但我有生以来第一次想拥抱一个男人。 庭长又一次请他离开辩护席。 赛莱斯特这才回到旁听席上去。 在剩下的时间里，他一直待在那里，身子稍稍前倾，两肘支在膝头上，手里拿着草帽，听着大家说话。

玛丽进来了。 她戴着帽子，还是那么美。 但是我喜欢她披散着头发。 从我坐的地方，我可以感觉到她轻盈的乳房，看得出她的下嘴唇总是有点儿发肿。 她好像很紧张。 一上来，他们问她从什么时候起和我认识的。 她说是从她在我们公司做事的时候起。 庭长想知道她和我是什么关系。 她说她是我的朋友。 在回答另一个问题时，她说她的确要和我结婚。 检察官翻了翻卷宗，突然问她是什么时候和我发生关系的。 她说了个日子。 检察官用一种冷淡的口气指出，那好像是妈妈死后的第二天。 随后，他又颇含讥讽地说，他不想在这种微妙关系上追究，也很理解玛丽的顾虑，但是（说到这里，他的口气强硬了），他的职责使他不得不把礼貌抛在一边。 因此，他要求玛丽把我和她发生关系的那天的情况简要地讲一讲。 玛丽不愿意说，但在检察官的坚持下，她讲了我们游泳、看电影，然后就到我的住处。 检察官说，根据玛丽在预审中所提供的情况，他查阅了那一天的电影片目。 他要玛丽自己说，那一天放的是什么电影。 她的声音都变了，说那是一部费南代尔的片子。 她说完了，大厅里鸦雀无声。 这时，检察官站起来，神情非常庄重地伸出手，指着我用一种我认为的确是很激动的声音，一个字一个字地说："陪审员先生们，这个人在他母亲死去的第二天，就去游泳，就开始和女人有关系，就去看滑稽影片开怀大笑。 至于别的，我就用不着多说了。"他坐下了，大厅里还是一片寂静。 忽然，玛丽大哭起来，说情况不是这样的，还有别的，刚才的话不是她心里想的，是人家逼她说的，她很了解我，我没做过任何坏事。 但是执达员在庭长的示意下把她拖了出去。 审讯继续。

接着是马松出庭，这时大家都不怎么听了。 他说我是个正经人，他"甚至还要说，是个老实人"。 至于萨拉马诺，就更没有人听了。 他说我对他的狗很好。 当问到关于我母亲和我的时候，他说我跟妈妈没话好说，所以才把妈妈送进了养老院。 他说："应该理解呀，应该理解呀。"可是似乎没有一个人理解。 他被带了出去。

轮到莱蒙了，他是最后一个证人。 莱蒙朝我点点头，接着就说我是无罪的。 但是，庭长说法庭要的不是判断而是证据，要他先等着提问，然后再回答。 他们要他明确回答，他和被害人的关系。莱蒙趁此机会说被害人恨的是他，因为他羞辱了他姐姐。 但庭长问他被害人有没有理由恨我。 莱蒙说，我到海滩上去完全是出于偶然。 检察官问他，那封最后惹出是非的信怎么会是我写的。 莱蒙说那是出于偶然。 检察官反驳说，偶然在这个案子里起的坏作用也太多了。 他想知道，莱蒙羞辱他的情妇时我没有劝阻，是不是出于偶然；我到警察局去作证，是不是出于偶然；我在作证时说的话纯粹是帮忙，是不是也是出于偶然。 最后，他问莱蒙靠什么生活，莱蒙说是"仓库管理员"。 检察官朝着陪审员们说，这里的人都知道，这个人靠女人生活的，干的是"乌龟行当"。 我是他的同谋和朋友。 这是一个最下贱、有伤风化的行当，对这种人要罪加一等。莱蒙要声辩，我的律师也提出抗议。 但是法庭要他们让检察官说完。 检察官说："我的话不多了。 他是您的朋友吗？"他问莱蒙。莱蒙说："是的，他是我的朋友。"检察官又问我同样的问题，我看看莱蒙，他也正看着我。 我说："是的。"检察官于是转向陪审团，说："还是这个人，他在母亲死后的第二天就去干最下贱的勾当，为了一桩卑鄙的桃色事件就去随随便便杀人。"

他坐下了。 我的律师按捺不住，只见他把胳膊一举，法衣的袖子落了下来，露出了里面浆得雪白的衬衫。 他大声说："说来说去，他是被控埋葬了母亲，还是被控杀人？"大家都笑了。 但是检察官又站了起来，耸了耸法衣说，只有像这位可敬的辩护律师一样聪明的人才不知道，这两件事之间有一种深刻的、内在的、本质的联系。 他大声说："是的，我控告这个人是怀着一颗杀人犯的心理埋葬他母亲的。"这句话似乎对听众产生了很大影响。 我的律师耸耸肩，擦了擦额头上的汗水。 他好像也受了检察官的影响，我知道事情不妙了。

审讯结束后，走出法院登上囚车时，一刹那间我又闻到了夏日傍晚的气息，看到了夏日傍晚的色彩。 在行驶着的昏暗的囚车里，尽管我疲惫不堪，但我仍然能感知到这座我喜爱的、一度还非常满意的城市里的各种熟悉的声音。 闲散空气里的卖报人的叫喊声、街头公园里的鸟雀的鸣叫声、卖夹心面包的小贩的叫卖声、电车在高地上转弯时的嘶嘶声、黑夜降临前码头上传来的嘈杂声，这些都是我入狱前最熟悉的声音，现在又听见它们，跟从前在城里乱跑时听到的一样。 是的，这是我以前最惬意的时刻。 那时，等待着我的总是轻松而无梦的酣睡。

然而，现在却变了，我要回牢房去等待第二天。 好像夏日天空下的那条熟悉的道路，既能通向宁静的睡眠，也能通向牢房。

四

即使坐在被告席上听大家谈论自己，也很有意思。 当检察官和我的律师进行辩论时，我可以说，大家都在谈论我这个人，或许比谈论我的罪行还要多。 不过，他们的观点果真有那么大区别吗？

律师挥着手臂说，我虽然有罪，但有可以宽恕的地方。检察官伸出双手说，我有罪，绝对不可以宽恕。我夹在中间，感到有一种莫名的尴尬。尽管我心里不安，但有时我很想插进去说几句，可惜我的律师总对我说："别说话，这对您更有利。"看样子，他们好像在处理这个案子时一点都不需要我。一切都在没有我参与的情况下进行。他们决定我的命运，根本不必征求我的意见。我不时想打断他们，对他们说："你们说来说去，究竟谁是被告？被告也很重要。我也有话要说呀。"但三思之后，我其实也没有什么话好说。何况，我还得承认一个人对别人的兴趣总是不能持久的。譬如，我对检察官的起诉就很快感到厌烦了。特别是他老说来说去那几句话，那几个手势。倒不如他一口气说上的一大段话，还使我有些惊异，有点兴趣。

他的主要意思，如果我没有理解错的话，就是说，我是预谋杀人。至少，他试图证明这一点。正像他亲口说的："先生们，我可以证明，可以从两方面证明。一方面是铁一般的事实，另一方面是这个罪恶灵魂的心理向我提供的启发。"他历述了妈妈死后一系列的事实经过。他提出我漠不关心的态度，连妈妈多大年纪我也不知道，妈妈葬后第二天就去游泳，而且还带着一个情妇，还看电影，而且还是费南代尔的片子，最后还把情妇带到家里去。我费了很长的时间才听明白他的话，因为他说情妇长、情妇短，我不知道他指的是谁，对我来说，玛丽只是玛丽，而不是什么情妇。

后来，他转到莱蒙身上去了。我认为他观察事物的方法倒是很明确。他提出的理由是充足的。我是和莱蒙计划好把他的情妇骗到他家来，然后让这个"没有道德"的人去收拾她。在海滩上，是我向莱蒙的仇人挑衅的。莱蒙受伤了，我把他的手枪要过来，然后我一个人再跑回来使用武器。我打死阿拉伯人是有预谋的。我是存心这样干的。而且，为了干净利落，我坚决地、准确地又一连开了四枪，这无论如何，也不能说我未经过考虑。

"先生们，您们看，"检察官说，"我把这一连串的事情说给你们听，证明这个人杀人是完全神智清醒的。这一点，我非常肯定，"他用力地说，"因为这不是一件平常的杀人案，不是一个仓猝间的行动，不是可以用临时不得已来减轻他的罪行的。这个人呀，先生们，这个人非常聪明。你们都听过他如何狡辩了，不是吗？他非常善于对答。他知道每一句话有多大的分寸。我们不能说他这个人糊里糊涂不知道自己干的是什么。"

我呢，我听着他说话，我听见他夸我聪明。但是我不了解，一个平常人的长处，一旦到了一个犯人身上，怎么就变成了沉重的罪名。至少，这一点我不懂。他后来的话，我没有再听，一直到我又听见他说："他表示过后悔吗？先生们，从来没有。自从他被逮捕以来，从来没有一次对于他这个可耻的犯罪行为有任何紧张激动的表示。"

这时候，他朝着我转过身来，用手指着我，继续恶狠狠地数落我。凭良心讲，我真不知道他为什么要这样做。当然，我不能说他没有理由。但是，对于我杀人的行为，我真的并不怎么后悔。只是他这样缠住我不放，倒使我很惊讶。我真想客客气气、甚至于热情地向他解释明白，我这一辈子就从来没有真正后悔过什么事。我一向就只想到将要发生的事，想到今天或者明天。不过，当然，在我现在被迫所处的环境里，我这样的心情能向谁说呢？我没有权利表示我的感情，表示我的善意。我压制住自己，再听下去，因为检察官说起我的灵魂来了。

他提请那几位陪审员注意，他说他曾经仔细研究过我的灵魂，结果他什么也没有看出来。他说实际上，我根本就没有灵魂，没有一点人性，人类心里的道德观念，我是一丝一毫也没有。 他说：
"自然，关于这一点，我们也不能怪他。 他无法得到的，我们不能
怪他没有。 但是，说到我们法院，我们就绝对不能轻易放过，这件
事做起来不那么容易，但是工作是高尚的，我们要树立法律的尊
严。 尤其是，当这个人的心已经空虚到了简直可能吞噬整个社会的
时候。"

　　他又谈起了我对于妈妈的态度，重复了辩论时已经说过的许多
话。 他的话简直说不完，比谈到我拿枪打死人的时候还要多得多，
多到最后我什么也不知道了，只感觉到天气的炎热。 到了最后，他
实在说不下去了，才停下来，可是马上又用低沉的、镇定的声音
说："先生们，不要忘了这个法庭明天就要判决一个最重大的要
犯：杀死亲生父亲的凶手。"看他那样子，仿佛担心别人在重大杀
人案之前会心软下来。 他希望人类的尊严要坚决地处罚，绝不宽
贷。 不过，他居然又说，即便是这件杀父的案子，和我冷漠的态度
比起来，他认为似乎还是我的罪过大。 依照他的看法，一个精神上
杀死母亲的人，和拿刀杀死父亲的人，应该以同样的罪名从人类社
会的名单上清除。 无论如何，精神上杀人，就是给拿刀杀人准备条
件。 他差不多像颁布条例似的，以立法的口吻高声说："先生们，
我坚决相信，如果我说，坐在这条板凳上的人和明天法院要判决的
人，同样都是杀人犯，你们不会认为我这个想法太过分的。 因此，
他应该受到严厉的处罚。"

　　说到这里，检察官擦了擦脸上发亮的汗水。 他最后说，他的职
务是个吃力不讨好的职务，但是他要坚决执行它。 他说我连最基本
的社会规则也不予重视，所以和这个社会无任何共同之处，根本就
不配使人有同情我的心，因为心是什么我根本就不懂。 他说："我
请求判处这个人死刑，斩首，而且我心里非常高兴。 因为，我担任

这个职务已有多年，我也曾多次请求法庭处人以死刑，但从来没有像今天这样感到合理、应该，感到义不容辞和良心的驱使。 在这个人面兽心的动物身上，我看到的只是妖魔，我感到的只是可憎。"

　　检察官坐下后，法庭上有很长一段时间没有任何人说一句话。我呢，已经热昏了，也吓昏了。 庭长低声咳嗽了一下，低声问我有没有什么话要说。 我好像有话要说似的站了起来。 其实，我只是偶尔随便地说，我并不是有意要打死那个阿拉伯人。 庭长说这一点已经肯定了，我用不着再反复了。 他说一直到现在为止，他还摸不透我用的是什么辩护方法，他说在让我的律师发言之前，他愿意先让我说明白究竟是什么原因使我犯下了杀人罪。

　　我说话很快，话也有点颠三倒四，我心里明白我的态度很可笑，我说是因为太阳。 法庭上所有人都笑了起来。 我的律师也耸了耸肩膀。 马上，庭长就让他发言了。 他说时间已近中午，他的话需要好几个小时，所以请求到下午再开庭。 庭长同意了他的请求。

　　到了下午，笨重的电风扇依旧扇着法庭上浑浊的空气，陪审员们手里五颜六色的小扇子一起向着同一个方向摇动。 我的律师滔滔不绝的辩护词好像永远也说不完。 有一阵子，我注意听了听，因为他正在说："不错，我是杀了人。"接着，他继续用这种口气说下去，每次谈到我的时候，他便说"我"如何如何。 我觉得很奇怪。 我转向旁边的法警，问他这是什么缘故，他叫我不要响。 过了一会儿，他跟我说："所有的律师都是这样。"我以为这还是把我撇开的表示，根本没有拿我这个人当人，甚至在某种程度上他代替了我。 不过，我觉得我和这个法庭已经离得很远。 我认为我的律师这种做法简直可笑。 他迅速用自己的理由申辩后，也谈起我的灵魂来了。 不过，看得出来，他比检察官的才华可小多了。 他说："我也研究过这个人的灵魂。不过，我和法院这位崇高的代表完全相反，我是看到一些东西的，而且我一看就看得很明白，毫不费事。"

他所看到的是：我是一个好人，一个有恒心的职员，从来不知道什么叫疲倦，忠心于雇用我的公司，受到所有人的爱戴，同情别人的痛苦。依他看来，我称得起是做儿子的模范，我养活母亲一直到竭尽了我的能力为止。后来，我是希望母亲在养老院里能够得到我的经济能力所达不到的享受，才把母亲送进去的。此外，他还说："先生们，我很奇怪为什么大家要在养老院这个问题上大惊小怪。因为，在我看来，如果需要证明这一机构的好处和伟大，只要知道这是由国家出资开办的就够了。"他没有提起妈妈的下葬，我认为这是一个漏洞。但是，因为大家都说了好些很长的句子，单单说我的灵魂就用了好几个小时，我仿佛觉得这一切就像一潭浑浊的泥水，而我就在这潭泥水里被搅得头昏脑胀。

后来，别的事情我都忘了，只记得越过法院所有的房间和辩论法庭——我的律师还在那里辩论个没完——我听到街上传来卖冰小贩吹喇叭的声音。这勾起了我对一个生命的回忆，这个生命虽然已经不属于我了，但我还能感受到它在我心里留下的种种真实而亲切的欢乐：夏天的气息、熟悉的街区、傍晚的天空、玛丽的笑容和连衣裙，等等。一种再在这里待下去是毫无意义的感觉涌上我心头，我只想赶快结束一件事，那就是尽快结束辩论，让我回牢房去睡觉。所以，我的律师最后的大嚷大叫，我几乎听不见了，他说陪审员们总不能眼看着把一个一时糊涂的好人送给死神吧，这个人已经摆脱不掉永恒的悔恨，这已经是最合适的惩罚了，所以应该让这个生命延续，等等。法庭宣布，停止辩论，我的律师疲倦地坐了下来。可是，他的同行们却来跟他握手祝贺。我只听见："亲爱的，说得实在好！"有一个居然来问我："嗯？ 您说怎么样？"我当然表示同意，不过我的称赞不是出于真心，因为我实在太累了。

然而，时间已经很晚，外面的天气没有刚才那样热了。 从我听见的几声街上的吆喝声，我可以猜想到傍晚时的凉爽。 可是，所有人都要留下来等待。 其实，大家之所以要等待，都是为了我一个人。 我又把法庭看了一眼，一切都和第一天完全一样。 我看见那个穿灰色上衣的记者和他旁边的那个小女人还在看我。 这使我想起来，在整个辩论过程中我从来没有朝玛丽那边看过一眼。 我可没有忘记她呀，只是我心里的事情太多了。 我看见她坐在赛莱斯特和莱蒙之间。 她悄悄向我使了一个眼色，意思好像是说："总算弄完了！"我看见她有些焦急的脸上泛起了笑容。 不过，我的心已经关上了门，我连一点笑的意思也没有向她表示。

法庭宣布继续开庭。 有人快速把一连串提问念给陪审员听。 我只听见什么"杀人犯"……"预谋"……"可减轻罪行情节"……陪审员一起出去了，有人把我带到一间我曾在那里等待过的小房间里。 我的律师也来了。 他很活跃，说话的样子表示非常有把握，而且非常和气，这是从来没有过的态度。 他认为一切都很顺利，大不了判几年监禁或者劳役就可以解决问题。 我问他万一判得不好，能不能上诉最高法院。 他说不行。 他的策略是不要自己作结论来影响法官。 他向我解释说，没有充足的理由是不能随便上诉最高法院的。 我觉得他的话也对，便同意了他的看法。 其实，如果冷静地看待这个问题，这也是很自然的。 假如再上诉的话，那又要用掉多少公文纸啊！ 我的律师对我说："无论如何，上诉的时间还是有的。 不过，我坚决相信，判决一定是好的。"

我们又等了很长时间，我想至少有三刻钟。 我们听到一声电铃的声音。 我的律师站起来说："庭长要答复提问了。 您呢，等到判决的时候才会让您进去。"我听见砰砰的关门声。 有人在楼梯上跑过，我听不出是远是近。 后来，我听见法庭里传来低沉的朗读声。 电铃又响了，我的门被打开。 法庭上忽然静得出奇，鸦雀无声，我有一种特殊的感觉，特别是看到那个年轻的记者也掉过头去不看我了。 我没有朝玛丽那边看，我没有来得及，因为庭长已经在用一种古怪的样子宣布，以法兰西民族的名义判处我在广场上斩首示众。

我这才明白过来，为什么这些人的脸色和表情这样严肃。 我觉得这是他们对我的重视。 法警对我的态度也特别客气了。 律师跟我握了手。 我什么也来不及想。 庭长问我还有没有话要说。 我想了想，说："没有了。"于是，他们就把我带走了。

五

我拒绝见神甫，这已经是第三次了。 我觉得我没有话跟他说，我也没有说话的兴致，不过他一会儿还是会来的。 我现在感兴趣的是能不能逃脱那杀人机器，想知道不可避免的事情会不会有变数。我的牢房又调换过了，现在住的这一间，我一躺下来就可以看到天空，也只能看到天空。 我在这里整天整天看着天，看着它从白昼变成黑夜，渐渐地暗下来。 我躺下，把两手垫在头底下，我等待着。我不知道自己寻思过多少次，过去有没有被判死刑的人躲过处决，譬如临刑前忽然不翼而飞，或者法警的绳子突然断了。 我恨自己过去对于描写死刑的作品太不注意。 这种问题，一定要随时关心才对。 谁也不知道将来会遇到什么事情。 我和所有人一样，只是看过报纸上一般的记载。 但是，一定有专门著作，是我从来没有翻阅过的。 那里面，也许我会找到有关逃跑的叙述。 那我就会知道，至少有那么一次，绞架的滑轮突然停住了，或是在一种不可遏止的预想中，仅仅有那么一回，偶然和运气改变了什么东西。 仅仅一次！ 从某种意义上说，我认为这对我也就足够了，剩下的就由我的良心去管。 报纸上常常谈论对社会欠下的债。 按照他们的意思，欠了债就要还。 不过，在想象中这就谈不上了。 重要的，是逃跑的可能性，是一下子跳出那不可避免的仪式，是发疯般地跑，跑能够为希望提供机会。 自然，所谓希望，就是在马路的一角，在奔跑中被一颗流弹打死。 所以我想来想去，没有什么东西允许我有这种享受，一切都禁止我有这种非分之想，那不可逆转的程序又抓住了我。

尽管我有服从的善意，我也无法接受这样使人难堪的肯定性。因为，在决定判处死刑和宣布判决的过程中，我觉得有一种特殊的不否定性。 譬如，判决书在下午八点钟才宣布，而不是下午五点钟，多延长三个小时，判决的内容就可能完全不一样，尤其是对于习惯上一向不准确的法兰西民族（其实德国民族、甚至于中国民族，都一样），我认为这样一个决定是缺少严肃性的。 但是，我不得不承认，从作出这项决定的那一秒钟起，它的作用就和我的身体靠着的这堵墙的存在一样肯定，一样确凿无疑。

这时候，我想起了妈妈对我说过的一个我父亲的故事。 说到我父亲，我根本就不记得他。 我对于这个人所知道的一切，恐怕全是妈妈告诉我的。 有这么一天，他去看处决犯人。 想起了看处决犯人，他就不舒服。 然而，他还是去看了，回来后呕吐了半个上午。我当时觉得我父亲太没胆了。 现在想想，我明白了，这不是很自然的吗？ 我当时怎么没有看出来执行死刑是一件最严肃的事，而且，也的确如此，是唯一真正能使人关心的事呢？ 如果万一我能从监狱里出去，我一定不放过任何一次看处决犯人的机会。 我这样想，恐怕又是想错了。 因为要是有那么一天清晨，我自由了，站在警察的绳子后面，可以这么说，站在另一边，作为看客来看热闹，回来后还要呕吐一番，我心里就有一阵恶毒的喜悦之情。然而，这是不理智的。我不该让自己有这些想法，因为这样一想，我马上就感到冷得要命，在被窝里缩成一团，还禁不住把牙齿咬得格格响。

自然，谁也不能永远是理智的。譬如，有几次，我就有过制定法律的打算。我想改变用刑的办法。我认为最主要的是给被判死刑的人一个活命的机会。哪怕是千分之一的机会，也足够解决很多问题。比方说，能不能发明一种化学玩意儿，使受罪的人（受罪的人，对的，我是这样想）吃过之后，十分之九是死，有那么十分之一可以活命。这样在他心里，至少有这么一个盼头。因为，平心静气地想一想，把问题反反复复地考虑一下，我发觉用刀杀人的缺点，就是被杀的人毫无活命的希望，绝对没有希望，半点希望也没有。一句话，受罪的人是死定了，这简直是归档了结的事，定而不移的事，谁也不否认的事，再也没有重新翻案的可能。万一，那真正是万一了，头没有砍下来，那就只好再砍一次。所以，最痛心的事，就是受刑的人还需要乞求杀人机器使用起来灵活，以免再受第二次罪。我说，这一方面真是一个缺点。当然，这仅是从一方面看。但是，从另一方面，我又不得不承认，一个严密组织的奥妙就在这里。无论如何，受刑的人在精神上需要和行刑这件事合作。一切进行得顺利，这对于他是有利的。

我承认，直到此时为止，我对于这些问题，过去不是这样想的。有很长一段时间，我以为——我也不知道为什么——上断头台，就得一级一级地爬到架子上去。我现在觉着这是因为一七八九年大革命①的缘故，我的意思是说，这是因为关于这类问题别人告

---

① 即 1789 年法国革命，一般记载那时的断头台都搭在广场上一个架子上的。

诉我的或者让我看见的就是这样。　但是，有一天早晨，我忽然想起，在一次轰动全城的处决犯人时，报纸上登载过一张照片。　在那张照片上，断头机器并不是高高地放在架子上，而是放在平地上，再简单也没有了。　它比我想象的刑具窄小得多。　这个东西，我没有更早想到它，真是奇怪。　从照片上看，这部杀人机器的式样精细、周密、新颖，使我惊奇佩服。　一个人对于不熟悉的东西，总是有些夸大的、不切合实际的想法。　我后来发觉原来却是这样简单，机器和人都在地上，人只要朝它走过去就是了，就像和另外一个人会面一样，可以接触到它。　这可不太好。　因为上断头台，是往上走，向着天空走，人还可以有些幻想。　可是现在呢，机器就在地上，一个人悄悄地就被杀死了，而且还杀得这样准确，这真是不给面子。

　　有两件事是我一直不能忘怀，那就是：黎明和我的上诉。　其实，我也常常跟我自己讲道理，试图不再去想它。　我躺下来，仰望天空，努力对天空感到兴趣。　天空的颜色一深，不用说，这是晚上到了。　我还努力想转移我的思想。　我倾听我心脏的跳动。　我不能想象，这个陪伴了我这样久的声音，一旦停止了，将是什么样子。　我从来没有真正想象过。　然而，我试图在一个极短暂的时间里想象，如果我的心不再跳动了，我的头脑将会怎样。　可是，这一切努力都是白费。　黎明和我的上诉，还是不能丢开。　最后，我得到这样一个结论，就是：最明智的办法，是不要再勉强自己。

　　想到它们的时候，总是在黎明，我知道。　黎明，是我在黑夜里所等待的时刻。　我从来不喜欢出乎意料地遇到什么事。　任何事情发生，我都愿意明明白白。　因此，白天的时候，我简直不怎么睡觉。　漫长的夜晚，我只是耐心地等待天窗上的玻璃发亮。　最难熬的时刻，要算平常我计算好的将要来临的黎明了。　一过半夜，我就

193

开始等待，开始窥伺。 我的耳朵从没有听到过这样多的声音，从没有辨别过这样细小的微声。 我可以说，在这一段时间里，我总算走运，因为我从未听到过脚步的声音。 妈妈常说，一个人总会是百分之百痛苦的。 我在监狱里看见天空发亮、又是一天开始的时候，总觉得她的话说得有理。 因为，我很可能听到脚步声，我的心就紧张得要炸开似的。 就是一点点窸窣的声音，也会使我马上扑向门口，把耳朵贴在门框上，激动地一直等到我听见自己的呼吸为止。 我害怕听见自己沙哑的喘气声，和一条狗喘气的声音很相像。 可是，到头来，我的心没有炸开，又可以多活二十四小时了。

白天的时候，我考虑我的上诉。 我认为我已抓住这一念头里的最可贵之处。 我估量我能获得的效果，我从我的思考中获得最大收获。 我总是想到最坏的一面，也就是我的上诉被驳回。 "那么，我就去死。"不会有别的结果，这是显而易见的。 但是，谁都知道活着是没有意思的。 我不是不知道，我三十岁死或七十岁死其实其实都一样，因为不管怎样，肯定有其他男人和女人活着，而且几千年来都这样。 总之，没有比这更清楚的了：现在也好，二十年后也好，反正我总要死的。 不过，这时在我的思考过程中使我不安的，是我一想到如果还有二十年好活，心里就一阵激动。 当然，如果想到过了二十年还是要死，这种激动也就平息了。 既然总要死，怎样死和什么时候死，便是次要问题了。 所以（人很难忘记这个"所以"代表的一种推理），所以我没有理由不接受上诉被驳回。我应该接受它。

在这个时候，只有在这个时候，我才会觉得有权利——我确是容许我这样感觉——想到另一种可能：大赦。 一想到这一点，要想压制住血液和全身的激动，不许它用狂妄的快乐来刺激我的眼睛，那真是难以办到。 我需要专心一致地跟我自己讲道理，压制住自己不要叫出声来。 我需要这样想：即便第二种设想变为可能，也要自然一些来对待它，这样万一第一种来的时候，才能够安心地来接受它。 我这样成功控制住自己后，才能安静地待上一个小时。 别看这一点小小的成绩，这真是不简单啊。

我便是在这样的一个时间里又一次拒绝见那个神甫。 我那时正躺在牢房里，从天空中的一种金黄颜色上猜想到即将来临的黄昏。 我刚刚撇开我对上诉的幻想，感觉到血液的波动在我身上慢慢地恢复常态。 我不需要见神甫。 很久以来，我第一次又想到了玛丽。 她好久没有给我写过信了。 这一天晚上，我想了再想，我跟自己说她作为一个死刑犯的情妇，可能早已厌恶了。 我甚至于想到她会不会生病或者死亡。 这也是事物的发展规律。 我怎么能够知道呢？ 现在除了两个人分开的身体之外，没有任何东西联系着我们，也没有任何事情可以使我们彼此想念。 就是从这时候起，玛丽不再使我牵挂了。 假如她已经死去，那当然也不用再去管她。 我认为我这样想很合理，因为我很明白，我死之后，别人也会很快把我忘掉的。 他们已经跟我没有关系了。 这样的想法会使人难过吗？ 我认为不能这样说。

正在这时，神甫走进了我的牢房。 我看到他之后，轻微地颤抖了一下。 他发觉了，跟我说不用害怕。 我说他平常不是这个时候来的。 他说他只是像朋友一样地来看看我，和我的上诉丝毫没有关系，他也不知道上诉的结果如何。 他坐在我的床边上，请我靠近他。 我拒绝了。 我觉得他的态度有点太和善。

他坐了一会儿，两只胳膊摆在膝盖上，低着头，望着自己的手。 他的手很细致，筋骨毕露，看上去好像两只灵巧的动物。 他慢条斯理地搓着它们。 他待在那里，老是低着头，待了这样长的时间，有一会儿的工夫我竟忘了他还坐在那里。

可是，他忽然间抬起头来，眼睛盯着我，问："您为什么拒绝见我？"我回答说，我不信上帝。他想知道我这句话是不是由衷之言。我说我不需要考虑，因为我认为这个问题毫不重要。他听了我的话，身子往后一靠，靠在墙上，两只手平放在大腿上。他仿佛不是在跟我说话，说有时候自以为很靠得住的事情，实际上不一定靠得住。我还是不响。他看了看我，问："您以为怎样？"我说也许可能。反正，对于我真正感觉兴趣的事情，也许靠不住，但是，对于不感觉兴趣的事情，我绝对有把握。而他跟我谈的问题，恰恰正是我所不感觉兴趣的事情。

他扭过头去不看我，但是依旧坐在那里。他问我是不是因为灰心绝望的缘故才故意这样说话。我向他解释说我丝毫也没有灰心。我只是有点害怕，这也是很自然的事。他说："上帝能够帮助您呀。我见过所有情况和您相同的人，这时都是归向他。"我说这是他们的权利。这也证明他们还有时间。至于我呢，我既不愿意别人帮助我，也没有时间去做我不感兴趣的事情。

这时候，他的手气得直打哆嗦，但是他克制住自己，站起身来，顺了顺自己衣服上的折纹。顺完了以后，他向我解释，叫我"朋友"，说他这样跟我说话并不是因为我是个被判死刑的人，因为在他看来，人人都是被判死刑的人。我没有让他继续说下去。我对他说情况不一样。再说，不管怎样，他的话并不能安慰我。他强调说："当然能。因为即使您今天不死，以后总是要死的。有一天还会遇到同样的问题。到那时候，又该怎样来接受这个考验呢？"我回答说，我会和现在一样接受它。

他听了我的话，站直了身体，两只眼睛直盯着我。我熟悉他这套把戏。过去我常常这样跟埃马努埃尔和赛莱斯特闹着玩，平常他们都是转过头去不看我。 这个神甫也会这套把戏，我马上就知道了。 他的眼睛还是直瞪着，跟我说话时声音却没有颤抖，他说："您难道一点希望也没有了吗？ 您以为您会整个地死去吗？"我说："当然。"

他又低下了头，坐下来。 他说他很同情我。 他认为一个人如果真是这样的话，那是很难忍受的。 我自己呢，我只觉得他讨厌。现在是我扭过头去不看他了。 我走到小天窗那里，肩膀靠着墙。我虽然不看他，但是我听见他又问起我来。 他说话的声音急促不安。 我心里明白他有些激动，所以他的话，我比刚才听得认真一点。

他说他绝对相信我的上诉会被接受，目前压在我身上的是我犯的罪。 罪是需要摆脱的①。 按他的说法，人类的法律算不了什么，上帝的法律才是一切。 我觉得他的意思是说，定我死罪的是人，而不是上帝。 他还说，这样即便死去，我的罪依然没有洗干净。 我跟他说我不懂什么叫罪。 他们只告诉我说我是个犯人。 既然做了犯人，当然接受处分，谁也没有权利要求我做更多的事情。 这时候，他又站起来了，我想在这样窄小的一间牢房里，他如果想活动的话，除了站起来坐下去，实在没有别的办法。 只好如此，不是坐下去，就是站起来。

我的眼睛望着地上。 他朝我走过来一步，停住不动了，仿佛不敢再往前走了。 他隔着栏杆朝上望，一边说："您想错了，孩子。我们可以要求您做更多的事情。 我们正想这样要求您。""要求什么？""要求您看。""看什么？"

---

① 这里的"罪"，是指基督教所说的"原罪"，即人生来就有的"罪"，不是指他的杀人罪。

神甫看了看自己的周围，我忽然觉得他说话的声音有气无力："墙上这些石头都是因为痛苦而在冒汗，我知道。我没有一次看见它们时心里不难过的。但是，我诚心地告诉您，我知道你们当中最可怜的人就曾从这些黑暗的石头里看见过一个神圣的形象。我们要求您看的，就是这个形象。"

他这些话倒提起了我的精神。我说这样的墙壁我已经看了不知道多少个月了。对于它，我比对世界上任何人、任何东西都更熟悉。也许，很久以前，我曾想看到一个形象，一个具有太阳的色彩和感情的火焰的形象，那就是玛丽。我想看见她，可是看不到。现在完了。反正，从这些石头的潮湿汗水里，我从来没有看见过任何东西。

神甫悲哀地看了我一眼。我这时整个地靠在墙上，太阳光照着我的脸。他说了句什么话，我也没有听清。接着他很快地问我，我肯不肯让他拥抱我。我说："不行。"他又转过头去，走到墙跟前，一只手慢慢地扶在墙上，低声说："您就这样喜欢这个世界吗？"我没有答理他。

相当长的一段时间，他没有看我。我不喜欢他待在那里，我觉着讨厌。我正想请他滚蛋，不要再麻烦我，只见他忽然对我转过身来，放声说："不，我没法相信您的话！不过，我坚信您盼望过另一种生活。"我说当然。不过，现在说这样的话，等于说我想成为富人、想游泳游得快一点，或者想自己的嘴长得好看一点，已毫无意义。可是，他打断了我的话，问我，我企盼过怎样的生活。我说："一种可以回忆现在生活的生活。"不过，我马上又跟他说，我不高兴再和他多啰唆了。他还想和我谈谈上帝，但我朝他走过去，想最后一次向他解释明白，我的时间不多了，我不愿意把它浪费在上帝身上。他想换个话题，问我为什么称他"先生"，而不叫

198

他"神甫"。 这句话使我火了。 我跟他说，他不是我的神甫，他是别人的神甫！

他把手放在我肩上，说："您这话不对，我的孩子。 我是您的神甫。 只是您不明白，因为您的心跟瞎子一样看不见。 我要为您祈祷。"

我也不知道是怎么回事，好像在我身上有什么东西要爆炸了似的。 我扯着喉咙大叫，我骂他，不许他为我祷告。 我抓住他那件黑袍子的衣领，把我内心深处的话，喜悦和愤怒混在一起的强烈激动，一古脑儿都发泄了出来。 他的样子很镇静，不是吗？ 但是他的镇静，抵不上女人的一根头发。 他连活着不活着都不知道，因为他活着，等于一个死人。 我呢，虽然看起来两手空空，但我知道我是怎么回事，我知道一切都是怎么回事，比他知道得清楚，知道我还活着，肯定我即将死去。 是的，这一点是绝对有把握的。 我对这有把握，就像他对我一样有把握。 我从来就没有看错，现在还是没错，永远没错。 我过去曾那样活过，如果换一种活法也一样。 我做过那件事而没有做过这件事，我没有那样做而是这样做，那又怎么样？ 过去的一切似乎都只是为了等待这一分钟，等待天亮后受刑的那一刻。 什么都不重要，没有重要的事情，我明白为什么。 他也明白为什么。 我活着本来就是白活的，其中只是一团昏暗，如果我还要活下去，还有未来岁月，那也只是继续陷身在昏暗中罢了。 同样的昏暗，淹没了我过去的岁月和人们想让我活的岁月。 他人的死，对妈妈的爱，那有什么意思？ 既然只有一种命运在等待着我，那么，他所说的上帝，别人选择的生活，别人的命运，甚至成千上万和他一样幸运的人都自称是我的兄弟，对我有什么意思？ 这些，他懂吗？ 他明白吗？ 大家都很幸运，世界上只有幸运的人。 不管是谁，都注定要死。 连他本人也一样，也注定要死的。 所以，我被控杀人，理由是因为妈妈下葬时没有哭，这有什么关系？ 萨拉马诺的狗和他的老婆也一样活过。饭馆里遇到的那个小女人和马松娶的那个巴黎女人，甚至要跟我结婚的玛丽，都同样是有罪的。莱蒙是不是我的朋友，赛莱斯特是不是比他更好，这有什么关系？就是玛丽今天去亲吻另一个默尔索，又有什么关系？这些，他懂吗？这个注定也要死的人？而我，我将从遥远的将来……我大声说着，气都接不上来了。这时，有人要从我这里把神甫救出去，看守进来威胁我。但是，神甫反而劝阻他们，叫他们不要生气。他默默地看了我一会儿，眼睛里含着眼泪，然后扭头走了。

他走了之后，我安静下来。我累得要命，躺在我睡觉的木板上。我想我是睡着了，因为我醒来时，看见头顶上满天星斗。我又听到了郊外的声音。夜的气味、土地的气味、海盐的气味，使我的头脑冷静了一点。接着，夏夜沉睡中神奇的宁静，便像潮水似的把我吞没了。忽然，在黑夜行将结束时，汽笛声响了。这表示有些人要出门，要走进一个将永远和我不再有任何关系的世界。很久以来，我第一次想起了妈妈。我好像明白了，为什么她到了老年反而找了个"情人"，玩起了"重新再来"的游戏。因为在那边，在经常死人的养老院里，每过一个夜晚就如度过一个艰难时刻。所以，离死不远了，妈妈反而感到解脱了，想重新活一次。对她，谁有权利哭？我认为谁也没有权利哭。我现在也一样，很想重新活一次。刚才的愤怒好像使我从罪恶中清醒了过来，但满天星斗的夜空又使我不存任何幻想，我第一次想对这个可爱而冷漠的世界敞开我的心扉。我觉得这个世界和我很相像，对我很友好，我觉得我过去是幸福的，现在也很幸福。为了有始有终，为了避免孤独，我希望我被斩首的那一天，有许多人来看，还把我大骂一通。

张继文　译

200

墙

［法］让-保罗·萨特

让-保罗·萨特 (Jean-Paul Sartre 1905—1980)，法国存在
主义哲学家、作家，曾拒绝接受诺贝尔文学奖，主要哲学论著
有《存在与虚无》《辩证理性批判》和《存在主义是一种人道
主义》等；主要文学作品有剧作《禁闭》《死无葬身之地》
《魔鬼与上帝》《肮脏的手》、长篇小说《恶心》《自由之路》
和短篇小说集《墙》等。

本篇是短篇小说集《墙》的标题作品，也是萨特的短篇名
作。从写法上看，这篇小说并不荒诞，而是用近乎写实的手法
写成的。但通过这种写实手法所要表现的，却是一个存在主义
的荒诞主题，即：生与死的偶然性。

小说题名为"墙"，意思就是"死"，因为小说主人公
"我"是西班牙内战 (1936—1939) 中被当局抓获并准备处决
的"异己分子"，而当时枪决犯人通常在一堵墙前面，所以墙
对他来说就意味着死。

那么，主人公"我"死了吗？当然没死，因为这篇小说就
是他死里逃生后的回忆。那么，他是怎样死里逃生的呢？他
说，当时他和另外两个人一起被捕，面对随便杀人的法西斯当
局，他们都害怕得"尿裤子"了。但害怕也没用，那两个人不

久就被拉出去枪毙了，就在那堵墙前面。轮到他时，审问他的军官问他知不知道拉蒙·格里斯在哪儿，说出来可免他一死。拉蒙·格里斯是他的朋友，也是当局要抓的"异己分子"。他当然知道拉蒙·格里斯在哪儿，但他决不能出卖朋友！所以，他横下心来，死就死吧！而且，死前还要捉弄一下那些刽子手！于是，他胡乱地说："他藏在公墓里，在一个墓穴或掘墓人的小屋里。"这样说过之后，他想，他们抓不到人，一定会枪毙他的。没想到，过了半个小时，他们就把他转给了普通法庭，也就是说，不枪毙他了。就这样，他莫名其妙地转入了普通监狱。在那里，他遇到一个熟人。那人告诉他，当局找到了拉蒙·格里斯。他一惊，忙问："在哪儿？"那人说：拉蒙·格里斯原来藏身的地方没人发现，但他怕连累别人，决定转移到公墓去，没想到，一到那里就有人来抓他；他拒捕，他们就打死了他。听了这番话，"我"顿时晕到在地，接着，又"笑得那么厉害，连眼泪都笑出来了"。

他晕倒在地，这容易理解，因为他的朋友死了。但他为什么接着要"笑得那么厉害"？这就不太容易理解了。而要理解这篇小说，关键就在于理解主人公最后的笑。其实，这是一种突然发现事情竟会如此荒诞时的狂笑。在这笑声中，有两层意思：他活得莫名其妙，拉蒙·格里斯死得莫名其妙。一个莫名其妙地活，一个莫名其妙地死，生与死都令人莫名其妙，真是太荒唐可笑了！而若一个人觉得事情荒唐可笑，也就有了"荒诞感"。换句话说，主人公最后的笑，表明他领悟了存在主义的生死观，即：人的生与死，其实是偶然的、不可预知的，也就是——荒诞的。

我们被赶进一个白色的大厅里。强烈的光线使我的双眼不由得眯了起来。我看到一张桌子，桌子后面有四个穿便服的家伙，他们正在看一些材料。其他俘虏都已被赶到了大厅的尽头，挤成一堆，我们必须穿过整个大厅才能与他们会合。他们中有好几个人我是认识的，另一些可能是外国人。我前面的这两个人都是黄头发、圆脑袋。他们俩长得很像，我想大概是法国人。最小的那个不时地提裤子，看来有点神经质。

就这样延续了将近三个小时。我的脑袋变得昏昏沉沉、空空荡荡。但是大厅里很暖和，我觉得怪舒服的。因为在这之前我们冻得发抖已经一天一夜了。狱警把俘虏一个个带到桌子前。那四个家伙讯问他们的姓名和职业。大多数情况就到此为止。要不然，他们就再随便提个问题。例如："你参与过破坏军火吗？"或者"九号早上你在哪里，在干什么？"他们并不听回答，至少他们的样子不像在听。他们先是沉默不语，两眼直视前方，接着就开始写起来。他们问汤姆是否确实参加了国际纵队。由于已经在他的衣服里搜到了有关证件，汤姆只得承认。他们什么也没问儒昂。但是当他说出自己的姓名后，他们写了很多。

"我的哥哥何塞是无政府主义者，"儒昂说，"你们知道他已经不在这里。我是无党派的，我从来没有参与过政治活动。"

他们没有反应。儒昂接着说：

"我什么也没干。我不愿意替别人受罪。"

他的嘴唇在抖动。一名狱警打断了他，并把他带走。接着轮到了我。

"你叫巴勃罗·伊比埃塔？"

我作出了肯定的回答。

一个家伙看了看材料问我：

"拉蒙·格里斯在哪儿？"

"我不知道。"

"从六号到十九号你把他藏在你家里了。"

"没有。"

他们写了一阵儿，狱警就把我带走了。走廊里，汤姆和儒昂站在两名狱警之间等着我。于是我们开始往回走。汤姆问一名狱警：

"喂！"

"干吗？"狱警问。

"刚才是讯问还是审判？"

"是审判。"狱警说。

"那他们要拿我们怎么样？"

狱警生硬地答道：

"会到你们的牢房把审判结果告诉你们的。"

实际上，我们的牢房不过是医院的一间地窖。由于穿堂风，牢房里冷得要命。整整一夜我们冻得发抖，白天也好不了多少。前五天我是在总主教府的一个单人囚室里度过的。那是一间大约建于中世纪的地牢。由于俘虏很多，牢房不够用，因此他们被随便乱塞。我对那间单人囚室并不留恋。那里倒不冷，但只有我一人；时间长了受不了。在地窖里我就有伴了。儒昂很少说话，因为他害怕，并且年纪也太轻插不上嘴。但是汤姆十分健谈，他的西班牙语很好。

地窖里有一条长凳和四个草垫。我们被带回牢房后，大家坐了下来，静等着。过了一会儿，汤姆说：

"我们完蛋了。"

"我也这么想，"我说道，"但我认为他们不会拿这小家伙怎么样的。"

"对小家伙他们没什么可以问罪的。"汤姆说，他只不过是个抵抗分子的弟弟，仅此而已。

我看了儒昂一眼，他似乎不在听。汤姆接着说：

"你知道他们在萨拉戈萨干了些什么？他们让俘虏躺在公路上，然后乘着卡车从俘虏身上压过去。这是一个摩洛哥逃兵告诉我们的。他们说，那是为了节省弹药。"

"但这并不省汽油。"我说。

我对汤姆很反感，他不应该说这些。

"几个军官在公路上散步，"他接着说，"他们双手插在口袋里，嘴里叼着香烟，监视着这一切。你以为他们会这样结果那些俘虏吗？才不呢！他们让那些人大喊大叫。有时持续一个小时。那个摩洛哥人说，第一次他差点吐出来。"

"我不相信他们在这里会这样干，"我说，"除非他们真的缺少弹药。"

光线从四扇气窗以及左边天花板上的一个朝天圆洞射了进来，圆洞平时用一块活动翻板盖着，以前往地窖里卸煤便是通过这里。圆洞的正下方，有一大堆煤，从前是为医院供暖用的。但自从战争爆发后，病人都转移了，这堆煤留在那里也就没用了。因为忘记关上翻板，下雨时雨水直往里灌。

汤姆开始打哆嗦：

"真见鬼，我在打哆嗦，"他说，"又开始了。"

他站起来，开始做体操。每做一个动作，从他张开的衬衫里都可以看到他那雪白、多毛的胸脯。他躺在地上，举起双腿做一些交叉动作。我看见他那肥胖的臀部在颤动。汤姆很壮实，但是他的脂肪太多了。我在想，枪弹或刺刀很快就要钻进这一大堆嫩肉里，就像钻进一大块黄油一样。 假如他很瘦，我就不会有这样的感觉。

我并不是真的感到冷，但是我的肩膀和双臂都失去了知觉。 我不时感到我缺了点什么。 我开始在我的周围寻找上衣。 可是，我突然想起他们没有把上衣还给我。 这确是很难受的。 他们拿我们的上衣去送给他们的士兵，只给我们留下了衬衫，还有住院病人在大夏天穿的帆布长裤。 不一会儿，汤姆起来了。 他喘着气坐在我身旁。

"你身上暖和了吗？"我问。

"没有，真见鬼。 可是我喘不过气来。"

晚上将近八点，一名军官带着两个长枪党徒来到牢房。 他手里拿着一张纸，问狱警：

"这三个人叫什么名字？"

"斯坦卜克、伊比埃塔和米巴尔。"狱警答道。

军官戴上夹鼻眼镜，看了看名单说：

"斯坦卜克……斯坦卜克……啊，在这儿。 你被判处死刑。明天早上执行。"

他又看了看名单，接着说：

"另外两个人也一样。"

"这不可能，"儒昂说，"我不会被判死刑的。"

军官用惊奇的眼光打量了一下儒昂。

"你叫什么名字？"

"儒昂·米巴尔。"

"可是你的名字在这单子上，"军官说，"你被判了死刑。"

"我什么也没干，"儒昂说。

军官耸了耸肩，转身对汤姆和我说：

"你们是巴斯克人吗？"

"我们谁都不是巴斯克人。"

他仿佛被激怒了，接着说：

"有人告诉我这里有三个巴斯克人。 我可不愿为追捕他们浪费时间。 那么，你们当然不想要神甫喽？"

我们不屑回答。 他又说：

"有一个比利时大夫一会儿要来。 他被准许和你们一起度过这一夜。"

他行了个军礼，走出去。

"我跟你说什么来着，"汤姆对我说，"这一下我们可惨了。"

"是啊，"我说，"但对小家伙太狠了。"

我说的这句是公道话。 但是我并不喜欢小家伙。 他那张脸太秀气了。 并且，恐惧和痛苦使这张小脸变形，把它的线条都扭曲了。 三天前他还是一个调皮的孩子，很能讨人喜欢。 但现在他的样子像一只用旧了的苍蝇拍。 我想，即使他们把他放了，他也不会再变得年轻了。 如果能对他表示点怜悯倒不是件坏事。 但是我不喜欢怜悯，我甚至有点讨厌这个孩子。 他什么也不说，变得很阴沉。 他的脸和手都变成了灰色。 他又坐了下去，用他那两只小圆眼睛朝地上看。 汤姆是个好心人。 他想拉住儒昂的胳膊，但被他猛力挣脱。 小家伙还作了个鬼脸。

"让他去，"我低声说，"你没看见他都快哭了。"

汤姆无可奈何地答应了。 他本想好好安慰小家伙。 这样可以使他分心，不至于想自己的事。 但是，这叫我生气。 以前我从未面临过死亡，因此也从未想到过死。 而现在，死亡来临了，除了它我还有什么可想的。

汤姆开了腔：

"你打死过鬼子吧？"他问我。

我没有作声。 他开始向我解释说，自八月初以来他已经打死了
六个鬼子。 他并不明白我们目前的处境，并且我发现他也不想明
白。 我自己也还没有完全明白。 我不知道是否将很痛苦。 我想到
了枪弹，想到了滚烫的弹雨穿透我身体的情景。 这一切并不是实质
性的问题。 我很坦然，因为我们还有整整一夜可以用来思考。 过
了一会儿，汤姆不说话了。 我瞥了他一眼，发现他的脸色也阴沉下
来了，样子很可怜。 我想，他也开始了。 天几乎全黑了。 一束惨
淡的星光透过气窗和煤堆射了进来，在地上洒下了一大片光亮。 从
天花板上的圆洞里，我已经望见了一颗星星。 它预示着这将是清澈
寒冷的一夜。

门开了，两名狱警走了进来。 他们的后面跟着一个头发金黄，
身穿一套浅灰褐色制服的人。 他跟我们打招呼：

"我是医生，"他说，"我被准许在这艰难的时刻来帮助
你们。"

他的嗓音悦耳、优雅。 我对他说：

"你来这里干什么？"

"为你们效劳。 我将竭尽全力为你们减轻这几个小时的
痛苦。"

"你为什么到我们这里来呢？ 还有别的囚犯呢，医院里都住
满了。"

"人家把我派到这里来的，"他漫不经心地答道，"噢，你们
喜欢抽烟吧，嗯？"他急忙补充道，"我这里有烟卷，甚至还有雪
茄呢！"

他把英国香烟和小雪茄递给我们。 但我们拒绝了。 我看了看
他的眼光，他似乎有点为难。 我对他说：

"你并不是出于同情才来这里的。 再说，我也认识你。 他们

把我抓来的那一天，我在兵营的大院里看见你和法西斯分子在一起。"

我正要说下去，但突然发生了我自己也感到惊奇的事。骤然间，我对这个医生的来临再也不感兴趣了。通常，当我攻击一个人时，我总是抓住不放的。然而，现在我再也不想说话了。我耸了耸肩，移开了眼光。过了一会儿，我抬起头来。我发现他在好奇地观察我。两名狱警坐在草垫上。瘦高个佩德罗在那里转动手指头，另一个则不时地摇晃脑袋不让自己睡着。

"你要灯吗？"佩德罗突然问医生。

医生点头示意。我想他差不多笨得像块木头疙瘩，但是人倒不坏。从他那冷静的蓝色大眼睛看来，我觉得他是因为缺乏想象力才犯过错的。佩德罗出去，拿了一盏煤油灯回来放在长凳的一端。灯光很微弱，但总比没有好。前一天晚上我们是在黑暗中度过的。我对煤油灯照在天花板上的那片圆光凝视了一阵。我入了迷。然后，我突然惊醒。那片灯光已消失，我感到被一种巨大的力量压垮了。并不是想到死，也不是惧怕，它是不可名状的。我的两颊发烫，头痛得厉害。

我打起精神来，看了看我的两名同伴。汤姆把脑袋埋在双手里，我只能看到他那白皙肥胖的颈背。小儒昂的情况最糟。他的嘴巴张开，鼻孔在抽动。医生走近他，并把手搭在他的肩膀上像是给他鼓气。但是他的两眼始终是冷峻的。接着，我看到比利时人的手从儒昂的肩膀沿着胳膊偷偷地挪到了他的手腕上。儒昂任其摆布，毫无反应。比利时人若无其事地用三个手指按着儒昂的手腕，同时又往后一退把背朝着我。但是，我也往后一仰，看到他拿出表来，一边按着小家伙的手腕，一边看着表。过了一会儿，他放下了那只迟钝的手，回去背靠墙坐下。后来，他仿佛突然想起一些很重要的事必须立即记下来，于是他从口袋里掏出一个小本子，在上面写了好几行字。 "坏蛋，"我生气地想，"他可别来把我的脉。 他要是来的话，我就要在那张混账脸上狠狠地揍几拳。"

他没有来。 但是我感到他在看着我。 我抬起头，还了他一眼。 他用毫无表情的语气对我说：

"你不觉得这里冷得让人发抖吗？ "

他看上去很冷，脸色有点发紫。

"我不冷。"我对他说。

他一直在用严厉的眼光看着我。 忽然我明白了。 我把双手放到自己的脸颊上。 原来它们沾满了汗水。 在这寒冬腊月，到处是穿堂风的地窖里，我竟然出汗了！ 我用手指摸了摸头发。 因为出汗，它们都粘结起来了。 同时我还发现，我的衬衫也湿透了，并且粘到了皮肤上。 我汗流浃背至少有一小时了，而自己却一点也没有感觉到。 但是这一切都没有逃过那比利时蠢猪的眼光。 他看到了汗珠在我脸上流淌，他一定会想：这完全是一种病理的恐惧状态的表现。 而他的自我感觉很正常，并且为此感到自豪，因为他觉得冷。 我想起来去狠揍他一顿。 可是，刚要站起来，我的羞愧与怒气就立即消失了。 我又心不在焉地坐到了长凳上。

我只是用手绢不停地擦着脖子。 因为现在我感觉到汗水从头发流到了我的颈背，这是很不舒服的。 然而无济于事。 不久我也就不再擦了。 手绢已经湿得可以拧出水来，而我还在继续出汗。我的屁股也大量出汗，湿透的裤子都粘在长凳上了。

小儒昂突然发问：

"你是医生吗？ "

"是的。"比利时人答。

"要痛苦……很长时间吗？ "

"噢！什么时候……不，很快就会过去的。"比利时人慈父般地答道。

他像是在安慰一名就诊的病人。

"可是我……有人告诉我……常常要开两次枪呢。"

"有时候是这样的，"比利时人点头说，"因为第一次射击可能打不中要害部位。"

"那他们就得重新上子弹，再次瞄准喽？"

他想了想，用嘶哑的嗓子接着说：

"这又得好长时间！"

他对受苦简直怕极了，并且只想着这个。当然，在他这种年龄上这也是人之常情。我对这个倒想得不太多。而且，并非因为害怕我才出汗的。

我站起来，一直走到煤堆旁。汤姆惊跳起来，他向我投来了仇恨的目光。由于我的鞋声太响，惹恼了他。我不知道当时我的脸色是否也同他一样灰暗。我发现他也在出汗。天气好极了，然而一丝光亮都钻不进这个阴暗的角落里来。我只要抬头就能望见大熊星座。但是，和以前不同了。前天，从那总主教府的单人囚室里，我可以看到一大片天空。每一个小时都能引起我不同的回忆。清晨，当天空呈现柔和的青蓝色时，我想到大西洋边的海滩；中午，当我看到太阳时，我就想起塞维利亚的一家酒吧。我在那里曾一边喝着芒扎尼亚葡萄酒，一边吃鳗鱼和橄榄；下午，在阴影里，我想起了古罗马的圆形剧场。它的一半在阳光照耀下闪闪发光，另一半却笼罩在浓重的阴影之中。看到大地上的一切都能在天空中得到反映，真令人心酸。然而，现在我可以随心所欲地仰面朝天看了。天空再也引不起我的任何回忆。我宁肯这样。我回来坐在汤姆身旁。又过了很长时间。

汤姆开始轻声说话了。 他必须不停地说话。 否则，他自己也不清楚自己在想什么。 我想他是在跟我说话，可是他并没有朝我看。 显然，他是怕看到我这个样子：阴沉、流汗。 我们两个都一样难看，互相看起来比照镜子还可怕。

他看着那个活人——比利时人。

"你明白吗？"他问，"我可不明白。"

我也开始小声说话，一边看着比利时人。

"怎么，什么事？"

"我们这儿将要发生一些我不明白的事。"

汤姆的身边有一股怪味。 我觉得自己对气味比平时更敏感了。我冷笑着说：

"过一会儿你就会明白的。"

"这不一定，"他顽固地说，"我很想鼓起勇气，但至少我应该了解……你知道，他们将要把我们带到大院里去。 然后，那些家伙将在我们面前排成一行。 他们有多少人？"

"不知道。 大概五个或八个。 不会更多了。"

"那好。 就算他们八个人。 当有人对他们下令'瞄准'时，我就会看到八支步枪都向我们瞄准。 我想我简直要钻进墙里去。我将使尽全身气力用背去顶墙，但是墙却岿然不动，真像在噩梦里一样。 这一切我都能想象得到。 啊！ 你要是知道我能想象到的一切就好了。"

"行了！"我对他说，"这些我也都能想象到。"

"这大概是痛得要命的。 你知道，他们专门瞄准眼睛和嘴，使你变形。"他恶狠狠地补充道，"我已经感到伤口的疼痛了。 我感到脑袋和脖子已经痛了一个小时了。 并非真的痛，但更加糟糕。因为这是明天早晨才能感觉得到的疼痛。 以后呢？"

他的意思我很清楚，但是我不愿意流露出来。 至于疼痛，我也感到全身仿佛刀伤累累似的。 对此我很难忍受。 但是和他一样，我也不很在乎。

"以后，"我生硬地对他说，"你就入土了。"

他开始一个人自言自语，两眼直盯比利时人。 医生不像在听。我知道他是来干什么的。 对于我们脑子里想的，他并不感兴趣。他到这里来是为了观察我们的身体，观察我们这些正在步步走向死亡的活人的身体。

"这真像一场噩梦，"汤姆说，"我要想一件事情，总觉得快想出来了，很快就要明白了。 但是它却溜走了，于是我就忘了，这件事也就放下了。 我想，以后将是一片虚无。 然而我不明白这意味着什么，有时我几乎想出来了……可是又忘了，我只得又重新开始思索痛苦，子弹和枪声。 我跟你发誓，我是个唯物主义者。 我不会变疯的。 可是有些地方不对劲。 我看见了自己的尸体：这并不困难，但这是我自己看到的，亲眼看到的。 我不得不设想……设想自己将什么也看不到，什么也听不见，世界将为别人继续存在下去。 巴勃罗，我们生来并不是为了想这些的。 你可以相信我，以前我曾经为了等待什么而彻夜不眠过。 但是，现在这种事可不同往常。 它将从背后把我们送上西天，巴勃罗，而我们自己对此却毫无准备。"

"住嘴，"我对他说，"要不要我去叫个神甫来听你的忏悔？"

他没有回答。 我早已发现他想当预言家，并且在用平直的语调和我说话时管我叫巴勃罗。 我不太喜欢这样。 但是，所有的爱尔兰人似乎都是这样的。 我仿佛觉得他身上散发出尿味。 说实在的，我对汤姆并没有什么好感，我也不知为什么。 即使因为我们要一起去死，我也应该对他多一点好感的。 要是别人，情况就会不同了。 例如拉蒙·格里斯。 可是，在汤姆和儒昂中间，我感到孤独。 不过，我倒喜欢这样。 要是跟拉蒙在一起，我可能会变得心肠软一点的。 但在这个时候，我的心很冷酷。 我是故意心肠硬一点的。

他继续嘟嘟囔囔，像是挺有乐趣。 为了不让自己胡思乱想，他必定要不断地说话。 他像那些年老的前列腺病患者一样，身上尿味冲天。 当然我是同意他的意见的。 他说的这些话，我也说得出来。 死亡自然是不合情理的。 而且，自从我行将死亡之时起，这堆煤，那条长凳，还有佩德罗那张丑脸，所有这一切在我看来都不顺眼了。 不过，我不喜欢和汤姆想一样的事情。 我也很明白，在这一夜里，再过五分钟，我们就会同时继续想起来，同时出汗，同时颤抖。 我从侧面看了他一眼，我仿佛第一次感到他的样子很奇怪。 他的脸上呈现出死亡的气色。 我的自尊心被刺伤了。 二十四小时以来，我一直生活在汤姆身边。 我听他讲话，我也和他说话。并且我也知道我们之间没有任何共同点。 可是，现在我们俩酷似一对孪生兄弟，这仅仅是因为我们就要一起死去了。 汤姆抓住我的手，但并没有朝我看：

"巴勃罗，我在想……我想我们是否真的在死去。"

我把手抽回来，对他说：

"下流坯，瞧瞧你脚底下吧！"

他的脚底下是一摊尿，并且尿还不断地透过裤子往下滴。

"这是什么？"他惊慌失措地问。

"你尿裤子了。"我说。

"不对，"他生气地说，"我没有尿，我什么也没有感觉到。"

比利时人走了过来，他假装关心地问：

"你感到不舒服吗？"

汤姆没有答理。比利时人看了看地上那摊尿。

"我不知道这是什么，"汤姆粗暴地说，"我并不怕。我跟你们发誓，我不害怕。"

比利时人没有作声。汤姆站起来，走到角落里去撒尿。接着，他扣着裤裆的扣子往回走，重新坐下，再也不吭声了。比利时人在做记录。

我们都看着他，小儒昂也在朝他看。我们三人都在看他，因为他是个活人。他做出活人的动作，有着活人的忧虑；在这个地窖里他像活人一样冻得发抖；他有一具营养良好、听从自己指挥的躯体。我们这几个人却再也不大感觉得到自己的躯体了。总之，跟他的感觉是不一样的。我想摸摸自己的裤裆，但是我不敢。我看着比利时人。他蜷着腿，支配着自己的肌肉，并且他可以想明天的事。我们这三个已经失去人血的亡灵，在那里看着他，并像吸血鬼一样吮吸着他的生命。

他终于抢先走到了小儒昂身旁。他是出于职业的目的想摸一下儒昂颈背的脉呢，还是为慈善心所驱使？如果是出于慈善心，那么这是漫长的黑夜中仅有的一次。他抚摸小儒昂的脑袋和脖子。小家伙两眼看着他，毫无反应。突然，他抓住医生的手，用异常的眼光看着他。他把比利时人的手放在他的两只手之间。他这两只手一点也不招人喜欢，就像两个灰色的钳子夹住一只红润肥胖的手。我已经料到即将发生的事，汤姆一定也看出来了。可是比利时人什么也不明白，他慈父般地微笑着。过了一会儿，小家伙把那只肥胖的红爪子往嘴里送，想咬它。比利时人立刻躲开，跌跌撞撞地退到墙边。他厌恶地看了我们一眼，大概猛然醒悟到我们跟他不是一样的人。我开始笑起来。一名狱警惊醒了。另一名已经睡着的，也睁大了两只白眼珠子。

我感到既疲乏又高度兴奋，我不愿再想黎明即将发生的事，不愿再想死亡了。这毫无意义。我脑中出现的只是一些单词或一片空虚。每当我希望想一些别的事时，我就立刻看到枪管瞄准了我。我体验到自己被处决的滋味可能已经不下二十次了。有一次我甚至认为自己确实死了，大概因为我睡着了一分钟。他们把我拖到墙根，我挣扎着。我请求他们原谅。我惊醒过来，看了看比利时人。我害怕在梦里曾喊叫过；但是，他在捋自己的小胡子，什么也没有发现。如果我愿意的话，我想我是可以睡着一会儿的。因为我已经四十八小时没有合眼，实在是精疲力竭了。可是，我不想白白丢失这两小时的生命。那样，他们就会在黎明来把我叫醒，我就懵懵懂懂地跟着他们，然后，连哼一声都没有来得及就上西天了。我不愿意这样，不愿意像畜生一样死去。我要死得明白。另外，我也害怕做噩梦。我站了起来，来回走四方步。为了换换脑子，我就开始想我过去的事情。许多往事都杂乱无章地回忆起来了。有好的，也有坏的——至少我过去是这样认为的。一个个面孔，一桩桩往事。我仿佛又见到了一个年轻斗牛士的面孔，瞻礼日他在巴伦西亚被牛角撞伤了；我看到了我的一个叔叔的面孔，还看到了拉蒙·格里斯的面孔。我想起了一件件往事。例如：一九二六年我是怎样失业了三个月的，我又是怎样差一点饿死的。我想起在格拉纳达，我在一条长凳上过了整整一夜。那时我有三天没有吃东西了。我发狂了，我不愿饿死。想起这些真有点好笑。追求幸福、女人和自由是多么艰难啊！为了什么呢？我曾想解放西班牙，我崇拜毕·伊·马加尔①，我曾参加无政府主义运动，并在一些公众集会上讲过话。我对待一切都极其认真，仿佛我是长生不老的。

---

① 西班牙无政府主义活动家。

这时候，我觉得我的整个一生都展现在我面前了。我想："这全都是该死的谎言。"既然我的一生已经告终了，那它也就毫无价值了。我纳闷我怎么会和那些姑娘一起去闲逛、胡闹的。早知道我会这样死去，我就不会去招惹她们了。我的一生就在我的眼前，它已经终止，关闭了，就像一只袋子。然而袋里装的东西却都是未完成的。有一阵，我试图对它作出评价。我想说：这是美好的一生。可是，我不能对它作出评价，因为这仅仅是一些模糊的轮廓。我的时间都用来为永生签发通行证了。我什么也没有弄懂。我没有什么可遗憾的。有些东西我本来会留恋的，如：曼萨尼利亚酒，或者夏天我常在加的斯附近一个小海湾里洗的海水浴。可是，死亡使它们完全失去了往日的魅力。

比利时人忽然想出了一个妙主意：

"朋友们，"他对我们说，"只要军事当局同意，我可以给你们的亲人捎个信或转送纪念品。"

汤姆瓓声瓓气地说：

"我什么人也没有。"

我没有答理。汤姆等了一会儿，然后好奇地打量着我问：

"你不给贡莎捎句话吗？"

"不。"

我讨厌这种虚情假意的合谋。但这是我自己的过错。我在前一天晚上谈到过贡莎，我本不应该说的。我和贡莎在一起已经一年了。前一天，为了能和她相会五分钟，我即使用斧子砍断自己的胳膊也在所不惜。正因为如此，我才谈起了她，我实在没有办法。而现在，我再也不想见到她，我也没有什么话要对她说了。我甚至不再想把她抱在怀里。因为我厌恶自己的身体，它已经变得灰暗了，并且还在不断出汗。再说，我也没有把握不讨厌她的身体。

当贡莎得知我死亡的消息时，她一定会哭的。 她将有好几个月再也没有任何生活乐趣了。 但即将死去的毕竟是我。 我想起了她那美丽温存的眼睛。 每当她看着我时，总有一种东西从她那里传到我的身上。 但我想这一切都已结束了。 假如现在她看着我的话，她的目光将停留在她的双眼里，而不会传到我这里来。 我是孤独的。

汤姆也很孤独，但是和我不完全一样。 他骑坐在长凳上，并且开始微笑着打量它，显出惊奇的样子。 他伸出手，小心翼翼地抚摸木凳，然后又猛然把手抽回，全身颤动。 假如我是汤姆，我才不会去摸凳子玩呢。 这是爱尔兰人的又一出滑稽剧。 可是我也觉得各种东西的样子很奇怪。 它们比平时更加模糊，更加稀疏。 我只要看一眼长凳、煤油灯和煤堆，就能感觉到我快要死了。 当然，对于自己的死我还不能想象得很清楚，不过我到处都见得到它。 通过周围的东西以及它们像在垂死病人床头低声说话的人们一样稍稍地往后退，以便和他保持一段距离的样子，都可以看到我的死。 刚才汤姆在长凳上摸到的正是自己的死。

此时此刻，假如他们来宣布饶我一命，我可以安心地回家了，我会无动于衷的。 当你对于人的永生已经失去了幻想时，等待几个小时与等待几年就都无所谓了。 我对任何东西都已无所牵挂，在某种意义上，我是平静的。 然而，由于我的躯体，这种平静又是令人厌恶的。 我用它的眼睛看，用它的耳朵听。 但是这已经不是我了。 它自己在出汗，在颤抖，而我却已经认不出它来了。 我不得不摸摸它，看看它，以便知道它变成了什么样子，仿佛它是另一个人的身体。 有时候，我还能感觉得到它。 我仿佛感到滑动，往下冲，就像坐在一架正在向下俯冲的飞机里一样；我也感到心跳。 但是这并不能让我踏实下来。 来自我身上的一切都可卑得令人怀疑。 大部分时间它毫无反应，默不作声；我只能感到一种沉重、卑鄙的压力。 我感到自己像是被一条巨大的寄生虫困住了。 有一会儿，我摸了摸裤子，觉得它湿了。 我不知道是汗湿的，还是尿湿的。不过，为谨慎起见，我还是到煤堆上去撒了尿。

比利时人拿出表来看了看，他说：

"三点半了。"

坏蛋！ 他一定是故意这样做的。 汤姆蹦了起来。 我们一点都没有察觉到时间竟这样流逝了。 黑夜像巨大无形的阴影笼罩着我们，我甚至记不得夜是什么时候开始的。

小儒昂叫了起来。 他绞动着自己的手，哀求道：

"我不愿意死。 我不愿意死。"

他举起双手在地窖里来回奔跑，然后跌坐在一张草垫上哭泣起来。 汤姆用失神的眼光看着他，甚至不再想安慰他了。 实际上也毫无必要。 虽然小家伙的吵闹声比我们大，但是他受到的打击却比我们轻。 他就像一个以发烧与病痛作斗争来进行自卫的病人。 当你连烧都不发的时候，情况就严重得多了。

他在哭。 我看得很清楚，他在可怜自己；他并没有想到死。一刹那，只有一刹那，我也想哭，我想用眼泪来可怜自己。 但是，结果恰恰相反。 我瞥了小家伙一眼，看到他那瘦弱的双肩在抽动。我感到自己变得不近人情了。 对人对己我都不能怜悯。 我想，我应该死得清清白白。

汤姆站了起来，走到圆洞的底下，开始观察星空。 我很固执，我要清清白白地死去，我想的只是这个，但是，在我的下方，自从医生告诉我们时间以后，我感觉到时间在流逝，它一滴一滴地在流淌。

我听到汤姆说话时，天还很黑。 他问：

"你听见他们的脚步声了吗？"

"听见了。"

有几个家伙在大院里走动。

"他们来干什么？他们总不能在黑夜里开枪。"

过了一会儿，我们又什么也听不见了。我对汤姆说：

"天亮了。"

佩德罗打着哈欠站了起来，吹灭了煤油灯。他对同伴说：

"好冷啊。"

地窖变得灰蒙蒙的。我们听到了远处的枪声。

"开始了，"我对汤姆说，"他们大概在后院干这个。"

汤姆问医生要一支烟。但是我不要。我不想抽烟，也不愿喝烧酒。从这时起，他们就不断地开枪了。

"你明白吗？"汤姆问。

他还想补充点什么，可是他住嘴了。他看着门。门开了，一名中尉带着四个士兵走了进来。汤姆的烟掉到了地上。

"斯坦卜克？"

汤姆没有答应。佩德罗指了指他。

"儒昂·米巴尔？"

"是坐在草垫上的那个人。"

"起来。"中尉说。

儒昂没有动。两个士兵抓住他的腋窝，让他站住。但是他们一松手，他又倒在地上。

士兵犹豫了。

"感到难受的又不是第一个。"中尉说，"你们两人可以把他抬走嘛。到那里自然会有办法的。"

他转向汤姆说：

"走吧，过来。"

汤姆在两个士兵之间走了出去。 另外两名士兵跟在后面。 他们抬着小家伙的腋窝和小腿肚。 小家伙没有晕过去；他瞪大了眼睛，眼泪顺着两颊往下淌。 当我也想出去的时候，中尉制止了我：

"你是伊比埃塔吗？"

"是的。"

"你先在这里等着。 过一会儿再来找你。"

他们出去了。 比利时人和两名狱警也走了，只剩下我一人。我不明白刚才发生的事，但是我宁愿马上了结算了。 我听到了时间相隔几乎一样的阵阵排枪声。 每听到一阵枪声，我都禁不住发抖。我想喊叫，想揪自己的头发。 但是，我咬紧牙关，双手插在口袋里，因为我要保持清清白白。

一个小时以后他们来找我，把我带到了二楼一个小房间里。 那里一股雪茄味，并且热得让我透不过气来。 有两名军官坐在沙发上抽烟，他们的膝盖上放着几份材料。

"你叫伊比埃塔吗？"

"是的。"

"拉蒙·格里斯在哪儿？"

"不知道。"

讯问我的那个人是个矮胖个儿。 在他的夹鼻眼镜后面是一双冷酷的眼睛。 他对我说：

"你过来。"

我走了过去。 他站起来，抓住我的两条胳膊，用一种简直要一口把我吞掉的神气看着我。 同时，他还使尽全力绷住我的二头肌。这倒不是为了弄痛我，而是他耍弄的把戏。 他想要制服我。 他也认为有必要往我脸上喷吐他那污秽的浊气。 有好一阵，我们两人保持着这种状态。 可是我只想发笑。 要想吓唬一个即将去死的人，必须使用更多的手段。 现在的这一套不管用。 他猛力推开了我，又坐了下去。 他说：

"拿他的命来换你的命。 你要是说出他在哪里，我们就饶你一命。"

这两个用马鞭和皮靴装扮起来的家伙，毕竟也是就要死去的人。 比我稍晚点，但不会很久。 而他们却专管在那些纸堆里寻找一些名字，然后把另一些人抓进监狱，或者消灭他们。 他们对西班牙的前途和别的问题都有自己的见解。 他们那些微不足道的活动在我看来都很令人反感，而且非常可笑。 我再也没法设身处地替他们想象了，我觉得他们都是疯子。

那个小胖子一直盯着我，用马鞭抽打着他的靴子。 他的一切动作都是精心设计好的，样子活像一头凶猛活跃的野兽。

"怎么样，明白了吗？"

"我不知道格里斯在哪儿，"我回答，"我原来以为他在马德里。"

另一名军官懒洋洋地举起了他那只苍白的手。 这种懒怠的姿态也是故意的。 我看透了他们耍弄的全部小把戏，并对世上竟有人以此为乐感到惊愕。

"你还有一刻钟可以考虑，"他慢条斯理地说，"把他带到内衣房去，过一刻钟再把他带回来。 如果他顽固地拒绝交代，那就立即枪毙。"

他们对自己做的一切很清楚。 我先是等了整整一夜。 后来，在他们枪决汤姆和儒昂时，又让我在地窖里等了一个钟头。 现在，他们又把我关到内衣房里。 这些阴谋诡计他们大概是昨天就已经策划好了的。 他们以为，时间长了人的神经会支持不住。 他们企图这样来征服我。

他们失算了。 在内衣房里，我感到自己虚弱无力，于是坐在一条板凳上，并开始思考起来。 但不是按照他们的吩咐思考，当然，我是知道格里斯在哪里的。 他藏在离城四公里的表兄弟家里。 我也知道，除非他们对我用刑（但是看来他们还没想这样做），否则我绝不会透露格里斯的藏身之地。 这一点是明确无误、肯定无疑的。 对此我再也不去多想了。 只是我很想弄懂之所以这样做的原因。 我宁愿去死也不会出卖格里斯。 为什么呢？ 我已经不再喜欢拉蒙·格里斯了。 我对他的友谊和我对贡莎的爱情以及我对生存的企求，在黎明前片刻都已经同时消亡了。 当然，我始终是尊重他的，他是一条硬汉子。 但并非因为这个原因我才同意替他去死。他的生命并不比我的生命价值更高。 任何生命在这种时候都是没有价值的。 他们让一个人紧贴墙站着，然后开枪射击，直至把他打死为止。 无论是我，是格里斯，还是另外一个人，都没有什么区别。 我很明白，他对于西班牙的事业比我有用。 但是，无论西班牙，还是无政府主义，我都嗤之以鼻。 因为一切都是无关紧要的了。 然而，我在这里，我可以出卖格里斯来换取自己一条命。 可我拒绝这样做。 我觉得这样倒有点可笑，因为这是顽固。 我想：

　　"难道就应该顽固？ ……"

　　这时，一种莫名其妙的高兴劲油然而生。

　　他们来找我，把我带回到那两名军官那里。 一只耗子从我们脚下穿过，逗得我开心。 我转身问一个长枪党徒：

　　"你看见耗子了吗？"

　　他没有回答。 他脸色阴沉，装出一副严肃的样子。 我很想笑，但是克制住了。 因为我怕一旦笑开了头就止不住了。 那个长枪党徒有一撇小胡子。 我又对他说：

　　"把你的小胡子剃掉吧，傻瓜。"

我觉得，他活着就让这些须毛侵占他的面庞，真是不可思议。他随便地踢了我一脚，我就不作声了。

"那么，"胖军官问，"你考虑了吗？"

我好奇地看了他们一眼，仿佛在欣赏几只稀有的昆虫。我对他们说：

"我知道他在哪里。他藏在公墓里，在一个墓穴或掘墓人的小屋里。"

我这是想捉弄他们一下。我想看着他们站起来，束紧皮带，然后急忙下达命令。

他们跳了起来。

"走。莫勒，去跟洛佩兹中尉要十五个人。你呢，"矮胖子对我说，"假如你说的是实话，那我说的话是算数的。如果是捉弄我们的话，那就饶不了你。"

他们在一片喧闹声中出发了。而我则在长枪党徒的看守下平静地等待着。我不时地发笑，因为我在想过一会儿他们将要发作的样子。我感到自己既糊涂又狡猾。我在想象，他们如何把盖在墓上的一块块石板撬起，然后打开每个墓穴的门。我仿佛是另一个人在想象这一切：那个顽固的企图就此成名的俘虏，那些神色庄重留着小胡子的长枪党徒，以及那些身穿制服在坟墓之间来回奔跑的人；这一切都让人忍俊不禁。

过了半小时，矮胖子一个人回来了。我以为他是来下令枪决我的。别的人大概都留在公墓里了。

军官看着我。他一点尴尬的样子都没有。

"把他带到大院和别人待在一起，"他说，"等军事行动结束后，由普通法庭来决定他的命运。"

我以为自己没有听懂，于是问他：

"那么你们不……不枪毙我了？"

"至少现在不。 以后，就不关我的事喽。"

我始终没有明白。 我问他：

"那为什么？"

他耸了耸肩，没有回答。 士兵就把我带走了。 在大院里有一百来个俘虏，还有妇女、孩子和几名老人。 我开始围绕中间的草坪走起来，简直感到莫名其妙。 中午，他们让我们在食堂吃饭。 有两三个人和我打了招呼。 我大概认识他们，但是我没有和他们搭话。 因为我连自己在哪里都搞不清了。

黄昏，又有十来个新俘虏被带到大院里来了。 我认出了面包师卡西亚。 他对我说：

"好小子，真走运！ 我真没想到还能活着见到你。"

"他们判了我死刑，"我说，"可是后来他们又改变了主意，我也不知为什么。"

"他们是两点钟逮捕我的。"卡西亚说。

"为什么？"

卡西亚并不参与政治活动。

"我不知道，"他说，"他们把所有和他们想法不同的人都抓起来了。"

他放低了声音：

"他们抓到了格里斯。"

我开始发颤：

"什么时候？"

"今天早晨。 他自己干了蠢事。 星期二他离开了表兄弟家，因为他已经听到一点风声。 他可以藏身的人家还有的是，但是他不想再连累任何人了。 他说：'本来我可以藏到伊比埃塔那里去的，但是既然他已经被捕了，我就藏到公墓去算了。'"

"公墓？"

"是啊！真蠢。显然，他们今天早晨去过那里，这本来也是很可能发生的事。他们在掘墓人的小屋里抓到了他。他先向他们开了枪，他们就把他打死了。"

"在公墓！"

我开始晕头转向，终于摔倒在地。我笑得那么厉害，连眼泪都笑出来了。

王庭荣　译

被 逐 者

［爱尔兰］塞缪尔·贝克特

塞缪尔·贝克特（Samuel Beckett 1906—1989），爱尔兰小说家、剧作家，长期旅居法国，用法语写作，主要小说作品有"长篇三部曲"（即《莫洛伊》《麦隆之死》《无可名状的人》）和"短篇四部曲"（即《初恋》《被逐者》《结局》《镇静剂》）等，主要戏剧作品有荒诞剧《等待戈多》《剧终》和《啊，美好的日子》等，曾获 1969 年诺贝尔文学奖，获奖理由是"以一种新的小说与戏剧形式，以崇高的艺术，表现人类的苦恼"。

贝克特被认为是第一个"后现代"小说家，他的"荒诞小说"既不同于传统现实主义小说，也不同于 20 世纪初的现代派小说，其主要特点是：体现了一种反传统意识，同时具有明显的反形式倾向；就其风格而言，他摒弃了约定俗成的创作准则，拒绝采用合乎逻辑的叙述形式，强调小说情节的琐碎性和结构的无序性；所以，其小说不仅表现出荒诞意识，还具有"反小说"倾向，即：以荒诞形式表现荒诞主题——这一点，和他的荒诞剧（如《等待戈多》）是一致的。

本篇是贝克特"短篇四部曲"中的第二篇，内容是主人公"我"的一段自述。这个"我"好像是个流浪汉（"被逐者"），但却是本地出生的；也就是说，他是在自己的出生地"被逐"，在自己的故乡流浪——以此暗示，他是个绝对没有归宿的人。而这个没有归宿的人，就是人类的象征；他的处境，就是人类处境的象征——即：在自己的世界里"被逐"，不知前途如何，或者说，"精神危机"、"信仰危机"，生活失去了"意义"。

也许，生活本来就没有什么"意义"，这是现代人不得不承认的事实（至少，没有人能证明，人活着到底为什么？因为活的结果总是死，而死的"意义"又何在？没有人能回答），但人类的文化历史又使现代人固执地向往"意义"（如果生活从根本上说是"无意义的"，那岂不是所有人都白活了吗？如果生活是"无意义的"，那又为什么要活着？）。于是乎，就有了"荒诞意识"。

贝克特的小说，可说是地地道道的"荒诞小说"——即：通过"无意义的"（即荒诞的）小说形式，为读者演绎"无意义的"（即荒诞的）小说内容，从而使读者意识到生活是荒诞的，世界是荒诞的，即"无意义的"。本篇主人公"我"，就是这样一个"无意义的"演绎者。他讲述的事情，好像有意义，其实毫无意义；或者说，采用一种环形封闭结构，情节不断繁衍而又不断自我消解，使读者产生一种"虚无感"，即：读了半天，好像什么也没读出来（"无意义"），但又似乎有所感悟，感悟到了什么？又好像什么也没有——这就是"虚无感"，真正的"虚无感"，似有实无。这好像很荒诞，然而贝克特要读者感悟的，正是这种似有实无，这种本质上的荒诞，因为这是生活的真相、世界的真相——至少，他是这么认为的。

那台阶可并不高。我曾数过上千次，走上走下这台阶时都数过；但究竟有多少级，却怎么也想不起来了。我总拿不准：要不要一只脚踏上人行道时就数一，另一只脚踩着第一级时数二，以后顺次数下去呢，还是人行道本来就不该算进去？到了台阶上面，又碰到同样的疑难。就是说，反过来由上往下走，情况也照样，这么说可一点也不过分。干脆说实话吧：我就是闹不清楚该打哪儿数起，数到哪儿为止。总而言之，我得出了三个截然不同的数字，而且不明白究竟哪个数字是对的。要是说想不起具体数字，那意思就是说三个数字全打脑瓜里飞了。说实在的，即使我想起其中一个来——我肯定它准滞留在我的记忆里——我也只会想起它自身，而推算不出其余两个。而且，即使记起两个，也肯定想不起第三个。不成，非把三个数字全想起来，才能搞清楚到底是怎么回事。唔，追忆往事真是要命哪！看来有些事儿，那些叫人牵肠挂肚的事儿，还是不想为好；或者毋宁说还是要想，因为不想反而可能慢慢地记起来。就是说，一日数次，天天想好一阵子，直到记忆蒙上一层厚厚的纱幕为止。这是我给自个儿立下的一条规矩。

总而言之，台阶究竟有多少级，这无关紧要。但要记住：它并不高，这一点，我倒印象颇深。即便对于小孩来说，比起其他台阶来也不算高。那些台阶，他们已司空见惯，天天踩上踩下，而且还在踏级上玩过羊脚骨和其他种种连名字也忘了的游戏。这样高的台阶对于一个成年人、一个道地的成年人说来，又算得了什么呢？

总之，这一跤摔得不算重。尽管我摔倒在地，摔得晕头转向，却还听见砰砰嘭嘭的撞门声，不由得心里感到宽慰。因为这意味着他们不会拿着大棒追到大街上，当着行人的面揍我一顿。假使他们的本意是这样的，他们就不会关上门了；而会把门敞开，好叫过道里围观的人群欣赏如何训诫我，他们自己也好从中得到教益。 这一回，他们只不过把我撵出来，如此而已。 我滚到街边水沟里，还没来得及坐稳，就已经完成了这番判断推理。

据此看来，我根本无须急着爬起来。 于是，我用胳臂撑着地——想想也真滑稽——索性坐在人行道上，两只巴掌捂着耳朵，捉摸起当时的处境来，而这种处境毕竟是习以为常的。 这时我眼前浮现一幅令人神往的美景，仿佛看到漫山遍野开满了山楂花和野蔷薇。 正当我想入非非的时刻，突然听见一声微弱而确实的撞门声，把我惊醒了。 我不由得一抬头，两只巴掌按在地上，站了起来。原来是我的帽子，飘飘忽忽，朝着我飞过来了。 我一抬手接住了它，戴在头上。 照他们的上帝定下的标准，他们还真算是循规蹈矩。 他们满可以留下这顶帽子；可帽子不是他们的，是我的，所以就还给了我。 不过，我刚才的乐趣却被打断了。

怎么向你们描绘这顶帽子呢？ 而且我为什么会有这么顶帽子的呢？ 原来，当我的脑袋达到且不说是最后的、至少也是最大尺寸的那年，我爸对我说："来吧，小子，咱们去买你那顶帽子。"那口气好像"我那顶帽子"打开天辟地以来就存在，就在某个地方呆着。 他直朝"那顶帽子"走去。 我可没有发言权，帽店老板也没有。 我常想：我爸是不是故意捉弄我，是不是嫉妒我年轻、长得一表人才，至少是气色鲜嫩吧；而他却老了、胖了、肤色发紫了。总之，打那以后，就再也不许我不戴帽子，披着一头漂亮的褐发出门了。 有好几次，我走进一条僻静的街道，战战兢兢地脱了帽子，拿在手上。 每天一早一晚，我得把它拾掇梳刷一番。 有时我不得不和年龄相仿的小伙伴们往来，他们就拿我逗乐儿。 我心想，这跟帽子并没有多大关系。 他们不过是借帽子做文章，拿它当最大的噱头罢了，他们原不是那号有心眼儿的人。 我就总对那些同一辈的人没心眼儿感到惊奇。 我可是什么事都要细细琢磨的；而往往一琢磨，良心就要折腾一整天。 也许，他们那叫作"好心好意"——也就是那种当面嘲笑驼背人的"好心好意"。 我爸一死，我本可以甩掉这顶帽子，那时谁也不会反对的，可我没有这么做。 唉，怎么描写这顶帽子呢？ 下回再说吧，下回再说！

于是，我站起身，准备上路。 我记不得自己到底有多大岁数了。 反正刚刚发生的事儿在我一生中不是什么重要时刻。 既不是什么事情的开端，也不是结局。 倒像其他许许多多事情的头和尾一样，使我感到迷惘。 不过，要说我正年富力强，或像俗话说的，样样智能都很发达，那可并非言过其实。 可不是吗？ 要说发达，可真够发达的。 这么想着我就过街了，一边还回过头来瞅瞅人家刚才轰我出来的那幢房子；往常我离家可从不回头看的。 这房子真美呀！ 窗台上还种着凤吕草，我有好几年曾经仔细摆弄这花。 凤吕草可刁呢，但到底还是我让它怎么长，它就怎么长。 那小小的台阶上面，就是房屋的大门。 我对这大门一直赞叹不止。 怎么描绘它呢？ 那是一种厚厚实实的绿漆大门，赶到夏季，还要罩上绿白条纹的布套子，只留出一个洞口，露出铁扣环和信箱的一道缝，上面有一块带弹簧的薄铜板，以防尘土和虫鸟钻入。 门的两侧，每边有一根同样颜色的护门柱，右边的柱子上安着门铃。 那房子的窗帘散发着那么一股味儿，叫你觉得这户人家最正经不过了。 厨房烟囱里冒出来的烟，冉冉上升，然后消失在空气里，就连这也显得比邻居家的更凄凉，颜色也仿佛更蓝。 我两眼盯着四楼，也就是最高一层：屋子窗户正洞开着。 屋里似乎正在彻底扫除。 几个钟头之后，他们就会关上窗户，拉上窗帘，还要喷洒福尔马林。 我可了解他们啦。 我倒宁愿算是死在这屋里的人。 在朦胧的幻觉之中，我仿佛看见房门自动打开了，人家抬着我，脚朝前、头朝后走了出来。

我就这么无拘无束地瞧着那所房子：我知道他们不会躲在窗帘后面偷看我；要是他们愿意，本也可以这么做。但我把他们看透了。他们全都已经回到自个儿的窝里，各干各的活儿了。

可我并没做啥妨碍他们的事儿呀！

这座城市是我的出生地，但我对它了解得太少了。我在这里度过了一生最初的岁月，又度过了后来把我生平的道路搅得乱七八糟的那些岁月。我出门太少了！有时我走到窗前，掀开窗帘往外瞧瞧，但很快又回到屋子的后半部，那里放着床铺。房间里的空气真叫我不自在；一想到朦胧而又无限的未来，我便觉得不胜渺茫。不过，在那时候，一旦非常必要，我还能有所作为。但我先是抬起眼睛凝望苍天——那众所周知的援救便是从天上下来的。在那里，道路是没有明明白白做出标记来的；人们可以自由自在地遨游，像在沙漠里一样。那里不论从哪里极目远眺，都一眼望不到尽头。就因为如此，我一遇到诸事不顺心的时候，便仰望苍天——这样做实在单调乏味，可也是身不由己呀。那苍天即使阴云密布、雨脚如麻，也比这嘈杂混乱、令人目眩的城市、乡村、大地安宁得多了。小时候，我常想：在平原上生活该多好。于是就跑到月芽堡的荒野上去了。去的虽是荒野，可满脑瓜想的却是平原。有些荒野要近得多了，但似乎有一个声音对我嘀咕：您呀，您该去月芽堡的荒野。要知道我可不大用"你"这样随便的字眼来称呼自己。我之所以选中它，大概与"月芽"这个词儿有点姻缘。嗳，这月芽堡的荒野实在不中人意，太不中人意了。总之，我扫兴而归，同时却也觉得如释重负。真的，不知为啥，我从来没有失望过；不过，在早年却也屡有失意之时，但在当时或事后倒并无轻松感。

我继续朝前走。瞧我走路的姿势吧：两条腿硬邦邦，好像老天爷没给我配备膝盖，脚又摆出奇怪的外八字形。上身呢，却像是要抵消下肢的僵硬，竟软得像个塞满了破烂的布口袋，随着骨盆突如其来地振荡，没完没了地摇晃着。 我常常竭力克服这些毛病，把身子挺挺直，把膝盖弯一弯，把那几只脚都靠拢些——因为我至少有五六只脚——但最后还是免不了同样的结局，即突然失去平衡，并摔倒在地。 走路时本不要去想自己在干啥，就像叹口气那样随便；但我要是也这样，就会像刚刚说的那样摔倒。 要是我注意约束自己，倒还能像样地迈几步，然后还是跌倒。 于是我打定主意信步走去。 我之所以弄成这副模样，我想至少部分是由于我的某种本能。 那是对性格形成最起作用、也是感受能力最强的几年，即从扶着椅子蹒跚学步到学完初等文化课为止（也就是到小学三年级）的漫长岁月；在这个过程中形成了我的本能，以后我就从未能完全摆脱它。 那时，我每天早上十点到十点半之间常把屎尿撒在裤裆里，从此染上了必须装模作样、若无其事地把整整一天打发过去的恶习。 那时节想去找妈妈换衣裤的念头真把我折磨苦了，其实我妈要知道这事，准会忙不迭地帮忙。 可不知为啥，我就这样整天把那热呼呼、臭熏熏、还脆酥酥的东西夹在两条腿之间，或者沾在两片屁股上，晃来晃去，直到上床时为止。 这就是我走起路来小心翼翼、两腿硬邦邦、上身乱晃，以及外八字脚的来历。 这无疑是要瞒哄别人，要叫人以为我无忧无虑、高高兴兴，而且还对我杜撰的理由信以为真：我把下肢僵硬归之于祖传的关节炎。 我身上的那股年轻人的热情就这样磨灭了，我的性格也就稍嫌过早地变得易怒、多疑、孤僻，喜欢躺着休息。 年纪轻轻，就用这样可怜的、莫名其妙的办法解决问题。 反正总算摆脱尴尬境地了。 总之，随你怎么解释吧，疑团还是难以消释。

那一天，气候晴朗。 我继续沿街朝前走，并且尽可能地靠着人行道。 我一想走动，那么天下最宽敞的人行道也嫌狭窄，而我又唯恐碍着那些陌生人。 一位警察走来对我说："车行道走车，行人走便道。"那口气简直跟《旧约》的经文差不多。 我赶紧走上了人行道，几乎是颇感歉意地这么做；尽管东碰西撞，却勉强走了足足二十来步。 后来，为了避免碰倒一个孩子，我却身不由己摔倒在地上。 我记得那孩子身上披着马鞍，挂着铃铛，他准是把自己当成了一匹小马驹，或许还当成了一匹高头大马！ 其实又有何不可？ 要是把他撞翻在地，我本是十分乐意的。 因为我顶讨厌小孩了，何况摔一跤对他或许还有好处呢！ 可是，我怕人家报复。 人人都以家长自居，这就使你望而却步了。 看来应当在行人多的街道上给这些臭小子开辟专线，好容纳他们的小车啦，铁环啦，棒棒糖啦，小冰鞋啦，滑溜板啦；外加他们的爸爸、妈妈、奶奶、气球；总之是他们那一整套享福的玩意儿。 我摔倒并不要紧，可把一位老太太也撞倒了。 她穿着一身镶满金铂和花边的衣服，体重足有二百来斤。她大声尖叫，立即招来了一大群看客。 我但愿她把股骨摔断了，据说那些老太婆最容易摔断股骨。 可她这一跤却摔得不怎么重，不怎么重呀！ 我趁忙乱的当儿拔腿就跑，嘴里还嘟嘟囔囔，似乎我倒是受害人；我真是受了害的，但却没法加以证明。 人家向来不拷问小孩的：娃娃嘛，不论有啥过错，总是不问情由就先得到洗刷。 但我却乐于享受惩办他们的乐趣；当然不是说要亲自动手；不会的，我不是那号鲁莽汉子；可我会鼓动别人去干，完了我就请他们喝酒。 我又在街上左踢右撞、东倒西歪地继续朝前走；这时，又过来一个警察，他在各方面都同刚才那个警察一模一样，我甚至怀疑他是否就是原来那个。 他走过来要我注意：便道是供大家走的，好像我显然不在"大家"之列。 我连想也没想到赫拉克利特①，就回

---

① 古希腊哲学家，主张火是物质的本源。

234

敬他道："您是否想叫我跳到水沟里走呢？"他说："你跳到哪儿去，这悉听尊便；不过，请不要独占整个人行道！"我瞄准了他那至少有三毫米厚的嘴唇，对着它吹了口气。我觉得自己的神态颇为自若，好像遇到大事不妙时深深叹息一样。警察却无动于衷。没准他有解剖或发掘尸体的习惯，对什么都能处之泰然。"要是你不会像别人那样走路，"他又开腔了，"那最好还是呆在自己家里。"他这正好说到我心坎儿上了。而且，他这么着赐给我一个"家"，我当然不会扫兴。这时正好开过来一辆灵车，这种事儿有时不免发生。行人哗里哗啦地摘下帽子，同时千百只手指急急忙忙地划起十字来。要是我也被逼得非划十字不可，那么我就尽心尽意地划：先鼻尖，后肚脐眼；再就是左乳头、右乳头。而行人们匆匆忙忙地在身上大概划了个圈，算是十字架的形状。姿势一点也不讲究，比方说先从下巴颏儿划起，然后划到膝盖；两手也随随便便。那些最虔诚的人则马上恭恭敬敬地立定，嘴里还念念有词。至于那个警察，两眼低垂，右手指放在帽檐上，肃立在那里。后面送殡的马车上，我隐约看见一些人激动地高谈阔论着，想必正在追思亡人生前的事迹。不知死去的人是男还是女；听说灵柩的装饰因此而有差异，可我从来也看不出差异何在。拉灵车的马儿可照样拉屎放屁，同赶集去并无两样。我却不见有人跪下来。

在当地，灵车过得挺快，人生在世最后一趟出门远行本来不必这么仓促。最后一辆送殡车是仆人们坐的，车子过去后，一切复归原状；人人都恢复了生气，照旧去应付日常的事务。我第三次站住了，这次可是我自己乐意的：我跳上了一辆马车。刚才那些载着高谈阔论送殡人的马车，或许给我留下了深刻的印象。我坐的这辆车像个黑箱子，车身在车轴弹簧上不住地颠动，窗户极小，乘客蜷缩在一个角落里，里面还散发出一股霉味儿。我一坐下就觉得帽子擦着了顶篷。 不一会儿，我就探身向前，关上了玻璃窗，然后回到原位上，背朝着前进的方向。 我正要昏昏入睡，突然被一声叫喊惊醒，那是马车夫的声音。 他因为隔着窗户叫我，见没有应答，便打开了车门。 我只瞥见他的八字胡。 他问："上哪儿去？"他是专为问这句话才离开座位的。 我还以为马车早已走了好远呢！ 我思索了好一会儿，想回忆起某条街道或某处名胜的名称。 但我嘴里却问道："你的马车卖不卖？"随后又加上一句："只要车，不要马。"我心想：要马有啥用呀？ 可要车又有啥用呢？ 难道能勉强躺在里面睡觉吗？ 而且，谁给我送吃的来呢？ 想到这里，我又说："去动物园吧！"大都市里很少没有动物园的。 不过，我又补充道："别走得太快。"车夫笑了。 大概是因为我提到走得太快的事，他觉得简直好笑；要不就是想到车子要脱手了，他感到开心；再不然就是见我坐在马车里，脑袋龟缩在车篷的阴影下，膝盖顶着车窗，这副模样实在可笑，使他受到触动，不禁怀疑这马车是否真是他的，甚至于这到底是不是一辆马车；于是他急忙看了马儿一眼，才放下心来。 然而，谁知道自己笑时有什么缘由呢？ 总之他笑的时间不长，使我感到事情与我无干。 他重新关上了车门，登上了座位。 不一会儿，马儿就往前迈步了。

　　不错，那时候我还有点儿钱。 我爸死时无条件地遗赠给我一小笔款子，不过是否被人偷走了，我到现在还闹不清楚；反正是后来没有了。 但我照旧活着，甚至还活得相当称心如意。 这种状况——姑且称之谓"绝无可能买这买那"的状况——只有一大缺陷：就是它迫使你不时要出去走动走动。 比方说，一个人真要是分文不名，又想人家不时把吃的东西送上门来，那就颇难办到了。因此，我不得不每周至少出去走动一天。 在这种情形下，我就不大有固定的住址，那是必然的！ 因此，直到相当晚了我才得悉：有人正为一件直接与我有关的事，而四处寻找我。我已不知是怎么得悉此事的。我一向是不看报的，而且也想不起来这些年同谁谈过话，也许为吃饭的事，跟人交谈过三四次吧。总之，我大概是偶尔风闻到了这件事，要不也不会跑到尼德尔律师那儿去，他也不会接见我的。你瞧多奇怪，有些人的名字，你想忘也忘不掉呢！他验证了我的身份，这可费了一番时间。我把以镀金字母嵌在帽子里的缩写姓名出示给他看，这当然证明不了什么，但可以确证本来只是或然的事情。他说："签字吧。"边说边用手玩弄着一根圆筒形的尺子，它足足能把一头牛打倒在地。他又说："你点点数。"当时，有一位妇女——或许是一个准备出售的女人——在场；她准是作为证人出席这次会见的。我把一迭钞票塞进口袋里。律师说："你错了。"我想他本应先让我点钱，后要我签字，这才更合手续。他又说："有事我到哪儿找你？"我走到楼梯下面，突然又想起了什么，于是返身上楼，问他这钱是哪儿来的，并且说我有权问清楚。他告诉我一个女人的名字，现在我已经想不起来了。也许，当我还在襁褓中的时候，她曾经抱过我，或许我跟她亲热过。我说那准是在我还处于襁褓中的时期，因为再晚，跟大人亲热就不合适了。正是靠了这笔款子，我现在手头还有些钱，不过实在是微乎其微。想到以后还要靠这笔款子过日子，就更等于零了。除非我的预见过于悲观。我敲敲靠近帽子的隔板，要是算计得并无差错，那地方该正对着马车夫的背。隔板裂缝中飞出一片灰尘。我从衣兜里掏出一个石子儿，又用它敲隔板，直敲到马车停下来的时候。我注意到：大多数车辆在停车前要减速，而我那部车却突然刹住了。我等着。车身在震荡着。马车夫居高临下坐在那座位上，大概在听候我吩咐。我清清楚楚地看见了马儿，它并不因为停车而全身松弛，而仍然是那么聚精会神，两只耳朵竖得高高的。我往窗外看了一眼，车子又动起来了。 我又敲了敲隔板，直到马车又重新停下。 车夫骂骂咧咧地下了座位。 我连忙打开玻璃窗，免得他又想开车门。 我说："快些，走快些！"他满脸通红，简直可以说脸色发紫。 也许是由于生气，也许是由于顶风驾车的缘故。 我告诉他，这辆车我整天都包下了。 他回答说："三点钟要送人去坟场。"啊，又是关于死人的事。 我告诉他：我现在不想去动物园了。 他答道，随便去哪儿都无所谓，只要不太远，因为马儿受不了。 据说，原始人的话是有特色的。 我问他认识不认识一家餐馆，还特别加上一句："我请你一块儿吃饭。"到这些地方，我宁愿搭上一个老顾客。 到了餐馆，只见里面有一张长条桌，一边放着一式长短的板凳。 隔着长桌，他跟我拉起家常，谈到他的生活、老婆、牲口；然后还是他的生活。 主要因为他性情暴烈，他的一生充满了艰辛与坎坷。 他问我是否能体味，不管日晒雨淋，都得终日在外奔波，这是什么滋味。 我还听他说：至今仍有些马车夫整天呆在停车场，躲在暖暖和和的车厢里，等待顾客找上门来。 这在过去是行得通的。 如今，你要是想晚上能暖暖和和地呆着，就得想别的法子。 我也向他描绘了一番我的生活，告诉他我失去了什么，又想得到什么。 我们俩互相介绍，尽量把情况说清楚，让对方了解自己。 他听明白的是：我丢掉了房间，现在急需另找一间，但其他种种却没听进去。 他却自说自话而又冥顽不化地认为：我在寻找一间带家具的房间。 于是，他从衣袋里掏出一张昨天的晚报——说不定是前两天的——便仔细地浏览各种小广告。 他还用一根小铅笔头——大概他也用这根铅笔，哆哆嗦嗦地猜测马赛中谁将得胜——在报纸上标出了五六处。 他无疑是以设身处地的心情标出那些地方，或许还为了照顾他那匹马儿，标出了同一市区的几处住所。 我提醒他，我的房间只要一张床，不要其他家具。 要是有其他家具，则务必在我住进去之前全部撤走，包括床头桌在内；否则，我决不进房门。 听了我这话，他可更加糊涂了。 约摸三点钟的时候，我们从饭馆出来，弄醒了马，就又上路了。 车夫要我坐到他身边去；我可早就想回车厢里，于是，又坐到了原位上。 我希望有计划地依次察看车夫标出来的地方。 冬季的日子短，眼看天色黑下来了。有时我觉得自己只熟悉冬季的日子，尤其是黑夜来临前的那个美好时刻。 车夫在一些地址上做了记号，确切地说，是像普通小百姓惯做的那样，在上面划了些十字；随后在看不中意的地址上，又划了些斜道道。 后来，他把报纸给了我，要我留在身边，以免将来再去那些已经白费过气力的地方。 尽管关上了车窗，马车吱吱地响，街上又一片喧嚷，我还是听见他高坐在车夫座位上，独自唱起歌来。他情愿拉我，而不愿送人参加葬礼，这是明摆着的；这情形还会无休止地继续下去。 他哼的歌词，我只记得这么一句："她远离心上人长眠的国度。"每次车一停，他都来扶我下车。 我按照他指点的地方去按门铃，有时还走进人家屋里去。 在久经流离之后，又置身在一户人家的屋里，我记得当时似乎觉得挺新鲜。 车夫在便道上等我，见我出来便又扶我上车。 我已经开始对他感到腻味了。 他重新登上他那高座，我们又上路了。 一度竟有这样的事：车夫把马车停下来了，我从昏睡中振作起来，做出要下车的姿态。 可是，不见车夫来开门，更不见他伸过胳臂来扶我，只得自己走下车来。 原来他在点灯。 我很喜欢煤油灯；虽然它和蜡烛一样，是我最早见过的亮光，如果除开天上的繁星不算的话。 我对他说：既然他亲自点燃了第一盏灯，我是否能点第二盏灯。 他递给我一盒火柴，我拧开灯罩，把灯点着了，就赶紧放下罩子，好让灯芯在它那小小的天地里暖洋洋地燃烧，烧得更安静、更明亮，不怕风儿将它扑灭。 一阵快感油然而生。 现在借着这亮光，还是什么也看不清，只是模模糊糊瞥见马儿的轮廓。 但是旁人却可以远远看见这两盏灯，像两个悬空悠悠晃动的黄点。 要是马车拐弯的话，便看见一只眼睛在闪烁，像透明玻璃盒子里装着一件凸起的棱形物体，一忽儿闪着红光，一忽儿闪着绿光。

看过最后一家之后，车夫提出要我上他熟悉的一家旅店去，说我在那里会觉得很舒适的。 车夫介绍旅店，这倒站得住脚，似乎合情合理。 既是他推荐的，我就不会缺什么。 他还眨眨眼睛说："那里样样设备都齐全。"我记得是我打最后一家出来、站在人行道上的时候，他说这番话的。 我还记得，借着那灯光，我看见马儿的肚子瘪了，还冒着热气；我还看见马车夫戴着呢手套的手，扶着车门的门把，因为我的身材比车顶高出整整一头。 这时我建议车夫去喝一杯。 那马儿一整天都没吃没喝了。 我提醒他注意这一点，他却答道：他的马儿只有回到马厩才能吃喝。 要是马儿在干活的当儿，吃了点啥，哪怕只是一个苹果、一块方糖，也会肚子痛，或者拉稀，那就再也走不动了，说不定还会送命哩！ 正因为如此，每当他因故不能看住马儿时，就不得不给马儿套上牛皮做的马嚼子，免得它因行人的好意而吃苦。 几杯酒一落肚，马车夫便请我赏他们夫妇的光，上他们家过夜。 他说，路不远。 我把他的话仔细推敲了一下，借所谓"事后聪敏"之助，恍然悟到一整天他只不过是围着他的住所转圈子。 他们住在一个庭院的后半部，在车库上方的阁楼上。 这样的环境太妙了，我要是也有这样的环境，可就心满意足了。 车夫把我介绍给他老婆——她的臀部极其丰满——然后就走开了。 她和我单独呆在一起，感到很不自在，这是看得出来的。 我很理解她的心情，但我对这种情况可一点也不感到难堪。 结束这种状况也好，或者继续下去也好，都是毫无道理的。 那就不如结束它吧。 我说我要到下面车库去睡。 车夫大不以为然。 我也绝不示弱。 车夫提醒他老婆注意我头顶上长了个脓包，因为我刚刚为表示礼貌，脱掉了帽子。 她说："得动手术割掉。"车夫便提到一位他十分尊敬的医生，那医生治好了他的痔疮。 他老婆说，既然客人要在车库过夜，就照他的意思办吧。 于是，车夫从桌上拿起灯，领我下楼梯，到车库里去；他老婆独自留在漆黑一团的屋里。 要说楼梯，倒不如说是一架梯子而已。 他在车库找了一个角落，在地上铺了些干草，再放上一副盖马用的大氅，然后留给我一盒火柴，说是我晚上也许需要亮光。 我记不得这当儿那匹马在干啥。 我在黑暗中躺下，只听见马儿喝水的声音，耗子东奔西窜的嗒嗒声，夹杂着楼上车夫两口子压低嗓门儿对我评头品足的窃窃私语声。 我手里捏着那盒火柴。 那是一大盒瑞典火柴呢！ 我一翻身爬了起来，擦亮了其中的一根。 这一刹那的亮光使我看准了马车在哪里。 突然，脑子里闪过一个念头，想放一把火烧掉这车库，但很快又打消了。 我摸黑来到马车旁，拉开车门，几只耗子窜了出来。 我钻进车厢，刚在里面安顿下来，就发觉车身不像原来那样平稳，其实当然是这样：车辕子卸在地上了。 这一来倒更好：虽说因为要把脚搁在另一条板凳上而脚高头低，但却可以舒舒服服地躺着。 这一夜我几次发现马儿隔着车窗瞅我，甚至于可以感到它鼻孔里呼出的热气。 卸了辕的马儿见我还呆在车厢里，大约觉得古怪。 我因为忘了把大氅带进来，这时感到有些冷，但又没有冷到非要去取大氅不可的地步。 透过车窗，我逐渐看清了车库的窗户。 于是，我从车里钻出来，这时车库里已不那么漆黑了。 我隐约瞥见了食槽、饲料房、挂在墙上的马鞍，还有水桶、刷子。 我走到门边，但拉不开门。 马儿两眼直勾勾地盯着我。 难道马儿是从不睡觉的吗？ 我觉得车夫本当把它拴起来，比方说拴在食槽前面。 我恐怕只好爬窗户出去了。 谈何容易呀！ 可是，天下哪有容易的事儿呢？ 我先把头伸出去，然后弯下腰用手撑着院子的地，可是屁股夹在两根窗棍之间出不来，只好拼命扭动。 我记得当时为了挣扎，使劲用手揪地上的两簇草。 我早就应当想到先脱掉大衣，从窗口扔出去。 刚走出院子，就又想起什么事儿来。 我觉得很累。 我塞了一张钞票在火柴盒里，然后又回到院子里，把那火柴盒放在方才那扇窗的窗台上。 马儿仍呆在窗前。 我在街上刚走了几步，就又返身回到院里，拿走了自己的钞票，至于火柴，就扔下了，因为那本来就不是我的。 那马儿始终呆在窗前。 我对它已经讨厌透了。 这时，天刚泛白。 我不知道自己究竟呆在什么地方，便决定朝东走，想来这样天亮得快。 我宁可朝着海边或沙漠走。 要是早上出门，我总是迎着太阳走；晚上出门，就追着太阳而去，一直走到死神那里。 我说不上为什么讲了这段故事，其实本来也满可以讲另一个故事。 或许下次再讲它吧。 人们啊，你们会发现，两个故事也差不多。

涂丽芳　译

镇 静 剂

[爱尔兰] 塞缪尔·贝克特

　　本篇是贝克特"短篇四部曲"的第四篇，内容是主人公临
死前的一大段内心独白，其中夹杂着回忆和幻觉，而且两者是
混合在一起的，很难分辨，读之令人眩晕。然而，小说题名却
是"镇静剂"，意思是：这是主人公自己安慰自己——"于是
我将给自己讲个故事，于是我将努力给自己再讲个故事，以使
自己镇静下来……"——也就是说，主人公说的一切，是自己
说给自己听的，跟别人无关。再说，就如主人公自己所说，
"我现在说的一切互相抵消，我将什么都没说"。既然说了等
于"什么都没说"，也就是说，这一大段内心独白，既是主人
公一生的缩影，又什么都不是，"什么都没说"。换句话说，
就是暗示读者千万不要想从中读出什么"意义"来！这里没有
什么"意义"，要有的话，就是"无意义"——如果"无意义"
也算一种"意义"的话。

　　那么，为什么要写这一大段"无意义"的文字呢？就在于
表明主人公的一生是"无意义"的，而主人公的一生，就是人
类生活的写照，即：生活，不管哪种生活，从根本上说都是
"无意义"的，因为没有人知道，人为什么要活着；因为没有
人知道，地球上为什么要有人类，而其他星球上为什么没有。

所以说，这样的荒诞处境，并不仅仅是指某些个人、某个群体、某个社会或某个时代，而是指整个人类的全部历史是"荒诞的"，因为人类并不知道、也不可能知道，整个人类历史有何目的、"意义"何在。所以，有人说："贝克特的作品发自近乎绝灭的心境，似乎已承担了全人类的不幸。"

　　我不再知道我是什么时候死的。我一直觉得我在年老时死去，快九十岁时，何等的年岁，我的身体证明了这一点，从头到脚。但今晚，独自躺在冰冷的床上，我感到我将会比那一天、那一夜更苍老，那时天空以其全部光亮洒落在我身上，还是那同一个天空，自从我在遥远的土地上漂泊，我常常目视这天空。今晚由于过于害怕，我不敢倾听自己溃烂，不敢等待心脏严重的红色衰竭、堵死的盲肠的抽搐，害怕在我头脑中完成那些漫长的谋杀、对那些不可动摇的柱子的袭击、同尸体的爱情。于是我将给自己讲个故事，于是我将努力给自己再讲个故事，以使自己镇静下来，并且就在故事里我感到我将会很老很老，比我跌倒、求救并得救的那一天还要老。或者是否有可能在这故事中，我死后重又回到地面上来。不，死后回到地面上来，这不像是我干的事。我又不在任何人家里，是什么使我骚动？我被人扔到门外了吗？不，那时没有任何人。这会儿我看见一处洞穴般的东西，地上满是罐头盒。然而这不是乡村，也许只是片废墟，也许是片游乐场的废墟，在城郊，在一片田里，因为田野一直延伸到我们的墙下，他们的墙，夜里母牛躲在残存的城墙里睡觉。在我的溃逃中，我换了那么多庇护所，以至于现在我混淆了洞穴和瓦砾。但那一直是同一座城市。的确人常在梦中行走，房屋与工厂使空气变得污浊，人们可以看到有轨电车驶过，而在你那双被草弄湿的脚下，突然出现了石砌地面。 我只认识我童年的城市，想必我看到过另一座城市，但无法相信这一点。 我现在说的一切互相抵消，我将什么都没说。 那时我仅只是饿了吗？ 天气是否诱惑了我？ 天气多云而凉爽，我要它那样，但还不至于吸引我外出。 第一次尝试我没能站起来，第二次呢也没有，而一旦最终站起来，靠着墙，我寻思我是否能够坚持住，我是说站着，靠着墙。外出与行走，不可能。 我讲起这件事就像它发生在昨天。 昨天确实很近，但还不够。 因为我今晚讲的发生在今晚，在这一流逝的时辰。 我不再待在这些杀人犯家里，在这恐怖的床上，而在我遥远的庇护所，两手缠握在一起，低着头，虚弱、气喘吁吁、宁静、自由，比我可能达到的更为年老，如果我的估算正确的话。 但是我将用过去时来讲我的故事，仿佛这涉及一个神话或一个古老的寓言，因为今晚我需要另一个年代，需要让从前我称之为我的年代成为另一个年代。 咳，我才不在乎时态呢，坏蛋，不在乎你们的时态。但渐渐地我出了门并开始行走，一小步一小步地，在一片树木中，瞧，一片树木。 芜杂的植物蔓生到往日的小路上。 我靠在树干上喘口气，或者抓住一根树枝，以便朝前走。 我上次经过的痕迹完全没有留下。 这是正在死亡的多比涅①的橡树。 这不过是个小树林。树林的边缘已近，一道浅绿的、破碎的光这样低声说道。 的确，不管人在哪里，在这小树林中，哪怕在它最深处可怜的秘密中，到处都可看见闪耀着的这道更微弱的光，不知它是哪种愚蠢的永恒证据。 没有太多的，有一点痛苦地死去，值得一试，面对失明的天空自己合上凹陷的眼睛，然后很快变成腐尸，免得乌鸦上当。 这便是

---

① 阿格里巴·多比涅（1552—1630），法国诗人，《悲剧集》的作者，他在诗中常赞美橡树。

淹死的好处，好处之一，螃蟹总不会来得太早。 这一切都是筹划问题。 但奇怪的是，最终出了林子，漫不经心地跨过环绕它的沟渠之后，我不禁想到了残酷，含笑的那种。 在我面前铺展开一片茂盛的牧草，也许是苜蓿，谁又在乎，草上滚动着夜露或新雨。 在草地尽头，我知道，是一条路，然后是块田，最终是些城墙，它们阻断了视野。 城墙庞大而呈锯齿形，淡淡地呈现在比它们略微清晰的天空背景上，看上去并未倒塌，从我的角度看，但却是倒塌了的，据我所知。 这便是呈现给我的场景，毫无用处，因为我了解它并厌恶它。 我所看到的是一个穿栗色礼服的秃顶男人，一个说故事的人。他在讲一个可笑的故事，关于一次惨败。 我一点都没听懂。 他说出蜗牛一词，也许是鼻涕虫，令大家十分高兴。 女人们似乎比她们的男伴更开心，如果可能的话。 她们尖利的笑声冲破了掌声，掌声中止后，笑声仍不断从这里或那里爆发出来，直至搅乱了下面故事的开场白。 她们也许想到了在职的阴茎，谁知道呢，坐在她们边上的，她们从这甘美的海岸传送出欢快的叫声，朝着那喜剧性的风暴，何等的才能。 但今晚应有什么事在我身上、在我的身体上发生，就像在神话中，某些演变发生在这从不曾或很少遇到什么事情的年迈的身体上，它从不曾遭遇、爱慕、欲求过任何东西，在它那镀了锡的世界，镀得很差，什么都不曾欲求过，除了镜子崩塌，平面的、凹面的、放大的、缩小的，而它本身消失掉，在它自己影像的碎裂声中。 是的，今晚应该同我父亲给我朗读的故事那样，一夜又一夜，在我小时候，而他身体尚好之际，为使我镇静，一夜又一夜，在好多年里，今晚我觉得是这样，而故事我已记不清了，只记得是关于一个叫乔·布里姆或布里恩的人，灯塔守护人的儿子，一个十五岁的年轻矫捷的小伙子，强壮而肌肉发达，这便是原话，他游了好几海里，在夜间，嘴里衔着一把刀，去追踪一条鲨鱼，我忘了是为什么，出于纯粹的英雄气概。 这个故事，他本可以直接讲给我听，他已牢记在心，我也一样，但这却不会使我镇静，他必得给我念，一夜又一夜，或假装给我念，一页一页地翻遍并给我解释那些图画，它们已经是我，一夜又一夜同样的图画，直到我靠在他肩上昏昏欲睡。 如果他跳过了故事中的一个字，我一定会捶他，用我的小拳头，捶他那从毛背心和解开扣子的裤子里挺出来的肚子，脱下办公制服，穿上这身便服使他得以休息。 现在轮到我出发拼搏也许还有回归，轮到这位今晚是我的老人，比我父亲曾达到的更老，比我自己将达到的更老。 我这会儿陷入了将来时。 我穿过牧场，迈着僵硬而又怠惰的小步，我只会走这样的步子。 我最后一次走过的痕迹完全没有留下，离我最后一次走过为时已远。 碰伤的小树枝很快重新站立起来，因为需要空气与阳光，至于折断的则很快被取代。 我通过所谓的牧羊人之门进入城市，没有见到一个人，只有最早的一批蝙蝠，像是些飞翔的被钉上十字架者，没有听见任何声音，除了我的脚步，我胸腔中的心脏，最后还有，当我从拱门下走过，一只猫头鹰的叫声，它既如此温柔又如此残忍，在夜里呼喊、应答，在我的小树林及其邻近，一直传到我的隐蔽处如一声警钟。随着我逐步深入，城市冷清的面貌令我吃惊。 它跟平时一样被灯火照亮，甚至超过平时，尽管商店关了门。 但橱窗仍灯火通明，目的无疑在吸引顾客并致使他说，瞧，这真够漂亮的，也不贵，我明天再来，要是我还活着的话。 我差点儿对自己说，瞧，今天是星期天。 有轨电车在行进，还有公共汽车，但不很多，驶得很慢，空无一人，悄然无声并且仿佛在水下行驶。 我连匹马都没看见！ 我穿着绿色的绒领大衣，那种一九零零年左右开车人穿的大衣，我父亲的大衣，但那天它已没了袖子，它不过是件宽大的斗篷，穿在我身上它总是死沉死沉的，没有暖意。 它的垂尾扫着地，更确切地说，刮着地，它们变得如此僵硬，而我变得如此矮小。 我将，我会遇到什么呢，在这座空城里？ 但我感到那些房子里都挤满了人，他们躲在窗帘后朝街上张望，或者坐在房间深处，双手捧着头，陷入梦想。 高处屋顶上，是我的帽子，总是同一顶，我达不到更远。 我横贯整个城市，顺流而下直至河口，来到海边。 我不停地说，我要回去了，但不大相信。 港口里停泊着船只，由缆绳固定在海堤上，看上去并不比平时更少，好像我知道平时是什么样的。 但岸上空无一人，没有迹象表明船只短时间内会有任何动静，启程或返航。 但一切随时都有可能改变，刹那间在我眼皮底下改变形态。 这将是些海上的人与事的忙碌，大船桅杆难以觉察的和小船桅杆更具远眺性的晃动，我坚持这一点，我将会听见海鸥也许还有水手们可怕的叫声，似乎是茫然的叫声，人们难以确认它是悲哀的还是欢快的，它包含着恐惧和怒气，因为那些水手，他们不仅属于大海，还属于陆地。 而且我也许可以溜上一条正要起航的货轮，不为人知地去很远的地方，沐浴着阳光，平静地过上几个月，也许甚至一两年，在死去之前。 在这看破一切的嘈杂人群中，要是我不能经历一场小小的、使我稍许镇静的巧遇，或者和一位航海家之类的人交谈几句——几句我可以带上、带回我的茅屋作为我的收藏品的话语，那可真让人扫兴。 于是我等着，坐在一架天盖的起锚机上，对自己说，今晚总不至于连起锚机都不动一动吧。 我仔细观察远处海面，直到防波堤外，没有看到任何船只。 夜已降临，或几乎降临，我看见水面上有些亮光。 港口入口处漂亮的信标灯我也看见了，还有远处的信标灯，在岸上、岛上、峡角上闪烁。 但眼见没有任何活力产生，我准备走掉，悲哀地离开这死寂的小港，因为有些场景迫使人与之作奇怪的道别。 我只消低下头，注视我脚下、脚前的土地，因为我总是以这种姿势来吸取力量以便，怎么说呢，我不知道，是从地面而非天空，尽管天空名声更好，我得到援助，在困难的时刻。就在那里，在石板上，我没有盯着它，因为干吗盯着它，我看见远处位于这黑色浪涛最险处的小港口，还有我周围的风暴与沉船。 我再也不会回到这里，我说。 但当我手撑着起锚机边缘站起身，我发现面前有个牵着山羊角的少年。 我重又坐下。 他默不作声，看着我，似乎既不害怕也不厌恶。 的确天色阴暗。 他默不作声我觉得很自然，应由我这个长者先开口。 他光着脚，衣衫褴褛。 这一带的老主顾，他绕道前来弄清扔在码头边的这堆黑糊糊的东西是什么。 我是这样推论的。 现在离我这么近，以他那小流氓的眼睛扫上一眼，他不可能不明白。 然而他待着不走。 这种卑鄙念头，真是我的吗？ 受了感动，因为毕竟，从某种意义上说，我想必是为此出的门，对随后可能发生的仅指望少许收益，我决定和他说话。 于是我遣词造句并开了口，我以为我会听到自己的话，但我只听见一种咕噜咕噜的喉音，甚至对我这样知道自己意图的人来说都难以理解。 但这没什么，那不过是由长期沉默造成的失音症，就像在通向地狱的小树林里那样，您还记得吗，我恰巧记得。 他呢，没有松开山羊，径直来到我身旁并给了我一块糖，装在一个圆锥形纸袋里的，像花一便士就能买到的那种。 至少有八十年没人给我吃过糖了，但我热切地接过它并放进嘴里，我重又找到了从前的动作，并越来越激动，因为那正是我想要的。 糖块粘在了一起，我感到难以招架，我试图用颤抖的手把第一块，绿色的那块和其他糖块分开，但他来给我帮忙，他的手碰到了我的手。 谢谢，我说。 片刻后当他拽着他的山羊离去时，以我全身的强烈动作，我招呼他，让他留下来，我说，用一声冲动的低语，你这是去哪里，我的小家伙，带着你的羊羔？ 句子刚说完，由于羞愧我捂住了脸。 这正是我刚才想说的那个句子。 你去哪儿，我的小家伙，带着你的小羊羔！ 假如我还会脸红的话，我会让它红的，但我的血已达不到头脚。 假如我口袋里有一个便士我会给他的，以求他原谅，但我口袋里一个便士也没有，也没有任何类似的东西，没有任何能给这初涉人世的小可怜以乐趣的东西。 我相信，那一天没有考虑便出了门，身上只带着我的石头。 关于他的小身体我注定只看到他卷曲的黑发和他赤裸、肮脏而肌肉发达的长腿的美丽曲线。 还有那手，凉爽而灵敏，我还不至于忘记。 我寻找另一句可对他说的话。 我找到时已太晚了，他已走远，噢，不远，但还是远了。 同时也走出了我的生活，他静静地走了，再也不会想到我，也许除非等他老了，当他竭力回忆童年时代，他会找回这愉快的一夜，他仍牵着山羊角并在我面前停留片刻，这一次，谁知道呢，也许带点温存，甚至嫉妒，但我并不指望这个。 可怜的亲爱的野兽，你们本来可以帮我的。 在生活里你爸爸是干什么的？ 这是我本该对他说的，假如他给我一些时间的话。 我的视线落在山羊后腿上，瘦削、罗圈、叉开的后腿，由于阵阵突发性的反抗而抖动。 很快它们便成为没有细节的一小堆东西，如果我不预先知道，我会把它们当成一只年幼的半人半马怪物。 我想让那山羊拉屎，然后捡起一把很快就会变冷变硬的小圆球，闻一闻甚至尝一尝，不，今晚这不会帮我的。 我说今晚，好像那总是同一个晚上，但有两个晚上吗？ 我走开了，想要尽快回家，因为我并非完全空着手回家，我重复道，我将再也不回这里。 我腿疼，我情愿每一步都是最后的一步。 但我投向橱窗的快速而又似乎偷偷摸摸的扫视，向我显示出一只被飞速抛出的巨大圆筒，像要滚到马路上去。 想必我走得确实很快，因为我赶上不止一个行人，这是那些最早来的人，我没费很大力气，而平时连震颤麻痹者都能超过我，因此似乎在我身后，脚步停了下来。 然而我每迈出的一小步都情愿是最后一步，以至于当来到一个我来时未注意到的广场时——广场深处矗立着一座大教堂，我决定进去，如果它开着，藏到里面，就像在中世纪，待上一会儿。我说大教堂，但我一无所知。如果在这想要作为最后一个故事的故事中，去躲避在一个普通教堂里，这会使我痛苦。我注意到它改造过的萨克森建筑结构，效果迷人，但并不使我着迷。被照得亮如白昼的中殿，似乎空无一人。我转了几圈，未见一个活人。他们也许藏起来了，在祭坛祷告席下面或绕着柱子转，像啄木鸟那样。突然在离我很近的地方，管风琴开始轰鸣，我没有听见长时间的预备性的嘎吱声。我从自己躺的、祭坛前的地毯上一跃而起，跑到中殿尽头，仿佛我正要出去，但那不是中殿，是一条侧廊，而那吞下我的门不是出口。因为我没有被送交黑夜里而是来到一个螺旋式楼梯的底部，我开始甩开腿飞快地往上爬，失魂落魄，如同一个被杀人狂紧追不舍的人。这楼梯被微微照亮，我不知是被什么，也许是通风窗。沿着楼梯我气喘吁吁地一直爬到顶端一个凸出的平台上，平台悬空的一边有一道不知耻的栏杆，平台环绕着一堵光滑的圆形墙，墙上端是一个覆盖了一层铅和铜绿的小圆顶，喔唷，我只求它清楚。人们想必来此饱眼福。众所周知，从这么高摔下去的人中途就会死掉。我开始贴着墙绕着它转，顺时针方向。但我刚走了几步便碰到一个逆向转的男人，他谨慎至极。我真希望我把他，或他把我猛推下去。他神色惊慌地盯了我一会儿，然后，不敢从栏杆那边超过我，又正确地预见我不会为讨好他而闪身离开墙壁，他突然背转身，更确切地说，扭过头，因为他的背仍紧贴着墙壁，并朝他来的方向转回去，这使他在短时间内只剩下左手。这只手犹豫了一会儿，然后滑动着消失了。留给我的只是格子鸭舌帽下那双瞪出来的火辣辣的眼睛的意象。我这是陷入了何种物性的恐怖？我的帽子飞了出去，但没有跑远，由于有根带子。我朝楼梯那边扭过头并看了一眼。什么都没有。 然后一个小女孩出现了，跟着一个男人，他牵着她的手，两人都紧贴着墙壁。 他把她推入楼梯，自己也跟着沉落下去，转过身并向我仰起一张令我后退的脸。 我只看见他的头，光着的，在最后一级台阶上部。 后来，等他们走开，我喊叫起来。 我很快围着平台绕了一圈。 没有一个人。 我朝地平线望去，那里天空、山脉、大海与平原相遇，几颗低挂的星星，别把它们同人们夜间点燃的火光或自燃的火光混为一谈。 够了。 再次来到街上，我对着天空找自己的路，我熟知那里的大熊星座。 假如我看到过什么人，我肯定早就走上去和他搭讪，最残忍的外貌都不会吓住我。 我会对他说，手碰碰帽子，对不起先生，对不起先生，牧羊人之门，发发慈悲吧。 我以为我不能再朝前走了，但这一冲动刚传到腿上，我便又朝前去了，我的天，以一种相当快的速度。 我并非完全空手回家，我带回家那近乎确定的事实，我仍属于这个世界，也属于那个世界，从某种意义上说，但我为此付出了代价。 我本该好好地在大教堂里过夜，在祭坛前的地毯上，我本该天蒙蒙亮时再重新上路，或者人们会发现我僵躺着，进入真正的肉体死亡状态，在那作为众多希望之源的蓝眼睛注视下，并且人们会在当晚的报上谈论我。 但这会儿我奔下了一条似曾相识的大路，但这大概是我平生从未涉足的地方。 但我很快意识到正在下坡，我转身朝相反方向出发了，因为我担心朝下走会回到大海，我曾说过再也不回那里。 我转过身，但其实我画了一个大圆圈，同时并未减慢速度，因为我担心一停下来就再也不能出发了，对，我也担心这个。 今晚也一样，我再也不敢停下来。 街道的亮度与其沉寂的外表的反差越来越触动我。 说我因此而焦虑，不，但我还是这样说了，以期使我镇静下来。 说街上没有一个人，不，我还不至于走到这一步，因为我注意到好几个身影，有女人也有男人，奇特的身影，但并不比平时更奇特。 至于当时的时间，我没有任何概念，除了应是夜里某个时辰。 但有可能是凌晨三点或四点，正像有可能是夜里十点或十一点，这大概是根据人们会惊讶于行人的稀少或者路灯与交通灯所投射的不同寻常的光亮。 因为应该对这两种现象中的这种或那种感到吃惊，否则就意味着失去理性。 一辆私人汽车都没有，但不时有辆公共交通工具，缓慢移动的无声与空寂的光束。 我悔不该强调这种种矛盾之处，因为我们显而易见是在一个头脑中，但我有责任补充下列几点解释。我看见的所有人都是孤独的并好像沉陷于他们自身。 这我们每天都会看到，但与其他事情交织在一起，我设想。 那惟一的一对由两人组成，他们在身贴身腿缠腿地搏斗。 我只看见一个骑自行车的人！ 他和我同一方向。 所有人都和我同一方向，车也如此，我刚刚意识到这一点。 那人在马路中间慢慢地骑，他正在读一份报纸，他两手把报纸在眼前展开。 他不时摇摇铃，但仍继续阅读。 我的目光尾随着他，直到他成为地平线上的一个点。 这时，一个年轻女人，也许是个轻佻女人，她头发蓬乱、衣衫不整，兔子般飞快地穿过街道。 这便是我想补充的全部内容。 但还有一件奇怪的事，我哪儿都不疼，连腿都不疼。 虚弱。 一个美妙的噩梦之夜或一罐沙丁鱼就会使我恢复敏感。 我的影子，我影子中的一个，涌到我前面，它变短，滑至我脚下，以影子的方式跟着我走。 达到了这种晦暗度，我觉得应是结论性的。 但这会儿在我面前出现了一个男人，在同一条人行道上并和我朝同一方向走，既然必须总唠叨同一件事，免得忘记。 我们之间距离不小，至少七十步，由于担心他会溜掉，我加快脚步，这使我朝前飞奔，就像穿着冰鞋。 这不是我，我说，但让我们利用吧，利用吧。 眨眼工夫距他只有十来步了，我放慢脚步，以便不至于因我这样粗暴地出现而强化我的外貌——哪怕在它最为懦弱与奉承的姿态中所能引起的反感。 过了一小会儿，对不起先生，我说，并谦卑地和他步调一致，牧羊人之门，看在圣爱的份上。从近处看去，他似乎可以说是正常的，不过，除了那种我已提到过的畏缩的神情。我朝前走了一点儿，几小步，回过身，弯下腰，碰碰我的帽子并说道，几点了，行行好吧！我本来可以根本就不存在的。但那糖块怎么办呢？借个火！我喊道。鉴于我对帮助的需要，我问自己为什么不挡住他的去路。我不可能这样做，就这么回事，我不可能触动他。看到人行道边有条长凳，我坐下来并交叉着腿，像瓦尔特那样。我想必昏睡了过去，因为突然有个男人坐在我身边。在我仔细打量他时他睁开了眼并看着我，想必是第一次看我，因为他不自觉地退后一些。您是从哪里冒出来的？他说。相隔这么短时间再次听到有人跟我说话对我影响很大。您怎么啦？他说。我努力显得不做作。对不起先生，我说，同时微微抬起我的帽子并做出一个很快抑制下去的欠身动作，几点了，发发慈悲吧！他告诉了我一个钟点，我已不知是哪个，一个说明不了什么的钟点，我仅知道这么多，而这并未使我镇静下来。但哪个钟点能做到这一点呢？我知道，我知道，有个钟点会到来的，它可以做到，但从现在到那时怎么办？您说什么？他说。不幸的是我什么都没说。但我又改过来，问他能否帮我找对我的路。不行，他说，我不是当地人，我之所以坐在这块石头上是因为旅馆满了或者他们不愿接待我，我不知究竟为什么。但给我讲讲您的生活，然后再说别的。我的生活！我叫道。对呀，他说，您知道，那种——我该怎么说呢？他沉思了很久，显然是在寻找生活可能是哪种样子的。最后他又开口了，以一种生气的口吻，得了，大家都知道这个。他用胳膊肘推推我。不要细节，他说，粗线条，粗线条。但由于我一直沉默不语，他说，您是否想让我给您讲讲我的生活，这样您就会明白我的意思。他的叙述简短而杂乱，一些事件，没有解释。 这就是我称之为生活的，他说，现在，您明白了吗？ 他的故事不算坏，有些地方甚至仙境一般。 该您啦，他说。 但那个波利娜，我说，您一直和她在一起吗？ 是呀，他说，但我要抛弃她，和另一个过，更年轻更丰满的。 您旅行很多吗，我说。 唉，极多极多，他说。 词语渐渐回来了，还有它们发声的方式。 这一切对您而言无疑都结束了，他说。 您要在我们中间呆很久吗①？ 我说。我觉得这个句子讲得十分出色。 恕我冒昧，他说，您多大啦？ 我不知道，我说。 您不知道！ 他叫道。 并不真的这样，我说。 您经常想到大腿，他说，屁股、阴户和周围部位吗？ 我不懂。 您不再自然勃起了，他说。 勃起？ 我说。 阴茎，他说，您知道阴茎是什么吗？ 我不知道。 在那儿，他说，两腿之间。 噢，这个，我说。 它变粗、变长、变硬并举起来，他说，不对吗？ 这不是我会用的词汇。 然而我认同了。 这就是我们所说的勃起，他说。 他凝神思索，然后惊呼道，与众不同！ 您不认为吗？ 的确，这很古怪，我说。 何况全都在那儿，他说。 但她将会怎样呢？ 我说。谁？ 他说。 波利娜，我说。 她会变老，他带着平静的自信说道，开始是缓慢的，然后越来越快，在痛苦与怨恨中，拽着魔鬼的尾巴。 那张脸不胖，但我徒然地看着它，它仍覆盖着皮肉，而没有成为全白垩的和好像用半圆凿刻出来的。 颧骨本身还保留着嘟嘟肉。再说讨论对我总是毫无价值。 我痛惜那温柔的苜蓿，我本该拎着鞋在上面轻轻踩过，还有我的树林的阴影，远离这可怕的亮光。 您干吗这么愁眉苦脸的？ 他说。 他的膝盖上放着一只大黑包，像助产士用的包，我设想。 他把它打开并让我看。 里面装满了小药瓶。

---

① 在此，叙述者似乎在对自己刚刚制造的人物将在作品中停留的时间进行发问，由此我们可以看出贝克特的幽默。

它们闪闪发光。 我问他它们是否都一样。 哦，不，他说，样样都有。 他拿起一个递给我。 他说，一先令六便士。 他要我做什么？让我买吗？ 基于这一假设我对他说我没钱。 没钱！ 他叫道。 突然他的手按在我脖子上，他强有力的手指收紧了，猛地一摇他把我翻倒在他身上。 但他没有了结我而是开始在我耳边低语一些甜蜜的话以至于我听任他摆布，我的头滚入他的怀里。 在这抚爱的声音和勒我脖子的手指之间反差是惊人的。 但这两种东西渐渐融合成一种压倒一切的希望，如果我敢说，并且我敢说。 因为今晚我没有什么可以丢失的，这我可以分辨。 如果（在我的故事中）我到达了现在这一地步而一切都没有改变——因为如果真的有所改变，我想我会知道的，事实是我到了这里，而这已经不容易了，事实是一切都没有改变，总是这样。 这并非赶紧结束事情的理由①。 不，应该慢慢停下来，不拖拉但慢慢来，就像在楼梯里停下来的被爱者的脚步，他过去无以施爱并且将不再回来，他的脚步这样说道，他无以施爱并且将不再回来。 他突然推开我并再次给我看那小药瓶。 一切都在这儿了，他说。 这不会是和刚才一样的一切。 您要吗？ 他说。 不要，但我说要，为了不使他生气。 他向我提议做一种交换。 给我您的帽子，他说。 我拒绝了。 多么激烈！ 他说。 我一无所有，我说。 在您口袋里找找，他说。 我一无所有，我说，我出门时什么都没带。 给我根鞋带，他说。 我拒绝了。 长时间的沉默。 要是您能给我一个吻的话，他最后说。 我知道空气中有些吻。 您能摘掉您的帽子吗？ 他说。 我摘掉了帽子。 戴上吧，他说，您戴着帽子更好些。 他在考虑，这是个沉着的人。 行啦，他说，给我一个吻，就算妥啦。 难道他就不怕遭拒绝？ 不，一个吻

---

① 贝克特再次打断故事的进程，揭示故事的制作。

不是一根鞋带，他应从我脸上看出我还有几分个性。 来吧，他说。 我在胡须深处擦了擦嘴，并朝他的嘴移过去。 等等，他说。 我的动作停在半空中。 一个吻，您知道是什么吧？ 他说。 知道，知道，我说。 恕我冒昧，他说，您那最后一次，是在什么时候。 有一阵子了，我说。 但我还会做这个。 他摘下帽子，一顶圆礼帽，轻轻拍拍额头中央。 这儿，他说，别在别的地方。 他有漂亮的额头，高而白。 他弯下身，低下眼皮。 快点儿，他说。 我撅起嘴，就像妈妈教我的那样，并置于他所指明的地方。 够了，他说。 他把手抬向那块地方，但这动作，他没有完成。 他重新戴上帽子。 我转身观望街对面。 那时我才注意到我们坐在一家马肉铺对面。 喂，他说，拿着吧。 我已不去想它。 他站起来。 站着，他个子很矮。 有来才有往，他说，带着一种喜悦的微笑。 他的牙闪闪发光。 我听着他的脚步声远了。 当我再次抬起头眼前一个人都没有了。 接下去的怎么讲呢？ 但这便是结局①。 或者我曾做了个梦？ 我在做梦吗？ 不，不，不要这个，这就是我的回答，因为梦什么都不是，一个笑话。 这个么倒有意思！ 我说，待在这儿，直到天亮。 在睡眠中等着，直到灯火熄灭，街上热闹起来。 如果需要，你将去向一位警察问路，他不得不告诉你，否则他将背弃他的职业宣誓。 但我站起来并走开了。 我的疼痛又复发了，但带着某种不寻常，它阻止我蜷缩其中。 但我说，一点点你就会恢复知觉。 仅来考虑一下我那缓慢、僵硬的步态，每一步都似乎在解决一个前所未遇的平衡动力学问题，人们本该认出我的，如果他们认识我。 我穿过马路，在肉铺前面停了下来。 栅栏后面窗帘拉着，蓝白条粗布窗帘，圣母的颜色，上面粘上了大块玫瑰色的斑点。 但窗帘中间没

---

① 讲故事的人再次从故事中走出。

有接合好，穿过缝隙我可以分辨出掏空的马黑糊糊的骨架，头朝下悬挂在钩子上。 由于渴求影子，我紧贴墙壁。 想着转瞬间一切都将被讲出，一切都将重新开始。 那些公共时钟，它们到了会怎样呢，它们那冰冷的铿锵声穿过空气，直到我的树林，猛烈地敲击我？ 还有什么？ 噢，对啦，我的战利品。 我努力去想波利娜，但她逃开了，只在刹那间被照亮，就像刚才那个年轻女人。 我的思绪掠过那山羊，带着遗憾，无力停留。 这样，在难以忍受的光亮中，埋藏在苍老的皮肉中，我努力走向一条出路，但越过了所有的，左边的、右边的，气喘吁吁的意念奔向这个、奔向那个，总被驱赶回来，回到那空无之处。 然而我成功地和那小女孩短暂地纠缠了一会儿，足以把她看得比刚才更清楚些，她戴着一顶便帽，闲着的那只手紧紧握着一本书，也许是本祷文，我试图使她微笑，但她没有笑，而是消失在楼梯里，没有向我露出她那张小脸。 我该停下来了。 开始时什么都没有，然后一点点，我是说，从沉默中升起并马上稳定下来，一大片喃喃声，也许来自支撑我的房屋。 这使我想起房屋里挤满了人，被围困的人，不，我不知道。 退后几步以便观看窗户，我能看到，尽管有护窗板、百叶窗和布帘，很多房间是被照亮了的。 与洒满林阴道的光相比，这是一种十分微弱的光，以至除非被告知或猜到相反的情形，人们一定会认为大家都睡着了。 嘈杂声并不连续，被那大概由惊恐造成的沉默隔断。 我打算按门铃并请求避难和庇护，直到天亮。 但我重又开始行走。 但黑暗以一种既强烈又温柔的沉降，一点点在我周围形成。 我看见，在一个极美的浅色调的瀑布中，一大堆绚丽的花朵凋谢了。 我无意中发现，自己正沿着一些门面欣赏缓慢开放的正方形和长方形，斑驳的和单色的，黄的、绿的、粉红色的，它们依窗帘和百叶窗而有所不同，并发现自己感到这个好看。 然后最终，在跌倒之前，首先是跪着，像牛那样，然后趴在地上，我发现自己在一群人中间。我没有失去知觉，我吗，一旦我失去知觉，便不会再次恢复。人们没有注意我，但避免走在我身上，这一关注应该令我感动，我是为此而出的门。我很好，浸透了黑暗与平静，在活人的脚下，在幽深的白日的深处，如果是白日的话。但现实，过于疲倦以至于找不到恰当的词语①，不失时地得以恢复，人群重又退去，光，重又回归，我无须从马路上抬起头就知道我重又回到和刚才一样的令人目眩的虚空中。我说，待在那儿，躺在这些友好的或至少是中立的石板上，别睁开眼，等着那撒马利亚人②的来临，或者白天的来临和随之而来的警察或谁知道呢，一位救世军成员。但我再次站起来被那不是我的道路再次带走，沿着一直在上升的林阴道。幸亏他没在等我，那可怜的布里姆，或布里恩老爹。我说，大海在东面，应该朝西走，在北面的左边。但我徒劳无望地抬起眼睛瞭望天空，在那里寻找大熊星座。因为我沉浸其间的光使星星失明，设想它们在那里——我对此有所怀疑，我想起了云。

涂卫群　译

---

① 这句话显然是叙述者（作者？）的又一画外音。他在评价自己选词（"现实"一词）的勉强。
② 撒马利亚人，《圣经》中说到的好心肠的人。

气　球

[美]唐纳德·巴塞尔姆

唐纳德·巴塞尔姆（Donald Barthelme 1931—1989），美国小说家，重要作品有中长篇小说《白雪公主》《死去的父亲》《天堂》和《国王》等，另有短篇小说集《故事六十篇》和《故事四十篇》，曾获 1972 年美国国家图书奖。

用传统的眼光看，巴塞尔姆的小说显然非常怪异：小说中的人物、对话和事件是不连贯的、分离的、脱节的、错位的，各种态度、情绪、观点杂合在一起；作者的陈述语调是调侃的、讽刺的，其间夹杂着不同领域和不同层次的话语；小说中还常常使用标题式的句子和词语，使叙述节奏出现变化，对小说进行评述，对故事进行干扰，人物常常突然闯进读者视野，又突然消失；出现时，他们做一些内容常常是荒唐的表述，确立一个争论点，但又不断离题，无法形成连贯的线性叙述，同时，在这种貌似疯狂的表述中，流露出一种玩世不恭的讥诮。这就是巴塞尔姆小说的总特点，被认为是了解后现代作家的文化态度和表达技巧的最佳范本，因而他本人也被认为是美国最具影响力的后现代作家之一。

本篇是巴塞尔姆最为人称道的短篇小说之一，也是突出后现代特征的"不确定性"、"碎片性"和"平面性"的一个范例。 小说中没有完整的故事情节，只有一只巨大无比的气球出现在天空中。 接着是人们对这个气球的各种各样的反应：有的人怀着敌意，有的人流露出焦虑，有的人心存胆怯，更多的人则是热情欢迎。 但是，不管人们的态度如何，不管人们做出怎样的反应，有一点是清楚的，那就是：所有的人都不知道，这气球到底意味着什么，连气球制造者即小说叙述者的"我"，也是一片茫然。 最后，他说了些稀里糊涂的话，就把小说结束了。

那么，这气球到底代表什么呢？ 读者还是要想知道的。其实，这里有两个气球。 一个是小说里的气球，代表的是人的行为，即：人的任何行为只会引起他人的反应，其自身是无意义的，但人们又总是想寻找事物的"意义"——所以，就有了"荒诞感"，觉得世界和生存从根本上说是"荒诞的"，因为从中找不到"意义"。 另一个气球是小说的题目"气球"，它代表的是这篇小说；也就是说，这篇小说本身就是一个"气球"，它会引起读者不同的反应，而且读者也一定想从中寻找"意义"——但实际上，它代表的恰恰是"无意义"。

从十四号街的某个地方，确切的地点我不能透露，那只气球一整夜在向北膨胀，当时人们正在睡觉，气球一直膨胀到了公园。 在那儿，我制止了膨胀，黎明时，最北面的边沿横在广场上；漫无节制的运动轻飘而和缓。 但是，虽然我制止气球时感到有点儿恼怒，甚至要去保护树木，却发现毫无理由指望气球不在已被它覆盖的那部分城市上面，向上膨胀到那儿所属的"领空"中去，因此，我要求工程师加以注意。 这样的膨胀进行了整整一个上午，气门里有轻度的、难以察觉的漏气现象。 气球已经覆盖了大街南北两边某些地区的四十五个街区。 当时的形势就是这样。

不过，称之为"形势"，也即意味到了某种解决或某种紧张状态的弛缓，那是错的；无所谓什么形势，不过是只气球悬荡在那里罢了——在周围一片胡桃色和淡黄色的衬托下，气球的绝大部分呈稍浅的深灰棕色。 由于缺乏最后的润色，加上装置精巧，使表面具有一种粗糙的、易被遗忘的特征，内部正在变化的重量，在好多部位上谨慎地调整并固定了这个巨大而形状变异的球体。 如今我们已对所有的工具（包括非常优美的工艺品和膨胀史上具有重大意义的产品），都有了大量独创性的见解，而当时却只有这种方形的气球，悬荡在那儿。

气球引起了反应。 有些人发现气球"很有趣"。 作为一种反应，这态度对于气球的庞大无比以及它在城市上空的突然出现，似乎很不合适；另一方面，那些没有患歇斯底里症或者其他社会性人为忧郁症的人则毅然断言，这种反应是冷静的、"成熟的"。 关于气球的"意义"最初引起了相当规模的论争；论争又销声匿迹，因为我们懂得了不要坚持搞清意义，现在，除了讨论最简单、最无关紧要的事情以外，甚至很少有人顾及什么意义了。 人们一致同意，既然关于气球的意义是绝对不可知的，那么扩大讨论是无益的，或者至少和其他人的行为比起来，譬如在某街道上的铁灰色布条下挂些绿的和蓝的纸吊灯啦、或者不失时机写些吹捧文章宣传某人适宜于表演怪诞戏剧啦、或者认识一下也很好啦等等，这样的讨论是盲目的。

大胆的孩子们欣喜欢跳，尤其当他们看见气球紧靠着某幢大楼盘旋，靠得那么近，气球和大楼之间的缝隙只有几英寸，或者当他们看见气球实际上已经和大楼的一边相碰，轻飘飘地贴着大楼，贴得那么紧，气球和大楼似乎连成一体了。 气球的表面设计得真像一幅"风景画"，有一条条小小的山谷，还有一垛垛的小丘，或者一堆堆的土墩；一旦登上气球，尽可以溜达一阵子，甚至来一次旅行，从一个地方跑到另一个地方。 还可以从斜面上滑下来，然后从另一面再爬上去，两面的坡度都很平坦，或者从这一边跳到那一边去，这些真叫人感到快活。 弹跳也可以，因为表面的伸缩性很好，要是你乐意，就是从上面跳下来也没关系。 所有此类的各种运动和其他运动，都是人们力所能及的，在气球的"上"面游览，这使习惯于城市公寓硬邦邦表面的孩子们兴奋之极。 不过，气球的目的并不是为了娱乐孩子。

还有一些人，孩子和成年人都有，他们没有充分利用上面描述的那些机会： 他们显得有些胆怯，对气球缺乏信任。 更有甚者，有人还抱着敌意。 由于我们把那往气球内部打氢气的气泵藏了起来，又由于气球表面那么大，当局无法断定进口处——也就是气体注入处——的位置，那些市政官员显得有些灰心丧气，这种表现常常属于他们的本分。 气球显而易见的无目的性使人恼火（这像气球偏偏要在"那儿"停留一样使人恼火）。 如果我们在气球的侧面，用大写字母写上"实验室试验证明"或者"有效性大于 18%"，那么这样的困境本来可以防止发生。 但这样做我不能容忍。 总的看来，这些官员考虑破格范围时特别能容忍，他们的容忍导致的结果是： 首先，夜间进行的秘密试验使他们相信没有办法移动或者毁掉气球；其次，在普通市民中，某种对气球的普遍热情高涨起来（并不因为前面说过的那种敌意而有所减弱）。

就像单个的气球必须始终考虑到气球大众一样，每个市民也从自己的角度提出了一大套意见。 有人甚或认为，对付气球必须使用污染这个概念，也就是说"巨大气球污染了曼哈顿明净而绚丽的天空"。 根据此人的意见，气球也就是某种欺诈行为，对过去一直存在于那儿的天空有所损害，对人民和他们的天空的关系有所干扰。但是实际上，当时正值一月份，天空阴暗而丑陋；那简直不是你仰卧在街上乐意看到的天空，除非在这以前你一直受到威胁和虐待才会感到快乐。 在气球下面往上看看倒令人有点愉快，我们那样看过，绝大部分呈稍浅的深灰棕色；周围是一片胡桃色以及柔和的、易被遗忘的黄色。 所以，此人想到污染一词时，心底里依然有种乐滋滋的念头，这念头还正在和最初的概念发生冲突。

另一方面，又有人甚或把气球看作似乎是某种信用制度的表现，好像某人的雇主走进来说道："亨利，来，请收下我结你卷好的这个钱包，因为我们的生意至今一直很兴隆，我欣赏你这种敢于冒险的精神，如果不这样做，你那个部门就不可能大获成功，或者至少不能获得这样的成功。"对于此人来说，气球也许像一种光华耀人的英雄般"敢作敢为而出奇制胜"的经历，像一种简直不可思议的经历。

又有人甚或说："史无前例……甚是可疑……不期竟会如此这般。"而且还发现有许多人同意他，或者和他争论。 "膨胀"和"游动"两个词被引用，梦幻和责任两个概念也被引用了。 另一些人加入进来，满脑子想入非非的小算盘，抱着某种希望，想达到的目的是既要让自己迷失在气球里，又要能吞食它；这种希望的个性特征，就它们的本源而言，深深地隐埋着而不为人知，所以对此是无话可说的：不过，显而易见的是它们分布很广。 还有一个争论的问题是，当你站在气球下面，最重要的是你感觉如何；有些人宣称他们有安全感、温暖感，好像过去从未有过这种感觉. 与此同时，气球的仇人则感到，或者是据报道他们感到紧张，有某种"沉重的"感觉。

评判又发生了分歧：

　　　"胡说八道"

　　　　　　　　　　　"废话"

　　×××××××"一些见不得人的勾当"

　　　　　　　"暗欢喜"

　　"笨头笨脑的大傻瓜"

　　"迄今为止。保守的折衷主义掌握了

　　　　现代气球设计"

　　　　　……"精力过剩"

　　"温暖的、软性的、懒洋洋的交流"

　　"难道统一就为了某种自由散漫而遭到牺牲吗"

　　"消除祸患"

　　"响喽"

　　人们开始用某种古怪的方式来确定自己与气球在方位上的关系："气球降落点在四十七号街人行道旁，就在阿拉莫·蔡尔大厦附近，那儿正是我将要去的地方，"或者，"为什么我们不站到顶上去，呼吸空气，也许散散步呢？在那儿气球形成一条紧凑的曲线正和现代艺术画廊的正面相接……""边际交叉提供了一段时间以待进入，还有那，温暖的、软性的、懒洋洋的交流。"在这里……但是说到"边际交叉"，这不对，每个交叉都关系重大，一个也不能疏忽（就好像，你正在那儿走，也许会觉得无人会转移你的注意力，但突然间，从旧习惯到新习惯，很危险，然而在步步上升）。每一个交叉都关系重大，是大楼和气球的相交，气球和人的相交，气球和气球的相交。

这意味着，关于气球的赞美最后成了这样，气球是否受限制的，或者是可以下定义的。有时，一次膨胀，一次起泡，或者一个部分就能主动把所有的路都朝东引向河边，就像从远离战场的司令部所见到的那样，一支军队凭着地图在行动。过后战斗部队似乎被打退回来或者撤回，投入新的战斗部署；第二天早晨，战斗部队会再次出击，或者全部消失。气球的这种自我变形、自我变态的能力非常受人喜爱，对于那些生活方式颇为刻板的人尤其如此，虽然他们希望变化，却得不到变化。气球存在了二十二天，它随意地提供了自我迷失的可能，它与我们脚下精确无误、排成方格的线路图截然不同。由于各类操作需要的复杂机器变得日益重要，当今需要的所有专业训练，以及随之而来的长期契约的可能性，都得以产生；随着这种倾向的不断加强，越来越多的人由于茫然无措而不能适应，对此，气球也许可以作为一种典范，或者"毛坯"。

我在气球下，趁你从挪威返回之际和你相会，你问气球是不是我的，我说是的。我说，那气球就是某种自发的自我暴露，这和你不在时我感到的不安以及性生活的丧失有关，而现在你去贝尔根的旅行既然已告结束，那么这也就不再需要和适用的了。移动气球很容易，牵引车已把泄了气的气球拖走，现在它被贮放在西弗吉尼亚州，等待着另一次不幸时刻的到来，或许，有时，我们相互发火的时候。

刘文荣　译

迷失在开心馆中

[美] 约翰·巴思

约翰·巴思 (John Barth 1930—)，美国"黑色幽默"小说家，主要作品有长篇小说《飘浮的歌剧》《路的尽头》《烟叶商》《羊童贾尔斯》、短篇小说集《迷失在开心馆中》和中篇小说集《吐火女怪》等。

本篇是短篇小说集《迷失在开心馆中》的标题作品，被认为是约翰·巴思影响最大、最不易读、又最获赞誉的"杰作"。这是一篇用荒诞手法表现荒诞主题的、典型的"后现代"荒诞小说，写一个十三岁的早熟少年安布罗斯随全家到海滨度假，在露天游乐场的开心馆中漫游的经历。作者在以第三人称叙述故事的同时，大量插入主人公的意识流及内心独白，把故事情节和安布罗斯的幻想交织在一起。这还不算，文中还穿插了不少对传统叙事作品的写法、细节描写、甚至标点符号使用法等方面的见解——这些也用内心独白式的旁白形式插入文本，如同电影中的画外音。

小说的英文原名"Lost in the Funhouse"，其中的 funhouse（开心馆），也可译为"迷宫"，具有双重象征含义：既是生活的象征，又是艺术的象征；其中的 lost（迷失），也具有双重含义，即：主人公在开心馆里的迷失和读者在这篇小说文本中的迷失——前者象征性地表现主人公迷失于生活，后者有意识地使读者迷失于小说艺术（也就是说，这篇小说本身就是一个使读者迷失的开心馆）。

那么，为什么要把生活和艺术比作开心馆呢？ 因为，在约翰·巴思看来，艺术也好，生活也好，从根本上说就如一座引人入胜的开心馆，除了使人迷失其中，再也没有别的意义。 换句话说，艺术也好，生活也好，从本质上说是"荒诞的"，因为从本质上说，它们是"无意义的"，只是"游戏"而已。

谁觉得开心馆①开心呢？ 也许是情侣吧。 对安布罗斯说来，那是个叫人害怕而着慌的地方。 他跟一家人去海滨度假，他们这次游览是乘独立纪念日②的机会，这是美利坚合众国最重要的非宗教性假日。 文字下面划一道直线，是手稿上标明该排斜体字的符号，在印刷品中这斜体字又相当于口语中对单词和短语的重读，也通常用来排作品的标题，更不必说③。 斜体字还被用来，尤其在虚构小说中，表明"幕外音"、插入语或者通过人为的渠道的声音，例如广播通知、引用的电文和报纸上的文章等等。 它们应该少用。 如果原来排正体的段落被人引用时用了斜体字，通常该说明这情况。 着重点是我加的。

---

① 美国的露天游乐场中，除了旋转木马、盘绕升降铁道等大型露天设施外，一般设有开心馆（Funhouse）招徕追求官能刺激的青少年游客。 开心馆为一套由曲曲折折的过道连在一起的房间，有的地板上装有旋转圆盘，有的挂满了哈哈镜，构造得如迷宫一般，第一次进去的人很容易迷路，找不到出口。

② 独立纪念日为 7 月 4 日，纪念美国革命期间第二届大陆会议通过《独立宣言》的日子（1776 年 7 月 4 日），为美国的国庆日。

③ 本句未完，作者即用上了句号，在本文中尚有数处，是他反传统的手法之一。

安布罗斯"正处在那尴尬的青春期中"。 如果他失去自制力的话，他的嗓子发起音来会像小孩子般尖声尖气；因此，为了安全起见，他行动和讲话都故意保持冷静，像成年人般庄重。 在这困难的过渡时期，头脑清醒地讲些无关紧要或毫不相干的事儿，有意识地仔细聆听自己的话音，这对保持自制来说是有用的好习惯。 在去欧欣城①的路上，他坐在家庭自备汽车的后座上，还有他十五岁的哥哥彼得和十四岁的玛格达·G-，一个漂亮的小姑娘②一位仪态万方的年轻小姐，住在马里兰州D-城B-街上，离他们家不远。 在十九世纪的小说中，大写的首字母、空白或两者一起，常被用来代替专门名词以加强真实感。 好像为了策略上的原因或者不负法律责任起见，作者觉得非把名字删去不可。 有趣的是，同现实主义的其他手法一样，这种真实感纯粹是靠人为的手段来加强的。 一个十三岁的男孩子可能得出这样老于世故的见解吗？ 这不违反真实性的原则吗？ 一个十四岁的小姑娘和一个十五六岁的男孩子在心理状态方面是同年的；因此，一个十三岁的男孩子，即使在其他有些方面是早熟的，在情感方面可能比她小三岁。

　　每年三次，阵亡将士纪念日、独立纪念日和劳动节③，全家上欧欣城去过一个下午和一个晚上。 当安布罗斯和彼得的父亲像他们现在的年纪时，这旅行是搭火车进行的，正像约翰·多斯·帕索斯在小说《北纬四十二度》④中所写到的那样。 附近一带的好些人

----

①　在马里兰州东南部，位于大西洋岸边堤礁上，为该州唯一海港及避暑地。

②　此处两并列词组之间，作者省去了逗号，在本文中尚有数处，也是他反传统的手法之一。

③　阵亡将士纪念日在美国大多数州为每年 5 月 30 日，劳动节在美国和加拿大为每年 9 月第一个星期一。 这两个节日和独立纪念日，是美国的国定假日。

④　《北纬四十二度》是约翰·多斯·帕索斯（John Dos Passos 1896—1970）的长篇小说《美国》三部曲中的第一部。

家，过去常常结伴旅行，带着赡养的亲属，时常还带着黑人仆役；几家学校的全体学生在火车车厢里拥来拥去；人人吃着别人带的食物：马里兰炸子鸡、弗吉尼亚火腿、辣味馅蛋、土豆色拉、家常饼干、冰镇红茶。眼下（就是说一九××年，我们这故事发生的年代），这旅行是乘汽车进行的——来得更舒服更快，尽管没有额外的乐趣尽管没有集体旅游的那份结伴搭伙的情意。他们的父亲说：这完全是美国生活方式退化的一个征象；卡尔大叔认为，等孩子们带*他们的*家属上欧欣城度假时，该乘直升机了吧。他们的母亲坐在前座的中央，像玛格达在第二排的中央一样，不同的是把两条胳臂搁在两个男人背后的靠背上，她可不想要那过去的好日子重来，什么水汽缭绕的火车和闷气的长裙那一套；话说回来，她没直升机也对付得了，如果她得当上了老奶奶才能搭它飞行的话。

　　对人的外貌和举止的描写是小说作者用来刻画性格的若干常用手法之一。同样重要的是要"使种种官能都起作用"；一旦从五种官能之一，譬如说从视觉得到的一个细节，和从另一种官能，譬如说从听觉得到的一个细节"相交"，读者的想象力便会也许不知不觉地被引导到现场。这种步骤也许可以比作勘测员和航海家用两个或两个以上的罗盘方位来确定他们的位置的方法，这种方法叫作三角测量法。安布罗斯母亲前臂上的棕色汗毛在阳光里闪亮着，好像。尽管是用惯右手的，她把左臂从椅背上移下来，替卡尔大叔去按仪表板上的点烟器。等点烟器柄上的玻璃头发出红光，点烟器就可以应用了。卡尔大叔抽的雪茄的烟味叫人想起。他们总在离欧欣城两英里的内陆停下来吃中饭，扑鼻的海水香味传到野餐场地上来。在彼得和安布罗斯比现在年纪小的时候，他们得在几乎听得见激浪声的地方停整整一个小时，这叫他们真难受；即使到了现在的年纪，要不让被海水的泡沫所激起的那股热望变成暴躁劲儿，也不是容易的事。 爱尔兰作家詹姆斯·乔伊斯在他那部如今在这个国家里可以买到的名叫《尤利西斯》①的不同凡响的小说中，用了鼻涕般绿和使阴囊绷紧的这两组形容词来描绘大海。 视觉、听觉、触觉、嗅觉、味觉方面的形容词。 彼得和安布罗斯的父亲一只手掌握着他们那辆 1936 型拉萨尔牌黑色轿车的驾驶盘，竟能用另一只手从一包白纸壳的幸运牌香烟②中抽出第一支烟来，而更了不起的是，竟用食指从火柴纸壳里捻出一支火柴，并不弄断，就拿拇指按在磷纸上擦火，点上了烟。 火柴纸壳上只有美国战争公债和印花税票的广告。 一个出色的隐喻、明喻或其他修辞用法，除了和它所描写的事物有显而易见的"第一层"的关系外，如果仔细研究，还可以发现有第二层意义：譬如说，它也许是从那情节的背景中得出的，或者它对叙述者的思想感情特别贴切，甚至对读者暗示些叙述者本人也没觉察到的事物；或者它也许会对所描写的事物投下更深邃更微妙的解释，有时候却令人啼笑皆非地只阐明了这比喻的较为明显的含义。

　　说安布罗斯和彼得的母亲漂亮，那是什么问题也没有说明的；读者也许会接受这个命题，但是他的想象力并没有起作用。 何况玛格达也漂亮，不过那是种全然不同的美。 尽管住在 B-街，她却非常有礼貌，在学校里成绩在一般水平以上。 她的体形就年龄来说发育得非常丰满。 她右手随便地搁在长毛绒坐垫上，离安布罗斯的左腿极近，他自己的一只手就搁在这左腿上。 他们俩的腿，她的右腿和他的左腿之间的空隙，在任何坐在玛格达另一边的人的视线之外，

<hr />

① 乔伊斯的《尤利西斯》，1922 年出版于巴黎，在美国被当作"淫书"而禁止出版；直到 1933 年，法院颁发了一份著名的判决书，才准予出版。

② 幸运牌香烟纸壳原为深绿色，第二次世界大战中，因深绿色颜料为军用物资，改为白色。

同样从反照镜中也看不到。 卡尔大叔的脸长得很像彼得的脸——更确切地说，应该倒过来说。 两人都是黑头发，黑眼睛，身材矮胖，嗓音洪亮。 玛格达的左手说不定也同样地搁在左面车座上。 男孩子的父亲不大容易描摹；他外表或举止上都没什么显著的特点。 他戴着眼镜，是 T-县一家小学的校长。 卡尔大叔是个泥水工承包商。

尽管跟安布罗斯一样，彼得明知道由于安布罗斯在车中占的位置，一定会首先看到他们这次旅程中途站 V-城发电厂的那些铁塔，还是身子朝前弯着，微微朝着车的中央，把目光越过公路沿线那平展展的松林和两旁生长茯苓的小溪，装出寻找这些铁塔的样子。 从孩子们记事的时候起，"寻找铁塔"一直是他们上欧欣城去的前半段旅程中的特别节目，后半段则是"寻找圆水塔"。 尽管这种游戏很幼稚，他们的母亲却保持老规矩，赏给首先看到铁塔的人一块巧克力糖或者一只水果。 她这回硬是要玛格达也参加比赛；她说，奖品是"一样眼前不容易弄到的东西"。 安布罗斯决定不参加；他深深地朝后靠在座位上。 玛格达呢，跟彼得一样，身子朝前弯着。 透过她那无袖大开领连衣裙的肩部，看得清两副背带；右面里层的一根带子是胸罩上的，用一只小小的安全别针扣住，或者因为带子太长，用它来弄短。 她衣服的右胳肢窝被汗水润湿了，想必左胳肢窝也是如此。 安布罗斯四岁的时候就知道，要首先看见铁塔，办法很简单，坐在汽车的右座就行。 然而，凡是坐在那儿的人也得挨到最毒的日晒，因此安布罗斯绝口不提这回事，有时候挑这边坐，有时候挑那边坐。 彼得始终没有发现这个诀窍，这不是不可能的，要不，只因为安布罗斯有时候情愿要阴凉而放弃一根宝贝鲁思糖①或一只红橘，彼得还以为他弟弟也没发现呢。

---

① 是一种夹心巧克力糖，以当年著名棒球明星宝贝鲁思而得名。

由于有风窗玻璃挡着，这个阴凉和日晒的规律对前座不适用；要说有所不同的话，那驾驶员倒要多晒太阳，因为坐在另一边的人不但被车门和仪表板遮住了下半身，还可以把风窗外上方的遮阳板一直拉到底。

"那些是吗？"玛格达问。 安布罗斯的母亲取笑孩子们，说他们有意让玛格达赢，言外之意是"有人在交女朋友呢"。 彼得和安布罗斯的父亲伸出瘦长的胳臂，越过他们母亲的面前，在仪表板上点烟器下面的烟灰盒里捺熄烟蒂。 这次首先看见铁塔的人的奖品是一根香蕉。 他们的母亲先责备他们的父亲在东西这么稀少的年月浪费一支抽了一半的香烟，然后给了香蕉。 玛格达为了拿奖品，手伸得离安布罗斯的手极近，他大可以假装无心地碰碰她的手。 她提出把奖品和别人同吃，这种东西是多么难得啊；可大家坚持该归她一人享受。 安布罗斯的母亲唱起一支流行歌曲中一个抑扬格三音步的对句，押的是弱韵①：

好男儿都去当了兵；
留下的叫我动不了心②。

卡尔大叔把雪茄烟灰弹在通风小窗外；有些灰末被急驶的汽车形成的气流吸进汽车那一边的后窗，回到车内。 玛格达显显本领，一手握着香蕉，用牙齿来剥皮。 她仍旧身子朝前弯着；安布罗斯用左手把眼镜朝鼻梁上推推好，然后漫不经心地放下来，搁在紧贴她屁股后面的椅垫上。 他甚至让自己拇指第二节上唯一的那根金色

----

① 弱韵为第二音节无重音的双音节韵，此处原文为 army 和 harm me，第二句为意译。
② 引自第二次世界大战中一流行歌曲《老的老来小的小》。

汗毛擦着她裙子的料子。 如果她这一刹那朝后一坐的话，他的手会被压在她屁股下面。

七月的阳光里，长毛绒座垫隔着轧别丁长裤，扎得人不好受。一篇小说的开头部分的作用在于介绍主要人物，确立他们之间最初的关系，为主要情节准备场景，如果需要的话，揭示戏剧场面的背景，在适当的地方安排主题和预示，并且引进那"情节高涨阶段"的第一个纠葛或者诸如此类的东西。 说实话，如果有人设想写一篇名叫《开心馆》或者《迷失在开心馆中》的小说，驾车上欧欣城去——路上的细节未必显得特别恰当。 开头部分应该描述安布罗斯在下午刚开始时第一眼看到开心馆起到傍晚跟玛格达和彼得一起进开心馆之间的那些事情。 中间部分应该叙述从他进去时到他迷路时之间所有有关的事情。 中间部分具有双重的、相互冲突的作用，一方面推迟高潮的到来，另一方面却给读者思想准备，引导他去迎接高潮。 接着是结尾，将讲述安布罗斯迷路后干些什么，他最后如何找到出路，还有别人怎样看待这段经历。 到现在为止，还没有真正的对白，极少表达感觉的细节描写，关于主题方面则什么也没有。 好长的时间已经过去了，什么都没有发生；这叫人纳闷。 我们连欧欣城也还没到达！ 我们将永远走不出这开心馆了。

作者跟叙述者越是紧密地合二为一，不管是在字面上还是作为隐喻，用第一人称的观点来叙述，一般说来就越不可取。 三年前有一天，上文提及的少年们在后院玩"黑鬼和主子"的游戏；轮到由安布罗斯来做主子而他们两个做黑鬼时，彼得该去卖晚报；安布罗斯害怕一个人来处罚玛格达，可是她却领他到黑奴居住区的柴间和茅房之间那刷白的拷问室去；在那里，她淌着汗跪在一堆堆竹耙和蒙着灰尘的广口玻璃瓶之间，搂着他的双膝求饶，按照她自己规定的惊人的低价来换取他的宽大处理，这时，像一般的夏日下午那样，蜜蜂在格子窗上嗡嗡作响。她无疑对这一段事什么都不记得了；安布罗斯却恰恰相反，好像就是没法忘掉他生活经历中的细枝末节。他甚至回想起在水汽迷漫的暑热中，带着惶恐的超然物外的态度站着，如何眼看自己在凝视着一只卡尔大叔用来放石凿的空雪茄盒：在 El Producto① 的字样下面，有个头戴桂冠、身穿罗马宽袍的女郎坐在大理石长椅上注视着大海，身边有一把五弦竖琴，不知是遗忘在那儿的，还是尚未使用的。她下巴支在右手手背上；左手随随便便地耷拉在椅子扶手上。这背景场面和女郎的下半部被撕掉了；检验者——这几个字样用油墨深印在木板里。如今，雪茄烟盒用纸板做了。安布罗斯拿不准玛格达会怎么办，安布罗斯拿不准如果玛格达倒身坐在他的手上（他断定她会这么做），她会怎么办。发火。说句逗弄他的笑话。一点不动声色。有好一阵子，她身子朝前弯着，跟彼得搭档同卡尔大叔和母亲一档比赛，一边看到更多的奶牛，一边留意着欧欣城出现的最初迹象。几乎就在同一时刻，野餐场地和欧欣城的圆水塔进入视线了；他们那一面的路边出现一座美国石油公司的加油站，使母亲和卡尔大叔输掉五十头牛，失了这一局；玛格达右手拍拍母亲的右臂，身子朝后一倒；安布罗斯抽出手来，"不早不晚"，刚好没被压住。

照这种进度，我们这主人公，照这种进度，我们这主角将留在开心馆中永远出不来。记叙文一般包含着交替出现的戏剧性段落和概括性段落。神经紧张的一种症状，说来似乎奇怪，是剧烈地连连打呵欠；彼得和玛格达和卡尔大叔和母亲都没有这样的反应。尽

---

① 西班牙语，意为"品牌"。

管彼得和安布罗斯已经不是小孩子了，但除了随身带来的自己的钱以外，每人还拿到一块钱，用来花在板条路①边的游艺场所里。 玛格达也拿到了，尽管她坚决声明带的零用钱很充裕。 孩子们的母亲分发钞票时，装腔作势地表演了一番；她假装把自己的孩子们和玛格达还当小孩子看待，提醒他们别把这笔钱花得太快，也不要全花在一处地方。 玛格达愉快地笑了一声，答应了，这时她两只手都闲着，就用左手接过钞票。 彼得也笑了一声，用假嗓子说管保做个乖孩子。 他这假装的娃娃腔可并不妙。 孩子们的父亲又高又瘦，头发微秃，脸色白晳。 这一类肯定的论断效果并不好；读者也许会接受这种说法，不过，我们应该比现在向前跑得远得多；出了什么毛病了；这些东拉西扯的开场白看来没有多少是切题的。 然而人人都从同一地方起步；怎么搞的，大多数人没困难地朝前走了，而有些人却迷了路呢？

　　"别钻到板条路下面去。"卡尔大叔从嘴角上咆哮着说。 孩子们的母亲假装着恼似的推了一把他的肩膀。 他们都站在开心馆前做广告的笑妞儿胖妹②面前。 比真人更大，胖妹机械地震动着，站在那里直摇晃，拍着大腿，同时从一只看不见的扬声器里传出扩大了的录制的笑声——女人的捧腹大笑声。 这声音像扼着嘴的笑声，跟着呼哧呼哧地喘气，低声啜泣；想歇口气，可是不成；嗤嗤地傻笑，哼哼唧唧的，又爆发出一阵沙哑的大笑。 你听了没法自己不笑，不管你心情怎么样。 父亲跟一个值勤的海岸警卫队队员谈了话回来，报告说拍岸的海浪被最近在近海给鱼雷击沉的油船上的原油污染了。 　大团　大团的原油，难以清除，在沙滩上留下油污的潮

---

　　① 低矮的平台，上铺板条，为海滨露天游乐场中的主要道路。
　　② 游乐场一般雇用畸形的人来招徕游客，除特高的高个儿和特矮的侏儒外，还有"有胡须妹妹"和"胖婆婆"等。 此处为机械操作的假人，由扬声器放送大笑的录音。

水痕迹，粘在洗海水浴的人的身上。 不少人可仍然在岸边浪中游泳，跑上来时身上斑斑驳驳的；另外有些人出钱在一个市办的游泳池里游水，只在海滩上晒晒太阳。 我们也晒晒太阳吧。 我们也晒晒太阳吧。 我们也晒晒太阳吧。

板条路下，有些火柴纸壳，其他零零碎碎的垃圾。 这篇小说的主题是什么？ 安布罗斯感到不舒服。 他在黑暗的过道里冒着汗；插在棒上的冰糖苹果，看看很好吃，吃吃很失望。 开心馆需要每隔一段路就有男女厕所。 说不定别人也在角落和走廊里呕吐过；甚至还可能在黑暗里大便，很容易被人踩着。 操这个词儿意味着吸入和（或）和（或）膨胀。 母亲和父亲；双方的祖母和祖父，外祖母和外祖父；四方的曾祖母和曾祖父，外曾祖母和外曾祖父，以此类推。 一代算它三十年；大约在巴尔的摩男爵由查理一世授予马里兰省特许状的那年①，五百十二个女人——英国女人、威尔士女人、巴伐利亚女人、瑞士女人——各个阶层和各种品格的都有，在各种情况下，以各种姿势，容许同样几种国籍的五百十二个男人的生殖器插入器官，来孕育本小说《迷失在开心馆中》的作者、叙述者的等等等等等等等等等等等等等等的两百五十六个祖先的五百十二个祖先。 在陋巷、沟渠、有华盖的床、松林、新人的套房、船上的房舱、四驾马车、四驾马车②、闷热的工具间里；在板条路下面冷冰冰的沙上，那儿丢满了产品牌雪茄烟蒂，秘藏着幸运牌香烟头、可口可乐瓶盖、砂砾般的粪块、硬纸做的棒糖杆、上面印着"一句失

---

① 英国政治家乔治·卡尔弗特（第一代巴尔的摩男爵）于 1632 年初向英王查理一世提出申请进入马里兰省的特许状，于 4 月逝世，6 月，查理一世把特许状授予其子塞西利厄斯·卡尔弗特（第二代巴尔的摩男爵）。 1634 年 3 月，第一批殖民者从英国到达马里兰。

② "四驾马车"的复数在英语中有两种表达方式，此处又是作者的文字游戏，可惜译文中难以表达。

言葬送一船"的警告①的火柴纸壳。 嘶嘶声似的耳语，像地球上处处海水的冲刷般持续不断，像潮汐、晨昏般循环不息。

玛格达的牙齿。 她是左撇子。 汗水。 玛格达和彼得一路走到底，穿过去了，他们跟母亲和卡尔大叔等了好几个钟点，父亲呢，找他那走失的儿子去了；他俩从一只纸杯里抓法国式炸土豆片吃，一边摇着头。 他们给自己有一天要有的并且会带到欧欣城来度假的孩子们起了名字。 既然没有女性的精子，把精子看作男性的微型虫，难道合适吗？ 他俩一步一摸索地穿过又热又暗的曲曲折折的通道，克服了爱之隧洞②中种种可怕的障碍。 有些人怕走失了吧。

彼得在当时当地提议大家进开心馆去玩；他曾经进去过，玛格达也是如此，安布罗斯可没有，因此提议先去游水，他的声音被胖妹的笑声搞得听上去很粗哑。 大家抿着嘴笑起来，忍也忍不住；安布罗斯的父亲、安布罗斯和彼得的父亲像疯子般咧嘴笑着，带着两盒糖油爆玉米走过来，一盒给母亲，一盒给玛格达；男人们自己拿着吃。 安布罗斯走在玛格达的右面；因为天生是左撇子，她用左手拿着盒子。 前面，情况正好相反。

"你干吗一瘸一拐的？"玛格达问安布罗斯。 他嘎着嗓子说，一双脚在汽车里麻木了。 她牙齿一闪。 "像针扎般麻？"那些蜜蜂正是被当年那茅房里格子窗上的忍冬花所招来的。 想想看，在那儿被蜇了该怎么办。 这样写到底还要多久啊？

大人们决定不去游泳池；卡尔大叔可坚决主张大家换上游泳

----

① 这是第二次世界大战期间美国张贴在公共场所的宣传标语之一，警告人们不要随口谈论船只出海的日期，免得被特务得悉，报告了敌人，用鱼雷来袭击。

② 也是露天游乐场中的一项设施，一般为黑暗的水洞，游客们成双作对地乘小艇穿行其间。 此处为开心馆中的爱之隧洞。

衣，到海滩去。 "他想去看漂亮姑娘哪。"彼得说了句笑话，一看卡尔大叔装出恼怒的样子，就躲到玛格达背后去。 "要漂亮姑娘，眼前不有的是。"玛格达表示意见，母亲接着说："这可千真万确。"玛格达责备彼得，因为他伸手越过她的肩膀去偷爆玉米。 "你弟弟和父亲一点也吃不到了。"卡尔大叔说，不知当晚人家会不会放焰火，因为缺货。 倒不是为了缺货的关系，M－先生回答说；欧欣城有的是战前留下来的焰火呢。 可是有人认为，考虑到敌人的潜水艇，放焰火太冒险了。

"不放焰火，还像什么七月四日。"卡尔大叔说。 写对话时用倒装结尾语①，如果用专门名词或称号，还是被认为可以容许的，如果用人称代词听上去就太陈旧了。 "不消多久，就会再放的。"孩子们的父亲预言道。 他们的母亲说，没有焰火，她可无所谓；它们很容易提醒她，使她想起真刀真枪。 他们的父亲说，正因为如此，更该不时地放一些。 卡尔大叔反问道，谁还用得着提醒啊，只消看看人们的头发和皮肤就够了。

"是啊，这油迹。"M－太太说。

安布罗斯觉得肚子痛，所以不去游水，只顾欣赏人家游泳。 他和他父亲皮肤一晒就红。 玛格达的体形就年龄来说发育得极端丰满。 她也不愿下水，等彼得动手拖她下池，她恼了，发怒了。 他坚持说，她每次都游水的；她不肯下水是什么意思呢？ 人家上欧欣城来干吗的呀？

"也许我想陪安布罗斯在这儿躺着哪。"玛格达挑逗地说。

夸夸其谈的人是谁也不欢迎的。

---

① 指上一句说白结尾的"卡尔大叔说"，原文为 "said Uncle Karl"，直译为"说卡尔大叔"，为倒装的写法。 如此处用人称代词 "he"（"他"）来代替"卡尔大叔"，就显得过时了。

"啊哈。"母亲说。 彼得一把抓住玛格达的一只脚踝，吩咐安布罗斯去抓另一只。 她尖叫起来，在大浴毯上翻了个身。 安布罗斯假装帮她不被拖起来。 她晒得竟比母亲和彼得更黑。 "来帮一手呀，卡尔大叔！"彼得嚷道。 卡尔大叔伸手去抓另一只脚踝。 从她游泳衣的上端望进去，看得见太阳晒黑的皮肤和白皮肤之间的分界线，并且，等她耸起肩膀，又尖叫一声的时候，看得见一个乳头边的褐色乳晕。 母亲叫他们放规矩些。 "你还不懂啊。"她对卡尔大叔说。 很调皮的样子。 "一位小姐说不高兴游水的时候，规矩人是不作兴问长问短的。"卡尔大叔说请原谅他；母亲朝玛格达眨眨眼；安布罗斯脸红了；那个笨彼得还是连声地说："高兴高兴，呸！ 呸！"还是使劲拉着玛格达的脚踝；跟着他也恍然大悟了，就哇的一声，像炮弹般扎进池去。

　　"真是的。"玛格达说，假装佯作恼怒的样子。

　　跳水可以恰当地被当作一种文学上的象征。 要从高台上跳下来，你得在池边和梯上排队等候。 人们呵姑娘们的痒痒，彼此捅着肛门，大声叫高台上的人们赶快往下跳，或者顺着舌头，讥笑他们闹个肚子先着水。 一旦踏上了跳板，有些人花了好长时间来摆姿势或者扮怪相或者考虑怎样跳或者设法壮起胆来；还有的呢，立刻跑步起跳。 小伙子们尤其别出心裁，要比比谁摆的姿势最滑稽或者跳下去时谁耍的花招最绝，如果你一跳再跳，跳个不停，这就越来越难办到了。 可是不管你大叫一声吉罗尼摩！ 还是胜利万岁！① 捏住鼻子还是挥动着腿儿像在"蹬自行车"，假装中了枪的样子还是来一个完美的屈体动作，要不，在半空中改变了主意，结果什么花

---

　　① "吉罗尼摩"（原为一个印第安酋长的名字）为第二次世界大战中美国降落伞部队所用的战斗口号；"Sieg heil！"（胜利万岁）为纳粹党人敬礼时所用口号。

样也没有，这跳水过程在两秒钟内就结束了，等待却得那么长久。起跳，摆姿势，水花四溅。 起跳，干净利落，水花四溅。 起跳，糟糕透顶，水花四溅。

大人们朝前走去了；安布罗斯想跟玛格达谈谈心；她就年龄来说发育得特别丰满；据说这是用蒸汽浴巾擦身的结果，还有的是别的说法。 安布罗斯也想不出什么话说，无非是什么彼得是个多好的跳水能手啊，他是存心露一手给她瞧啊。 你凭人家穿的游泳衣和胳臂上的肌肉，能清楚地看出这些个家伙发育到什么程度。 安布罗斯庆幸自己没有参加游泳，冷水冻得人卵子都缩成一团。 玛格达假装对跳水不感兴趣；她的体重说不定跟他的不相上下哪。 如果你在开心馆中跟在自己寝室里一样熟悉门道，你可以等一个姑娘前来，而事后溜之大吉，决不会被人抓住，即使她男朋友就在旁边。 她还会以为就是他干的呢！ 当那个男朋友就更好了，可以做出受了侮辱的样子，把开心馆闹个天翻地覆。

别做做样子；要真的感到。

"他是个跳水能手。"安布罗斯说。 假装钦佩的样子。 "要这样出色，你真该拼命苦练才行。"如果他直截了当地问她记不记得，甚至拿往事来逗她（彼得准会这么做），到底有什么大不了呢?

再写下去可没有意思；这样使谁也无法进展；他们如今连开心馆也还没到达呢。 安布罗斯偏离了正道，走进了开心馆的某个新辟的还不知是报废的部分，那是不准备让人游玩的；他是凭着千载难逢的机会偶然走进去的，就像一九一几年有辆盘绕升降铁道上的敞车违反了所有的物理定律，驶出轨道，在黑夜中飞越板条路那样千载难逢。 他们没法知道他的下落，因为不知道上哪儿去找。 这一部分像峨螺壳般围着自身盘旋着，连那设计师和经营者都把它忘了。它像墨丘利神节杖①上那两条蛇，盘绕着那开放的部分。有些人也许要等到二十出头才能"出道"，那时发育阶段过去了，而要赢得女人的欢心，光会说说俏皮话、挑逗挑逗、昂首阔步地摆摆架子是不够的。彼得的想象力不及他的十分之一，十分之一也没有。彼得拿替孩子们起名字这件事开玩笑，编造出阿洛伊修斯和穆尔加特洛伊德这类怪名字来，安布罗斯可完全明白，结婚，有自己的孩子，做个热爱妻子的丈夫和热爱子女的父亲，每天早上心情舒畅地去上班，晚上同妻子一起上床，醒来时有她在身边，究竟是什么滋味儿。一缕轻风吹进窗户，鸟儿和模仿鸟在中国梓树上歌唱。他眼睛润湿了，随你用多少种方式来表达也不为过。他干他那一行会相当出名的。不管玛格达是不是他的妻子，等他有了智慧的皱纹，两鬓斑白了，他会有天晚上在一次上流社会的晚宴上，庄重地微微一笑，对她提起自己少年时代的钟情。他俩跟他一家子上欧欣城去的往事；他当时对她所怀着的想入非非的欲念。看来多么遥远和幼稚啊！然而又是温情脉脉的，nest-ce pas?②她能想象到，这位世界闻名的诸如此类的人竟然记得，当她十一岁、他十岁时就有一种要人家表示赞同的说法。工具间里盯着看的那雪茄盒标签上的姑娘身边长椅上的竖琴上有几根弦吗？即使在当时，他就觉得自己的智慧超出自己的年龄；他曾摸摸她的头发，用最深沉的嗓音，最正确的英语，像对一个心爱的孩子似的说："我将一辈子忘不了这一时刻。"

但是虽然他沉重地喘着气，欣喜若狂地哼唧着，他自始至终真正的感觉却是一种奇特的超然物外之感，好像做主子的不是自己，

---

① 罗马神话中诸神的信使墨丘利手中的有双翼的节杖，有两条蛇盘绕着；今天为医务界的标志。

② 法语："不是吗？"

而是别人。 随他怎样拼命地使自己心荡神移，他还是听见自己在内心里当场记录下来：这就是人家所谓的钟情。 我正在体验哪。 一分钱游艺馆①里许多挖掘机坏掉了，一时无法修复或调换新的。 再说，奖品如今都是美国制造的，比过去的差劲，大都是硬纸板做的玩意儿，而且有些机器用白分币②还开不动。 那吉普赛人算命机，如果由安布罗斯来操作的话，也许能对本小说的高潮作出预示。 它竟比大部分机器更破旧：褐色的金属手柄上的银漆给磨掉了，围着那假人的玻璃窗破了，用胶布补上，她的方头巾和绸衣服早褪了色。 如果一个男人过着独居生活，他可以拿一个有活动关节的百货商店里的人体模型，把她稍微调节一下。 话得说回来，等他自己到那么大的年龄时，他要弄个真正的女人了。 还有一台机器，可以把你的名字 A-③冲压在一枚白分币的边上，中央是颗星。 他儿子将是第二代，等这小家伙长到十三岁左右，他要用健壮的胳臂勾住他的肩膀，冷静地告诉他："这是完全正常的。 我们大家都这么过来的。 不会永远如此。"没人知道该怎样做。 他们这看法是对的。 他要抽着板烟，教自己的儿子怎样钓鱼，捉软壳蟹，要他放心，不用为自己担心。 玛格达准会屈服；玛格达准会有很多很多的奶水，尽管偶尔会犯行为不检的毛病。 味道并不太坏。 但愿电灯亮起来吧！

　　天色越来越晚了。 你自以为你是你自己，可你身子里有的是别的人呢。 一个安布罗斯变得冷酷无情，另一个安布罗斯可不愿这样，*而倒过来也一样。* 安布罗斯眼看他俩意见不一致；安布罗斯眼

----

①　一分钱游艺馆系一拱顶建筑，中有走廊，两旁各小间陈列有种种供人娱乐的机器，一般投入一个分币即可启动，也是露天游乐场主要设施之一。
②　战争期间流通的以白色合金代替铜来铸造的分币。
③　安布罗斯的名字。

看他自己在眼看着。 在开心馆的哈哈镜间里，你始终没法眼看自己一路走下去，因为随你怎样站，你的脑袋总是挡住你的视线。 即使你有玻璃潜望镜，你自己眼睛的影子也会遮住你真心想看的东西。警察会来；报纸上会登出一条新闻。 它一定是在这儿发生的。 除非他能找到一个意外的出口，一扇非正式的后门，或者譬如说外通一条小弄的应急太平门，然后溜达到开心馆门前他的家人那儿，问大家刚才在哪儿；他自己从开心馆里出来了不知多久啦。 正是在那儿发生的，在那末一间点着灯的屋子里；彼得和玛格达找到了正式的出口；他呢，找到了那个不该找到的出口，走失了，走到不知什么地方去了。 在一个十全十美的开心馆里，你只能顺着一条路走，就像跳水运动员从高台上朝下跳那样；要走失是不可能的；所有的门和走道都像捕鱼笼或有瓣膜的静脉一般单向通行。

由于德国潜艇的关系，欧欣城处于"半灯火管制"中：路灯朝海洋的那一面被遮了起来；商店橱窗和板条路边的游艺场所灯光弄得很暗，不让油轮和自由轮①显出轮廓，招致敌人放鱼雷袭击。 在一篇写第二次世界大战期间马里兰州欧欣城的短篇小说中，作者可以采用休假的水兵形象，他站在一分钱游艺馆和射击廊内，通过玩具机关枪的十字标线，瞄准漆着卐党徽的潜艇，而在外边漆黑的大西洋上，一个德国潜艇艇长通过潜望镜眯眼瞧着由一分钱游艺馆的灯光所衬托出的真船。 吃了晚饭，一家人踱回到板条路边游乐场那一头。孩子们的父亲像往常那样被晒得皮肤通红，涂着诺克珊玛牌白色美容油，像个黑人扮的白人。 大人们站在板条路的尽头处，那儿，一九三三年那场飓风从海洋到阿萨沃曼湾之间刮出一条水道②。

---

① 美国在第二次世界大战期间大量修建的万吨级货轮。
② 阿萨沃曼湾位于欧欣城所在的堤礁之西，为一随潮水涨落的礁湖，通过欧欣城水道与大西洋相通。

"这字母 O 该念长音。"卡尔大叔眨眨眼，提醒玛格达说。　他衬衫的袖口卷起着；母亲啪的一下，打在他那刺着被箭贯穿的心[①]的棕色二头肌上，说他的脑筋真下流。[②] 胖妹的笑声突然从开心馆传来，好像她刚听到这句笑话似的；一家人也笑起来，笑这个巧合。　安布罗斯钻到板条路下面，靠袖珍电筒的光寻找外地生产的火柴纸壳；他从北美洲的边缘朝外眺望，心想，不知道他们的笑声能在水面上传播多远。　橡皮筏上的间谍；救生船里的死里逃生者。如果这句笑话超出他的理解能力范围，他本可以说："*笑得他摸不着头脑。*"[③]而让读者在读第二遍时去领会这一本正经的双关语吧。

　　他把电筒一开，竟不等那女人哇的叫起来就马上关掉。　他纵身一跳，逃之夭夭，心怦怦地跳，丢掉了手电。　那男人哼了声什么呀？　他连奔带跑回到家人跟前时，大汗淋漓，浑身发冷。　"见到什么啦？"他父亲问。　他说不出声来，只耸耸肩，拼命拍打裤腿上的沙子。

　　"我们去骑旋转木马吧！"玛格达叫道。　*我永远当不上作家了。*　时间已经没完没了地过去了，大家都回家了，欧欣城里一个人也没有了，*魔蟹从沙滩上像挠痒痒般轻轻地爬过来，顺着丢满垃圾的冷冰冰的街道爬去。*　爬进那装有楔形护墙板的客店和废弃了的开心馆里那些空荡荡的过道。　*一场海啸；敌机的一次空袭；一只巨大的怪蟹像一座岛般从海面上胀大起来。　居民们仓皇逃遁。*　玛格达紧紧抓住他的裤腿；只有他知道这迷宫的秘密。　"为了我们能活下去，他献出了自己的生命。"卡尔大叔带着痛苦的愁容说，这时

---

　　① 外国人文身时常常刺一颗被爱神丘比特的神箭所贯穿的心。
　　② 阿萨沃曼原名为 Assawoman, 和 ass of woman（"女人的屁股"）读音相仿。 卡尔大叔故意强调这 O 该念长音，以示区别，实际上正是提醒别人。
　　③ 此句除上面所译的意思，还可直译作"（胖妹的）笑声越过他的头顶传来"。

他。 这家伙的双手刺着花；那女人的大腿，那女人肥白的腿儿也一样。 真是个惊人的巧合。 他巴不得去告诉彼得。 他刺激得直想呕吐。 他们竟然没有追赶他。 他想，但愿死了倒好。

一种可能采用的结尾是让安布罗斯在黑暗里碰上另一个迷路的人。 他们会把才智合在一起，跟开心馆较量，像尤利西斯般努力克服一个障碍又一个障碍①，互相帮助，互相鼓励。 或是一个姑娘。等他们终于找到出口的时候，他们会是最亲密的朋友，会是情侣，如果是个姑娘的话；他们会了解彼此灵魂深处的思想感情，*被共同的冒险经历结合在一起*；然后他们会走进亮光里，结果发现他的朋友原来是个黑人。 一个盲姑娘。 罗斯福总统的儿子。 安布罗斯从前的死对头。

从哈哈镜间里出来后不久，他顺着一条带霉味的走廊摸索着走，由于不见发磷光的箭头标志和其他标记，心里已经感到不踏实了。 他找到过一条明亮的缝，结果原来不是一道门缝，而是两片胶合板隔墙之间的一道接缝。 于是凑着它眯眼一看，窥见一个小老头，看外表倒未始不像安布罗斯家里那已故的祖父的照片上的模样，坐在一只没有灯罩而沾着污点的灯泡下面的凳子上，正在打盹。 他脑袋附近有只没盖的保险丝盒，旁边是一块装着叉簧开关和闸刀开关的粗糙的面板；这小间里其余的地方搁着木杠杆和拴在船用系索耳上的绳索。 当时，安布罗斯还自以为没走失，没有敲壁板，也没有叫唤；后来呢，再要找这道缝已经找不着了。 他如今觉得，自己可能一路上在什么地方打过几分钟盹；他准是被下午的太阳和傍晚碰到的种种问题弄得精疲力竭了；他说不准，这些情景中

---

① 指荷马史诗《奥德赛》中的故事：尤利西斯在特洛伊战争结束后回家乡的途中，历尽种种艰险，为时十年才回到故乡。

是不是有一部分或全部是他臆想出来的。 墙上真的有一只黑色旧风扇像蜜蜂叫般嗡嗡地响，吹动着两长条捕蝇纸吗？ 开心馆这个操作人员——温文和气，带着几分忧愁而疲乏的样子，看表情倒未始不像安布罗斯那已故的康拉德大叔在家里的照片上的模样——真的在睡梦中低声嘟囔过吗？ 是真的有安布罗斯这样一个人，还不过是作者凭想象臆造的呢？ 是阿萨沃曼湾还是锡内普克生特湾①呢？这篇小说中还有别的事实方面的错误吗？ 除了像小快艇舷下河水的呷呷声那样的大腿压在屁股上的轻微的啪啪声以外，还有别的声音吗？

你一旦迷了路，最聪明的办法是待在原地别动，等人家来找到你，必要的话，大声嚷嚷倒是可以的。 一叫管保会得到营救，可也管保丢脸；保持沉默可以容许保全一点面子——等前来营救的人们找到你的时候. 看他们大惊小怪的，你可以装出吃惊的样子，如果他们说你走失了，一口咬定说不。 这还不算，你还可能自己找到出路呢，不管耽误了多么久。

"别跟我说你的脚还在发麻！"玛格达嚷道，这时，这三个年轻人从海湾边走到专门用来安置阜利斯转轮②、旋转木马和其他游乐车的地区，因为他们决定不进开心馆去玩，赞成去乘那庞大而古老的旋转木马。 这句子多别扭啊，一开头就全错了。 人家不知道该怎样来看待他，他也不知道该怎样来看待自己，他还只十三岁，在体育和社交方面都笨拙无能，并不惊人地聪明，可是长着触角；他头脑里有……某种接收机；事物会对他诉说，他懂得的事超出了

---

① 该湾位于阿萨沃曼湾南，二者都通过欧欣城水道与大西洋相连。

② 竖立地上的垂直大转轮，圆周上装有双人乘坐的小吊车，随着转轮的旋转，这些吊车始终保持水平。 最初为美国工程师乔治·华盛顿·盖尔·阜利斯为 1893 年芝加哥哥伦布世界博览会设计的，故名，此后成为露天游乐场主要娱乐项目之一。

他应该懂的范围，世界通过了种种物体朝他打信号，龇牙咧嘴地来抓他的上衣。所有的别人都了解某种他不知道的秘密；人家忘了跟他说。纯然由于拖延的关系，他母亲把他的受洗一直拖到了今年。别人都是在做娃娃时就受洗的；他原来自以为也是如此，他母亲也这样想，她是这样说的，哪知等到他蒙受天恩皈依卫理公会时，这一点疏忽才被发现。他感到屈辱，但在不眠之夜拼命地自学教义问答，被古代的神秘事迹吓住了，一个十三岁的孩子可绝对不会讲，决心像圣奥古斯丁①那样灵性上经受宗教感化。当圣水沾上他的前额、亚当的罪孽离开他的时候②，他以一种仿佛获得净化的感觉，好歹从眼睛里迸出眼泪——但是什么感受也没有。他有些单纯而基本的与众不同的地方；他希望这是天才，又害怕这不过是疯狂，一心做到和蔼可亲而不引人注目。独自坐在他家附近的防波堤上，他感到那种自以为在那工具间、在圣餐杯里所体会过的惊人的欣喜若狂的心情。青草地生气盎然！这城镇、这河道、他本人都不是假想的；时间在他耳朵里像阵风般怒号；世界在前进！这一段落应该戏剧化地渲染一番。爱尔兰作家詹姆斯·乔伊斯一度写过。安布罗斯·M-禁不住要大叫了。

首先，没有涉及感觉方面的细节描写所组成的结构。胖妹身边的模糊的哈哈镜；一个人在大旋转木马上只有乘一次的机会，不可能挑选哪匹木马；他认识到欧欣城（当初的父辈和祖父辈、戴硬草帽的男人和撑花阳伞的女士们都不在了，幸存的是那些游艺玩意儿）破落了，随之而来的是一阵头晕目眩的感觉。钱花光了，由于

---

① 奥古斯丁（354—430），西罗马帝国思想家，原为摩尼教信徒，后皈依基督教，于387年由米兰主教安布罗斯施洗，后在北非希波任主教，著有《忏悔录》，其中述及本人受基督教感化的经过。
② 洗礼为基督教入教仪式，由主礼者口诵规定经文，给受洗人注水额上或头上，以示涤尽所谓人类的祖先亚当在伊甸乐园中所犯下的罪孽。

彼得坚持，三个人在胖妹身边停下了，看姑娘们的裙子被吹得飘起来①。目的是逗弄玛格达，她说了："我说得准，彼得·M-，你的头脑里只有一道辙儿！安比②跟我对这种事才不感兴趣哪。"就在开心馆那魔鬼血盆大口式的入口处③的里面，那个滚筒式的房间④里，姑娘们也被摔得双脚朝天，她们的男朋友和其他闲人高兴的话，尽可以看到她们的裙子里边儿。安布罗斯领会到，意义就全在这里。整个开心馆的意义就在这里！你四面望望，就会留意到几乎所有在板条路上的人，除了小孩子以外，都是成双作对的；从某方面来讲，欧欣城的意义也全在这里！如果你的视觉像 X 光一般，能够看到那一刻在板条路下面、所有的旅馆房间、汽车和小巷里发生的一切，你就会明白，所有这一切正常的现象，例如饭馆和舞厅和衣着打扮和测力机⑤，都仅仅是事先的准备和幕间休息罢了。胖妹尖叫起来。

因为安布罗斯打眼角上注视着周围发生的事情，所以正是他瞥见了有个五角银币在离滚筒式房间不远的板条路上。谁掉东西谁晦气。就在他找不到那道裂缝后不久，他第一次听到有些人在不远的一条走道上走动的声音，决定不开口叫唤他们，因为生怕人家看出他害怕，拿他开玩笑；听上去像是些粗人；他巴望他们会走过来，他就可以在黑暗里跟随他们走，而不让他们发觉。另外有一

---

① 游乐场和开心馆中有些地方装有压缩空气的喷嘴，出人意料地把女人的裙子吹得高高飘起来。

② 安比为安布罗斯的爱称。

③ 游乐场中有些建筑的大门往往修建得像一个巨型魔鬼张着血盆大口，游客就从这大口里进出。

④ 开心馆中一项设施，人进去后不由得不摔倒，素不相识的游客被摔倒后滚在一起，这也给人们以官能刺激。

⑤ 一分钱游艺馆中的一项玩意儿，游客用拳击或手拉机上有关部片，小灯就会亮起来，显示所施的力量达到多少磅数。

次，如果不是心理作用的话，他听见单独一个人的声音，好像就在夹板墙另一边，碰碰撞撞地一路走着；说不定是彼得跑回来找他，或者是父亲，或者是玛格达也走失了。要不，是开心馆的老板和管理员。他有一回装出愉快的口气，叫了一声："有人知道我们到底在什么鬼地方呀？"不过这句话问得太生硬，他嗓音沙哑，等声音一停，他吓坏了：也许那是个怪人在等待人家走失，要不是个住在开心馆某个角落里的披头散发的肮脏的怪物。他一动不动地站着，好像有好几个钟点，简直气也不喘一口。他的前途，轮廓分明得叫人胆战心惊。他拼命屏住了气，想达到失去知觉的地步。应该有个电钮，你只消一按它，就能一点没有痛苦地了结自己的生命；像关掉一盏电灯一样，一弹指就消失了。他要立刻去按！他瞧不起卡尔大叔。不过他也瞧不起自己的父亲，因为他不像人家期望他的样子。说不定他父亲也恨他自己的父亲，这样一直推上去，而他的儿子也会恨他，这样一直推下去。立刻去按！

当然喽，他当初胆量不够大，不敢开口要求玛格达陪他一起进开心馆去玩。但是，叫大家大吃一惊的是，他竟怀着难以置信的胆量，有礼貌地悄悄邀请她陪他一起进开心馆去玩。"我先对你说清楚，我从没进去过。"他轻松地笑笑，接着说："可是依我看，我们好歹能应付过来的。归根结蒂，最要紧记住的是，开心馆的目的是给人开心的；就是说，是个供人娱乐的地方。如果人们真的走失了，或者跌伤了，或者在里边给吓得死去活来，老板就会关门大吉的。甚至还会打官司呢。"在一篇小说里，没有一个人物能讲这样长的一段话，而不被别的人物打断或者作出反应的。

母亲逗着卡尔大叔："我常听说，三人行，多一个。"不过，彼得如今也还有二毛五，这叫安布罗斯真心感到松了口气。事物都跟它的表面现象不同。每一刹那，在大西洋的水面下，千百万个有生命的动物相互吞噬。 飞行员在欧洲上空着了火掉下来；妇女们在南太平洋被粗暴地强奸。 他父亲原该把他拉到一旁，说："要在开心馆里从头走到底，有个简单的秘诀，跟怎样首先看到那些铁塔一样简单。 听好。 彼得不知道；你卡尔大叔也不知道。 你跟我与众不同。 不奇怪，你常常巴望你自己不是这个样子。 别以为我没有看到你的童年是多么不幸！ 不过，等我告诉你为什么这秘密必须一直保持到今天的道理，你是会理解的。 于是你就不会懊悔自己跟你哥哥和你大叔不同了。 恰恰相反！"如果你弄明白了板条路上所有的人的所有的秘密，你就会明白任何事物都跟它的表面现象不同。做丈夫的和做妻子的常常你恨我，我恨你；做父母的并不一定爱自己的孩子们；如此等等。 一个孩子对一切都想当然，因为他没有什么东西来跟他自己的生活作比较，而人的所作所为都好像表明事物都是理所当然的。 因此每个人都把自己看作小说中的英雄人物，但事实上结果倒可能是个反派角色，或者是个胆小鬼。 而对这一点，你什么办法也没有！

驼背、胖女人、小丑——谁也没法选择成为怎么样的人，这叫人受不了。 如果是在电影里，他会在开心馆里遇见一个美丽的小姑娘；他俩会从间不容发的真正的危险中死里逃生；他干的事和说的话都会是正确的；她也如此；到头来他俩会成为一对情侣；他们会谈得情投意合；他会感到十分自在；她会不但相当喜欢他，她会认为他非常了不起；她会躺着没法入睡，思念着他，而不是他思念着她——思念他的脸在不同光线中的模样，他站立的姿势和他究竟讲过些什么话——然而这仅仅是他那美妙的生活里的一个小插曲，其他还有许许多多呢。 根本算不上什么转折点。 那工具间里发生的事算不上什么。 他憎恨，他厌恶自己的父母！ 所以不写一篇迷失在开心馆中的小说有个理由是，如果人人都跟安布罗斯有同样的感受，在这种情况下就不值一谈；如果凡是正常的人都没有这样的感受，在这种情况下安布罗斯就是个畸人了。 "在小说中，还有什么比敏感的青少年问题更使人厌烦的吗？"而且已经写得太长、太散漫了，好像作者。 一个人看第一遍时，未必知道结尾随时可能出现；也许，这结尾已有不知多少次就在眼前，这也不是不可能的。另一方面，他也许仅仅看到了开头的部分，一切都尚有待阅读，这是叫人无法忍受的。

　　补充：当他宣布打算陪玛格达进开心馆去玩时，他父亲抬起了眉毛。 安布罗斯当时不了解，现在才明白他父亲拿不准他到底知道不知道开心馆是派什么用处的——当彼得决定也一起去时，他原该反对的，可是却没有，这特别说明问题。 当他漫不经心地把那个刻有名字的分币而不是把五角银币给那女巫般的卖票女人时，她羞辱了他，并且不怀好意地提醒玛格达注意他太阳穴上的胎记："提防他，小姑娘，他是个有标记的人①！"她才不好算刻毒呢，这他明白，不过是低级趣味和愣头愣脑罢了。 世界上某处地方有个年轻姑娘，十二万分的通情达理，她会像对待一首诗或一篇小说那样全面地看待他，并认为他讲的话实在富有价值。 因此，当他坦白地讲出自己的顾虑时，她会解释，啊，这些正是使他显得特别宝贵的地方。 对她来说……也对西方文明来说，都是如此！ 根本没有这种姑娘，事实干脆就是。 他们来到门口，连连地大打呵欠。 滚筒间附近一条长凳上坐着个老内行，小声地出主意说："像螃蟹那样横爬，就不会摔倒，还可看个饱！"一进门就被摔倒，就沉不住气了：彼得开心地哇哇叫，玛格达一个筋斗，一声尖叫，紧按住自己的裙子；安布罗斯像螃蟹般爬行，惊慌得嘴唇紧闭，很快就穿过去

---

　　① 此处为双关语，因 a marked man 一般意为"受到监视的形迹可疑者"。

了，眼看从身上掉下去的印着名字的分币在一对对游客中间滚动着。 他不好意思地看出，匆匆地穿过去可没有意思；彼得假装去扶玛格达，实在是存心要把她绊倒，等她两腿朝天乱挥，他大叫一声"我看见啦！"那老头，那刚才给他出坏主意的人，格格地笑着称赞。 随后是一间光线暗淡的大厅，布满黑线织的蛛网，放着录制的叽叽呱呱的人声；他握住玛格达的胳膊肘，扶住了她，免得被安装在倾斜的地板上的旋转盘把双腿摔倒，并用冷静而深沉的声音给她解释自己的看法： 开心馆的每个部分不是由一套光电装置自动地起动，就是由驻在墙上窥视孔后边的管理人员用手操纵的。 可是旋转盘使他失去了平衡，他有三度说不上话来；玛格达呢，反正在哇哇尖叫；然而有一回，她一把抱住他的腰，免得倒下，她的右颊有一刹那紧贴在他腰带扣上。 他英勇地把她拖起来，机会来了，可以算是要稳住自己的身子，紧紧抱住她，说一声："我爱你。"他竟然伸出一条胳膊，轻轻抄住她腰肢最细的地方，刚刚抄住，有个水兵带着个女的从后面直撞在他们身上，踏得他左大脚趾好痛，撞倒了玛格达，大家摊手摊脚地趴在地上。 水兵的女友是个头发笔直的轻佻女人，笑声响亮，穿着淡蓝色衬裤；安布罗斯明白自己无论如何是不会说"我爱你"的，因此被自卑心理折磨着。 要是做那个普通水兵有多好啊！ 是个矮小精悍的海军三等兵，这家伙两边各紧挟着一个姑娘，欢天喜地、跌跌绊绊地跑进哈哈镜间，在三十秒钟内就比安布罗斯十三年来更亲近玛格达。 她听了那家伙对彼得说的什么话，咪咪地笑起来；她把披在眼睛上的头发一掠，这动作真带妇人味，打动了安布罗斯的心；彼得啪的打了下她屁股，就显得特别粗鲁了。 可是玛格达显出一副又高兴又愤慨的神气，叫道："你干的好事，老兄！"就头也不回地紧追着彼得跑进迷宫。 水兵从容不迫地跟在后边，把女友紧靠着自己的臀部，拖着走；安布罗斯不但看出他们摆脱了他这个碍手碍脚的伴儿，全都感到宽慰，以致竟没注意到他不在身边，而且也跟他们一样感到宽慰。 他终于从这危机重重的过道里跨进哈哈镜迷宫，又一次看出，比以往任何时候都更清楚地看出自己如何轻易地欺骗自己，认为自己是个人。 他甚至预见到（这种自知之明可怕得使他神经抽紧），在他整个不幸的一生中，会一次次地这样欺骗自己（每两次之间的间隔会越拉越长），因为其他的抉择是万分的可怕。 成名、发疯、自杀；也许三者俱全。 这样年轻的孩子能明确表达这种见解，这是不可信的，而在小说中，纯粹是真实的事物必须始终让位给似乎可能的事物。 再说，这象征手法在有些场合是尾大不掉的。 然而安布罗斯·M－知道，成年人却只有极少数人才知道，伟人的众所周知的寂寞感可不是流行的神话，而是一条普遍的真理——这还不算，这二者是互为因果的。

整段上文，除了最后几句以外，是展示部分，它应该早就写出，或者散布在目前的情节中，而不应该归并在一起。 这样冗长的*段落*是没有一个读者容忍得了的。 有趣的是，尽管安布罗斯的父亲该说是个有才智的人（这可从他那小学校长的身分来说明），他可根本既没有在任何方面鼓励也没有劝阻自己的儿子们——好像他并不关心他们，要不就是虽然关心，但不知道该怎样来关心。如果这一点会有助于使其中之一成为一个大名鼎鼎而却万分不幸的科学家的话，那到底是桩好事还是坏事呢？ 他自己有朝一日也可能面临这个问题；到底这件事多少年来曾折磨过譬如说他的父亲呢，还是一次也没出现在他的心头过，把这个弄明白是有好处的。

迷宫里出了两桩重大的事。 第一桩，我们的主人公捡到一枚别人落掉或丢掉的印着安布罗斯这名字的钱币，叫人想起那著名的灯塔船和他过世的祖父心爱的甜点①，这是他母亲碰到特别的日子用椰子、橘子、葡萄诸如此类的东西所常做的。 第二桩，当他惊讶地看着这些镜子里自己数不清的影子，第二桩，当他陷入了沉思，想到如果必须有个旁观者的话，就不可能洞察一切了，那最好使他自己变成至少十八岁，不过这样会使其他的事显得不大可能了，这时候，他听见在迷宫的某处地方，彼得和玛格达一起轻声笑着。 "这儿走！" "不，这儿走！" 他俩彼此大声叫着；彼得说，"安比在哪儿？" 玛格达嘟哝了一声。 "安勃②？" 彼得喊着。 声音很得意，很亲热。 他不回答。 事实是，他哥哥是个无忧无虑的小子，如果有个正常的弟弟，日子原该好过得多，不过也难得抱怨自己的处境，一般说来是和蔼可亲的。 安布罗斯喉头发痛；随你用多少种不同的方式来表达也不为过。 他静悄悄地站着，这两个少年人吃吃笑着，顺着闪烁夺目的迷宫磕磕撞撞地走，发现了出口，高声欢呼，接着又碰到了麻烦，又惊又喜地尖叫起来。 随后他抿紧了嘴，自以为跟着他们的方向走，不料转错了一个弯，走失到这条通道里，到如今还逗留在这儿呢。

传统的戏剧性记叙文的情节可以用一种名叫弗赖伊塔格三角③的图形来表现：

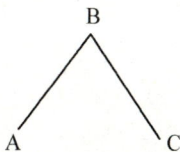

---

① "安布罗斯号"灯塔船属美国海岸警卫队，常驻纽约港入口处。 这种甜点名 ambrosia，也是从 ambrose 得名的。

② "安勃"也是安布罗斯的爱称。

③ 古斯塔夫·弗赖伊塔格（1816—1895），德国小说家兼批评家，在他的《戏剧技巧》（1863）中分析了戏剧作品情节的传统分段。

或者更精确些，用这种图形的一种变体来表现：

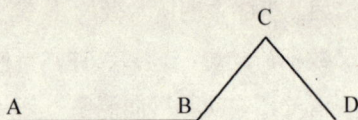

```
                 C
                /\
               /  \
 A        B   /    \  D
 —————————————      \———
```

其中 AB 代表展示部分，B 为冲突的出现，BC 为"情节高涨阶段"、纠葛或冲突的发展，C 为高潮或情节的转折点，CD 为结局，或冲突的解决。 虽然没有理由把这个模式看作绝不可少，但它和其他许多常规的东西一样，变得常规化了，因为多少年来，许许多多人通过反复试验和犯错误懂得它是行之有效的；因此，你不应当丢掉它，除非你打算同时丢掉戏剧效果，或者，有明确的理由可认为：故意违反这"正规的"模式能更好地能更好地造成那种效果。 不能再这样写下去了；这样写是可以永远写下去的。 他在黑暗里自言自语地讲一个个故事，一直讲到死去；多少年后，开心馆这片宽广而没人料想到的地段被人发现了，第一批进去摸底的人在一条迷宫般的走廊里找到他的骷髅，还错当它是娱乐节目中的一项哪。 他在黑暗里自言自语地讲故事，活活饿死了；可是他全不知晓（全不知晓）有个开心馆的助理操作人员就蹲在夹板墙后面，碰巧听到他的话，把每句话都写了下来。 操作人员的女儿，一个仪态万方的年轻姑娘，她的体形就年龄来说发育得出奇地丰满，就蹲在板墙后面，记录下他的每一句话。 尽管她从没见过他，她认识到这正是西方文明中真正富有想象力的伟人之一，他雄辩地叙述自己的苦难，将成为不可胜数的人们的启示。 而她对这不幸的少年的爱情把她折磨得心都碎了（对，她爱他，尽管她从没见过尽管她仅仅从他讲的话，以及他讲话时那深沉、安详的话音来了解他——可是了解得多真切啊），她的爱情等等以及凭她那份女人的直觉，知道只有苦

296

难和孤独才能使他开口倾吐等等，这两者使她心都碎了。 孤零零的在黑暗中正在死去。 她悄悄地亲吻那粗糙的夹板，一滴眼泪掉在纸上。 她用速记记录的地方她用速记记录的地方她用速记记录的地方她用等等。 我们很久以前就该越过弗赖伊塔格三角的顶点，极简短地处理那结局；这情节并不意味深长地一步步向上发展，而是环绕着自身转圈子，离开主题，朝后退却，踌躇不前，唉声叹气，土崩瓦解，终于死亡。 小说的高潮该是它的主角发现走出开心馆的一条路。 可是他什么出路也没找到，很可能就此不去找了。

战争和这篇小说有什么关联啊？ 外面到底该不该放焰火呢？

安布罗斯漫步徘徊，疲惫无力，打着盹儿。 他时不时又习惯地管自复述着自己那毫无冒险性的生活经历，从第三人称的观点来描述，从他最早的回忆圆括号在马里兰州沿海低洼地区枫叶在夏风中轻轻摆动圆括号直到眼前。 这些主要事迹，在这次讲述中，会是像A，B，C和D那种图形。

他想象多年以后的自己，成了名，娶了老婆，舒坦地活在世界上，青春期间的种种考验早抛在脑后了。 他带上一家子到海滨来度假：欧欣城变得多厉害啊！ 可是在板条路的难得有人在板条路的人迹罕至的一端，过去的时代遗留下一些被抛弃的娱乐设施：世纪初的大旋转木马，有着鹰头狮身的有翼怪兽和机械操作的自动乐队；一九一六年起就传说要宣判死刑的盘绕升降铁道；机器操纵的射击廊，里面只有敌人的形象换了样。 他自己的儿子随着胖妹一起大笑，要打听开心馆是怎么回事；安布罗斯一把紧紧抱住这健壮的小子，咬住了烟斗冲他妻子微笑。

一家子走上归途。 母亲坐在父亲和卡尔大叔之间，卡尔大叔不怀恶意地取笑父亲，他呢，想起那个跟他肩并肩地在开心馆里打出一条路的伴儿原来是个瞎眼的黑姑娘，不禁乐了——因为彼此吐露了心曲，两个人都很不自在。可是习俗的壁垒真高，因此即使。这是谁的胳臂，在哪儿？该是什么滋味儿。他向往着一座庞大的开心馆，比任何已建成的都大得多；不过到那时，开心馆也许不时兴了，就像火轮船和游览专车那样。已经显得古怪而破败了：旋转木马中柱的中相上那些披纱着绸的女郎是他父亲的父亲的脸颊圆滚滚的梦中人；如果再想下去，要把插在棒上的冰糖苹果都呕出来。

他纳闷着：他会成为一个正常的人吗？出了什么毛病；他接种的牛痘没有出；在加入童子军的营火会上，他只是假装深深感动的样子，就像他直到现在还装出在开心馆里也毕竟不坏的样子，而他还有点儿瘸呢。这样的情况还能延续多久？他展望着一座真正惊人的开心馆，复杂得叫人难信，然而由一个大规模的中央交换台来操纵一切，就像管风琴的控制台一般。人们的想象力都不够丰富。他能亲自设计这样一个处所，配线什么的都在内，而他只有十三岁哪。他要当它的操作者；操纵台上的小灯会显示出这五花八门的庞大场所的每个奥妙的角落里发生些什么；啪的扳一个开关会使这个人的路变得好走，使另一个人的路变得复杂，使情况保持平衡；如果有人看来迷了路或者吓着了，操作人员只消这样。

他但愿自己压根儿没进这开心馆。可是他进去了。于是他但愿自己死去。可是他没有死。因此他要替别人建造开心馆，当不露面的操作人员——尽管他巴不得挤身在情侣们中间，开心馆原是为他们设计的啊。

吴 劳 译

灵 魂 出 窍

[美] 小库尔特·冯尼古特

　　小库尔特·冯尼古特 (Kurt Vonnegut Jr. 1922—2007)，美国小说家，重要作品有长篇小说《自动钢琴》《猫的摇篮》《第五号屠场》、短篇小说集《猫舍里的金丝雀》《欢迎到猴子屋》等。

　　冯尼古特的许多作品，尤其是中短篇小说，表面看来像科幻小说，实质是构思奇特的黑色幽默小说，或者说，一种科幻形式的荒诞小说。本篇就是这样一篇典型的冯尼古特式的荒诞小说。小说主人公"我"和他妻子都是老年人，他们和其他许多人一样，从一个叫匡尼希斯瓦塞尔的人那里学会了灵魂出窍的技巧，变成了"两栖人"（即灵魂可以摆脱肉体并栖息到他人肉体里去的人），并和其他"两栖人"一起参加游行，反对那些灵魂不能离开肉体的人。双方发生了冲突，"我"和他妻子被对方捕获。在审判他们时，"我"和法官激烈辩论，痛斥他们只为肉体活着，而当法庭宣判"我"和他妻子犯有叛逆罪时，"我"亮出了杀手锏——要是他们判他有罪，他就号召所有"两栖人"占据他们的肉体，一个不留！这下把那些深爱自己肉体的人吓坏了，不得不放了他们。

　　显然，这个荒诞不经的故事不仅仅是说笑，其内在寓意是：如果人真有灵魂并能摆脱肉体的话，生活或许还有点意思，但这不过是幻想而已，现实是：所谓生活只是肉体活着，而肉体是要死的，所以活着其实一点没有意思。这就是这个荒诞故事所要表现的荒诞主题：所谓生活，从根本上说是无意义的；然而，人却念念不忘肉体生活，甚至"两栖人"也无法将其全然忘却。

我总觉得，我们中间那些不是生来就会"两栖"（我用的是"两栖"这个词的新含义）的老一代的人，对这种生活永远也不能安然自得。我发现我自己有时候想到那些无足轻重的东西，仍然不免有些惆怅。

比如说，我总是念念不忘自己的生意——过去的生意。不管怎么说，我费了三十年的工夫才白手起家把它经营起来，可是现在那些设备却放在那里生锈，而且逐渐被污垢堵塞起来。尽管我也知道再挂念我的生意是一件非常愚蠢的事，我还是时不时地从储存中心借一副躯壳，到从前居住的市镇兜个圈子，尽我的力量把一部分设备擦洗干净，涂上机油。

当然啦，设备在这个世界上唯一的好处就在于能赚钱。天晓得现在遍地扔着多少钱。已经不像过去那么多了，因为在开始那些日子里有一些人手脚闲不住，把钞票随地乱扔，一阵风吹来，刮得遍地都是。不少爱捡便宜的人就把这些钞票一**叠叠**地收集起来，藏在什么地方。虽然我不好意思承认，事实是：我自己就捡了将近五十万元的钞票，收藏起来。我过去常常把它们拿出来，清查一下数目。但这已经是多少年以前的事了，现在我连这笔钱放在什么地方也记不太清了。

可是我这种对以前的生意的关怀，和我的妻子麦琪对我们那所老房子的挂念比起来，真是不值一提的小事。这所房子是在我一点点经营起我的买卖的同时，我的妻子花了三十年的时间购置到手的。可是正当我们鼓起勇气来要进行翻盖和装饰时，凡是同我们沾亲带故的人就都开始过两栖生活了。麦琪现在每月总是借一次躯壳，去那里把房子打扫一遍，尽管现在房屋的唯一用途就是给白蚁和老鼠遮风避雨，免得它们生肺炎。

每逢轮到我进入身体，在本地的储存中心服务的时候，我就又一次体会到，和男人相比，要女人习惯于这种两栖生活是件多么困难的事。

麦琪借躯体的次数可比我多得多，但是一般说来，所有的女人都是这样。为了满足女人的需求，我们储存的女人身体要比男人身体多两倍。我常常有这样的感觉，仿佛女人就非要有身体不可。只有这样，她们才能用衣服把它装扮起来，在镜子面前照来照去。讲到麦琪（上帝保佑她）我认为除非她把地球上的每个储存中心的每个女子的身体都试遍，否则是永远不会心满意足的。

但是这种随便更换身体的事，对麦琪确实是件好事。这一点我从来没有哄骗过她，因为这对她的性格大有好处。说句老实话，她过去的躯体实在没有什么吸引人的地方。在过去那些日子里，不得不拖着这样一件东西东奔西走，常常弄得她情绪十分低沉。可是她又有什么办法呢，这个可怜虫，任何人对于自己生就的一副躯体还不是一点办法也没有？话虽这样说，那时候我还是挺爱她的。

用不着说，在我们学会了两栖生活以后，在我们设置了储存中心，收藏了大量躯体并向公众开放以后，麦琪简直乐得快要发疯了。她借了一位歌舞明星捐赠的淡黄头发的身躯，我当时还认为我们再也无法劝她走出来呢。 正像我说的，这对增加她的自信心起了奇迹般的效果。

和大多数男人一样，我对于自己得到什么样子的身体并不十分挑剔。 凡是放到储存中心来的身体个个都健康、强壮，样子漂亮，所以这一个和那一个对我并没有什么不同。 有的时候，为了怀旧的缘故，我同麦琪同时去借躯壳，这时候我总是让她替我选择，和她自己的相配。 有趣的是，她给我挑的总是一个金黄头发的高个子。

她声称她爱了三十多年的我的老躯壳，头发是黑颜色的，个子比较矮，到了后来，肚子也大了。 当我脱离它以后，他们并没有把它放在储存中心里，而是把它作为废物弄走了。 我免不了有些伤心，这也是人之常情。 我过去的老躯壳挺不错，安逸、舒适，虽然不能说光彩照人，但却牢固可靠。 但是，我猜想，在储存中心里这样的躯体是不会有什么主顾的。 至少我自己就从来没有借过这样的身体。

讲到进入别的躯体，我最倒霉的一次是受了别人哄骗，走进原来属于艾里斯·匡尼希斯瓦塞尔博士的身体。 这具躯体是属于"两栖先锋协会"的，一年只出借一次，就是在匡尼希斯瓦塞尔的伟大发现周年纪念日举办盛大的先锋节游行这一天。 谁都说，我被选中进入匡尼希斯瓦塞尔的躯体，领导游行队伍，是一件非常光荣的事。

我是个头号大傻瓜，居然相信了他们的话。

以后要是他们再让我进到这副躯体里可不那么容易了。 但是，进到这个臭皮囊里到处游荡一番，倒让我弄明白了为什么匡尼希斯瓦塞尔能够发现人们不要身体也能过活的事。 他的这副躯壳简直会逼得你发疯。 溃疡、头痛、关节炎、平足、像剪枝用的铁铗般的鼻子、猪眼睛、皮肤的颜色活像风吹雨淋的老船壳。他从前是、现在仍然是你想结识的一位最可爱的人物，可是想当年他被囚禁在这副身躯里的时候，却没有哪个人愿意接近他，了解一下他的为人。

在开始举办先锋节游行的时候，我们本来试图让匡尼希斯瓦塞尔本人重新回到他的躯体里，率领游行队伍；但是他说什么也不愿意同他的老躯壳再打交道。所以每次我们都不得不哄骗一个倒霉鬼承担这个角色。匡尼希斯瓦塞尔本人是参加游行的，但是他总是以一个只用大拇指和中指就能把啤酒罐头捏成对折的六英尺高的西部牧人的身姿出现。

匡尼希斯瓦塞尔在这样一个身躯里活像一个顽童。他对捏啤酒罐头的把戏百玩不厌。在游行之后，我们都得停在各自的肉体里围着他看热闹，装出一副非常佩服的样子。

在没有离开躯壳的那段日子，我想他是没有力气捏瘪任何东西的。

没有谁对他提到这件事，因为他是两栖时代的一位伟大的老人，但是他总是把一具具的躯壳糟蹋得一塌糊涂。差不多每次他进入一具躯壳，为了炫耀自己，总是把它撞伤撑破。这时就得有一个人进入一个外科医生的身体里，把它缝补一番。

我这样说，对匡尼希斯瓦塞尔并没有任何不敬之意。事实是，当我们说一个人在某些方面有些孩子气的时候，实在是对他表示敬意，因为似乎正是这种人才能产生出伟大的思想。

历史学会至今还保存着一张他过去时代的照片。从这张照片看来，他在修整边幅方面，始终没有长进，至于对付自然赋予他的那个破烂货的肉体，他也办法不多。

他的头发一直垂到领子底下，裤子系得很低，往下坠着，脚后跟把裤子翻边磨穿了两个洞，衣服的衬里像彩带一样围着屁股耷拉成一圈。他经常忘记吃饭，穿着单薄衣服走到寒冷、潮湿的户外去。他从来不理会自己的疾病，除非快要卧床不起。总而言之，他是一个我们过去称之为精神恍惚的人。当然啦，今天再回顾这些事，我们可以说他那时正在开始进入两栖境界。

匡尼希斯瓦塞尔是个数学家，他过的完全是心灵的生活。他不得不用自己的不同凡俗的心灵拖着四处奔走的躯壳，这副躯壳对他的有用程度，还不如一平板车废铁。每次他生了病，需要对身体加以照料的时候，他就气狠狠地说出下边一番话来：

"心灵是一个人身上唯一有价值的东西。可是为什么偏偏要把它束缚在由肉、骨、管、血和毛发组成的皮囊里呢？人们一辈子被拴在一个寄生物上，需要时时刻刻用食物填塞它，保护它不受寒暑和细菌的侵袭。请问，谁还有时间干出什么伟大的事业来呢？而这个捞什子却早晚还要损坏，不管你如何填塞它，如何照料它。"

"有哪个人，"他想要知道，"真正需要这样一个东西呢？原生质究竟有什么美妙，值得我们背负着这么些磅的一个讨厌的重担走来走去呢？"

"我们这个世界的不幸，"匡尼希斯瓦塞尔说，"不在于人口太多，而在于身体太多。"

当他的牙齿坏了，不得不拔掉，而又配不上一副可口的假牙时，他在日记中写道："如果有生命的物质不断进化，最终能够离开海洋……说老实话，海洋确实还是一个很适合于居住的地方……它一定应该能够继续再走一步，脱离开身体。只要你好好想一想就会知道，身体除了给你增加麻烦外，一无用处。"

你应该懂得，匡尼希斯瓦塞尔对于身体是并不苛求的，他并不嫉妒那些具有比他更好的身体的人。他只不过认为身体给人带来的麻烦远远超过它本身的价值。

对于他能否活着看到人类演进到脱离躯壳的阶段，他并不抱着很大的希望。他只不过希望将来有一天人们能做到这一点。有一天，他只穿着一件衬衫，穿过一个公园，一路走一路苦苦思索着这个问题。他在豢养动物的地方停下，观看公园的人喂狮子。过了一会儿，当大雨变成雪雹时，他掉头向家中走去。在一个湖边上，他看见救生员正在用一架人工呼吸器抢救一个溺水的人，匡尼希斯瓦塞尔也挤过去看热闹。

据目击者说，溺水的老头儿径直走到水里去，面不改色地一直往前走，直到完全淹没在水里。匡尼希斯瓦塞尔看了一眼溺水者的面孔，心里说，再也没有哪个自杀者比他自寻短见的理由更充分了。他又开始往家里走，差不多已经快到家门了，突然想到，躺在湖边上的老人正是自己的躯体。

正当救生人员使这具躯体恢复呼吸的时候，他又回到湖边，占据住它，指挥着它的脚步走回家去。他这样做不是为了别的，只不过为了答谢城里人抢救他费的一番手脚。他让自己的躯壳走进住房前部的一个小储藏间里，把它停放在那里，而自己从躯壳里退了出来。

只是在他想要写点什么、翻几页书，或者需要喂躯壳点东西吃，让它有气力做自己想叫它做的一些零碎事情的时候，他才把它拿出来。其余的时间，这副躯体只是痴呆呆地、一动不动地坐在储藏室里，几乎一点精力也不需要消耗。前不久，匡尼希斯瓦塞尔还告诉我说，那一阵子他每星期只花一美元左右就能维持住自己的身体，除了确实需要的时候，才让它活动一下。

但是这件事最大的好处在于匡尼希斯瓦塞尔从此不用再睡觉了，不必因为"它"需要睡觉就得睡觉；也不用再怕这个怕那个了，不必因为"它"担心受到什么损害就弄得自己忧心忡忡了；也不必再费心机去谋取"它"好像觉得非有不可的东西了。 而且，每当身体不舒服的时候，匡尼希斯瓦塞尔就干脆离开它一段时间，等它自己慢慢恢复过来。 他用不着为了叫它舒服再花费大笔钱财了。

当他把身体从储藏室里弄出来写东西的时候，他写了一部人如何能走出躯壳的著作。 这部书被二十三家出版商不附任何评论地退了回来。 第二十四家发行了两百万册，使人类生活发生了根本的改变，比发明火、数字、字母、农业或车轮的影响还大。 有人把这个告诉了匡尼希斯瓦塞尔，他从鼻子里冷笑一声，认为这对他的书是明褒暗贬。 我认为他的意见是有道理的。

按照匡尼希斯瓦塞尔这本书提出的办法干了大约两年，几乎任何一个人，只要他有心这样做，就能走出自己的身体。 办法的第一步是先从心理上认识到，身体在大部分时间都是一个讨厌的寄生虫，一个暴君。 然后再把身体所需要的或不需要的事物同你自己——你的精神所需要的或不需要的区别开。 在这以后，只要集中于你自己的精神需要，对于身体，除了简单地维持下去以外，尽量不理会它的种种要求，你就可以使你的精神取得自己的权力和独立自主的地位。

这就是匡尼希斯瓦塞尔并没有认识到却已经在做的事，最后，他和他的身体在公园里分了家，他的灵魂在看狮子吃食，身体却在无人控制的状态下游游荡荡地走到湖里去了。

使灵魂和身体分离的最后一着是： 一旦你的灵魂有了足够程度的独立性，你就让自己的身体朝着某一个方向行走，然后出其不意地把灵魂引向另外一个方向。 不知是什么道理，如果只是站着不动，这一点就做不到——一定要走动起来才能让灵魂从身体里出来。

最初，麦琪的和我的灵魂在离开躯壳后都感到那么手足无措，正像几百万年前最早搁浅在陆地上的海洋动物那样，在泥淖里只能蠕动，翻滚，张着嘴喘气。但是过了一些时候，我们就都感到自然了，因为灵魂肯定比肉体能更快地适应新的环境。

麦琪和我都有充分理由想摆脱自己的躯壳。最早急着想离开躯体的人都是有充分理由的。麦琪那时候已经满身疾病，肉体不能延续多久了。她既然不久就要离开我，我自己再活下去还有什么意思？于是我们研究了匡尼希斯瓦塞尔的书，试着让麦琪在躯体未死以前先离开它。我跟着也走了出来，免得我们两个人都寂寞独处。这件事我们要是再晚一点就来不及了——只不过又过了六个星期，她的身体就完全垮台了。

这就是为什么我们有资格每年参加先锋节游行的原因。并不是谁想参加就能参加的，我们中间只有最早成为两栖人的五千人才有这种资格。我们这五千人倒好像是供试验用的豚鼠，但是不管成功或失败，对我们讲都没有什么损失。而且，我们还能给其余的人提供证明，让他们看到这种两栖生活多么逍遥自在，安全可靠——远比待在身体里一年又一年地担受风险安全得多。

虽然时间有早有晚，但是最后差不多每个人都发现自己有充分理由试它一试了。我们这些人开始只有几百万，后来却达到十亿——每个人都无形无质，不会损坏，而且还有一件天大的好事，我们都不必有半点虚伪，不给别人制造麻烦，自己也不必有所恐惧。

当我们不在躯体里的时候，五千名先锋者可以聚在针尖上开大会。而一旦为了游行进入躯体，我们就得占据五万平方英尺的地盘，就得吞嚼三吨多食物，只有这样才有力气游行。我们中间还有成批的人害了感冒或者更厉害的疾病。因为哪个身体不小心踩了另一个人身体的脚后跟就吵得不可开交；因为哪个身体带领游行队伍，而别的身体却只能停在行列里就争风吃醋，还有——啊，这些事我要说也说不完。

我对游行并不怎么热心。所有我们这些人，都回到身体里，聚到一起，肩并肩，背靠背——不管我们的灵魂多么好，这时也免不了要发脾气。比如说，去年的先锋节就弄得我火冒三丈！这也难怪，一连好几个钟头封闭在闷热的躯体里，口干舌燥，谁的脾气也好不了。

好，从一件小事开头，越闹越大，游行队伍的总指挥威胁我说，要是我的步子再不合拍，他就要把我打得失魂落魄。当然啦，他是游行总指挥，除了匡尼希斯瓦塞尔的牧人身躯外，谁也没有他的身躯健壮。可是我也不甘示弱，我告诉他说，他还是先把自己的猪头放在冷水里浸浸的好。他把胳膊一抡，我当时就把身体撂在地上，连他的拳头是否碰到我都没有看，就扬长而去。他不得不亲自把我的躯壳拖回储存中心去。

可是我刚一离开身躯，马上就不生他的气了。我已经体谅他了，你知道。只要是在躯体里，同情也好，明智也好，就是圣人也延续不了几分钟。快乐也是一样，只能维持短暂的一刻。可是在两栖人中，我还没有遇到过哪个不容易与之相处的。只要不在身体里，人人都高高兴兴，风趣横生；而一旦进入躯壳，我也从来没见一个脾气不乖张的。

问题在于，只要进入了躯壳，化学机能马上就发生作用，体内各种腺的分泌液使你或者高兴，或者想吵架，或者饥饿，或者大发雷霆，或者柔情蜜意，或者——一句话，你自己也不知道下一分钟会干出什么事来。

这就是我对于敌人、对于那些反对我们两栖人的人恨不起来的原因。这些人从来没有走出过自己的身体，也不想学会这样做。

他们也不愿意别人这样做，他们希望两栖人都回到身体里，不再出来。

我跟游行队伍的指挥吵架之后，麦琪听到了这个消息，马上也把她的身体撂在女人队伍中间，走了出来。我们两人这样摆脱了躯壳和游行，觉得兴高采烈，决定到敌人那边去转一遭，看看他们在做什么。

我自己是从来没有这份兴致的，而麦琪却总喜欢去看看他们那里的女人在穿什么样的衣服。敌人那边的女人，因为永远关闭在躯体里，所以总是不断改变服装、发型和化妆式样，远比我们改变我们储存中心女人躯体的装扮次数多。

时兴式样引不起我任何兴趣。你在敌人居住区听到的或看到的任何东西都索然寡味，就是石膏像听了或看了也会感到厌烦，急着想要离开的。

通常，敌人谈论的总是老式的繁殖术，我认为这同我们两栖人在这方面的方法相比，实在是人们能够想象到的最愚蠢、最滑稽、最麻烦的事。如果他们不谈这个，就谈论吃什么东西，谈论需要填到肚子里去的大量化学食品。再不然就是谈论恐惧，他们称之为政治——职业政治、社会政治、管理政治，等等。

我们可以随时窥测他们，而他们却只有在我们进入身体以后才能看见我们，这是敌人感到最恼恨的一点。他们好像非常害怕我们，虽然害怕两栖人就像害怕日出一样，是毫无道理的。除了那些储存中心外，他们尽可以把整个世界拿走，我们两栖人才不关心呢。但是他们却组成一个联盟，好像我们随时都可能唿哨一声，从天而降，对他们做出非常可怕的事情似的。

他们遍地都安装上据说能够侦察我们行踪的设施。这些装置，说老实话，实在一文不值，但是却使敌人感到心安——好像他们这样安排，就已布置了对付强敌的重兵，就已做了许多重要、巧妙的事情，不再心惊肉跳了。他们总是彼此鼓气，夸耀自己掌握了多少技巧，而我们却什么也没有。如果他们所谓的技巧，指的是武器，他们的话算说对了。

我猜想，在他们和我们之间正在进行着一场战争。可是我们并没有任何举动表示自己是交战的一方，除了对游行场所和储存中心保守秘密以及每逢空袭或者敌人发射火箭之类的东西时，赶快从身体里出来，我们对一切都安之若素。

但是这就更加激怒了敌人。因为空袭和火箭之类的东西要花费敌人大量金钱，而只炸毁一些谁也不需要的东西，这对于纳税人又很难交代。敌人每走一步棋——怎么走，什么时候走，走到哪去，我们都了如指掌，所以不费任何心机，我们就可事先躲开他们。

如果考虑到敌人除了动这些脑筋外，还得不断照料自己的身体，那他们也算得上非常精明的了。因此，我不论哪一次到他们那边去观察的时候，总是非常小心谨慎。这也就是当麦琪和我在他们的一块土地中间看到一个储存中心时，我想立刻撤走的缘故。最近一个时期我们和任何人都没有谈论过敌人又在耍什么花招，这个中心站看起来形迹十分可疑。

麦琪是个乐天派，自从她借用了歌舞明星的身体以来她一直是这个样子。她认为这个储存中心再清楚不过地说明，敌人的脑子已经开了窍，他们也打算进入两栖生活了。

不错，看起来有点这个意思。这是一所崭新的储存中心，存放着各种身体，而且已经开始营业，不像是敌人在捣什么鬼。我们围着它转了几个圈，麦琪的圈子越转越小，她想尽量走近一些，仔细看看他们这里有什么样子的女人躯壳。

"咱们走吧。"我说。

"我只是看一看，"麦琪说，"看看有什么关系？"

这时她看到最大的陈列橱里放着的那个东西了，于是她什么都忘了——既忘记了她在什么地方，也不记得自己是从什么地方来的了。

陈列橱里放的是我所见到过的最引人注目的一具妇女的躯体——六英尺高，姿态犹如一个女神。但是最迷人的地方还不在这里。这具躯干皮肤是红棕色的，头发和指甲黄中带绿，穿的是一件金色的夜礼服。在这具躯体旁边还放着一个金黄头发的男性巨人，穿着淡蓝色的陆军元帅服，镶着猩红的条饰，戴着闪闪发光的勋章。

我想，这些躯体一定是敌人对我们边缘地区的某个储存中心发动一次突然袭击抢劫来的。他们把这些身体填塞好，涂上颜色，又打扮了起来。

"麦琪，回去吧。"我说。

黄绿头发、红棕色皮肤的女躯体活动起来了。接着，报警器一声尖厉的呼哨，一队士兵从隐伏的地方冲出来，一下子就把麦琪已经进入的那具躯体抓住了。

中心站果然是给两栖人设置的一个圈套！

麦琪无法抵御其诱惑力的这个躯体，双脚被缚在一起，因此麦琪一步也迈不开，而如果不走动几步，她是无法再从身躯里出来的。

士兵们得意洋洋地把她作为俘虏装在车上运走。为了营救麦琪，我进入了当时摆在旁边的唯一的躯体——陆军元帅的身体。但是我进入的也是个绝境，因为陆军元帅同样也是一个钓饵，双脚也是被牢牢系紧的。 士兵们把我连同麦琪一起拖走。

带队的一个年轻少校趾高气扬，一路跳起基格舞来。 他感到非常骄傲，他是第一个捕获到两栖人的人；从敌人的观点看，这是非常了不起的事。 他们已经和我们打了好几年仗，花费了上帝才知道多少百亿的金钱，但是直到这次捉到我们，才是第一件使我们两栖人意识到敌人确实在和我们交战的事。

当我们进入城市以后，人们都从窗口向外探望，挥动旗帜，对士兵们大声欢呼，向麦琪和我发出嘘嘘的呼哨声。 这里聚集着所有那些不仅自己不愿过两栖生活、还认为任何过两栖生活的人都是十恶不赦的人——各种肤色、形状、身材和国籍的人，他们汇集到一起，要和两栖人决一死战。

我后来才知道，麦琪和我要受一次规模巨大的审判。 整个晚上我们在监狱里被捆绑得牢牢实实，第二天就被带到审判庭上，好几台电视摄影机对着我们。

麦琪和我这时已经被搞得身心交瘁。 因为不知从多久以前起，我们两个人就都没有这么长时间地被禁锢在肉体里。 当我们被关在监狱里等候审讯以前，正是最需要费神思索自己处境的时候，而我们所在的身体却不仅饥饿难忍，而且在小铁床上翻来覆去怎么也找不到一个比较舒服的躺卧的姿势。 而且当然啦，身体才不管你在什么地方呢，它还是需要八小时的睡眠。

对我们提出的控诉是敌人法典上应处极刑的一条罪状——叛逃罪。 按照敌人的看法，两栖人都是胆小鬼，在最需要他们的身体为人类做出伟大壮举的时候，他们却开了小差，从身体里溜走了。

我们毫无希望被判无罪开释。 所以要举行这样一次审判，唯一的原因是找一个机会宣传一下，我们为什么不对，他们为什么有道理。 法庭里挤满了他们那里的名流、要人，一个个满面怒容，却又摆出一副神气十足的样子。

"两栖人先生,"检察官开口说,"你已经年纪不小了,谅你还记得全体人类都在各自的身体里,正视生活,为人类的信念而工作、而斗争的日子吧?"

"我还记得人们的身体总是彼此交战,但是似乎没有人知道为的是什么,也没有人知道该怎样制止连续不绝的战争,"我客客气气地回答,"当时人们的信念,似乎就是他们并不喜欢打仗。"

"如果一个士兵在开战前临阵脱逃,你认为这是什么表现?"他问我。

"我认为他吓破了胆。"

"他在为打输这场战斗出力,是不是?"

"是的。"对于这个问题没有什么好辩论的。

"这不正是两栖人干出来的事吗? 面临着生活的战斗,你们却叛离了人类。"

"我们中大多数人仍然活着,这就是你想得到的答案。"我说。

这是实际情况: 我们并没有彻底战胜死亡,我们也还不敢肯定一定想这样做,但是我们确实把生命延长了。 和停在肉体中所能希望活到的寿命相比,我们已经把生命延长到了令人惊奇的地步。

"你背离了自己的职责!"他说。

"就像人们从一座着了火的房子里跑出来一样,检察官先生!"我回答说。

"把别人丢下不管,让他们在里面挣扎!"

"别的人也可以从我们走出的那扇门逃出来。 你们都可以走出来,什么时候都可以。 你们所要做的,只是考虑一下你们需要的是什么，你们身体需要的是什么，然后把精神集中在……"

法官拼命在桌上敲小槌，我还以为他已经把它敲断了呢。 他们这里已经把匡尼希斯瓦塞尔的书都烧掉了，凡是能找到的，一本也没剩。 而我却在整个电视网前给人们讲课，讲解怎样才能离开自己的身体。

"如果你们两栖人得势的话，"检察官说，"每个人就都要放弃自己的职责，使我们所了解的生活和进步全部消灭。"

"可不是，"我同意地说，"这正是问题所在。"

"人们就不会再为他们的信仰工作了，是不是？"他挑衅地问道。

"在过去的那些日子里，我有过一个朋友。 他在一家工厂里工作，整天往一个什么小东西上钻眼；他一直钻了十七年，可是从来不明白他钻孔的小东西是干什么用的。 我还认识一个人，替一家玻璃器皿厂种一种无核小葡萄。 他种的葡萄不是为人吃的，所以他从来也搞不清工厂为什么要收购这种葡萄。 这类事情让我从心坎里感到恶心——当然，我现在是在躯体里——想起我过去为了维持生活而做的那些事，更加让我心寒。"

"这么一说，你看不起人类，看不起人们做的每件事情，对不对？"他问。

"不，我非常喜爱他们——比我过去更加喜爱。 我只是认为他们为了照顾身体而不得不做的那些事很不体面，非常丢脸。 你应该过过两栖生活，了解一下人们不必再为吃下一顿饭担心，不必再为冬天受冻担心，不必整天焦虑身体磨损坏以后会发生什么事——只有这个时候，你才能体会到人们可以达到什么样的幸福境界。"

"你说的这个，先生，只意味着人类丧失了雄心壮志，不再能做出伟大的事业来。"

"噢，我不懂你说的伟大事业指的是什么，"我说，"我们那里也有一些非常伟大的人物。 不论在身体里面还是在身体外面，他们都是非常伟大的。 最重要的问题是，不再有恐惧，"我的眼睛紧盯着离我最近的一台电视摄影机镜头，"这才是人类能够经历的最奇妙的事情。"

法官手中的木槌再一次敲到桌子上，大人物们企图用喊叫声压倒我。 电视台的人关上了摄影机。 所有的听众，除了那些最显赫的人物外，都退出场去。 我知道我已经讲出了某些意义重大的事。现在每一个电视观众从电视机里只能收听到风琴音乐了。

一阵混乱过去，法官宣布审讯结束，麦琪和我都犯了叛逆罪。

事情已经如此，我无论再做什么，也不能改善我们的处境。 一不做，二不休，我索性继续答辩下去。

"现在我算了解你们这些可怜虫了，"我说，"没有恐惧你们就生活不下去。 这是你们掌握的唯一技能——吓唬你们自己，也吓唬别人，逼得大家都不得不干出一些发疯的事来。 这是你们唯一的乐趣：看着他们吓得坐立不安，他们害怕你们会伤害他们的身体，会从他们身体里拿掉些什么。"

麦琪说话虽然总是没有分量，这时也插嘴道："你们唯一能使别人作出反应的办法，就是恫吓。"

"你们蔑视法庭！"法官说。

"你们唯一能进行恫吓的办法，就是设法让他们留在自己的躯壳里。"我进一步解释说。

兵士们抓住我和麦琪，开始把我们往法庭外面拖。

"你们的这种行动意味着战争！"我喊道。

一下子什么都停止不动了，整个法庭变得鸦雀无声。

"我们已经处于交战的状态了。"一位将军不安地说。

"没有，我们并没有跟你们打仗，"我回答说，"但是我们会打的，如果你们不马上把捆绑我和麦琪的绳子解开的话。"我在陆军元帅的身体里显得非常威武，非常有气派。

"你们没有武器，"法官说，"没有技术。离开了身体，你们两栖人什么本领也没有。"

"如果我数到十，你们仍然不把我们松开，"我告诉他们说，"两栖人就要占据住你们全体人的身体，一个也不漏掉。然后就把你们赶到离这里最近的一个悬崖上。你们这个地方已经被包围了。"这当然是胡说八道。一具躯壳在一个时间内只能由一个人占据着，但是敌人却拿不定我说的是不是实话。"一、二、三！"

将军咽了口唾沫，脸色变得苍白，勉强把手一挥。

"把他们放开。"他有气无力地说。

士兵们也吓坏了，很高兴接受这个命令。麦琪和我又获得了自由。

我走了几步，把我的灵魂朝另一个方向引去，于是那位漂亮的陆军元帅，连同身上的勋章、绶带，像一口古老的座钟轰隆隆地从楼梯上滚下去了。

我发现麦琪没有跟我一起出来。她仍然停在那具红棕色皮肤、黄绿色头发和指甲的身体里。

"还有一件事，"我听到她说，"为了赔偿你们给我们制造的这些麻烦，这具身躯至迟在下星期一之前要寄到纽约我的名下，丝毫不许损坏。"

"是的，太太。"法官答应说。

当我们回到家里的时候，先锋节的盛大游行刚好在当地储存中心前面解散。 总指挥从他的身体里出来，为他刚才的行为向我表示歉意。

"唉，亥尔伯，"我说，"你用不着道歉。 刚才你也不是你自己。 你不是在躯壳里参加游行吗？"

除了不再恐惧外，这是两栖生活的最好的地方——你在躯壳里不论做了什么蠢事都会得到别人原谅的。

当然啦，我想也还有一些不够完美的地方，正像任何东西都不能十全十美一样。 我们仍然需要时不时地工作一番，也要弄些食物以维持储存中心里保管着的大批躯壳。 但是这些缺点都是微不足道的，凡是我听到的比较大的缺点并不是真正的大缺点，只不过是某些人改不过来的老想法；他们在成为两栖人以前总是担心这个，担心那个，在过两栖生活以后仍然无法去掉这些忧虑和悬念。

正像我在开始时说的那样，我们老一代的人恐怕永远也不能完全习惯于这种生活了。 我发现我自己就常常为我花了三十年心血经营起来的那个收费厕所的生意感到闷闷不乐。

但是年轻一代却没有这种对过去的挂念了。 他们甚至对储存中心会不会出事也无动于衷，不像我们老人那样总是忧心忡忡。

所以我的猜想是，再下一步的进化可能是和过去彻底决裂，正像最初从泥淖里爬到阳光中的两栖动物一样，永远也不再回到海洋里去了。

傅惟慈　译

熵

[美]托马斯·品钦

    托马斯·品钦（Thomas Pynchon 1937—　），美国作家，以写晦涩复杂的小说著称，重要作品有长篇小说《V》《万有引力之虹》《葡萄园》和《抵抗白昼》等。

    本篇是托马斯·品钦最引人关注的短篇小说，一篇典型的后现代荒诞小说。小说题名为《熵》（Entropy），取自热力学"熵增定律"①。"熵"是热力学中的一个状态函数，即热能消耗的度量系统，托马斯·品钦以此喻指生活，即生命的损耗；也就是说，每过一天，生命就损耗一点，这是生活的唯一结果。

    小说写1957年2月初的某一天在华盛顿的一所公寓里的一场派对，人物形形色色，似乎是社会的缩影：有欧洲移民，有先锋艺术家，有哲学系大学生，有从前门闯进来寻欢的海军兵

---

    ①　所谓"熵增定律"，也称"热力学第二定律"，内容是：不可能把热从低温物体传到高温物体而不产生其他影响；不可能从单一热源取热使之完全转换为有用的功而不产生其他影响；不可逆热力过程中熵的微增量总是大于零。其中的关键是第三点："不可逆热力过程中熵的微增量总是大于零。"意思是：宇宙是一个封闭系统，在这个系统中，每一次热能转换都要消耗热能，这种热能消耗就称之为"熵"；也就是说，作为封闭系统的宇宙，随着时间的推移，熵值将不断增大，最后当宇宙间的热能完全消耗后，宇宙便进入一个死寂的永恒状态。这就是1865年由德国物理学家鲁道夫·克劳修斯（Rudolf Clausius）提出的著名的"热寂论"。通俗地讲就是：宇宙的存在是一个一次性的（即不可逆的）热能消耗过程（尽管这个过程可能长达几亿亿年），一旦热能消耗殆尽，宇宙也就不复存在了。

士，还有从窗户里爬进来的隔壁邻居，等等。但不管是什么人，在这场派对中都没有什么区别，都没完没了地喝酒，没完没了、空洞无聊地争论，随处有人就地而卧，有人进来，有人离去；时间似乎停滞，一场无趣而看不到尽头的派对。而这，也许就是所谓的"生活"。窗外是早春，连绵的冻雨。更令人窒息的是，人们即使想"消耗"自己的生命，也做不到：小说中反复出现的一个细节，是一个叫奥芭德的年轻姑娘多次到窗口去测量室外温度，始终是华氏 37 度（相当于摄氏 2.8度），一动不动，好像热能的传递已经停止……

　　总之，在这篇名为《熵》的小说中，人物、故事、情节全都显得单调无趣、死气沉沉。然而，这正是作者所预期的"艺术效果"，因为小说所要表现的主题，就是"生活的无意义"。这一点，其实在小说一开始的引文中就已经说明了——"我们不可避免地要走向——一步步地走向——死亡之狱。别无他路。"既然熵是整个宇宙的主宰，决定了宇宙的命运就是"热寂"，那么对于人来说，除了不可避免地走向死亡，还能指望生活有什么"意义"？

　　博利斯刚刚给了我一份他的观察报告。他会预测天气。他说天气还将继续糟糕下去，会有更多的天灾，更多的死亡，更多的绝望。任何地方都看不到可能发生变化的迹象……我们不可避免地要走向——一步步地走向——死亡之狱。别无他路。天气不会改变。

——亨利·米勒[①]《北回归线》

---

① 亨利·米勒（1891—1980），美国作家，《北回归线》为其代表作，出版后颇多争议。

楼下，"肉球"·马利根的狂欢派对进行到了第四十个小时。厨房地板上，一堆空香槟瓶中间，躺着桑多·罗亚斯和三个哥儿们，仗着海德塞克酒和苯基丙胺药片的效力，还勉强清醒着，在玩着一种叫"汪洋中的暗礁"的扑克牌游戏。客厅里，"公爵"、文森特、克林克勒斯和帕科在蹲着听音乐；他们中间一个十五英寸的扬声器插在废纸篓上头，正以最大音量播放着《基辅的英雄之门》。他们都戴着角质边的太阳镜，带着如痴如醉的表情，吸着模样儿滑稽的香烟。烟头里的东西，可不是你以为的烟叶，而是一种掺了杂质的印度大麻。这一伙人就是天使公爵四人乐队。他们为当地一家名叫"坦布"的唱片公司灌制唱片。他们名下已有一张十英寸密纹唱片，名叫《外层空间的歌谣》。时不时他们中会有一个人将烟灰弹入扬声器的喇叭口里去，看着烟灰在里面回旋飞舞。"肉球"自己正靠窗边睡着，胸前抱着个两夸尔的空酒瓶，像是抱着个玩具熊。几个为国务院和国家安全局工作的政府女孩都已烂醉如泥，或倒在沙发上，或歪在椅子上，有一个还躺在浴室的浴缸里。

这是 1957 年 2 月初的一天。那一阵子，华盛顿特区住着许多要移居国外的美国人。他们一看到你就喋喋不休，说他们的确打算去欧洲，只是目前还得为政府效力。人人都听得出这里面微妙的嘲谑意味。譬如，他们会举行使用多种语言的聚会，在聚会上，新来者如果不能同时操三四种语言与人交谈的话，就会遭到冷落。他们会连续几周频繁光顾亚美尼亚熟食店，邀请你去那些墙上贴满了斗牛海报的小厨房里吃碎干小麦做的食物和小羊肉。他们和一些来自安达卢西亚①或迷迪②、目前在乔治敦大学学经济的热情如火的姑

---

① 西班牙南部一地区。
② 法国南部地区。

娘们谈恋爱。 威斯康星大街旁的一家名叫"老海德堡"的大学地下啤酒店是他们的"圣殿"。 这样，春天来时，他们就不得不面对樱花而不是菩提树。 不过，就像他们说的，正是这种百无聊赖的生活才够味儿。

这会儿，"肉球"的派对似乎要重整旗鼓了。 外面下着雨。雨点劈劈啪啪地敲打着屋顶上的焦油纸；雨水打在屋檐下木笕嘴的鼻子、眉毛和嘴唇上，水花纷纷溅落，涎水般流下窗子。 前一天下了雪，再前一天强风劲袭，此前则是阳光明媚，整个城市灿然如四月，尽管日历还只翻到二月初。 这是个虚假的春天，华盛顿的一个古怪的季节。 这个季节里有林肯的诞辰日，还有中国的旧历年。街上冷冷清清，因为樱花还得等好几个星期才会开。 莎拉·沃恩①说过，今年的春天要稍稍晚点儿。 通常，像这样会在周日下午到"老海德堡"去喝维尔茨堡酒、去唱《莉莉·玛琳》（更不用提《西格马·奇的甜心》了）的一伙人已是命中注定的、无药可救的浪漫主义者。 每一个真正的浪漫主义者都知道，实质上，灵魂（spiritus② ruach③，pneuma④）无他，空气耳。 因而大气中的反常自然会影响到呼吸着它的人。 因此，在那些人人共享的东西——假日，旅游胜地——之外，还有些个人的活动，与天气息息相关，而这些日子就仿佛一年的赋格曲中的一段密接和弦： 变幻莫测的天气，漫无目的的爱情，出乎意料的誓约。 在赋格曲中，一个月轻易地流逝。 因为说来奇怪，日后，那些风呀，雨呀，二三月的激情呀，都不复被那个城市忆起；似乎它们从未发生过。

---

① 莎拉·沃恩 (1924—1990)，美国四五十年代爵士乐和通俗音乐的一个传奇歌手。

② 拉丁语，有"呼吸"及"灵魂精神"等意。

③ 希伯莱文，本义为"风"，宗教意义为"上帝的精神、灵魂"。

④ 希腊语，本义为嘘气，斯多葛派哲学用以指作为万物本原的、火焰般的气。 现有元气，精神，灵魂等意。

《英雄之门》的最后几个低音轰然炸响，穿透地板，将卡里斯托从不甚安稳的睡梦中惊醒。他一下子就想到了手中小心捧着的小鸟；他一直将它贴着自己的身体。他的头在枕上歪倒一侧，微笑着向下看着小鸟，看着它微微拱起的蓝色小脑袋，它的病快快地耷拉着眼皮的眼睛，思忖着还得要多少个夜晚来温暖它，它才能好起来。他这样捧着这只鸟已经有三天了。这是他知道的能让它恢复健康的唯一方法。他身边的女孩也被惊动了。她哼哼着，用胳膊掩着脸。和雨声交织在一起传来的是其他鸟儿的第一声晨啼。鸟儿们藏在喜林芋和小棕榈叶子下，怯生生地、带点儿怨尤地啼叫着。这是片温室丛林，将房间粉饰得红一片、黄一片、蓝一片的，整个儿像是幅卢梭①的奇幻画。他花了七年的工夫苦心营造了这个完全密封的温室，试图在这片小天地里建立秩序，以抵挡城市的喧嚣，避开天气、国家政治和市政动乱的变幻无常。历经尝试和失败，卡里斯托终于使其生态平衡臻于完美，女孩则使它呈现出艺术的和谐。其间草木的摇曳，鸟雀的扑腾，人的起居，都那么和谐一致，节奏分明，如同一辆奔驰着的性能良好的汽车。他和女孩自然与这世外桃源须臾不可分离；他们已是这个整体中不可或缺的部分。他们的日常所需会有人送过来。他们从不出去。

　　"它还好吗？"她轻声问。她躺在那儿，面对着他，像个褐色大问号。她的眼睛突然睁得又大又黑，缓缓地眨着。卡里斯托探了一根指头到小鸟脖子根处的羽毛下，轻柔地抚摩着。"我看它快好了。瞧，它听到伙伴们醒来的声音了。"女孩在尚未完全清醒时就听到了雨声和鸟啼。她叫奥芭德，一半法国血统一半安南血统。

---

　　① 亨利·卢梭（1844—1910），法国原始派画家，以想象瑰奇的异域风景画著称，代表作有《梦》等。

她栖息在她自个儿古怪而孤独的星球上，在她的世界里，浮云、黄蝴蝶属乔木的气味、酒的辛辣，以及偶尔触及她后腰或轻抚她前胸的手指，都无一例外地化成了各种声音：化成了音乐，不时从嗥叫着的混乱的黑暗中浮现出来的音乐。"奥芭德，"他说，"去看看。"她很听话地起身，走到窗前，拉开帘子。过一会儿，她说："37度。还是37度。"卡里斯托皱起眉头："从星期二起，毫无变化。"三天之前，亨利·亚当斯①曾为"能量"所震慑；卡里斯托发现自己现在也以不相上下的讶异面对着"热力学"——能量的内在生命，同他的前辈一样意识到，圣母玛利亚和发电机一样，既代表着爱也代表着能量；二者实际上是等同的。因此，爱，不仅推动着世界运转，也是使室外地滚球滚动、让星云旋进的动力。就是这后一种或曰恒星因素的东西深深困扰着他。宇宙学家们已经预测到宇宙最终的热寂（这就像地狱边界：既无形式也无运动，每一点的热能都均衡一致）；气象学家们也只是日复一日地用一系列还在变化着的气温来抚慰人心，以为这样就能延缓或否认它。

但是已经三天了，尽管天气一直在变化，水银柱却凝驻在了华氏37度。想到这可能是天启的征兆，卡里斯托在被子下挪了挪身子。他按在小鸟身上的手指更用劲了，似乎非要得到气温很快就会改变的保证来，不管这保证是激奋人心，还是令人痛苦。

最后一声铜钹的咣当声惊天动地。"肉球"被无可奈何地震醒了；对着废纸篓摇来摆去的几个脑袋也都戛然而止。铜钹的嘶嘶尾声在房间里盘旋了片刻，而后消融在户外潇潇的雨声中。"啊——哦——"静默中，"肉球"看着空酒瓶长吁了一声。克林克勒斯慢

---

① 亨利·亚当斯（1838—1918），美国历史学家和作家，著有9卷本《美国史》及自传《亨利·亚当斯的教育》等。

慢地转身，微笑着递过一支烟来。 "早茶时间了，哥儿们。"他说。 "不，不，""肉球"说，"和你们这些家伙说了多少次了，不要在我这儿闹。 你们应该知道，华盛顿到处都是联邦调查局的人。"克林克勒斯怅然若失，说："哎呀，'肉球'，你怎么对什么都不起劲了。" "除了酒①，""肉球"说，"这是唯一的希望了。还有酒吗？"他拖着步子朝厨房走去。 "没有香槟了，我想是没了，""公爵"说，"冰箱后还有箱特奎拉酒。"他们放了一张厄尔·博斯迪克②的唱片。 "肉球"在厨房门口停住，愠怒地盯着桑多·罗亚斯。 "柠檬。"他想了一会儿，说。 他蹒跚着走到冰箱前，取出三个柠檬和一些冰块，找到了特奎拉酒，准备好好定定神。 他在切柠檬时切到了手，出了点血，所以不得不用两只手来榨柠檬，用脚来捣冰格。 十来分钟后，他发现自己奇迹般地做出了一大杯特奎拉鸡尾酒，不禁喜笑颜开。 "看起来满不错，"桑多·罗亚斯说，"能不能给我也做一份？" "肉球"朝他挤了挤眼。"Kitchi lof ass ashegithe。"他脱口应道，然后漫不经心地朝浴室走去。 "喂，"过了一会儿，只听他冲大伙叫道，"喂，这儿有个姑娘什么的睡在浴缸里。"他抓住她的肩膀摇了起来。 "干吗？"她说。 "你看上去不太舒服。""肉球"说。 "我想是吧。"她表示同意。 她踉跄着走到喷头下，开了凉水，盘腿坐在喷溅的水流下。"好多了。"她笑着说。

"'肉球'，"桑多·罗亚斯在厨房里大叫，"有人要从窗户进来。 我看是个强盗。 一个飞贼。""你瞎操心什么，""肉球"说，"我们在三楼。"他大步跑回厨房。 防火楼梯处站着个头发蓬

乱、忧心忡忡的人，正用指甲刮拉着窗框。 "肉球"打开窗子。
"索尔。"他说。

"快湿透了。"索尔说。 他爬进来，身上还滴着水。

"我猜你已经听说了。""米丽娅姆离开你了，""肉球"说，
"就听说这些。"

突然前门传来一阵急促的敲门声。 "进来吧。"桑多·罗亚斯
叫道。 门开了，进来三个乔治·华盛顿大学的哲学系女生，每人都
拿着一瓶意大利红勤地酒。 桑多一跃而起，冲进了客厅。 "我们
听说这儿有个派对。"一个金发女郎说。 "年轻人。"桑多大声嚷
嚷着。 他是个前匈牙利自由战士，很容易感染上一种被某些中产阶
级评论家称为哥伦比亚地区的唐璜病态心理①的毛病。 Purche porti
la gonnella, voi sapete quel che fa②——就像巴甫洛夫实验室里的
狗：一声女低音，或一缕阿佩姬香气，就会让桑多大量分泌唾液。
当三人鱼贯进入厨房时，"肉球"睡眼惺忪地打量着她们，而后耸
了耸肩。 "把酒放到冰箱里，"他说，"早上好。"

奥芭德俯身在印有小丑帽图案的被单上，脖子弯成一把金色的
弓。 房间里幽冥晦暗，绿影憧憧。 她在草草记着什么。 "年轻时
在普林斯顿大学，"卡里斯托正在口述；他让小鸟偎依着他灰白的
胸毛，"卡里斯托掌握了一种记住热力学定律的窍门，那就是：要
是说事情会变好，你就注定输了；事情总是在还没变好之前就变坏
了。 在五十四岁时他接触到吉布斯③的宇宙论，才突然意识到，自
己那句本科生时的戏言竟然是个神谕。 那个看起来简单但奇妙无

---

① "唐璜病态心理"指男性的病态的征服异性欲。
② 意大利文："只要她穿着小裙子，您就知道她做什么。"
③ 吉布斯（1839—1903），美国理论物理学家和化学家，应用热力学理论于物理化学，发展出统计力学。

比的等式，对他来说，是一种终极之象，是宇宙的热寂。其实，他一直都知道，只有在理论上，一个引擎或系统才可能毫无损耗地运作；他也一直熟谙克劳修斯①的理论，这一理论声称，一个封闭系统的熵值会不断增加。然而，直到吉布斯和博尔兹曼②运用统计方法证明这一原理，他才幡然悟到其可怕的重要性：那时，他才意识到，所有的封闭系统——银河系、引擎、人类、文化、一切的一切——都必然自发地朝着这个"更可能状态"演变。因此，在这人生的悲凉之秋，一切皆趋黯淡的中年，他被迫对迄今为止他所知晓的一切作迥然不同的认识和评价。平生所经历的所有城市、季节和逢场作戏的激情，现在都得置于一种全新的、捉摸不定且难以言表的视角下审视。他不知道他能否胜任这项工作。他明白，如果一味简化则会导致危险的谬误；他也希望自己能足够强大，不至于陷入软弱无力的宿命论中去，那样虽保持着尊严，但实则是颓废。他一贯持一种生气勃勃的、意大利式的悲观主义；这有点儿像马基雅弗利③，容许能力和机遇势均力敌，平分秋色。但现在这个等式掺入了一个随机因素，将其不等程度推至一个暧昧不明有苦不堪言的比率，这是卡里斯托自己都害怕去计算的。在他的四周，温室的轮廓隐约可辨；那颗小小的、可怜的心脏，偎依在他的心口，微弱地跳动着。在他声音的起落中，女孩听到了鸟儿的啁啾，一阵阵的汽车喇叭声，散落在湿浸浸的清晨；还有那穿透地板、昂扬直上的厄尔·博斯迪克的男高音，不时达到近乎狂野的顶峰。构建女孩世界

---

① 克劳修斯（1822—1880），德国数学物理学家，热力学第二定律的奠基人，提出气体分子运动论和电解理论。

② 博尔兹曼（1844—1906），主要贡献在于发展统计力学，提出用它来解释热力学第二定律。

③ 马基雅弗利（1469—1527），意大利政治思想家、历史学家、作家，主张君主专制和意大利的统一，认为为达到政治目的可不择手段，即"马基雅弗利主义"。

的单纯，不断地受到此类混乱的威胁：豁口和累赘物和斜线，平面的移动或倾斜。她得不断地调整它们，以防整个结构散崩碎裂，成为一堆互不关联的、毫无意义的、混乱不堪的信号。卡里斯托曾经将这一过程描述为一种"反馈"：每晚她都是在心力耗尽之后才挣扎着进入梦乡，她拼命地想要坚守住那份警醒。即便是在卡里斯托和她做爱的短暂时间里，她那决心独自高歌之弦也会盖过绷紧的神经偶尔奏出双音。

"然而，"卡里斯托还在说，"他从熵的概念或封闭系统的无序测定值中发现了一个深刻的比喻。它适用于他生存的世界中的某些现象。譬如，他看到了如今年轻一代对麦迪逊大街①的仇恨与他当年对华尔街的敌意如出一辙。同时，美国的消费文化正逐步从最小的可能走向最大的可能，从千差万别走向千篇一律，从有秩序的个人主义走向混乱无序。他发现自己正在用社会学的话语重复吉布斯的预测，并且也预见到了美国文化的'热寂'。到那时，理念将像热能一样，不再能被传递。因为每一处都是等值均衡的能量，思想活动也将随之终止。"他突然抬头看了一眼。"去查看一下。"他说。于是她又站起来，看了一眼温度计。"37度，"她说，"雨停了。"他迅速地低下头，将嘴唇压在小鸟颤抖的翅膀上。"那么气温很快就会改变的。"他说，努力让声音不发颤。索尔坐在火炉上，像个被小孩子为了撒气而扯烂的大布娃娃。"出了什么事？""肉球"说，"我是说，如果你想说出来的话。""当然我想说出来，"索尔说，"我做了一件事；我揍了她。""规矩还是要遵守的。""哈，哈，当时你在那儿就好了。噢，'肉球'，战斗精彩极了。她最后朝我扔了一本《化学和医学手册》，不过扔

---

① 麦迪逊大街，位于纽约市，为广告公司集中之地，现为美国广告业的代名词。

偏了，砸向了窗子，玻璃被砸碎时，我想她心里有什么也碎掉了。她大哭着冲出房子，冲进雨中。 没穿雨衣，什么也没带。"

"她会回来的。"

"不会啦。"

"是吗，" "肉球"很快又说，"这可是件惊天动地的大事，毫无疑问。 像谁更好，萨尔·米尼奥①还是里基·内尔森②？"

"当时我们正在讨论交流理论。"索尔说。

"这无疑使事情变得热闹无比。"

"我对交流理论一窍不通。"

"我老婆也是。 说白了，谁又懂呢？ 就这么可笑。"

"肉球"看到索尔脸上露出了一丝笑意，便说："要点儿特奎拉酒或别的吗？"

"不要。 我是说，谢谢。 这是个让你一钻进去就出不来的地方。 在那儿，你每时每刻都得搜寻秘密警察：灌木丛后，街头拐角。 MUFFET③ 是秘密头子。"

"什么？"

"多单元阶乘域电子制表机。"

"你们就为这个吵架？"

"米丽娅姆又读起了科幻小说。 还有《科学美国人》杂志。 她好像对计算机能像人一样做事的想法很生气。 我犯了个错，说反过来说也行，你可以说人做起事也像输入了程序的 IBM 计算机一样。"

"为什么不能。" "肉球"说。

---

① 米尼奥 (1939—1976)，美国演员，主演过《谁杀了玩具熊》，常饰演问题青年。

② 里基·内尔森 (1940—1985)，美国 50 年代的影星和歌星，美国大众喜爱的一个青少年偶像。

③ 即下面所说的 "多单元阶乘域电子制表机" (Multiunit Factorial Field Electronic Tabulator) 的缩写。

"就是，为什么不能。事实上，这对交流很关键，更别提信息理论了。我一说到这些，她就暴跳如雷。战斗一触即发。我都不明白为什么。别人能明白的话，我也能。我才不相信政府是在我身上浪费纳税人的钱。它要浪费钱的地方多着呢。"

　　"肉球"撅起嘴："也许她认为你说那话就像个冷冰冰的、没人性的、不道德的科学家。"

　　"老天，"索尔挥了一下手，"没人性！我都不能再人性了。我担心，'肉球'，真的。这些日子，有些欧洲人在北非转悠时被割去了舌头，因为那些舌头说错了话。只有欧洲人才会认为那些话是正确的。"

　　"是语言障碍吧。""肉球"提醒说。

　　索尔跳下炉子，气鼓鼓地说："这可以竞选今年最恶心的笑话了。不，老兄，这根本不是什么障碍。如果一定要说这是什么，还不如说它是一种渗漏。跟一个女孩说：'我爱你。'这句话三分之二没毛病。这是一个封闭的循环。只有你和她。但那个可恶的夹在中间的四个字母的词①，那才是你需要担心的。含混。累赘。无关。甚至渗漏。所有的都是噪音，它把你的信号搞得一团糟，把那个循环也弄得七零八落。"

　　"肉球"一步一拖地在房间里踱着步子。

　　"唔，现在，索尔，"他嗫嚅而言，"你有点儿，我不知道，有点儿对别人期望过高。我是说，你知道。就是说，我们说的大多数话，我猜，都是噪音。"

　　"哈！譬如，你刚才说的有一半就是。"

　　"那么，你的也是。"

―――――――――

　　① 即 love（爱）。

"我知道，"索尔似笑非笑，"他妈的很讨厌，是不是？"

"我敢说，就是这档子事儿让离婚律师忙乎不停。 嗬。"

"噢，我没那么敏感。 此外，"索尔皱着眉说，"你是对的。确实，大多数'成功的'婚姻……包括米丽娅姆和我的，昨晚之前还算得上是……都是建立在相互妥协的基础上的。 别妄想你能事事顺心，通常对一件事情，你能把握的只是一小部分。 我还是相信'齐心协力'这个词儿。"

"啊——哦。"

"确实如此。 你觉得那词儿也是噪音，是不是？ 但我们两人的噪音内容还不一样，因为你是个光棍而我不是。 哦，我曾经不是。 见鬼。"

"没错，""肉球"说，想帮上点儿忙，"你们当时用的实际上是不同的词儿。 你说'人'时，你是指你能像对待计算机一样对待他们。 这样想有利于工作或其他。 而米丽娅姆的意思却完全……"

"见鬼。"

"肉球"不做声了。 "我要喝点儿那个。"过了一会儿，索尔说。

扑克牌已经没人玩了。 桑多的那几个哥儿们喝着特奎拉酒慢慢地醉了。 客厅的沙发上，克林克勒斯和一个女生正聊得火热。

"不，"克林克勒斯说着，"不，我不能抛下戴夫。 事实上我很信任戴夫，哥儿们。 特别是想到他的事故。"女孩的笑容褪去。"好可怕。"她说，"什么事故？""你没听说过？"克林克勒斯说，"当时戴夫还在部队里，还只是个陆军二等兵。 他们派人去橡树岭执行特殊任务。 和'曼哈顿计划'①有关的什么事。 一天他正

---

① 美国陆军部在 1942 年 6 月开始实施的一项研制原子弹的秘密计划。 橡树岭即二战的原子工业中心。

在处理什么危险物时，受了过多的辐射。 所以现在他不得不总戴着副铅手套。"她很同情地摇了摇头。 "这对一个弹钢琴的人来说可真够惨的。"

"肉球"撇下索尔在那儿喝特奎拉酒，自己则打算钻进一个壁橱里去睡一觉。 这时前门砰地被推开了，闯进五个海军兵士，一个比一个更令人讨厌。 "就是这儿，"一个忘了戴白帽子的、胖胖的、满脸青春痘的海军二等兵嚷嚷着，"这就是长官跟我们讲的'窑子'。"一个瘦小精悍的大副将他推到一边，察看起客厅来。"没错，'板子'，"他说，"但这儿可不太像，连美国本土的都不像。 我在意大利那不勒斯见过更棒的'鸡'。""多少钱，嘿？"一个脖筋鼓起的大个子海军嗡嗡地说，他手里拎着满满一瓶劣等白威士忌。 "噢，老天。""肉球"说。

室外的气温凝滞在了华氏 37 度。 温室里，奥芭德心不在焉地站在那儿，下意识地抚弄着一株幼小的金合欢树的枝叶，聆听着它那汁液饱满的主题曲，那些娇嫩的粉红花朵的主旋律流露出些许游移而模糊的期待、对丰硕果实的憧憬。 那音乐徐徐升起，纠结缠绕，如同花饰窗格一般：井然有序的阿拉伯花式乐曲与楼下派对的嘈杂混乱的即兴乐曲交织，如赋格曲般此起彼伏，时而攀上尖锐的顶峰，时而又低低回旋。 当她看着卡里斯托呵护小鸟的情景，那个精微的"信-噪比"便在她小小的脆弱的头颅里波动不已，而要恢复其微妙的平衡，需耗尽她每一卡路里的能量。 卡里斯托手捧着那毛茸茸的一团，正在试图与任何有关热寂的思想交锋。 他寻求着印证。 萨德①，当然是了。 还有坦普尔·德雷克，在《圣殿》②的结

———————————

① 萨德 (1740—1814)，法国作家，著有长篇小说《美丽的厄运》等，以性倒错色情描写著称。

② 美国小说家福克纳 (1897—1962) 的小说，坦普尔·德雷克为其女主人公。

尾处，在巴黎的一个小花园时，形容消瘦，心灰意冷。最后的均衡。《夜间的丛林》①还有探戈，无论什么探戈，但最甚的要数斯特拉文斯基②的《士兵的故事》中悱恻凄哀的舞曲。他的思绪又闪了回去：战后探戈音乐对他们又意味着什么，在那些兼作舞厅的咖啡馆里，在所有人都肃穆庄严、协调一致、但略嫌机械的舞步中，或在自己的舞伴随节奏而闪动的双眸后，他还遗漏了什么意义？就连瑞士那干净冷冽、绵绵不断的风也难以治愈那些患西班牙流感的人③：斯特拉文斯基没治了，他们都没治了。帕森德拉战役④之后，马恩河会战⑤之后，音乐家还剩几个？这里用的乐器有七种：小提琴、低音提琴；单簧管、巴松管；短号、长号、定音鼓。现在似乎任何一个江湖骗子组成的小乐队都开始传达以往一整套乐池乐队才能传达的信息。欧洲几乎已经找不到一支完整齐全的管弦乐队了。然而仅凭小提琴和定音鼓，斯特拉文斯基就已成功地在那曲探戈中表达出了倦怠和窒息；在那些衣着光鲜、一味效仿弗农·卡斯尔⑥的年轻人身上，以及他们那些干脆对什么都不在乎的女友身上，也能看到同样的倦怠和窒息。我的情人⑦塞莱斯特。二战后回

---

① 美国小说家朱娜·巴恩斯 (1892—1982) 的小说，小说中五个精神变态者聚在一起，面临注定毁灭的命运。

② 斯特拉文斯基 (1882—1971)，俄裔美籍作曲家，代表作有舞剧《春之祭》《火鸟》《圣诗交响曲》；歌剧《浪子的历程》等。《士兵的故事》作于一战期间，使用七件乐器的乐队，以简练创新著称。

③ 1918—1919 年发生的流感，夺去了至少 2100 万人的生命，对整个欧洲是个很大的打击。

④ 也称"伊普利斯第三次战役" (1917 年 10 月)，50 多万人丧生，因而成为"虚无" (futility) 的象征。

⑤ 一战初期发生在法国中部马恩河地区的战役。

⑥ 弗农·卡斯尔 (1887—1918)，美国舞蹈家，与其妻组成夫妇舞蹈小组，以首创一步舞及火鸡舞而著名。

⑦ 此处为法语。

到尼斯①，他发现为了迎合美国游客，那家咖啡馆改成了香水店。无论是石子路上，还是旁边的旧膳宿公寓里，都无处可觅她的芳踪。塞莱斯特常喝一种甜西班牙酒，她身上的这种浓郁的酒味是无论什么香水都不能相比的。于是，他只好动身去巴黎。他买了本亨利·米勒的小说，在火车上读。因此当他到达巴黎时，已多少有了些预感。他发现物是人非的不止是塞莱斯特和其他人，甚至坦普尔·德雷克。"奥芭德，"他说，"我头疼。"他的声音在女孩身上引发了一段回应的旋律。她朝厨房走去，毛巾、冷水，他追随着她的目光，谱写成一阕古怪而繁复的卡农曲；当她将敷布搁在他额头上时，他出于感激而发出的叹息似乎暗示一个新的主题的开始，另一序列的转调。

"不，""肉球"还在说，"不，你们恐怕弄错了。这房子很清白，不是那种地方。抱歉，实在抱歉。""板子"很固执。"长官就是这么说的。"他不断重复着。那个海员提出用走私酒换个好娘们儿。"肉球"发疯般地左顾右盼，像在寻找援助。房间中央的"天使公爵"乐队正在进入一个历史性时期。文森特坐着，其他人站着，没有拿乐器，却比划着各种演奏乐器的动作，像是在进行一场音乐会。"喂。""肉球"说。"公爵"摇头晃脑，似笑非笑；他点燃一支烟，最后终于看到了"肉球"。"安静，哥儿们。"他低声说。文森特开始左右挥舞手臂，拳头紧握，然后又猛地停下来，一动不动，接着再重复表演这些动作。如此这般持续了几分钟。"肉球"闷闷不乐地啜饮着酒。那些水兵已退到厨房去了。最后，似乎应了什么暗示，乐队不再踢踏双脚。"公爵"咧嘴一笑，说："至少我们是同时结束的。"

———————

① 法国东南部港市。

"肉球"瞪了他一眼。 "听着。"他说。 "我有了个新想法，哥儿们，" "公爵"说，"你记得那个和你同姓的人吗？ 那个格里①，你记得吗？"

"不记得了，" "肉球"说，" '我会记得《四月》，有用吗？"

"其实，" "公爵"说，"那是'出售的爱情'。 可见你只知道这个。 我指的是，马利根、切特·贝克，他们那个乐队，几年前，在那个地方。 你想起来了吗？"

"上低音萨克斯管，" "肉球"说，"和上低音萨克斯管有关的什么事。"

"但是没有钢琴，哥儿们。 没有吉他。 或手风琴。 你知道那意味着什么？"

"不太懂。" "肉球"说。

"先听我说，我不是明戈斯②，不是约翰·刘易斯③。 理论从来都不是我的强项。 我的意思是，像读书这类事情对我来说一向都太难了……"

"我知道，" "肉球"干巴巴地说，"你在一次基瓦尼斯俱乐部的野餐聚会上演奏《生日快乐》时改变了调子，于是被抄了卡。"

"那是在'扶轮国际'。 但我突然想到，要是马利根在演奏第一个四重奏时没有钢琴的话，这只能意味着一件事。"

"没有和弦。"帕科说。 他是个长着娃娃脸的男低音。

"他指的是，" "公爵"说，"没有根音和弦。 当你弹对位横

---

① 此处指美国音乐家格里·马利根，他曾于 1952 年尝试使用无钢琴四重奏乐队，即包括上低音萨克斯管、小号、鼓和低音提琴。 切特·贝克是他乐队中的小号手。

② 明戈斯 (1922—1979)，20 世纪美国杰出的爵士乐作曲家、钢琴家、乐队领衔。

③ 约翰·刘易斯，美国五六十年代首屈一指的爵士乐作曲家、钢琴家，曾在曼哈顿音乐学院获得两个学位。

向谱线时，会什么都听不到。 在这种情况下，你得在脑子里想象着根音。"

"肉球"骇然悟到什么。 "那么接下来。"他说。

"是用脑子想象一切，""公爵"颇有些得意地说，"根音、谱线、一切。"

"肉球"有点儿敬畏地看着"公爵"。 "但是。"他说。

"当然，""公爵"谦逊地说，"还有一些麻烦得解决。"

"但是。""肉球"说。

"你听听就明白了。""公爵"说。 然后他们又重新开始演奏。 过了一会儿，克林克勒斯做出吹管乐器的口型，并开始动手指。 "公爵"用手拍了一下前额。 "呆子！"他吼道。

"我们用的是新符头，你记得吗，我昨晚写的？""当然，"克林克勒斯说，"新符头。 我在过渡乐句时加入。 所有你的符头我都在那会儿加入。""对。""公爵"说，"那么为什么……"

"什么？"克林克勒斯说，"我等十六个小节，再加入……""十六？""公爵"说，"不对，不对，克林克勒斯。 你是等八个小节。 你要我唱给你听吗？ 一根香烟上留着口红印，一张飞机票去浪漫的地方。"克林克勒斯挠挠头皮。 "你指的是《那些傻事儿》那首歌。""是的，""公爵"说，"是的，克林克勒斯。 好样的。""不是那首《我会记得四月》。"克林克勒斯说。

"Minghe morte。""公爵"说。 "我觉得我们演奏得有点儿慢了。"克林克勒斯说。 "肉球"嘎嘎笑起来。 "重返起点。"他说。 "不，哥儿们，""公爵"说，"是重返窒息的虚无。"于是他们重新开始。 只是在别人都奏降 E 调时，帕科却独个儿奏着升 G 调。 于是，他们又得从头再来。

厨房里两个从乔治·华盛顿来的女孩和那些水手们在唱着《让我

们全都下去》和《去他妈的福雷斯特①》。 冰箱那边在进行着一种用两只手和两种语言玩的猜拳游戏。 索尔把几个纸袋装满了水，坐在防火楼梯上，撒手让纸袋砸落到街上的过路人身上。 一个穿着本宁顿运动衫的胖胖的政府女孩，就是最近和一位在福雷斯特航空母舰上服役的海军少尉订了婚的那位，这会儿低着头冲进厨房，朝"板子"的肚子撞去。 看到这是个大干一场的绝好借口，"板子"的同伴们蜂拥而入。 猜拳的人正鼻尖对鼻尖、声嘶力竭地吼着"三""七"②。

"肉球"从浴缸里拉出来的女孩在喷头下叫唤她要淹死了。 她显然坐在了排水口上，现在水都漫到她的脖子那儿了。 "肉球"公寓里的噪音已攀升至一段经久不衰的、骇人听闻的强音。

"肉球"站在那儿，注视着一切，懒洋洋地挠着肚皮。 他划算着，只有两条路他可以选择： (a) 把自己锁在壁橱里，也许最后他们都会走掉； (b) 试着一个个地安抚劝说，让大家静下来。 前一种选择显然更有诱惑力。 但随即他想到那个壁橱。 那里面又黑又闷，而且他得独个儿呆着。 他对独处可不感冒。 还有，这伙从洛力波浦或别的什么船上下来的人会踢下壁橱门来寻开心。 如果真那样，他怎么说也会有点儿尴尬。 后一种肯定要费事些，但从长远看会更好。

于是他决定试着不让这个狂欢派对恶化为完全的混乱： 他给水手们酒喝，分开猜拳的人；他把胖政府女孩介绍给桑多·罗亚斯，让他帮她摆脱麻烦；他帮喷头下的女孩擦干身子，扶她上了床；他同索尔又谈了一次；有人发现冰箱坏了，他还叫了个修理工来修冰箱。 他一直忙乎到夜幕降临，这时大多的狂欢者已昏睡过去，派对颤抖着将要跨过它第三天的门槛。

---

① 美国海军的一种航空母舰，1955 年制造，能装载 100 架飞机。

② 分别为法语和意大利语。

楼上，卡里斯托无助地沉浸在往事中，没有觉察到小鸟体内虚弱的节律开始放慢，甚至紊乱了。 奥芭德凭窗而立，思想还漫游在她自己那可爱的世界的废墟上；气温恒常不变；天空已成了一种混沌一体的渐趋晦暗的灰白。 楼下传来种种声音——一个女孩的尖叫，椅子撞翻了，玻璃杯掉在地上；卡里斯托不知道到底是什么——刺穿了这片稳秘和静止的时空。 他开始感觉到了小鸟在轻轻地颤抖，肌肉收缩，脑袋轻微地挣扎。 似乎试图作出补偿，他自己的脉膊开始猛烈地跳动起来。

　　"奥芭德，"他无力地说，"它要死了。"女孩迷乱而轻飘飘地穿过温室。 她俯身看着卡里斯托的手心处。 两人保持那样的姿势，定格，一分钟，两分钟。 鸟儿心跳的节律渐行渐弱，矜持而缓慢，最终沉于死寂。 卡里斯托慢慢抬起头来。 "我捧着它，"他抗议着，十分茫然不解，"把我的体温传递给它。 差不多就像是在传递我的生命了，或者说一种生命的感觉吧。 结果呢？ 难道热传递已不再可能？ 难道再也没有……"他说不下去了。

　　"我刚才就在窗边。"她说。 他惊惶地瘫倒下去。 她又站了一会儿，有点儿迟疑；许久以前她就体会到了他那郁结于胸的困扰，现在她意识到这个恒常的 37 度就是劫数了。 突然，似乎已看到那唯一的、无法逃避的结局，不等卡里斯托发话，她已迅捷地来到了窗前。 她扯开帘子，挥拳砸碎了玻璃。 她的两只纤纤细手顿时鲜血淋漓，扎在上面的玻璃碎片冷冷泛光。 她转身面对床上的男人，和他一起静候那均衡时刻的到来；那时，华氏 37 度将永远地统治着外部与内部世界；他们那曾经两相分离、独自盘旋着的古怪生命属音将消融于一曲黑暗与永恒静止的主旋律。

萧　萍　译

后　记

　　本书有些篇目选用现存译文，有些译者一时无法找到，故未商谈著作权事宜，甚为抱歉。望译者见此书后与我们联系，以便及时奉上样书与薄酬。

《欧美经典恐怖小说精选》　　　　　　刘文荣选编
定价：29 元

　　本书所选 12 篇恐怖小说，均出自名家之手，而且大致是以年代先后排列的，如果一篇一篇读下去，你会发现，出自名家之手的恐怖小说从来就不是为恐怖而恐怖的——恐怖之余，它们总能让读者领悟到什么，或世态之炎凉，或人心之难测，或命运之多舛……

《欧美经典情爱小说精选》　　　　　　刘文荣选编
定价：35 元

　　本书精选了欧美 19 世纪和 20 世纪出自经典作家之手的经典中篇情爱小说 6 篇，即法国巴尔扎克的《假面具下的爱情》、意大利亚米契斯的《卡尔美拉》、德国施笃姆的《茵梦湖》、俄国屠格涅夫的《春潮》、奥地利茨威格的《一个女人一生中的二十四小时》和美国西格尔的《爱情故事》。这些作品单篇均为脍炙人口的名作，但从未结集出版过，因而不仅具有很高的阅读价值，还具有相当的收藏价值。

《欧美经典侦探小说精选》　　　　　　刘文荣选编
定价：35 元

　　本书所选欧美侦探小说，均出自名家之手，如美国艾德加·爱伦·坡的《玛丽·罗杰疑案》、英国亚瑟·柯南道尔的《血字的研究》、法国莫里斯·勒布朗的《亚森·罗宾历险记》等。读之不仅趣味无穷，而且能开启心智，使你更加聪慧睿智：你不仅能直面罪恶，更相信天网恢恢——究恶之人总比罪恶之人技高一筹。

《欧美经典战争小说精选》　　　　刘文荣选编
定价：28 元

　　战争小说通过对战争的描写，表现人生与人性。本书所收战争小说均出自欧美经典作家之手，如俄国托尔斯泰的《八月的塞瓦斯托波尔》、法国左拉的《磨坊之役》、莫泊桑的《菲菲小姐》、英国毛姆的《不屈的女人》和美国海明威的《桥边的老人》等，均为脍炙人口的中短篇战争小说名作。读之，能使你对战争中的个人命运感到恐惧与怜悯，从而净化你的心灵，使你变得更加恬静而淡定，更加珍惜生活、热爱生命。

《欧美经典博弈小说精选》　　　　刘文荣选编
定价：29 元

　　博弈小说，不仅仅是打牌、下棋，而是"赌徒人生观"和"棋手人生观"的集中体现。何为"赌徒人生观"？何为"棋手人生观"？若想领略一番，请读一读《黑桃皇后》《赌徒》《象棋的故事》《打不败的人》这些出自欧美经典作家之手的博弈小说。

《欧美经典历险小说精选》　　　　刘文荣选编
定价：29 元

　　欧美近代小说的第一部——《鲁滨孙漂流记》，就是一部历险小说，可见欧美小说从一开始起就和"历险"结下了不解之缘，而形形色色的"历险"，往往是人生的折射，甚至是人生的隐喻——因为从某种意义上说，人的一生，就是一个人的一次"历险"。本书所收历险小说均出自欧美经典作家之手，如德国沙米索的《彼得·史勒密尔的奇异故事》、英国吉卜林的《国王迷》和美国作家杰克·伦敦的《热爱生命》等，均为脍炙人口的名作。

《欧美经典动物小说精选》　　　　　刘文荣选编
定价: 29 元

　　欧美小说家常以动物作为小说题材,或通过拟人化手法,或通过人与动物的关系,表现人性,或表现大自然的启示。本书所收动物小说均出自欧美经典作家之手,如美国作家杰克·伦敦的《野性的呼唤》、马克·吐温的《狗的自述》、福克纳的《熊》、俄国作家托尔斯泰的《一匹马的故事》和法国作家福楼拜的《一颗纯朴的心》等,均为脍炙人口的名作。

《欧美经典讽喻小说精选》　　　　　刘文荣选编
定价: 35 元

　　讽喻小说是欧美文学的瑰宝,这类小说对世道人心的嘲讽入木三分,塑造的人物具有普遍而永恒的典型意义,或剖析人性,或警示世人,读之令人难忘。本书所收讽喻小说均出自欧美经典作家之手,如俄国作家果戈理的《外套》、法国作家左拉的《陪衬人》、莫泊桑的《羊脂球》、英国作家奥威尔的《动物农庄》、劳伦斯的《美妇人》和美国作家马克·吐温的《百万英镑》、欧·亨利的《警察与赞美诗》等,均为脍炙人口的名作。

《伍尔夫读书随笔》　　　[英]弗吉尼亚·伍尔夫著
刘文荣译
定价: 25 元

　　怎样读小说? 怎样读诗歌? 读书有何价值? 书里有两种女人? 有没有女性莎士比亚? 女性写作生来有局限? 托尔斯泰的小说好在哪里?《简·爱》和《呼啸山庄》有何缺陷? ……如果你对这些问题感兴趣,那就听听弗吉尼亚·伍尔夫——"20世纪最佳女作家"——如何说。